国家出版基金项目
NATIONAL PUBLICATION FOUNDATION

本卷主编◎金　钢

1945—1949年

东北解放区文学大系

短篇小说卷⑤

总主编◎丛　坤

黑龙江大学出版社

《1945—1949 年东北解放区文学大系》

短篇小说卷⑤

◇鲁　虹

崇高的信念

为了党的、阶级的、民族解放与人类解放的事业而牺牲个人，以至牺牲自己的生命，而毫不犹豫，以至感觉愉快，这就是最高的共产主义道德的表现，这就是党员无产阶级意识的纯洁与浑厚的表现。

——节录：论共产党员的修养

一

火车空隆空隆地在拉滨线上行进着，偏西的太阳由车厢的玻璃上反射出耀眼的闪动的光线，车厢里面的旅客和往常一样，心情舒畅地坐在三等车的座位里，安然等候着列车把各人载往要去的地点。有些人在火车的微颤的颠簸里瞌睡着，也有坐在一起不着边际地唠着闲嗑的，谁也没想到几十分点之后，就在这列车上会发生一桩惊人的突然事件。

列车的速度稍稍减缓下来了。车头爬过一个三十几度的弯度之后，拖着一长列的车皮转向了东南，阳光也跟着车厢行进方向的变更，从左边移射到右面的车窗上，左边窗口里顿时展现了一片绿油油的碧野，靠窗口坐的人们，有的打开了窗子，贪婪地呼吸着从窗外扑来的凉风，有的就爽性伏在窗口上欣赏这了无边际的开阔的夏野。

第三个窗子紧闭着。在窗口左边的车座上，靠里坐着一个约莫三十岁开外的彪形大汉：浓密的口髭，粗眉大眼，两个隆起的颧骨显露着满脸凶相；两条粗黑的眉毛不时皱在一起，透出无限的心事。

"阎子斌！松松绳子，绑得太紧啦！"他的膀子碰了一下和他坐在一起的一个二十二三的青年小伙，用一种强硬的口吻说。原来他的两臂背在后面用绳子捆着。

被叫做阎子斌的那个青年农民瞪了他一眼，没搭言，却从胯兜里掏出烟包和卷烟纸，把纸捻出两条递给面对着他俩坐的另外两个拿马步枪的农民，接着打了个招呼：

"喂！老关，老王！卷支烟抽吧，不要打盹误了事！"阎子斌的语气里显然带着暗示的意味。

"哼！……"绑着两臂的大个子马上有了反应，用鼻子哼了一声，偏过脸来往车外看了一会，慢慢将眼光移向辽远的渺茫的地方，浸沉在默默的沉思里去了。

"要是把我宋景玉送回正白旗，再落到他们手里，我姓宋的就算玩儿完了。"他皱了一下眉头，联想起一连串的往事：

"没有这些穷棒子翻身，我宋景玉该早抖起来了……"扭回脸来又瞅了瞅阎子斌他们。

"凭我一个'满洲'时代的国兵排长，国民党一来就委了我一个少校，要是能按原来的计划把大排都拉出来，上校团长不愁不到手。谁想八路开过来了，穷棒子挺胸鼓肚地闹翻了天。×××军叫八路打了个七零八落；好容易凑来×××营的二十七个人，也他妈死的死降的降了。还亏自己的经验多，一看风头不对劲，就猫在草棵子里没敢动，待到天黑，才摸着几年前踩过的老山道，蹓出八路的包围线回了家。在家里眯了半年，穷棒子又闹他妈的斗争，就叫他们抓起来送到县里押了整整两个月……"

"操他妈！这些王八犊子！"想到这里，他不由得在心里狠狠骂了一句。

　　四月里宋景玉在笆篱子传染了时疫,得到公安机关的允许,具保回家治疗,他又钻了这样一个空隙,蹽到哈尔滨他的狐朋狗友的家里眯了起来。而且由他的家属出头虚报了病亡。

　　"真他妈倒霉!做梦也没想到又栽到这些穷棒子的手里。"他不屑地扫了一眼押送他的三个农民。

　　"就凭这几个窝囊废,也他妈抓住了我老宋!唉……"嘘了一口气,觉得不甘心,但又无可奈何,同时也就联想起昨天在哈尔滨被抓的那一幕了。

　　"难道我这半辈子,就这样完了吗?"两眼假寐一样地闭上了。

　　"在哈尔滨蹲了两个多月,没敢露头,连大门也没出。昨天是鬼蒙了眼,老远地跑到五道街帮老孙搬家,偏偏就在五道街碰上了阎子斌,真是叫鬼迷住心窍了。"在冥想中他悔恨着自己的疏忽。

　　"没有那个卖菜的拦住,也许跑得了?"两臂绑得发麻,直起腰来活动了一下,又继续想下去:

　　"三个愣小子竟敢在马路上开了枪,明知子溜子是在天空飞啸,却禁不住心里慌,一拐弯又碰上那个卖菜的家伙,他他妈的抢起扁担就挡住了。也真怪,一个卖菜的乡下佬,又不认识,无冤无仇,他为什么挡着我呢?"想到这里,正巧路边一棵的电杆在他的视线里一闪而过,但并未打断了他对这件事情的思索。这一天多的时间里,脑子老是紧张地估量着回屯以后的结局,未曾想到这一点。如今一下想到这个问题,倒颇费心思地寻思起来了。

　　"再说,阎子斌在后边打枪的时候,可街的人都向两边跑;虽然阎子斌大声喊叫着'抓住反动派',那些穿西装的,坐马车的,谁也没管是什么事情,都慌乱地躲到马路两边的商店里去了。只有那个卖菜的在对面几丈远的路口上站着。自己没提防他会怎么样,正当趁着人乱拐弯往胡同里去的时候,那个卖菜的竟举起扁担往眼前飞来:'杂种操的,看你个反动派往哪里跑!'——这是那个卖菜的骂的,猛不丁地叫他这一来,就由不得呆住了。还没弄明白是怎么回事,阎子斌也赶了上来,就这样叫他们抓住了。"

"这样容易叫他们抓回去,死也不甘心!"他又直起腰来瞪了一眼阎子斌,觉得两臂麻酥酥的。

"不管咋的,得想法先去掉这条绳子,不到拉林,我就跳……"他像很有把握地点了点头,又机密地瞅了瞅阎子斌他们三个。像一只胆虚的耗子,觉得心里跳动了几下,再越过对面车座上的靠背溜了一眼车厢里的人们,唯恐谁窥破了他的心事似的,然后两眼一闭,将头靠在车座子的靠背上假装着打起盹来。

二

阎子斌——一个性格倔强二十二岁的青年农民。中等身材,瘦瘦的个子,黄黄的贫血的脸上透露着不大健康。两只眼睛却异常明亮,叫人一看就是个精明能干的小伙子,他是正白旗农会的积极分子。这时他和武装委员关文瑞,会员老王,对面坐在两个座位里,三个人坐成一个三角形,把宋景玉圈在另一个犄角里。阎子斌的腰带上斜插着一支匣橹子,他们三个人在屯子的立功大会上,接受了到哈尔滨逮捕反动地主的任务,现在是押着宋景玉返回正白旗。

他们抽着刚才卷好的叶子烟,乍看像是很悠闲的样子,实际上他们在监视着宋景玉的一举一动。

当宋景玉坐在那里悔恨着自己的被捕,而且计划冒险脱逃的时候,他们三个也正满意地回想着这次异常顺利完成的任务,其中特别是阎子斌更加兴奋,他的脸上不时地浮现着一层笑容。

阎子斌在屯里向党委同志,提出申请入党的要求已经有三次了。三次要求都还没有被党委同志接受。每次都是耐心地给他详细地解释,劝他不要要求过急,慢慢在屯子的斗争和工作里,不断地求得锻炼,改造和提高阶级觉悟;又给他说明一个共产党员——不仅为了人民的利益要牺牲个人的一切利益,甚至为了人民的事业,必要的时候牺牲自己的生命!一个共产党员必须时时刻刻地为人民服务。这些解释和教育,给阎子斌的启发帮助很大,他不仅克服了以前性急、固执、不愿团结落后会员的毛病,而且在工作里的表现,更比以前积极了!为了屯子的工作东跑西跑,深夜不眠,并且常常耽误家事,因而引起妈妈的反对和媳妇的埋怨,但这些他都没放在心上,他只一心一意地热衷于屯子里的工作——如果有一天闲着,他会感到烦躁不安,就会找到组长或干部,请求分配给他任务。哪怕是到农会的大院里去帮同评议员抬木料,搬家具,以便于分类定价之类的琐碎事情,他也同样做得高兴、愉快。因为他懂得做这些事情就是穷人翻身,就是党委同志跟他讲过的为人民服务,党委同志和他谈过的话已经在他的脑子里生了根。从那时候起,他的思想和行动的确是向一个共产党员的水平努力;做一个共产党员的志愿,在他的思想里已经成为强固不拔的信念。也就是从那时候起,屯子里不管任何艰难困苦的工作,都有阎子斌参加在里头。而且这个出色的青年农民总是勇敢地站在别人的前头。也无管是闹斗争,起浮产,挖坏根,抓地主等等一切的工作。

什么原因使这样一个淳朴的青年农民发生了这样炙热崇高的信念呢?道理异常简单:就是那种自在的阶级根性,经过启发的过程走上自觉的表现。还在几个月之前,屯子里的斗争还处在发动时期的时候,在一次诉苦会上暴露地主阶级罪恶的哭诉里,启示了这个农民的觉悟。难道不是活生生的事实吗?也不管屯子里的哪家地主,哪一个没有剥削过农民呢?地主的衣帽鞋袜,家财浮产,甚至动用的一切家具,哪一样又不是农民的汗珠子一滴滴堆成的呢?也正像老吴头家的老疙疸,那天晚上在会上一边哭一边说的一样:

"俺在大咬牙家扛了六年活,还没还上一年欠的租子,汗珠子一颗一颗往地里渗,把庄稼一棵一棵浇起来了,大咬牙家的利可就填不满,统共两担四斗租子,俺给他家扛了六年活,算下来还欠八斗,一年至少给他家侍弄四垧地,六年合二十多垧,二十几垧该打多少粮?他可不这么算,他除了扣租粮利钱以外,还扣出荷粮,俺妈看这债没有头,想不出招儿来,急得一场病就死啦!大咬牙咬着牙骂过我,他少的二绝户打过我,两担四斗租子就把俺全家都卖给他啦……"

这些苦水,这些血和泪的控诉,在会上深深打动了这个青年农民的心。为什么是这样呢?他也给地主吃过六年的劳金,从十四就当半拉子,难道这些苦味还吃不透吗?他从此弄明白了穷人养活地主的道理,会上他觉得火辣辣的一肚子憋气,恨不得把所有的地主都抓来痛打一顿才能出气。也就从那时候起,他更加接近工作队了,从队长那里听来不少英勇的共产党员为人民奋斗的可歌可泣的故事,这就大大提高了他的阶级觉悟,他经过很长时间的考虑,才再三地提出了入党的请求。

屯子里自从发觉宋景玉虚报病亡在逃之后,对屯里的斗争确是一个不小的挫折,在群众的思想里增加了不少的顾虑。宋氏家族是正白旗一带远近闻名的恶霸地主。宋景玉又是宋氏门中的一个罪魁。他砸过孤丁,当过胡子,霸占过妇女,逼死过人命,又干过三军给国民党拉大排。他家从祖辈起就是靠抢掠、勒索、压榨剥削起的家。他在今天农民的翻身运动里,已成为正白旗一带受迫害的广大群众恨入骨髓的斗争对象。宋景玉的逃跑,曾使群众的斗争情绪低落了一个时期,都恐惧着宋景玉当了胡子来报复。当屯干部侦知他在哈市的住处之后,在全屯的立功大会上就把抓反动地主的任务提了出来,而且经过群众讨论,和阎子斌英勇的承担,他们三个人才抱着立功的决心出发到哈尔滨,现在算是已经完成了这一任务押着自己的俘虏回屯,因此,他们的兴奋自是不足为怪的。

三

列车仍在有节奏地行进着。

突然宋景玉从座位里站起来,阎子斌机警地也跟着站起来了:"干什么?"

"到便所里去。"宋景玉用一种做作的平静的语气回答了阎子斌,又装作活动一下背部的样子,试了试绳扣的松紧。

阎子斌却向老关打了个招呼,又给老王递了个眼色,就和老关奔向了靠厕所的车门;老王却牵着捆着宋景玉的一段绳子跟着他走向了厕所。

宋景玉进了厕所，老王跟进去把捆着两臂的绳子松开了一只，然后出来把门随手带过来，从门缝里把绳头牵出了门外。

宋景玉站在这狭窄的厕所里打量了一下，觉得除了窗子而外，别无出路。于是身子背着门把绑在左臂上的绳扣轻轻松下来，绳子的松动却引起了老王的注意，向里推着门问：

"你干什么啦？"

宋景玉知道事情是万分紧急了，把心一横，趁老王把门推开一半的时候，猛力一脚把门蹭了回去！

"空通！"门被扣上了，同时握在手里的绳子也被扣门的力量挣断，他一步迈到窗前，两手将窗子托上去，不意窗卡子已经滑了，托上去又随手落了下来。

老王被门碰得两眼直冒火星，一手按着头，一手还拿着断了的半截绳子，听到厕所窗子滑落的响动，心中一急，也不知去扭转门把手了，却用力推着门喊了起来：

"哎呀！糟啦！宋景玉跳窗户跑啦！"

宋景玉听老王一嚷，就不顾一切地抬起脚来，哗啦一声踹碎了玻璃，两手扶着窗框向车外照量了一下，随着车厢行动的方向，侧着身子跳了下去，虽然摔得有些发昏，稍微定醒了一下，也顾不了身上的疼痛，却从地上爬起来，向着火车相反的方向跑去了。

阎子斌本来站在车厢前门的左边把着门，听到老王叫喊的时候，神经突然紧张起来：

"妈那×！他真要跑。"嘴里轻轻骂了一句，很快得两步迈到上下车的台阶上，紧紧抓住把手，身子探出车外向后面望去。

这时宋景玉正巧翻身而坐想站起来，阎子斌一看急了眼，一手抓住匣橹子，两腿错开就要跳下去，低头之间看到车下的路轨，一闪一闪就像一道湍急的水流，使人眼晕。

"跳下去准得摔死！"不由得迟疑了一下。

"为人民服务！"这句话陡然间像一道电光在脑子里闪了一下，

他觉得有一股热气从心脏里随着血流散布到全身，很快地联想到党委同志给他说过的那些话，特别清晰地记起共产党员为了人民事业，甚至不惜牺牲性命的那些他曾听了受过感动的语句，从而也就联想到在立功大会上的那些情景，也就特别记起当他表示接受任务的时候，那阵使他激动的热烈的鼓掌。如今想到了这些——那种委婉的抚慰的而且鼓励他的党委同志的话语，和那阵热情的掌声，就同时在耳朵里嗡嗡起来，不知怎么的他的嘴唇哆嗦了一下，有两颗晶莹的泪珠从眼里挤了出来。

"死也得跳下去！"浑身来了一股无比的勇气和力量，随手拔出匣橹子，两脚用力一蹬台阶上的木板，身子悬了空，照直前面跳了下去。

这时候关文瑞也正敏捷地跑进了厕所，从窗口探出半截身子去查看宋景玉的下落。还没看到宋景玉，突然一个人影从天而降，落到路基左边的碎石子窝里，降落的地方石头上跟着冒了一股白烟；火车一闪而过，他扭转头来再一看，辨认出阎子斌的衣服，登时就明白了已经发生的事情，不及想什么，就在车上喊叫起来：

"救人哪！跳车跑了一个反动派的营长啊！我们来的一个人也跳车摔死啦！"他像发了狂一样，连哭带喊从厕所里跑出来，当他奔向登车的台阶，抓住把手想要跳车的时候，他的衣服在后面被人扯住了。

"你想干什么？"一个左臂挂在绷带里的负伤战士，用右手扯住他的衣服问。

"同志！你不要拉啊，我们抓了一个反动派的营长跳火车跑啦，我们农会里派来的一个同志，跳下去抓他也摔死啦！我得去给他报仇！"

"你别胡来。你看车开得多快？跳下去就要摔死！再摔死一个，反动派不是还抓不回来吗？"

"同志啊！你说怎么办啊？"关文瑞失却了主意，站在台阶上一手提着枪，一手掩面痛哭起来。

"你先别哭……"那个负伤战士沉吟了一下：

"这样吧,你把你的枪往车头上射击,火车就得停住,停了车,你再下去追赶不好吗？"

"打枪人家车上愿意吗？"

"这是出了紧急事故,你的枪又不往车上打,伤不了人,怕啥。"

关文瑞顺从地把枪托起来,背倚着车皮,把子弹推上膛,就向车头的上空开始了射击。

"啪!"清脆的三八马步枪,在空野里激荡着回音,除了这个车厢里的旅客,听到枪声的都不知道出了什么事故,当马步枪打到第四发的时候,车掌和铁路执法队,从前边的车厢里飞快地赶来。

"出了什么事啦？"车掌看到进出口拥塞了不少人,气喘吁吁地问。

"在车上跑了个反动派。"那个负伤战士回答他。

"从什么地方跑的？"一个执法队提着枪插问了一句。

关文瑞抽咽着把事情的经过诉说了一遍,车掌和执法队的同志商量了一下：

"停车吧! 误点就误点,把车退了回去,抓反动派要紧!"车掌说完在等候执法队表示态度。

"就这么办吧!"

车掌向前面飞快地跑去,不一会,车头上的汽笛长鸣,列车的速度逐渐缓慢了下来。

四

摔在地上的阎子斌,从迷糊里醒过来了。躺在地上觉得肋骨和头部像锤刺一样的疼,他也没管究竟摔伤了什么地方,一翻身从地上坐起来。

"宋景玉跑了吧？"醒来之后的第一个念头是宋景玉的逃走。

他想从地上站起来,一手撑着地刚抬起半身,却又软瘫地坐了下去,浑身的骨头就像脱了节,没有不疼的地方。他这时还闭着两眼,坐在地上定醒了一下,突然觉着额角上方像有一个小虫在蠕动,又像顺着脸颊向下爬行,用手抹了一把,觉得触了满把粘糊糊的液体,强自睁开眼睛,看到了手上的鲜血。

"摔破了。"他想着,又随手把束在腰里的带子拉出一头,用力撕下一长条,把带子掖好,擦抹了脸上的血,一抬眼却看到宋景玉跳车的地方已空无踪影,他也不管浑身疼痛了,慌忙地用撕下的腰带缠住了伤口,摇摇晃晃地挣扎着站起来,从一丈多远的地方拾起了匣橹子,一只手按着用布缠住的伤口,顺着火车开来的方向望去,约在一里之外,影影绰绰地看到一个人在走动。

"宋景玉!"他在心里叫了一声,顿时感到精神振作起来。一手提着他的匣橹子,一手按着肋骨特别疼痛的地方,大踏步向着他刚才看到的人影飞奔而去。

跑了约莫半里多路,他的眼前直冒黑花,晃了晃差点栽倒,就站住了。两手按着腰,闭上眼喘息了一下,觉得身上清爽了一些,头上的热汗依然往下流,有一道汗水流过了嘴角,他用舌尖舔了舔混合了血液的汗水,觉得有一股咸味,身上软绵无力,两腿颤抖着要蹲下去,他似乎不能支持了。想坐下休息一会。

"为人民服务……"那些话语突然又在耳旁响了起来,他打了一个冷颤,内心发出严厉的谴责:

"我能装熊吗?要是倒在这里……呸!我还有脸进屯子吗?怎么有脸再见工作同志?我……"

"我就是死也得赶上宋景玉!"身上陡然添了一股新的力量,看了看前边相隔半里来地的那个人影,他又狂奔起来。

五

宋景玉跳下车跑了一阵之后,身上疼痛难忍,回头不见有人追赶,一缕青烟又标志着火车已经远去,他松了一口气,脚步迟缓下来了。

"妈的,好险!"他像自言自语轻轻骂了一句,慢慢向前走去,抬头辨别了方向，考虑了投奔的地点。

隐隐听到几声枪响，之后又听到火车的汽笛，站下看了看不见动静。

"反正火车不能停住。"他挺有把握地想了一下。再也没想到在这"穷棒子"翻身时代里的火车，居然一反常规，就因为在这列车上逃脱了一个反动派，而由于车掌所说的"误点就误点，抓反动派要紧"的理由，这列人民的火车，不仅停了一下，而且退了回来。

他到底心里不踏实，走了一阵子又站住翻回身探望了一下，忽地看到一个人已从不远的距离向自己奔来，而且从服装的装束上，已经可以辨认出来他是谁。

"真是他妈的死对头！"他骂了一句又飞跑起来。

"宋景玉！你别想再跑，你就是跑到天边，我也得把你抓回来。"

两个人像长途赛跑一样拼命地角逐。这样的奔跑大概继续了一里多地，两个人的速度都在减缓，他们的距离却比原来缩短了。宋景玉跑着回头望了一下，心里打着阎子斌的主意：

"只要把匣橹子弄到手里，就是他们三个都来了也不要紧！"他盘算着夺枪。

阎子斌这时已经忘却了头部和身上的疼痛，只感到热，闷，像在蒸笼里一样，汗早把小褂和裤子湿透了，还在继续地顺着颈项两颊往下流，头上的伤口透过缠着的布条渗出血液，被汗水一冲，成了一张红一道黑一道的花脸。他的呼吸感到有些窒息，胸部在急剧地起伏着，因为紧咬着牙齿，两腮上的肌肉痉挛地颤动着。他的脑子异常空虚，只有"为大伙服务，死了也甘心！"这样一句简单的话在脑子里打着回旋。

也就是这样一句简单的话语，在一个人的内心里萌长成坚强的力量，这力量支持了这个人付出超体力的精力，来追赶他必须追赶的敌人。

他的眼睛向前直瞪着，射出仇恨的灼热的火焰：

"我就是死,也得赶上给他一枪再死!"当两眼发黑觉得眩晕的时候,阎子斌就由这样的欲望加快了脚步。

两个人的距离只有两丈来远了,宋景玉已经听到背后传来的沉重的脚步声,稍微偏了偏脸,从眼角已经瞅到阎子斌的逼近,他于是打定了主意,突然往路旁一斜,面对着阎子斌跪下来。

阎子斌被这意外的举动呆住了。站在那里晃了一晃,两腿用力支持住了身体,手里紧紧握住匣撸子。

"老阎!咱俩想来没有冤仇,我姓宋的在屯里待你也没有什么过不去,你要是放我走了,你看——四外无人谁也不知道,我宋景玉还能忘了你是救命恩人吗?"

"花招。"阎子斌听完宋景玉的话,喘息着想。随着眉毛抬了一下:

"没有仇?你是地主,我是扛活的,咱们就有仇!你这些话跟我到屯里给大伙说吧!"

"唉!"宋景玉装模做样地叹了口气。

"我回到屯里还有活命吗?以前做的事懊悔也来不及了,你行个好,放我一条命吧!"

"……"阎子斌觉得头痛得直跳,想休息一下再说,故意不吱声。

宋景玉以为他活动了,又逼紧了一步。

"老阎!不瞒你说,我家小马架后边,埋了一条二两多的金链子,连我屋里的都不知道,你黑夜间跳后墙进去,顺北窗户走三四步远,有一根露着头的木桩子,再往东就是一堆石灰,北边一尺多远一块半拉砖,顺砖挖二尺多深就挖到了……"他顺嘴溜下来。

"杂种操的!你,你想叫我贪污。"阎子斌急了眼。

"我跟你说吧!我们农会早都起了誓,别说你二两金子,就是二斤你也买不动我!起来走!"他用枪比了比。

"老阎!你……"

"你不走,我毙了你!"

宋景玉看他不上套,眉头皱了皱:

"还得蹓!"他又改换了主意。

"哼!走就走呗,咱们往后瞧!"他站起来挺了挺胸脯,先移动了脚步。

阎子斌在后面把枪口紧对着宋景玉,两个人保持了十来步的距离,向原来的路上走去。

走不了多远,宋景玉又躬下身来装做挽裤脚,却斜着眼睛瞅那块高粱地,阎子斌马上警惕起来,往路边一站,用枪指着他:

"你快点走!"

"快点走就快点走!"宋景玉却借着这句话,很快地向前走去。

"杂种操的,又有花样!"阎子斌警惕起来,才要招呼他慢走,却见他把身子一斜往高粱地跑去。阎子斌赶紧把枪口转向了宋景玉也往那儿奔去。赶了两丈多远宋景玉已是接近了高粱地,阎子斌一急,顺手就拢了火:

"啪!"枪声起处,宋景玉的身体一晃,却改变了方向往邻近高粱地的一块谷地奔去。当阎子斌随着宋景玉改变枪口方向的时候,却见宋景玉一躬腰钻进了谷地。

"你个王八犊子!"阎子斌气得骂了一句,马溜跑到高粱和谷地交界的地方,直勾勾地站在那里不知道怎么好。脸上的汗直往下淌。

"我不进地,你要动谷棵子就动,谷棵子一动我就开枪,不怕你钻高粱地!"阎子斌在心里盘算了一会,拿定了主意,而且故意抬高声音,警惕宋景玉往高粱地里爬。

宋景玉被匣橹子打伤了,血顺着腿往下流,他伏在谷地里有一顿饭的工夫,却慢慢沿着垄台往里爬,爬了一丈多远,草越往里越深了,他想拨开一条便于爬行的路,一不小心却引起谷穗子的摇动,而且发出嚓嚓的声音,阎子斌对准这一片地打了一枪,宋景玉怕再被打中,又伏下不敢动了。

这样两个人相持了一会,阎子斌实在有些难于支持了,头上的伤口还往外流血，也许因为神经过度紧张和跑路的关系，这时血流得更多了，他的嘴唇发了青直打哆嗦，脸上没有血的地方，已透出惨白，两条腿直抖，脑袋沉重得要往下搭拉而且嗡嗡地响，但他这时已把任何事情都忘去了，只是瞪着眼睛瞅着谷地里宋景玉钻进去的那一片谷子，虽然两张眼皮直往一块挤，他还是倔强地瞪大了眼睛紧瞅着谷地，在他的意念里他坚强地相信宋景玉是跑不了的。

突然一声火车的汽笛传来，他的精神一振，抬眼看到一股煤烟已在不远的地方直冒，而且从烟流的方向上也可以断定火车是顺着方向开来的，他的心里明白了，就更增强了信心来监视这块谷地。并且在煤烟熄住的时候，他举起匣橹子向着那里有间隔地打了三枪。

六

关文瑞没等得及火车停住就跳下车来，找到阎子斌跳车的地方，看到一摊还未完全渗入地里的鲜血，他又难过起来了，也不知阎子斌到底摔死没有，就这摊血看起来是够呛，又见一条血点滴成的道道，据这样看起来又像没摔死，既未摔死，一定是去追宋景玉了，但他想起宋景玉的身强力壮，阎子斌就是追上他，又受了伤，一个人定要吃亏，他又担着心事。从滴答的血道上判断了阎子斌的方向，就大声喊叫着阎子斌的名字，寻找起来。

走了半里多地，听到一声枪响，停下来听了一下，不见动静，他便顺着响枪的方向奔去，走了一阵又听到两枪，他明白了，于是加速了脚步。

弯过一块高粱地，突然看到一个人面对着一块谷地站在那儿，右手举着短枪，从衣裳的背影上已经认出来是阎子斌，他兴奋地叫喊着跑了上去，当阎子斌听到声音转过脸来的时候，他吓了一跳，看到阎子斌一张血迹模糊的脸，短褂的肩上破了一大块，膀子都露出来了，裤子上也有几个窟窿，又往前走了几步，看见阎子斌的两眼直勾勾地瞪着，浑身直哆嗦。

"阎子斌！你怎么啦？"

阎子斌没吱声，只看到嘴唇动了动，擎着枪的手抖了一下，匣橹子走了火，连着响了三枪，关文瑞吓得一撤身子，幸亏枪口搭拉着脑袋，三颗子弹都在关文瑞的脚下钻进了地皮。

阎子斌被枪声一振，强自睁开了眼睛，匣橹子已从手中脱落到地上，他勉强抬起了右手，指着谷地挣出来一句话：

"宋景玉在……谷地……里……"说完觉得一迷糊，身子斜着倒了下去。

"阎子斌！"关文瑞两步抢到阎子斌的跟前，摸了摸阎子斌的手很冷，胸脯一起一伏的，呼吸比较微弱，老关一急，鼻子直酸，眼泪和汗水混在一道流了下来：

"阎子斌，你……"他哽咽着话刚说了一半，突然记起谷地，猛地立起身来，走到地头上又站下了。

他本来想进谷地搜寻宋景玉，心里恨得直咬牙，瞅了瞅谷地却看不出动静，想了想觉得不能进去搜，于是狠狠举起马步枪向谷地里无目标地打了三四发，却巧其中一枪正打在宋景玉伏在那儿的垄台附近。

宋景玉当老关一来招呼阎子斌的时候，他已经知道外面来了人，但对外面的情况摸不清底，他像乌贼一样，每当来一阵风卷起一片谷浪的时候，他就借此掩护着向前爬几步，突然外面响起了枪声，而且一枪击中了附近的垄台，他以为暴露了目标，便伏下不敢再动了。

关文瑞站在地头上瞅一会谷地，又跑回去看看阎子斌，这样来回跑了三四趟。忽然一片人声从北边传来，有二十几个北边屯子里的自卫队，扛着扎枪，土炮和步枪赶了来，正当他们听着老关诉说经过的时候，火车上一大帮人也赶来了，老王带头，车掌，执法队，和四五个伤员跟在后头，火车司机也提着一条铁棍子跟来了。

合在一起三十多个人，大伙把谷地包围起来。

"别糟蹋了老乡的谷子，咱们两个人一拨分两头查一条垄，先从东头查，西头搁两个人监视着再留一个人照顾受伤的。"拉住关文瑞跳车的那个伤员当了临时指挥。

大家分头查起来。查了两趟还没找着，第三趟查到半腰的时候，一个拿扎枪的自卫队叫起来：

"在这里！在这里！你个杂种操的还想跑！"

当自卫队快走到跟前的时候，宋景玉想爬起来跑，还没站起来，那个自卫队员，照他的腿上又是一扎枪把他刺倒了。

忽的一声大伙拥到这里来，几个自卫队员特别憋气，不容分说，拉着两条腿把宋景玉从谷地里扯出来，七手八脚地就把他绑上了。

关文瑞已经把阎子斌搂在自己的怀里坐起来，阎子斌虽已清醒了一些，但两眼依然紧闭，脸上的血疤已被关文瑞用手巾擦去了，越显得白蜡蜡的没有血色，他勉强睁开眼看了看关文瑞，却觉得天旋地转两眼发黑，耳朵里嗡嗡地叫起来，又把两眼合上了，接着有气无力地哼了几声，脑袋向后面一仰，靠在关文瑞的臂上不动了，老关老王看到阎子斌的伤势如此重，两个人不约而同地滚下了几颗眼泪，几个自卫队员看到这里忍不住将坐在地上的宋景玉骂着踢了几脚。

车掌怕误点的时间过长，便催促着大伙上车，自卫队员们热情地自愿送阎子斌他们上车，于是小心翼翼地把阎子斌托在四五个人的手里，执法队押着宋景玉，大伙重又登上这列误了点的翻身人民的火车。

上车之后，宋景玉由执法队带往他们的车厢里看管，不少旅客们便拥到阎子斌的车厢里来慰问他们，当阎子斌的嘴唇翕动着要水喝的时候，一个卖水的就提了一大壶开水送来，而且声明了不要钱，要他们三个人尽量喝。另有一个到亲戚家串门的乡下老太婆，亲手从他的篮子里取出一包糖，颤巍巍地下到他们三个的碗里。

不少旅客看了阎子斌的伤势之后，又听关文瑞详细叙述了阎子斌的出身和宋景玉的来历，于是引起了很多的议论，有的称赞阎子斌的勇敢牺牲精神，有的赞仰着为人民服务的铁路人员，也有由宋景玉本人和他家族的罪恶,谈到地主罪行与农民的翻身斗争的。在各种各样议论里火车到了牛家站一个小站。

为了路上不致再出差错,关文瑞和执法队的同志商量了一下,决定就在这里下车。

下车之后,由当地政府派了武装和大车,一直把他们送回屯去。

他们回屯之后,感动了全屯的群众,在阎子斌的伤势稍愈的时候,召开了一个大会来给阎子斌他们记功,更叫人兴奋的是,党委工作同志又经一次讨论,最后通过了阎子斌的党籍。

选自《东北文艺》,1947 年第 2 卷第 6 期

◇鲁　琪

坝

雨像瓢泼似的,从漆黑的天空淌下来。

妇女委员王秀芬焦急得一次一次地到门口去望:

"怎还不回来? 坝不知怎样了。"

她担心着东大壕的水坝,也担心她丈夫村主任张成祥去看坝没回来。

※　※　※

天渐渐黑下去,雨依然没有停。张成祥回来了。王秀芬接过他身上披的麻袋,搭在凳子上,水从麻袋直向地上流。

张成祥用手擦了一下脸上的雨水说:

"这雨下得真邪乎!"

"坝怎样了?"

张成祥喘了一口气,坐在炕沿上,顺手拉过来烟笸箩,一边卷着烟一边说:

"大壕里的水悠悠的,雨再不住就有点悬!"

王秀芬担心地又问:

"那坝有人看着吗?"

张成祥抽了一口烟,把一条腿支到炕沿上:

"生产委员跟几个人都在那,不要紧!"

王秀芬进里屋端出来一小盆苞米面饼子,向他说:

"你吃饭吧!"

"你吃了吗?"

"还没有。"王秀芬一边答应着一边又拿来了筷子碗。

这时门开了,老王头戴着个大草帽子勾勾腰跑进来,一进门就问:

"成祥啊! 大坝怎样了? 唉! 这雨下的,叫人提心吊胆的。"

王秀芬忙站起来让座:

"老王大爷来啦! 快坐吧!"

张成祥一边咬着饼子一边说:

"眼下还不要紧。"

老王头走过来,凑到张成祥跟前坐下:

"唉! 这雨下的,龙都要掉下来了!"他忽然想起来似的接着说:

"他妈的,于二老婆刚才到我那去借米,她说啥阴晴四十天,犯甲子啦! 叫我一顿下给撵出去了,真把人气坏了,尽说丧气话。"

张成祥已经吃完了一块饼子,又拿一块:

"于二长脖子再捣蛋,就得治他一下!"

"对啦! 真要翻天啦! 连我老头子也治不了他。"老王头说着坐不住似的又站起来担心地问:

"坝不要紧哪?"

张成祥安慰地说:

"不要紧,有人守着呢!"

"唉! 坝可是大事呀! 咱这村连淹了三年,今年多亏这个好政府啊! 想了法,帮助咱们挖了东边那个大壕,叠上那大坝,若不是,这一下子不又算完啦吗?"

张成祥吃完了最后的一块饼子。王秀芬把筷子碗拿了过去,也跟着说:

"全靠那条坝啦!"

张成祥站了起来,心里也有点像不安似的:

"才刚我还到地里走一趟,那些洼地里还没存住水,苗都没淹,坝不开,就算没事!"

老王头又加意地嘱咐:

"千万可要加小心哪!"他寻思寻思也没啥事了,"回去啦! 有事可叫我一声啊!"

王秀芬答应:

"嗯哪! 不呆一会啦!"

"不啦! 回去还得熬点油编席哪!"

"老王大爷生产真积极!"

老王头不禁有些感触似的说:

"还不都是因为有了这个好政府领导的呀!"说着走了出去,到门口看看天又说:

"唉! 这雨下的!"

※　　※　　※

天愈发黑了,雨还没有停止的样子。王秀芬点上了灯。

张成祥坐在炕沿上,心中想着那大坝,那条关系全村五百多垧地的收成好坏的坝……

"你躺一会歇歇吧!"王秀芬体贴地说着把灯放在墙洞里。

"不躺啦!"一会还得替换他们看坝去。

"你吃饱了吗?"

"饱啦!"接着张成祥又说:"今年把这个困难过去,秋天打了粮就好啦!"他的话中含着无限的希望和信心。

忽然院中狗咬,从门闯进来一个人:

"主任!"

张成祥,扑棱一下跳起来:

"怎的啦?"

"坝有点悬,生产委员叫我回来找你去看看!"

张成祥稍微安了一点心:

"好,走吧!"伸手过去把搭在凳子上的湿麻袋披上便和来人走了。

当王秀芬急忙赶到门口看时,在雨里的两个黑影,已经很模糊了。

※　※　※

天快半夜了,雨依然是大一阵小一阵的不断地下。王秀芬靠着灯,一边编草帽,一边在等着张成祥。

"坝怎样了? 横是不要紧了,天到这晚还没动静。"

王秀芬心里正在想着。

忽然村子东头传来几声剧烈的狗咬,接着就好似有人喊叫;王秀芬心中猛然地一跳,放下手中未编成的草帽。

喊叫声愈来愈清楚,起出听不见,后来听清了:

"坝开啦! 各小组快去堵坝呀!"

"坝开啦! 东大壕的坝开啦! 快起来呀!"

王秀芬听真了,忙站起来,手觉得有些哆嗦,刚想往门外跑,有个人一步就闯进来:

"妇女委员! 妇女委员!"

"啥事?"

那个人喘息得说不出来:

"快,快点! 坝! 开了!"

王秀芬焦急万分的:

"快点说吧!"

那个报信的人才喘上一口气说:

"主任叫你快点把……把妇女也领去堵坝,快,快点!"

王秀芬又忙问:

"坝开了几个口子?"

"好几个,快,快点吧! 那水像箭似的……我还得通知小组长哪!"那人再没说啥,转身又跑了出去。

村中这时锣声四起:

"坝开啦! 快起来堵坝呀!"

"东大坝开啦！……"

王秀芬吹灭了灯，也闯出了门。

※　※　※

在村公所屋里，王秀芬急坏了：

"怎么第三组还不来呢？"

男的小组，一组一组的都扛着铁锨、镐头的往东大壕跑去了，女的一组，二组也走了，第三组怎还没来呢？

王秀芬焦急得不能等了，刚迈步想去找，第三组小组长和两个组员气哼哼地跑进来，王秀芬忙问：

"怎回事？"

小组长气咻咻地说：

"于二长脖子不让他老婆去堵坝，他说东大壕通江，说不上堵不住坝，就会叫大水给冲去！吓得好多人不敢来了。"

王秀芬气坏了：

"走！把于二长脖子找来！"

※　※　※

找来了于二长脖子。

于二长脖子满不在乎地瞅着妇女委员说：

"我说委员！"委员两字说得有些特别味："半夜三更，大惊小怪的啥事呀？"

王秀芬怒冲冲的：

"于老二，你为啥在这个时候捣蛋？"

于二长脖子无赖地，油腔滑舌地说：

"干啥拍桌子吓耗子的，谁捣蛋啦？当委员的说话得留点分寸哪！"

"你说你凭啥不让别人去堵坝？"

于二长脖子的无赖劲越来越足：

"这真怪事，谁不叫她们去堵啦？"

小组长瞅这种情形也气火了：

"于老二你说你刚才怎说的?"

于二长脖更嬉皮笑脸地耍着无赖说:

"那是对我老婆说的呀! 我怕我老婆叫水冲去。"

另外一个组员也生气地说:

"你才刚不是当我们还说了么? 说坝一开就没个堵。"

于二长脖子说:

"谁跟你说啦? 你是我老婆啊?"

另外这组员一听火了:

"放屁! 你嘴干净点!"

别人一听于二长脖简直说的不像话,都有些火了:

"于二长脖你耍啥无赖?"

于二长脖一看都张嘴了,心中也知道赖不过去,索性就说:

"我说啦! 本情么,顺水壕通大江,一开口依我看就没个堵。"

王秀芬实在急了,对小组长说:

"好! 于二长脖造谣破坏,找绳子绑起来!"

于二长脖没想到来这么一招,心里有点怕:

"干什么? 要绑我?"

王秀芬说:

"绑你怎的?"

"你是妇女委员,管不着我!"

"今个就要管管你!"

有几个组员这时也火了:

"绑起来! 绑起来!"

正嘈嘈巴伙的老王头戴着他那个像酱斗篷似的大草帽从门口进来就喊:

"你们怎还磨蹭啊! 这些老娘们吵吵啥?"

"于二长脖子捣蛋了!"

老王头一看情形火了,张口就骂:

"妈巴子,于老二这个时候你捣啥乱,你他妈啥心思? 坝开了,庄稼眼瞅要叫水淹了,你还不管,你,你……"老王头气得真想过去给他两巴掌。

老王头气得叫:

"绑上! 妈巴子,翻啦身,忘啦本啦! 二流子货!"

于二长脖熊了:

"得,得,我去堵坝不行吗? 刚才是我说了,半夜三更去堵坝咱那个死老婆不愿意去,我也有点懒,我寻思这么一说糊弄大伙不去,我也就借溜不去了。"

老王头一听简直气得发喘:

"于老二你,你真是瞎长这么大了,不叫共产党咱们能有今天,能有地吗? 坝开了你不去,地叫水淹了怎办? 你,你这个败家子……"

于二长脖这时真傻了:

"我去,我去堵坝去! 大人不见小人怪,我这就去不行吗?"

别人还不想饶他,王秀芬怕耽误了堵坝大事,忙说:

"好,这个事明个再说吧! 咱们都知道二长脖子的话是糊弄人,就赶快去堵坝吧!"

外面雨又大起来了,老王头别看年纪大,身子可壮实,像火车头似的跑在妇女们的前面:"快走啊! 跟着我这老头子!"

※　　※　　※

一宿过去了,天渐渐放亮,雨还是淅淅沥沥地下着。

数不清的一群人从村东头走向村子里来,男男女女,嘈嘈嚷嚷,铁锨,镐头叮当互撞着……

张成祥扛着铁锨走在头里,一边走一边说:

"这回大概保险啦!"

王秀芬仍然担心的:

"拐弯的地方我看还不定规!"

"不要紧,今儿个再整一下。"

于二长脖子也忘掉昨晚的事了,得意忘形地说:

"人多真好干活,这点玩意真是手拿把掐的,不用说别人,就拿我说吧,两锹,就把缸口大小的一个口子堵上了……"

老王头在那边接上说:

"得啦! 少夸点吧!"

于二长脖到正经其事地说:

"你看,老王大爷,真格的,就两锹!"

张成祥也知道昨晚的事了,严肃地对于二长脖子说:

"于老二昨晚那事,过去不论了,打这以后,你可得好好干活啦! 再一天瞎咧咧,可不能让你了,翻啦身,也不好好思量思量,那么容易呀?"

于二长脖也觉有点不好意思地说:

"主任,你放心吧! 大伙以后瞅着!"

这一夜,每人"造"得都像个泥猴。但是,胜利的兴奋冲走了疲倦……

"坝堵上了!"

"地也不能淹了!"

"秋天能有一个好年景!"

这些都在他们的心里散发着愉快的情绪。

忽然在这群人中有人发现奇迹似的欢叫起来:

"看哪! 东边云彩透亮了!"

"透亮了!"

"天快晴啦!"

欢叫声吵成一片,雨愈小了,人们已走进了村子。

选自《东北日报》,1948 年 8 月 8 日

崔"傻子"

一

天刚蒙蒙亮,崔德厚就开始把镐头刨在那还没有化冻的粪堆了。黑沃沃的粪块从他镐头上一大块一大块地刨开来,他刨了一气,望一望他们这小组的两个大粪堆,嘴就有些止不住地要咧开笑。

他不敢想以前的事,想来以前的事就要流眼泪,若不是共产党、八路军,若不是李大哥,怎么会有今天呢?崔德厚为了勤劳致富和感谢他们,他的镐头刨得更有劲了。真的,怎能不使劲!

崔德厚回到村子里来已经好几个月了。他走了五年,五年这个时间虽然不算怎么太长,但是在他眼睛里看来,真像有几十年的样子,不,也许是几百年,不,也许是……。总之,崔德厚觉得村里变得太奇怪了,变得使他不敢相信,尤其是过去和他在一起榜大青的穷哥儿们,尤其是过去骂他、斥他的地主老财们……。回到这个村子来以后,更使他不敢相信的就是连自己也变了,变得像做梦,甚至连做梦也想不到……

再没有穿着皮鞋的老娘们叫他:"傻子!来一个扒沙看看!"

再没有孩子们围着他叫:"傻子!傻子!"抓沙子扬他。

再不用挨着门叫喊,再不用张开大嘴学驴叫给人家听了。

粪已经刨开一大堆了。他直起来腰,对着那红鲜鲜的东方,心里是亮堂堂的,远远望着那村子外的一片雪原,在他眼中已成绿油油的一片好庄稼了。

二

五年前：

崔德厚在这个村子孙玉玺孙大马棒家榜里青。他是一个没爹没妈的光棍汉。

孙大马棒有二百多垧地，雇了二十多个榜青的。"人不害人家不富，火不烧山地不肥！"孙大马棒就是抱定了这个主意，对伙计那个苛刻劲就不用提了。连他自己家里的人也信不着，他的儿媳若是在外屋切肉，他就贴着板缝听着切几刀，切几刀就是几块肉，不准有一点差头。有一回，据说他听了切十刀，可是给他端上来的却有九片肉，他就哼了一下，告诉了他儿子，打了他媳妇一顿。

孙大马棒在村中就不用说那些横行霸道了，听听他那"大马棒"的外号就会知道，整天马棒不离手。

崔德厚在他家榜了三年大青，真是："去年指望今年好，哪知今年还是破棉袄！"年年都是一个溜溜光，差点连破棉袄也混不上。

这不但崔德厚一个人是这样，在他家榜青的，哪一个都是一样。可是孙大马棒却是今年羊羔皮，过年就是狐狸腿，大车拴了一挂又一挂……

就是五年前的那一年：

崔德厚不知怎么一下子就病倒了。更倒霉的是偏偏赶在割地的忙工上，耽误一天就要给孙大马棒掏一天工钱。崔德厚眼睛瞅着一年辛辛苦苦挣的那点粮，都要玩完了。躺在炕上真是又是急又是火，一病就病了两个来月，把自己的一点余钱化个一干二净。病算好了，好了还得给人家干哪！直干到年底。

到年底一算账可了不得啦！孙大马棒把算盘子一拿，眼珠子一翻楞：

"崔德厚，你倒欠我三百五十五元！"

崔德厚听了这一声，两耳朵呼呼地冒火，连忙低声下气地说：

"东家，你老算差了吧！"

孙大马棒声不是声，味不是味地说：

"谁告诉你算差了？你不信！"接着就喊他那个管账的：

"老张！把账拿来！"

管账的老张把白纸写黑字的账本往桌子上一放，拉着出丧的调子念起来，孙玉玺这边算盘珠上下一动，一五一十就算出来了。把算盘往崔德厚眼皮底下一伸说：

"崔德厚你瞅瞅这是多少？我还熊你怎的！"

崔德厚眼瞅着算盘珠，那被磨得铮亮、红登登的，他的眼睛有些花了，他看那红登登的好像是血，是他的血……

孙玉玺接着又说：

"你误了两个来月工，瞎了我多少粮，化了我多少工钱，算你这么点还多吗？"

崔德厚想求一求，孙玉玺就不耐烦了说：

"去你五十五元，就算三百元吧！头年给我想法拿来！"接着又说一句，"拿不来就给我搬出去住！"

要了命崔德厚也拿不出三百元钱来！拿不出来也不行呵！怎办？他想起来他今年种了半垧"秧科地"还有点白菜，本来想卖了买点粮食，但是现在只好说：

"东家，我那点白菜给你顶上了吧！"

孙玉玺打算了一下就说：

"行，看你在我这呆了三年，白菜就顶一百五，那一百五你再想办法吧！"

崔德厚一听忙说：

"那些白菜能卖二百多呵！"

孙玉玺一听火了：

"你要卖就卖去，我不要！"

崔德厚一听算了吧，现在一时上哪卖去呀！崔德厚央告了一下也不行。

过了两天崔德厚没有还上钱，孙玉玺就提着大马棒走进他屋里来：

"崔德厚！你痛快地给我搬走！"

崔德厚说：

"你老停两天不好吗？"

"不行！"

崔德厚心中有些气了：

"给你耪三年青，求求你不行吗？"

孙玉玺把手里的马棒一抢说：

"谁管你耪几年青，还不上钱就滚蛋！"

崔德厚究竟还是个年青小伙子，也有些火性，他说：

"好，搬走就搬走！"他一边说着，把炕上的一床小被拿起来，一个穷光棍还能有什么？另外就是一个小包，倒很方便，拿起来就要往外走。

孙玉玺一看不好，一百五十元要没有影，过去一把就把崔德厚抓住：

"你等会走！想走就白走吗？"

崔德厚也不是声地说：

"怎么的？"

"怎么的，把你的东西放下顶账！"

孙玉玺说着就冷不防把崔德厚的包袱夺下来。

崔德厚没防备这一手，赶忙过去抢，孙玉玺火了，伸手照着崔德厚头上就一马棒，打得崔德厚嗡的一下，立刻鼓起一个包，他也急了，过去把马棒一下就夺了下来，被子也丢在地下。

孙玉玺一看崔德厚竟敢夺马棒，火更大了：

"我×你妈！"又冷不防给崔德厚一个嘴巴。崔德厚被他打了一个满脸花，也急眼了，管他怎的，乒乓就是两马棒打得孙玉玺"妈呀！"两声。他没想到崔德厚能敢下手打他，这一来他倒害怕了，吓得往门口就跑，一边跑一边喊：

"造反了！好小子！"

崔德厚也知道闯了大祸，一不做二不休，索性又追上去打了一马棒，孙玉玺吓坏了，看见外面别的榜青在看热闹，连忙喊：

"快来！把他抓住，造反了，反了！"可是没有一个人动弹，孙玉玺跑出来就一直往上屋跑，嘴里不住地喊：

"老张！老张！报告警察，快点！"

崔德厚追出了屋，看着孙玉玺跑进了上屋，站在当院子傻了，这真是一个塌天大祸。

和他一起榜青的伙伴这时也着急了，上来说：

"老崔，你还不快跑！"

打头的李生祥过来催他说：

"老崔兄弟！快跑吧！"

"往哪跑呵？一个钱也没有。"崔德厚真有点蒙了。

李生祥立刻从腰里掏出积蓄的五十块钱，这时别人又忙着凑了几十元。

崔德厚感激得要哭了："大哥，我将来怎么报答你们？"

大伙都说：

"快走吧！"

真是不能再慢了，孙玉玺管账的老张已经出门报告——崔德厚跑出了大门，往哪跑呢？崔德厚自己不知道，李生祥和他们的一些伙伴们也不知道。

孙玉玺把警察找来后，没有看见崔德厚，崔德厚也从此再没有回来。

三

崔德厚跑出村子，五年来都干什么了呢？提起来真是一言难尽。

要跑就得远跑呵！他就往南跑了下去，过了多少个村子，多少个城，他记不清了。过了松花江他还是向南跑，钱化得差不离了，也停在一个城市里，这个城他一打听说离北荒一千多里，他放了心。

困难就多了，他成了一个"黑人"，因为他没有"证明"，又没有"手账"，住店，店不敢留，找活干，没有人敢用，想到乡下找个扛活地方，去了两回也没有人用。

怎么办呢？饿急了崔德厚就开始要饭。有时也碰上有人叫他做两天零工，挣了两个钱，那他就少要两天饭。

就这样地在城里城外地流浪着。

有一天崔德厚正走在街上，想到工夫市（卖零工的地方）去闯一下运气，忽然人们像炸了锅似的乱跑乱钻起来，把崔德厚闹愣了，这一愣的当儿就见从前面稀里哗啦跑过来几个带刀的人，看见崔德厚就喊：

"站住！"

崔德厚又往后面一看，吓！那边还赶过来一大群，小绳绑着胳膊，就知道坏啦！"抓浮浪的！"

带刀的人已经要走到崔德厚眼前了，知道也跑不了啦！他一害怕，脑袋迷迷糊糊地倒想起来一个办法。

那两个带刀的人到他面前问：

"你是干什么的？"

崔德厚直勾勾的，嘴冲着那两个人"嘻嘻"一笑，把那两个人造住了，这是干什么？愣了一下发火了：

"过来！"一个人对另一个人说："绑起来！"

这时崔德厚忽然两个大拇指往耳朵上一插，伸长了脖子冲着两个绑他的人：

"嗯啊，嗯啊，啊啊……"驴叫起来，两手在耳朵上还直扇乎，那两个人又一愣，接着都笑得直不起腰来：

"妈个×，是个傻子！"

另一个人，过去踢了他一脚说：

"滚蛋，没有工夫和你扯闲淡！"

崔德厚一直也没住声，两手扇乎着：

"嗯啊,嗯啊,啊……"两腿撒着欢向街头跑去,四外边的人瞅着他那样子,都止不住大笑起来。

从此,崔德厚就变成了"傻子"。

四

崔德厚变了傻子,倒比他原来自由得多了,没有人再向他要"证明"要"手账",也不再担心抓他浮浪了。

他心想:"傻就傻到底吧!省去了好多麻烦!"可是怎么活呢?工夫也不能去卖了,傻子谁还要?再说他也不敢去卖工,因为他已经变成傻子了。

那只好挨着门叫喊吧!"傻子"要饭倒比不傻那阵好要,到哪家,就出一个"傻相"给人看看,多多少少都能给一点,一来二去崔德厚为了使肚子更饱,他的"傻相"也就越创造越多了。而他的饭就更容易要,肚子挨饿的时候也越少。

走遍了城市,再走乡下,小镇,城里城外都成了他出"傻相"的地方。

这一带他的傻名就叫他走出来了,走到哪里人家都知道他是"崔傻子"。

街上的孩子们一看见他过来就喊:"傻子,学学驴叫!"不是用棒子捅他一下,再不就扬他一把土。

一年,二年过去了。夏天崔德厚就用棒子挑着他那件破棉袄,冬天他就挑着那个麻袋片。白天东跑西跑,黑夜蹲庙台,靠墙根,风吹雨淋。这些苦处崔德厚都咬着牙熬过去了。

他有时也想:我干什么叫他们耍着我玩呢?看着玩耍他的人,有时也气愤得厉害,别装傻了吧!但是不行,不傻警察官相的麻烦就多,饭也要不饱,装吧!

他有时也想:回去看看吧!李大哥,还有那些熟人,但一想起孙大马棒,心就凉了,算了吧!

他有时还想:我这成什么玩意了,难道我要装傻一辈子吗?

他想庄稼活想得厉害,当他提着要饭的罐,上屯下去要的时候,他看见那一片平平的黑土地,心里就止不住地跳。他想:能在这块地上扛着一把锄头,或者扶着犁吆喝着牲口,该多么欢喜。

五

东北解放已经快半年了,崔德厚才从乡下走到城里来。他听说日本鬼子跑了,伪满警察官相都撒丫子了,他心想不再装傻吧!能挣点钱回去看看。

他刚一进城门,迎面就过来几个背枪的人,崔德厚瞅着他们穿的衣服,戴的帽子,越来越不懂,这是些什么人呢?"满洲国"兵也不是,日本兵也不像,也不大像中国人,那几个人走过来就喊:"站住!"

这一下把崔德厚吓了一跳,立刻就想起来:"抓浮浪!"不由得又来了"傻相",冲着那几个人把白眼珠一翻,"嘻嘻"一笑,那几个人给弄了一个莫名其妙就问:

"你干什么的?"

崔德厚就又用手往耳朵上一插,"嗯啊,嗯啊啊……"地驴叫起来。

"妈个×,傻子抓他没有用!"接着那几个人就走了。

崔德厚一路上驴叫着走进街来,他心里不住地想,这是些什么人呢?说话也不是味道,戴着"外国六"的帽子。后来,他才知道那是"中央军"。

这样一来,他又不得不傻了,因为"中国"来了还是和伪满一样,不傻还是麻烦。回去看看的心思也没有了。

日子一天一天的真快啊!一晃又是一年。

一天夜里,崔德厚刚刚倒在城隍庙的石台上,就听城里像翻天似的,闹闹的。不久城外就传过来枪声,越来越密,城里也响起来,接连着机关枪声,炮声,人声……

崔德厚不知道这是怎么的了,一直闹了一宿,他也没敢动一动。

傍天亮枪声停下来了。崔德厚也没有敢起来出庙,等到日头快到头顶了,他的肚子咕噜噜地叫起来,他才提着罐走出庙门。

拐了几个弯,来到大街上。大街上和昨天差不多,就是有的买卖才在开板。

他猛抬头看见过来一群戴"外国六"帽子的"中央军",吓得他忙蹲在墙根下。

今天的"中央军"怎么和往常不一样呢?枪没了,有的连"外国六"的帽子也没有了,搭拉个脑袋,一点仰棒味也没有,崔德厚又一看,原来在他们旁边还有一些人端着枪跟着,那些人和"中央军"不一样,崔德厚看见这个样心里有点明白,是缴械了吧!

他又仔细细地看了一下端着枪的兵,这是哪一头的兵呢?崔德厚耳朵里也听说过什么"八路军"专打"中央军",究竟是不是八路军呢?崔德厚没见着过,也猜不透。

那群人过去了,崔德厚从墙根下站起来又往街里走,走过一趟,又来到一趟街,他看见有好多穿着破衣拉撒的老娘们、老爷们拿着口袋往那边跑,他不知道是干什么。

这时对面走过来两个兵,就是方才押着"中央军"过去的那样的兵,崔德厚心里一怕,刚想把手往耳朵上插,这时那里面的一个兵先开口热乎乎地叫一声:

"老乡!"

崔德厚一听出乎意外的,不知怎么好了。

那个人又说:

"老乡!那边八路军放粮了,你怎么不去领啊!"

崔德厚愣住了,嘴也张不开了,要笑也没笑出来,半天才答应:"啊!啊!"

那两个人走过去,崔德厚还站了半天,他心里不明白,这是八路军啊!为什么和我这么热乎呢?

八路军放粮又是怎码事?站了半天,崔德厚越想越不明白,看人都往那边跑,他也跟着跑过去。

平常有"外国六"兵站岗的仓库,今天打开了,黑乎乎的人哪!出来进去,真的有人扛着粮食走了。

"八路放粮啦!"许多人嚷着,声音又悲又喜!

崔德厚也跟着人挤到粮垛跟前,红灿灿的高粱照得他有些眼花了!

没有口袋怎么办?他忙着把在棒上挑着的破麻袋片放下铺在地上,双手插进了粮堆,就往麻袋片上扒。

这时过来一个人问他:"老乡,你怎么不拿口袋呀?"

崔德厚忙着低头扒,也没抬头就说:"唉!哪有口袋!"他说完一眼看见地上站着一双扎着腿绑的腿,忙抬头一看原来是一个大兵,心里一跳,就笑着站起来又补上一句:

"要饭吃的哪来的口袋?"一句话刚说完,他瞅着面前这个兵有点面善,"李!"他心里咯噔一下,嘴里差点喊出来,但是没敢,那不是成了做梦吗?

那个兵呢?这时也有些怔了,直瞅崔德厚的脸,瞅了瞅就问:"你贵姓!"

"姓崔!"

这个兵忽然叫起来:

"你就是老崔兄弟吗?"

崔德厚明白了,瞅了一瞅,一下子趴在李生祥的身上,半天哇的一声哭出来说:

"老李大哥,是你啊!"

"老崔兄弟,你怎么弄成这个样子啦?"说着说着,李生祥也哭起来。

崔德厚越想越哭,什么也说不出来,粮也顾不得要了。

李生祥哭着又问:

"你怎么弄的啊?"

崔德厚的心像针扎似的,怎么也说不出话来。这几年来崔德厚积下的眼泪太多了,怎么能一下子就哭得完呢?这几年崔德厚的心

35

几乎凉透了,趴在亲人的身上怎么能一下子就热过来呢?

两个人哭了一顿,崔德厚的背上湿了一片,李生祥的胸前都湿透了。

粮也没有拿,他俩就走出来。李生祥领着他到连部里,坐在连部的炕上,崔德厚把这几年的事情一边流泪一边说完了。李生祥也把解放以后共产党、八路军到了他们村子的一切事情,和他怎么参的军讲给他听了。

崔德厚听着李生祥讲说村子里的事,就像听"瞎话"似的,哪能有这么回事呢?真不敢相信,但是老李大哥明明白白地坐在眼前,又不能不相信。

崔德厚本来想参军,跟李生祥在一起,但是因为他身体在这几年里弄坏了,还得回去养养。连长和李生祥的战友们给他凑了一些钱,又给他换上一套衣裳。

他有些舍不得那些热乎乎的同志们,又悲又喜地往回来。

从此,崔德厚就结束了他那"傻子"的生活。

六

回到这个村子里来,李生祥对他讲的,使他不敢相信的事都出来了。

他一走进村子里,就遇上了两个拿扎枪的小孩:

"老乡你上哪去?路条!"

他把连部给开的路条给了一个小孩,那个小孩一溜烟就跑进一所大院套里,他一看那大院套正是孙大马棒的,心里就止不住地嘣嘣乱跳,但一想老李大哥的话,才安了一点心,剩下那个小孩正瞅着他,他瞅着那小孩的穿戴,使他想起孙大马棒的小孙子……

不一会送路条那个小孩飞似的从大院里跑出来,后面也紧跟着出来一个人,那个人穿着崭新的青棉袄,他心里又跳起来。那个人还没到他跟前就喊:

"老崔!老崔!"

崔德厚仔细一看认出来了：

"嗳呀！是老张，你弄得我不敢认了！"

这真是一个喜信，一会就传遍了全村：

"崔德厚回来了，打孙大马棒的老崔回来了！"真的一切都变了，崔德厚做梦也没梦着过。

"崔德厚回来了！"

老头子摸着胡子笑，老太太叼着烟袋来看他。

哪个穷哥们不喜欢哪！这个来看，那个来看！真是一阵悲，一阵喜，一阵哭，一阵笑，每个来看他的人都落了一把眼泪。

孙大马棒听见崔德厚回来，吓得蹲在小马架里整天哆嗦。

当天晚上村里开大会讨论了崔德厚的事。

崔德厚躺在老张家里，身下面铺着厚厚的毡子，上面盖着一床麻花被，几年来睡庙台的身子，使他感觉现在好似睡在棉花堆里。

他正蒙眬眬的时候，老张跑来对他说：

"老崔，大会上给你解决了二垧地，一间房！"

崔德厚一听"地""房"就跳起来问：

"怎么？"

"分给你两垧地，和一间房！"

崔德厚这一下听真了，一把拉住老张的袖子说：

"谁说的？谁说的？"

老张说：

"刚才在大会上解决的！"

"走，带我上大会去！"

崔德厚拉着老张一起来到了会场。

"多亏八路军……"再说就抽搭住了。

会上的人也愣住了。

崔德厚抽搭了两下，鼓足了一口气，就把这几年的苦楚一点点地吐出来。

回来好几个月的崔德厚，已明白了好多道理，对于房子、地，本是自己的道理，最近也懂得个不大离了。但对共产党，八路军救活了他的事，起初就是那样，现在却越想越对。

要开始春耕了，他和老张一共七个人，编在一个生产小组里。

这几天每个组都忙着收拾粪、沤粪。崔德厚每天起来得最早，他们小组里两堆像小山似的粪堆，已经发上一堆了。

今天早晨又是他最早起来的，他扬起来镐头，怎能叫他心里不乐呢？故事就是这样地结束了，崔德厚的眼前又出现了一片绿油油的庄稼。

一九四八年三月十二日

选自《东北日报》，1948 年 3 月 21 日

"龟盖"的故事

一、故事的开头

高粱正是晒米的时候,再等十来天就要割地了。

一进洼垄屯,走在屯后的岗上,就看见那上面有两垧多地荞麦,无论谁看见,都不能不稀罕地说:"这荞麦长得真好,准能打上三石!"若是叫这地的本主老张头和王成子来说,还不止三石哪!

这块地有个名,叫"龟盖"。今春开这块地时还费了一段好大啰嗦,你若问老张头,他就会指着岗下西边那块朱如亮的糜子地说:

"你看见那块糜子地了吗?也是今年新开的荒,侍弄得还不错。这话说起来可就长啦!"

二、动不得的"龟盖"

洼垄屯的土地是最不好了,若不怎能起个名叫洼垄屯呢?就是因为地洼,"十处洼必有一处高"。洼垄屯就有一处岗地,地还真好,黑油沙土,离屯最近,就在洼垄屯那三十来间房子的背后,它的脚下不远就是一道河。因为它像个龟似的在那趴着,就有了个名叫"龟盖"。

提起来这个"龟盖",过去屯中地主张二麻子还打腰的时候,那说法可就多啦。

他说这"龟盖"是他家的"锁家宝",他发财全仗着这个"龟盖"。传说他爷爷那阵,有一个"南蛮子"到这个地方来,那"蛮子"

39

眼睛可毒啦,看地三尺,一看就知道这里有宝,就偷着在下晚作法挖宝。他爷爷当晚就做了一个梦,梦见一个白胡子老头手托着一个放光的宝贝对他说:"你命里该有这个宝贝,谁也偷不去,现在有人来偷,已经叫我打死了。"说完就把宝贝给了他爷爷……。第二天屯中人果然在河边上看见一个淹死的人。

帮助张二麻子这样说的,就是这屯中那个合婚嫁娶、择地入葬、无所不能的阴阳先生朱如亮。他不但说那块地是张二麻子的"锁家宝",而且说还是全屯的风水所在,有它能保佑全屯,谁要动它就会发大水淹了全屯。而且更厉害的是动它的人得七窍流血而死……。他说这话好像也有点根据。在早有一年闹春荒,屯中好些人家没吃的,新从外处搬来的老李家就上这块岗上采野菜吃,谁知道吃了全家三口人死得一个没剩。经朱如亮一看,说那是动了"龟盖"啦!从此以后更没有人敢动了。张二麻子老太爷下世的时候,还经朱如亮看的茔地,就葬在"龟盖"的旁边,这叫"守宝"。

这块"宝"——"龟盖"就这样地给张二麻子"锁"了多少年的家,眼瞅着那黑油油的土岗子长着荒草,人家张二麻子不在乎这个,地多嘛!

共产党来了,天变了,地变了,人也变了,张二麻子变得垮台了,可是这块"宝"——这块"龟盖"没有变。

虽然这块"宝"再不给张二麻子"锁家"了,可是屯中人还没有敢动它的,因为怕"七窍流血而死",怕发大水淹了全屯,何况还有些人不让动它呢!主张不能动最厉害的就是朱如亮,他说:"动不得呀!一动就跑了风水不说,淹了全屯谁担得起呀?"

究竟朱如亮主张不能动这块"龟壳"是不是为了大伙,动了这块"龟壳"是不是能七窍流血而死,这些,朱如亮心里是有个数的。

说到这,就得讲讲朱如亮是个干什么的。朱如亮是他后改的名,从前他叫朱喜,也算是洼垄屯的老户,过去家中有过几垧地,叫他爹又赌又嫖地糟蹋完了,到他这辈就现眼啦。但是朱喜究竟是像他自己常说的"见过大世面的人",比他爹精明多了,虽然家中没啥,不干啥活也能混个吃喝。后来,他到外面混了两年,回来之后,可就更有能耐了,说在外面拜了师父,得了神术,专会阴阳,把他朱喜那个名字也不要了,改了朱如亮,意思就是像诸葛亮。

当了阴阳先生,就少不了有人请看看房宅啦,择择茔地啦,看看日子啦,那朱如亮就神气起来,"子午卯酉"地掐指一算,"凶吉祸福"就从他嘴定出来了。

自从给地主张二麻子择了"守宝"那块茔地后,就颇得张二麻子的欢心,所以声名就一天比一天高,神通也就一天比一天大。

地主倒了台,时代变了,朱如亮看阴阳的买卖也不大兴旺了,他就想多弄点好地种。他想了想,想到这"龟壳"地。这块地又好又近,他知道什么七窍流血,发大水,都是怎么回事,他不害怕,可是"龟壳"地他总说开不得,他自己开能行吗?况且开荒也太费劲了,他犯了难,想一想,捋捋他那小白胡,想起来对面屋毕大弯腰子,他知道毕大弯腰子好占小便宜,容易糊弄。

这一天,他就把毕大弯腰子找来说:

"毕老大,你说咱屯后那块'龟壳'地怎样?"

毕大弯腰子说:

"那还有比的?"

朱如亮说:

"你想不想开那块地?"

毕大弯腰子摇头说:

"我不敢开!"

朱如亮突然拍着毕大弯腰子的罗锅哈哈大笑说:

"毕老大,你的福气来啦!"

这一下把毕大弯腰子弄愣了,忙问:

"朱先生,你说咱那来的福气?"

朱如亮说:"现在你能开那块龟地了!"

毕大弯腰子说:"朱先生,你可别逗啦,我可不敢!"

朱如亮正经八经地说:

"这可不是逗着玩,这叫命呵!"停了一下,小声像有什么大秘密的样子说:"自从那二麻子倒了台,那块宝地就算没主啦,到底这个宝将来落到谁手呢? 我就纳闷,昨晚上我夜观天象,就瞅见从那块'龟盖'红光四射,出来一个火球,直奔你的房子来了,没等我看清,就钻进你屋子里去了。"

这话把毕大弯腰子吓了一跳,忙问:

"这是怎么回事呀?"

朱如亮说:"是呀! 我就连夜摆起来'天罡神术'掐指一算,哈哈!"这一声太大了,朱如亮连忙又把声压了下去说:"这是天机不能泄露,得小点声。"说着又拍了拍毕大弯腰子的罗锅背说:"毕老大,想不到你真有这么大的福气呀! 原来这块宝地就该落在你手里!"

这一下把毕大弯腰子闹糊涂了,长这么大哪经过这个呀! 说话都不好使了:

"这真,真格的吗? 朱先生!"

朱如亮把他头上戴着的那个搭拉檐的礼帽往上一推,手掐着下牙,捋着那少来白的小胡,正颜正色地说:

"这可不是说着玩的,虽然这个宝命中该落在你手,可是若没有我来助你一膀之力,还不能行,不行还说不定有祸哪!"

这一下可把毕大弯腰子吓着了,一挺腰差点把罗锅挺直了说:

"朱先生,你可得帮忙!"

朱如亮慷慨地说:

"那不成问题,咱哥俩,你的事还不就是我的事吗? 告诉你,我那天下晚摆'天罡神术'一算,就算出这块'龟盖'地应该落在龟形人手中,你看,你这罗锅不正是龟形吗?"

毕大弯腰子并没有觉出这话不好听,反而高兴地问:

"真格的吗?"毕大弯腰子背上那个罗锅正像一个二盆似的扣在上面,由二盆沿向前伸出了一个小脑袋,上面那两只小眼睛卡巴卡巴紧紧地盯着朱如亮。他有些顾虑地问:

"那'龟壳'地开了不是跑了风水了吗？"

朱如亮说："你不懂，这不同在早啦，这叫龟形人开龟地，九九归一，宝贝还家呀！不开哪行？你开了种上庄稼，说不上能发多大财哪！"

别看毕大弯腰子干别的活不大行，一听发财可就"骑驴包豆包乐颠馅"啦！忙问：

"那啥时开呢？"

朱如亮说："别忙，等我给你请道符贴在背上，叫你多咱开就多咱开，没有我的符也开不了，"停了一下又说，"毕老大，我请这道符可不容易呀，你开了这块地怎么酬劳我？"

毕大弯腰子说："朱先生说吧！"

朱如亮说："我这个力费得也不算少，你开了地分给我点怎样？"

毕大弯腰子连忙说："行，行！我开了那个'龟壳'，咱们一人一半，有了这宝地，分的那点地我也不要了，省点劲！"

朱如亮一听笑得小白胡又掀起来老高说：

"毕老大真行，不愧是大命人，咱哥俩一言为定，就这么办！"

毕大弯腰子临走时朱如亮又嘱咐说：

"千万别说呀！天机不可泄露。"

毕大弯腰子走了，朱如亮就在家手捋着小白胡，脚迈着方步，开始编神话，他想编些什么龟形人开龟地啦，红光四射啦，什么东西落到毕大弯腰子家啦！……想把这些话传出去，准备好叫毕大弯腰子去开"龟壳"。

毕大弯腰子从那天回去，晚上手摸着他那个罗锅，乐得一宿没睡着。

三、动不得也动了！

不能动的"龟盖"地到底动了，但是开"龟盖"地的不是好占小便宜不大愿干活的"命大福大"的毕大弯腰子和装神弄鬼坑人拐骗的朱如亮,而是屯中公正直性的老张头和膀大力粗老实厚道的王成子。

在今年快开始春耕的时候,朱如亮心里有底,无论区上怎样提倡开荒,谁也不敢去开那块"龟壳",就等他编神话,或者再想个什么法显显灵,好叫毕大弯腰子去开地,如意算盘打得倒不错,没想到就有不听邪的人,把"龟盖"给开上了,这就是老张头和王成子。

老张头和王成子在一个生产小组里,他们是自愿两利找的对象,老张头就喜欢王成子这个膀大力粗能干的小伙子,王成子也喜欢老张头的直率公平的性子。

老张头从来就不大信鬼呀神呀那一套,自从屯中封建垮台,他更不信了。他常说:"我就不信那邪魔鬼道,都说地主有钱是坟茔地占得好,这回咱们穷人翻过来了,坟茔地也没动啊?怎么地主一下子都倒台啦呢?"去年冬没收了地主张二麻子的大院套,当时就没人敢住,好像是朱如亮当谁说过:地主那房子大,邪呀!地主倒了咱们人少压不住,没看见房梁柁上那道符吗?老张头心思心思就没怕,搬了进去,一直住得挺好,安安稳稳的什么事也没有,后来斗争积极的王成子也搬了进去。

王成子过去扛大活受穷,有时也认为这是"命"。可是翻身后他的脑瓜筋渐渐地就变了。若没有共产党有什么样的"命"也不能翻身呀,他不大信"命"了。

今年开春,王成子那匹红骟马在槽上拴着,不知怎么一下子缰绳开了就跑出去丢了。急得王成子连宿带夜地到处找,也没找着。更叫他丧气的是:一天晌午他在河坝上找马,河沿树枝里卜拉一声飞出来两只雀,在他头上飞过去叫:"丢啦!丢啦!"他气得捡起土垃坷就打。往回走正碰见朱如亮,他就说方才遇见雀的事,朱如亮把那搭拉檐的礼帽又向上一推,左手捎着小白胡,右边那"马前课"的手指头一点一点,然后对王成子说:

"老王,我可不是懊躁你呀,你这马呀……"停住了。王成子着急地问:

"怎么的?"

朱如亮很干脆地说:"没个找啦!你就死心吧!"

王成子说:"你怎么知道呢?"

朱如亮把他那能掐会算的手掌向王成子眼皮下一伸说:

"这不明摆着,'空亡',这是大不利,哪能找着呢?何况你又遇见那雀叫……"

王成子听了,垂头丧气地回了家。说也凑巧,就在那天下晌从北屯来一个人说:听见哈拉屯捡了一匹马,王成子听了信,一个高就蹦起来去了。果不然没到上灯的时候,就把马牵回来了,不是那匹红骟马是什么?王成子想起来朱如亮的话使劲唾了一口,从此更不再信什么鬼道了。

老张头别看年纪大点,干起活来也不让一个小伙子,王成子那就别提了,各人分的地都不够种,政府又提倡开荒,老张头就跟王成子商量说:

"咱们不好开点荒吗?"

王成子说:"开吧!那怎不好!"

开哪块地呢? 老张头想了想说:

"咱们开那块张二麻子的'锁家宝''龟盖'地,好不好?"

王成子听了迟疑一下,老张头说:

"你也信那些邪魔外道呀?"

王成子说:

"我倒不信哪! 就是屯里那些不开脑筋的,他们不唧唧呀?"

老张头说:"怕那些干啥? 没有主的荒地谁开是谁的,凭啥那样好的地扔着不开呢?"

真的,全屯就属那块地好,黑油沙土,好铲好蹚……多少年来就诱惑着王成子,王成子一狠心说:

"开! 管它怎的!"

商量好了,老张头和王成子就套上了大犁开"龟盖"。

屯里人听说老张头和王成子开那块"龟盖"地,许多人都捏了一把冷汗,那怎么能开呢？有人就来劝他们别开啦,开不得呀！

有的在翻身后的两年来对"龟盖"的事也不大信了,有人开就开,没有人去开他们可也不去冒险。有的虽然还信"龟盖"的事,但是怕人说脑瓜筋不开,所以老张头他们开"龟盖"也不当面拦阻,只是背后摇摇头。有的就公然来反对了,他们说这"龟盖"动不得,开了不但对自己不好,对全屯都有关系,这样人除了毕大弯腰子和朱如亮他俩别有用意外,还有李花盖子等一些脑筋不开的人。

在开"龟壳"的第二天,朱如亮和毕大弯腰子,还有李花盖子都来找老张头和王成子了。

先来的是毕大弯腰子和朱如亮,进来正好遇见老张头和王成子在当院子套犁,毕大弯腰子走上前去说:

"老张头,你这事情办得不对呀！"

老张头明知道他们是来干啥的,故意地说:

"我啥事办得不对？"

毕大弯腰子把小脑袋使劲伸了伸,脖筋鼓起来老高说:

"你们不能开那'龟盖'地呀！"

王成子接上就问:

"因为啥不能开？"

毕大弯腰子急了:"那你们还不明白吗？祸害你们自己还不要紧,还要祸害全屯哪！"

老张头把脸一放,正颜正色地说:

"谁告诉你们的祸害全屯？"老张头的眼睛瞅了一下朱如亮。

这时李花盖子从大门进来,听了这话就接上:

"张老头,这'龟盖'可不能开,你忘啦,那年老李家的事啦？"

毕大弯腰子像得了理似的忙接上说:

"老李大哥,你说这祸害全屯能行吗？"

老张头有些来了气说:

"毕老大,你这个脑袋一点不开,那'龟盖'不是张二麻子的锁家宝吗？张二麻子为啥倒了台啦？它为啥不能给张二麻子锁家啦?"

王成子也上来气说:

"你们的脑袋还封建迷信呀?不让开咱们上区上讨论讨论去!"

毕大弯腰子没话说了,两只小眼睛卡巴卡巴,想找朱如亮,一回头,看朱如亮早溜出去挺远了。原来他最怕听别人说"迷信"这两个字。李花盖子呢,他也怕人家说他封建,这时把话就拉回来了说:

"我倒不是脑瓜封建,开'龟盖'我也不反对,尽是他们大伙瞎嚷嚷,我告诉告诉你们就是了。"

这时朱如亮看不行了,已溜出了大门,李花盖子觉得没啥意思也走了,剩下毕大弯腰子瞅瞅没咒念气地说:

"你们开吧!开出了乱子看你们怎办!"话还没说完,拔脚就撵朱如亮去了。

老张头瞅他们的样子,气又不是笑又不是。

王成子说:

"毕大弯腰子底根就有点懒性,跟朱如亮勾搭连环,更不能好了。"

老张头说:"这些人非得改造改造不可,你瞅朱如亮还说不定捣什么鬼哪!"

两个人说着套上犁,又去开那"龟盖"了。

四、原来这么回事

开了"龟盖",老张头和王成子也没有"七窍流血"而死。

朱如亮心中这个憋气劲就别提啦,眼看"龟盖"种上的种子都出苗了,自己想骗的地还没有到手,越想越生气,越生气越恨老张头和王成子破坏了他的好事,不由得心里就想出来一个坏道。

这一天又把毕大弯腰子找来。毕大弯腰子因为没有得着那块宝地,心里也丧气,但他听了朱如亮的话总算有个底,就是"叫他们开吧,准不能得好,宝贝该谁的是谁的,以后就知道了"。

毕大弯腰子听朱如亮招呼,过来了,朱如亮说:

"昨晚我又摆了'天罡神术'算出来老张头是个魔星下凡,活该你得这个宝受点折磨,现在咱们就得想法把他打败才行!"

毕大弯腰子问:"那怎么办呢?"

朱如亮真像法术无边的样子说:

"不要紧!"又往窗外瞅一瞅叫毕大弯腰子,"你过来!"毕大弯腰子把罗锅往前凑一凑,小脑袋一伸,耳朵贴上了朱如亮的嘴,半天,小眼睛卡巴两下,眼眉皱了皱,为难地问:

"行吗? 这叫人看见怎办?"

朱如亮说:

"这宝命该是你的,怕什么? 若不这么办就打不败他,这块宝备不住就兴许叫他们给破坏了,等下晚你来带一道符去,就万事大吉了。"

既然命大,福大,为了得这块宝贝,毕大弯腰子还怕什么?

"好,就这么办吧!"毕大弯腰子走了。

朱如亮就在家拿起他那个秃头毛笔,像画苍蝇似的画了一道符。预备晚上给毕大弯腰子。

老张头和王成子开了"龟盖"一人分了一半,都种上了荞麦,不几天小苗就出来了,老张头和王成子叨咕说:

"这地多好哇! 过年咱们就种上苞米,顶不及也打它五石六石的。"

就在朱如亮咬毕大弯腰子耳朵说话的第二天,老张头到"龟盖"上去了一趟,不知为什么南边的那两条垄,有不少苗都蔫吧啦!

"犯什么病了呢?"老张头心里想着,看看别的地方都挺好,就没大注意地回去了。

当天傍晚生产小组长上村去开会,王成子也去了。顶半夜才打村上散了会回来,为了防备个狼啥的,他扛了个老洋炮。他走到房后"龟盖"上,就看月亮地下有一个人蹲在那边地里,两手不住地像干啥,王成子站住,心中"咯噔"一跳:"真有鬼啦?"

那个人蹲了一会站起来直一下腰又蹲下,这一下王成子看出来了:"这不是毕大弯腰子吗?他在那干什么?"

王成子悄悄地走了上去,毕大弯腰子光顾着忙,也没听见啥动静,只见他两手不停地顺着垄台抓着苗就往上一拔,这一看不要紧,可把大成子气炸肺了,大叫一声:

"毕大弯腰子!"

这一声毕大弯腰子吓了一个腚蹲,起来也没看清是谁,撒丫子就跑。怎么跑吧,他背上那个二盆也不方便呀!王成子两步就撵个差不多,把洋炮往前一伸就喊:"站住!你再跑我就开枪啦。"

毕大弯腰子一听要开枪,吓得就站住了,一看是王成子,过来就行个礼,结结巴巴地说:"老王大兄弟,是你……"下面就说不出来了。

王成子气冲冲的:

"毕大弯腰子,你这是干什么?成心祸害人哪?"

毕大弯腰子忙说:

"不,不是,老王大兄弟,我……"他咽了一口唾沫说,"我是来看出没出苗。"

王成子恨不得给他两巴掌,气得说:

"半夜三更谁叫你上人家地来看苗,我早就看见啦!走吧!咱们叫大伙给评评理!"

毕大弯腰子哀求说:

"老王大兄弟,你看,这个事……"

王成子用洋炮一比划说:"你走不走吧?"

毕大弯腰子一抖索,忙说:"走,走!"

这件事发生的第二天早上,就把朱如亮也找来了。因为毕大弯腰子昨晚一害怕,就说出是朱如亮叫他干的,这一下朱如亮也就露了原形啦!

屯主任,生产委员,老张头,王成子,李花盖子,东邻西舍都来了,这是一件新鲜事呀!

毕大弯腰子搭拉头了。朱如亮刚被找了来,虽然他心里像明镜似的,但是他还装相说:

"怎码事? 该我啥事?"

老张头说:"你为啥叫毕大弯腰子祸害我们的荞麦地?"

朱如亮把头摇得像拨浪鼓似的说:

"哪有的事? 我没有呀!"

毕大弯腰子没办法地说:"得啦! 我都告诉人家了!"

朱如亮把眼睛一翻楞说:

"毕老大,你怎么大白天说梦话呢? 我多咱叫你祸害人家的庄稼啦?"

屯主任看朱如亮不承认,就对毕大弯腰子说:

"你当大伙说说,朱如亮都怎对你说的?"

毕大弯腰子到这个时候也忘了福大命大,也忘了天机不可泄露,就一五一十地,把朱如亮如何叫他开"龟盖"地,如何分给他一半,又如何说老张头是个魔星下凡,不打败他不能得到"龟盖",朱如亮叫他去拔老张头的荞麦,好叫他们相信这块不能种庄稼……

朱如亮一听傻了,手也忘记再掐那绺小白胡了,抖索地说:"这哪有的事,这哪有的事!"

生产委员这时火了说:

"朱如亮你还不坦白,送区上去办他!"

朱如亮这一听慌神了,忙拉着生产委员说:

"别,别送,咱,咱们再谈谈!"

旁边有个人逗笑地接上说:

"得啦! 别弹(谈)啦! 拉弦吧!"

大伙忍不住地笑起来,屯主任忙说:

"别逗笑话,咱们大伙看这个事怎办?"

老张头气得说:"不坦白就叫村上送区政府办他!"

大伙说:"对!"

朱如亮一看不行了,对老张头说:

"老张大爷,就算我的错吧!"

大伙说:"不行! 得坦白坦白!"

又有人说:"那'龟盖'到底怎码事,闹神闹鬼的,也坦白坦白!"

屯主任对朱如亮说:

"对了,你就坦白坦白吧!"

朱如亮没路啦,吓得这一下可坦白了。把他怎样糊弄人,怎么讨张二麻子欢心,说"龟盖"地是他家的镇家宝,又怎样地想骗点地,糊弄毕大弯腰子开那块"龟盖"……说完了李花盖子抢着问:

"那年老李家全家死了是为啥? 不是为了动'龟盖'吗?"

朱如亮说:

"因动'龟盖'死了是我编出来的,他们大概是吃野菜药死的。"

毕大弯腰子一听简直这个火就大了,冲着朱如亮就破口大骂:

"我操你妈,朱如亮,我算叫你调理稀了!"骂着就要过来打,被大伙好歹拉住了,朱如亮吓得抖索起来。

这一来屯中人就吵翻天了,什么"龟盖"镇家宝的,都是扯淡,真叫朱如亮调理坏了。若不早就开那块地啦!"龟盖"的秘密从此就揭开了,大伙都明白了原来是这么回事。

五、到末了

"龟盖"的秘密揭开了,到末了对朱如亮和毕大弯腰子怎办了呢?

村上开了个大会,说明了鬼呵神呀都是人编出来骗人的,把朱如亮的事对大伙发表了,开了好多人的脑瓜筋。

对朱如亮,有人说要送区上改造他,有人说要把他撵出屯子去,这可把朱如亮吓屁了,左哀求,右哀求,大伙说好吧,留在屯中大伙监视他干活,坏了老张头的那点荞麦叫他给白种上。

毕大弯腰子受了一顿骗,白做了一顿福大命大的梦,大伙给他开了一下脑瓜筋,对他说:

"要想发财非得自己劳动不可,靠命,靠福那是白扯呀!"

选自《东北日报》,1948 年 9 月 30 日

教　　训

　　组织五井村的生产,村主任李祥可算费了老鼻子劲啦。一春一夏跑坏了两双鞋,脚掌也磨破了,操心上火还差点闹了一场病。可是到了归终,顶属五井村的生产糟糕,出了五十多垧撂荒地,李祥也受了批评!

　　这是怎码事呢?

　　五井村离区上远,离县里更远,什么事都好像落后一步。

　　春起李祥到区上开了一个会回来,就给大家伙也开了一个生产会。

　　会上李祥说:

　　"生产可是为咱大伙好哇!哪个人都得好好干,不干就不行!"

　　大伙都还没明白怎码回子事,李祥就着上急了,眼瞪着,头晃着,冲着大伙说:

　　"生产是为咱大伙发财,你们的思想通没通?"

　　谁愿意说自个的思想不通啊,都异口同声地说:

　　"通啦!"

　　李祥乐了,以后他就向区上汇报说:

　　"五井村的生产保证能搞好,老百姓思想都通啦!"

　　老百姓思想都通啦,李祥就心满意足地下令:编小组,选委员,选组长……

　　什么都布置好了,李祥到各屯巡视一下,有组长,有委员,小组编得一家没落下,挺齐全。回来,他坐在家里心里得意地想:

　　"生产工作没啥!"

※　※　※

虽然说"生产工作没啥"，但是李祥可没放心，哪天都起早贪黑地从东屯到西屯地查看。一早到了东屯，晚上就从西屯转回来，没旁的事，哪天也不落下，说起来也真够辛苦了。

李祥出了东屯，进了西屯，东家瞅瞅，西家看看，看见谁没下地，他就火了：

"你的脑瓜是石灰做的呀？上边这样领导你们生产，你怎还不敢？"

再不他就说：

"我再看见你不下地，就送区上当二流子办！"

这样一来，果然发生了效力。头些日子，李祥遇时还碰上几个"闲人"，以后在李祥的眼睛里根本就看不见一个闲人了。

李祥瞅在眼里，乐在心里，他想：

"这还不大离，没白费心思！"

有一回，这天李祥有点私事，半天晌才从家里出来，他急急忙忙迈着大步，一进东屯，就瞅着有点差眼，屯子门前有好几匹马，散着啃青草。怎么今个没套犁呢？李祥心里纳闷，他赶忙三步两步走进一个生产小组长叫尹六嘞嘞（因他好讲好说，所以叫嘞嘞）的家里。

可倒好，尹六嘞嘞正支着个大腿，坐在窗台上跟大成媳妇，二锁子，前院刘柱子，还有几个妇女，嘞嘞得正有劲呢。

有一个妇女一回头看见李祥从大门进来。吓得她一跳，忙说：

"李主任来了！"

这一声不要紧，登时一堆人"呼啦"一下就跑散了，有的去找锄头，有的去摸水桶，有的去拿纺车，……跑个一干二净。

剩下尹六嘞嘞一看不好，一头就扎到炕上，装起肚子痛。

李祥一看，这是啥事呀？倒有些闹愣了，走进屋问尹六嘞嘞说：

"你们干什么？"

尹六嘞嘞皱着眉头说：

"主任，今个咱肚子痛没下地。"

李祥虽然觉得不对劲,但也不说出来啥,又问:

"刚才你们一堆人都干啥?"

尹六嘞嘞说:

"那,那不干啥!"刚想说点啥隐瞒隐瞒,那边大成媳妇提个水桶,由屋里出来说:

"哎呀,主任! 刚才你不知道,他闹得可凶啦! 肚子疼得急哇喊叫的,把人都吓坏了!"

尹六嘞嘞也忙说:

"可不,也说不上冷丁子怎的啦!"

李祥瞅瞅,只好说:

"但凡能下地就下地吧! 正铲二遍,一天一个成色呀!"

尹六嘞嘞说:

"主任,你放心,如今谁的脑袋瓜还不通气?"

大成媳妇也一边往外走,抿着嘴说:

"地是给自己种的,谁不加紧干! 咱老娘们也不闲着呀! 主任,你坐着,我还得挑水哪!"

李祥没啥说的了,回身往大门走去。

李祥出了大门,屯前的几匹牲口已经没有了,在不远的地里,有几付犁在蹚地,这是才刚李祥来时没有的。

李祥心里又满意了——"生产没啥问题。"

※　　※　　※

在区上开会时节,说编小组得自愿找对象。李祥没这么办,他有一个理由,他说:

"都要自愿就乱套了,你要自愿,他要对象,哪有那么齐全的,小组就没法编。"

区上又说:小组里要实行评工。李祥照办了半截,他当大伙说:

"你们小组里得评评工呀!"

有人说:"那太麻烦,好歹都是一家人,算了吧!"

李祥说:"随你们便,评工不评工没关系,生产生得好就行!"

区上又说:要当老百姓解说解说生产政策,交交底。李祥更干脆,他说:"解说啥? 咱这村的老百姓脑瓜都开通啦,用不着。"

有一回生产委员来向他报告说:

"咱这村有挺多人不托底,生产没大有劲,小组也有问题……"话还没有说到头,李祥就来气了:

"呵! 你听谁说的? 谣言! 你说哪个不托底? 哪个小组有问题?"

生产委员不服气地想分辩两句,他更火了:

"你不了解情况,我还不跟你? 哪天我不去查看生产!"

生产委员抱了半天委屈,强八伙又说出两句:"主任,你不信,你去好好调查调查!"

李祥更急了:

"你说,我好好调查啥? 我一天恨不得跑八趟,我还调查啥? 这个工作你懂,我这个主任就让给你!"

生产委员憋了半天没说出话来,李祥像教训似的说:

"以后得好好催大家伙生产,别瞎听乱七八糟的谣言,也不看情况!"最后一句话,他说得特别重。

生产委员只好说:

"对,对! 对!"赌气走了。

从此以后,生产委员再也不说啥了。他心里想:"要你主任管事就行了,我顶啥?"

李祥,还是一天跑到晚,听听这个小组长一套,听听那个小组长一套,当面谁不说好听的? 李祥听了挺乐。

※　※　※

另外还有一件使李祥最得意的事,就是他改造了一个"二流子小组"。

这件事的根梢是这样:

李祥查看生产从来很少到地里去,因为他一天跑几个屯子,就足够他受了。

这一天,忽然不知怎的,李祥想起来查看一下远一点的地,他就顺着道边一走,离屯三四里地,他看出有些不对样了,来到一片苞米地的地头上,一瞧垄台垄沟尽是草,他起初还不敢相信,又仔细一看,可不是怎的,干不楞没别的,草连片啦!地都该蹚二遍了,这还行吗?他火了,一口气,别的地也不查了,跑回了屯子去,连吵带闹地把那块地的小组长找了来,他就站在大门口,指着那小组长骂:

"你们这叫生产吗?你们都是石头脑瓜呀?"

小组长一声不吱地蹲在地上。李祥气呼呼的,说一句,还得喘一口气:

"我看你们真是懒驴上磨,不打不动弹!放你们两天限,把那些地都给我产完蹚上,产不出来就没收你们的地,抓到区上一个个都当二流子查办!"

这可把那小组长吓坏了,连夜召集了他们小组里的人,这回不在一块不行了,"没收地""当二流子查办!"这还了得啦!这个小组连夜连宿的,锄头犁杖就没住手,傍二天头,那么一眼望不到头的一大片地,都"造"出来了。

小组长报告了李祥说:

"地产完啦!蹚上啦!"

李祥吃了一惊:"这些小伙子真不赖呀!"

验地吧!小组长跟着李祥在道边上走了两趟,顺着垄沟又走了几步,果然苞米苗青刷刷的一片,没有一根草刺,李祥乐了,乐得拍着小组长的肩膀头说:

"你们这二流子组改造了,真行!我得好好表扬表扬你们!"

地验完了,李祥走了。

小组长回来,对着正担心的组员们伸了一下舌头说:

"主任这回可乐了!"

李祥自以为改造了一个二流子组,心里很高兴。他往区上汇了一下报,又在村中开了一个生产会,好好地表扬了一下这个小组。

可是为啥这个小组能在短短的两天里,把那么一大片的地铲出来,又蹚上了呢?

有知道底细的人说:

"那地是夹着馅的(光铲地头地边,当中撂着)!"

※　※　※

李祥在村里组织生产的时候,区上工作队派人来过两回——检查工作。

第一回来的是杨工作,第二回来的还是杨工作。

第一回检查是在下种的时候。杨工作住了两天,跟老乡们开了一个会,也没发现什么问题,很满意地说:"大不离!"便走了。第二回正在铲蹚二遍,杨工作跟李主任,两个人肩并肩,从东屯进去,打西屯出来。结果也是个"大不离",走了。

这两回"大不离"闹得李祥更有些迷瞪了:

"我这个生产搞得就是不大离嘛!"

究竟五井村的生产怎样?表面上看,造得挺欢,可是实情却不是那么一回事。

五井村的生产小组说编起来了也行,说没编起来也可以,这怎么说呢?

你说没编起来吧,小组长哪屯都有几个,你说编起来了吧,种地还是单打单。

再说五井村的小组还有一个灵活的特点,就是跟着村主任来变。村主任李祥一站在地头上,小组立时就编起来,村主任一离开地头,小组立时就散伙。——为了这个五井村有些小组还特意设了打更的。

不但这样,五井村的人们还有几个大疙疸没有解开:

这个地究竟还串不串段啦?

秋后打粮不能归大堆吗?有点悬,穷人都是一家嘛!

官家这样"逼"咱们生产是啥心思呀?

可不能有得太多了,有多了备不住就要斗一斗。

这几个疙疸在五井村的一些人们心里绞了好几个劲,解也解不开。

有人也问过李祥一回,李祥听了也不知道哪来的气,手指着那人的脑瓜门叫着:

"就你这个脑袋瓜难解决!这点道理都不懂!谁叫你听这些谣言?石头脑袋瓜!"

那个人一听吓得连忙说:

"通啦,通啦!我脑袋这回可算通啦!"

那个人走后,李祥还气了半天:

"真难整,这帮死脑瓜骨,上边开会说过多少回了,不分不斗,不归大堆,就是不开窍!"

但是李祥忘了:上边开会打通了李祥的思想,李祥可没把五井村的人们思想打通。

※　　※　　※

要挂锄了,区上又来检查铲蹚工作,这回来的人不是杨工作了,是区主任。

区主任到了五井村后,李祥又一五一十地说起来这村生产怎没有问题,怎好,怎好……

无论怎么好,空口说不行啊,查验查验吧。李祥,生产委员,还有一两个干部就跟着区主任往地里去了,在路上李祥还说:

"主任,你看吧!咱这村没冒!"

区主任验地可不像杨工作,也不像李主任,不但看近地,也看远地,不但看地头,也看地当腰,这一来一切就都现了原形。

区主任把全村土地查完,用算盘上下一核,用笔写出来一个数目字:"撂荒五十六垧。"

这个数目字,就像大瞎眼蠓似的,狠狠钉住了李祥的心口窝,李祥蒙了,怎回事呢?

区主任觉得这情况很严重,给区上写了一封信,并决定了留在这里工作一个时期。

※　※　※

区主任跟着小组下了两天地,唠了唠家常嗑,他发现了五井村里人们心里的大疙瘩。赶忙地开了一个交底会,把政府的生产政策解说了一番。

在会上区主任问大伙:

"大伙说咱这村为啥撂了五十多垧地呀?"

起初没有人吱声,后来有人说:

"怨咱们懒!"

又有人说:

"怨咱们没开脑瓜筋。"

区主任说:

"不对!"

有人又说:

"咱们这村马软!"

区主任又说:

"不对!"

又问,没人吱声了,虽然有些人心里想:"怨李主任吧?"但是没人说出来。

区主任说:

"这就怨咱们领导得不好,给弄坏了,咱代表领导给大伙道歉!"

有人说:

"这不对,为啥怨上官家了? 地是咱大伙种的!"

区主任说:

"领导没好好地给大伙解心里的疙瘩,没好好地领大伙组织起来,撂了地,这不愿领导怨啥?"

会开完了,五井村的人们对区主任的"意思"就和杨工作、李主任不一样了,觉得区主任不像个官,不像官,就有人来探问:

"主任,你说这个地还能不能串段了?"

区主任说：

"过几天就发地照了，发下照就是祖祖辈辈的家业了，哪能串段呢？"

又有人探问：

"主任，秋后不能再斗争吗？不能归大堆吗？"

区主任说：

"封建叫咱们都斗垮台了，还斗啥？现在讲的是谁劳动是谁的，不兴吃大堆！"

又有人问：

"官家这么领导咱生产，为的是啥？"

区主任说：

"为的是大伙能发家致富，大伙有了公家也好，前方打仗就能很快地打完蒋介石！"

这样一个人问，两个人问，许多人都问，一传十，十传百，五井村人们的疙疸渐渐地松开了。

区主任又领着重新编了生产小组，评了工，清理了工账。村中从春天就闹闹的一件事，就是大成子借了刘生一石粮的事，现在也得了解决，不兴瞎哄嚷吃大堆了。欠粮欠债的都得写下欠据，秋收一定得纳利还人家。

这样一来，更证明了区主任的话。五井村的人们，生产的劲头，才渐渐提起来。

区上，把李祥，和过去检查工作的杨工作队员批评了。区上又召集了一次干部会，自己检讨一下，把这件事在会上报告了，做一个教训。

李祥受了一顿批评后，自己也知道今年的生产全叫自己搞坏了，心里很难受，还大哭了一场。他又在群众面前老老实实地承认了错误，并表示愿意下决心改正。

选自《东北日报》,1948 年 9 月 11 日

军运车

一、小站

经过一场战斗，蒋匪从这个小站上狼狈地向南逃走了。

蒋匪逃得快，人民的军队追得也快，仅仅两天，这里就再也听不到枪声了。十二月的寒风，刮着地上的浮雪。这个残破的小站台，显得非常冷落。

不远的铁轨旁有一个碉堡，水泥已经被炮轰得四崩五裂了，一根根的铁筋，像死去了的螃蟹脚，向四处伸着……

车站办公的房子共有三间，有两间已经露了天，剩下了暂时用木板钉上窗户的一间，里面住着几个人民铁路的工作人员，从那里不时地传出电话铃声。

房子的门开了，一个二十六七岁的人，披着外套走了出来，这个人就是这小站的临时站长——陆德成。他在站台上转了一圈，顺着铁道向北走了几步，瞅了瞅又走了回来。他是昨天才从后方到这小站上来的，同他一块来的还有工务段的老程，和过去和他一起做乘务工作的老张。

他的任务就是恢复这个小站，使它安全地通车。

在他来到的那天下午，电务抢修队就已经把电话线接通了，和前方站，下站都有了联络。这里的铁路并没有怎样被破坏，很快地就修复了，试路的车已经通过了，现在马上通车也没什么问题。

原有的站上人员，只剩下一个扳道夫，其余的听说叫蒋匪逼散了。

62

陆德成瞅着这被蒋匪破坏的小站,想起后方的车站,不禁把眼眉皱了一皱:

"狗日的,你们破坏吧! 我们就建设,就建设! 要一切都是新的,一切都有秩序!"

风吹过他的耳边,发着"呼呼"的响声,他觉得很像火车声。他方才已经接到了电话,知道今天上午,有一列军运车要从他这站上过去。

"老陆,老程他们回来啦?"屋里的老张趴在门口问了他一句。

老陆似乎感到有些冷,把散披着的大衣,往上提了一下,回答说:

"还没有!"

老程和扳道夫一块去溜道去了,这里还残留着零星星的匪特,也许会偷偷摸摸,像夜猫子似的破坏铁路。

二、军运车

军运车已经开到这小站的前一站了。

电话铃声响了几遍,小站上的老张,承认了前方站可以开车,这列车在很短时间内就办完了区间闭塞手续,而由小站的前方站出发了。

工作部是突击式的,迅速的,哪一个人,不知道这列车是多么重要啊?!

※　　※　　※

陆德成进屋打了一个转,又走了出来,老张在屋里守着电话。

早饭还没有吃,去溜道的两个人还没有回来,顺着铁道,老陆慢慢地迎上去,走了不远看见老程和扳道夫背着枪,从那边土岗拐角处急忙忙地走来。越走越近,老陆似乎感觉到了:"有事!"他又往前忙着迎了几步,老程就走近了:

"老陆!"老程喘呼呼的,他把皮帽子掀了一掀,里面往外放着热乎乎的气:"老陆,妈的! 铁道叫特务给拆丢了两根,还有几个地方道钉也没了!"

老陆一听,忙问:

"哪个地方?"

"在东山坡下。"

老陆脸色紧张起来了。他急对老程和扳道夫说:

"你们快去准备工具,我去打电话告诉前站。"

三个人跑着往回来,刚到了站台,屋里的老张喜气冲冲地跑出来,看见他们就冲着老陆大声说:

"老陆,军运车开过来了!"

陆德成身子一晃,几乎没有站住:

"什么,你说什么?"

这种情形把老张吓了一大跳,莫明其妙地忙着重说了一句:

"军运车,从前站出发了!"

糟了!老陆的全身像要爆炸似的,脑袋嗡嗡地响,张着嘴,气有些短促,一秒钟也不能耽误了,他再也说不出来别的,好似用全身的力量爆发出来一句话:

"快,快!轧道车!"

他发狂似的向轧道车库跑去。别人也急忙跟着跑过去。

三、轧道车坏了!

蒋匪留下的一辆轧道车,死板板地在车库放着。

四个人七手八脚地把车推出来,上了铁道,老程和扳道夫压了压不动弹,老陆老张在下面又推了几步,再压还是不走。

老陆的眼睛冒火了,老张急得要哭:

"这怎么的了? 这怎么的了?"

老程的帽子不知掉哪里去了,汗珠从额角上流下来,他围着车跳上跳下地找毛病。

老陆瞅着这个情形,心都要跳出来了。问老张:

"车什么时候出的站?"

"八点二十分。"

由前站到这站只要二十三分钟,有十七八分钟便能到出事的地方,他忙着看看表,跺着脚说:

"现在已经过六分了!"

那边老程已经不像是在说话,是在叫:

"钳子,快拿钳子!"

扳道夫跑进屋去了。

已经过了六分半,老陆又看看表。

怎么办?怎么办?"军运车,脱轨!……"他不敢往下想。

"已经过了七分!"

老陆忽然跳起来,把身上的大衣往站台上一扔:"你们赶快修车!"说着,抓起信号旗顺着铁道像疯了似的拼命跑下去。

四、摔了一跤

跑呀!跑呀!拼命地跑。铁轨,道木,石头,道旁的枯树,前面的土岗……老陆什么也看不见,只是跑,跑。

跑!跟这仅有的几分钟赛跑,跟军运车赛跑!

他嗓子干,但不能闭一下嘴,血液在他身体里跟他一样在狂奔着,肺子在胸中像要炸了,眼睛变红了,思索好像也没有了,不,还有,他脑子里想的是:

"军运车,铁道被拆掉两根,道钉没有了,跑!"

八分钟,九分钟,十分钟!

距出事的地方一步一步地近了,土岗过去了,拐弯地方跑过去了……

这时老陆的眼睛好似看见远远的地方已经露出火车的白烟,他一急,两眼有些发花,一块石头把他两脚一绊,猛地向前倒了下去。

他脑袋立刻像挨了一锤子似的,眼前变黑了,忽忽悠悠的,他觉得火车来了,从他身上开了过去,血,肉……又好像看见军运车脱轨了,翻了,人声呼喊……最后又是一片黑,什么也没有。

五、车停住了！

陆德成冷丁一下就清醒过来，他的头正碰在铁轨上，坐起来什么也没想，睁睁眼，忙看了一下表：

"八点三十二分！"

原来老陆只晕了不到一分钟。

"跑！"

他站了起来，身子晃了一下，一滴血从他头上落在铁道的石子上，他并没有注意到。

腿像挂上了几斤铅似的沉，身子向右，向左摆了两下，他又鼓了鼓劲：

"抬腿，跑！"

信号旗还紧紧地抓在他手里，跑呵！跑呵！"一秒钟也不能停！我不能叫这军运车出事故！"

一秒钟过去了，又一秒钟过去了，一分钟也过去了……

他眼睛死盯盯地望着火车来的方向，腿好像已经不在他的身上，连身体都像没有了，他只想：用劲，用劲，向前跑！

额角上的血和汗一起滚下来，流过了他的脸，流进了他的脖子里，里面的衬衣不知是汗还是什么，贴到他身上来了，这些他都不管，实在的，他也没感觉到。

腿软了，身子晃了。

前面有火车的白烟了，这是真的，老陆揉一下眼，是火车烟。

火车声，铁轨声，近了，老陆狂舞着两手，摇着那面小红旗，他想张嘴喊，但是喊不出声，只是张着大嘴，疯狂地跑，疯狂地舞着红旗。

声大了，车头出现了，老陆忽然觉得：

"完了，来不及了！"要喊要叫都没有声，他又猛跑了几步，手中的旗摇了摇，他眼前一阵黑，晕倒了。

※　※　※

军运车的司机，隔远就看见一个人在铁道上飞跑过来，同时也看见他手中的红旗，知道前面出了事情，忙着下闸。

这列车开到离陆德成晕倒十几步远的地方才停住。这时又看见前面轨道上有一辆轧道车飞似的向这边来，在不远的前面停住了——因为那里的铁轨被拆掉了两根。那车上下来两个人，一个是老程，一个是扳道夫。

军运车的司机，和另外两个同志已经把老陆扶起来。

当老程和扳道夫讲了这段事，军运车的司机和另外两个同志，感动得流泪了。

大伙亲热地把老陆抱起来叫：

"同志！"

"老陆！"

老陆醒过来了，嘴角里流着血，睁开眼睛瞅瞅，疑问似的：

"车……"

老程忙说：

"没出事，车停住了！"

老陆笑了，原来老陆已经跑过了那出事故的一段，他当时不知道。

一九四九年三月

选自《炉》，东北新华书店 1949 年

炉

一、化铁炉

一九四八年七月：老曹刚到化铁炉的头一天。工长老于头就问他：

"你从哪来的？"

"从长春跑出来的！"

"为什么跑到这来了？"

"听说解放区的工人好过。"这样一问一答，老曹心里觉得有些不顺溜，问道"个六"，反正干活拿钱就是了，可是这个六十多岁的老工长还要问，瞅瞅老曹又说：

"你干这个活行吗？"

老曹一想，这分明是小瞧人，瞧不起拉倒，他把嘴微微一撇说：

"凑合着吧！也混过几天。"

老于头把花镜正一正，眼睛卡巴两下，不大在意的样子说：

"好吧！你就跟小王抬钢砖（耐火砖）吧！"

老曹心里这个憋屈就别说了，看不起我，叫我打杂，好！我就看看你们到底有什么本事！他看看化铁炉，哼了一声跟小王抬砖去了。

吹风机呜呜地响，风顺着风筒经过化铁炉的风套，由风眼吹进了炉里去，装铁的平台上有两个人从炉口往炉内添炭，添铁。看风眼的老孙头围着炉不住地转，停一会就得打开风眼的挡板用铁条把风眼冲一冲，冲不动小李就过来拿锤子打，打完了，用钳子把里面被风吹黑了的焦子夹出来,老孙头看四个风眼忙得一头汗,小李捶完黑焦子还得放疣子(焦炭与铁混合的渣子),疣子不往外淌,小李还得从放疣子的眼里用铁条往外拉,一下一下的,连烤带忙也是一头汗。小李编了一段快板,一别扭起来瞅着化铁炉气得就骂:

化铁炉

你这老母猪

处处跟咱找别扭

焦子不化锤子打

疣子不淌铁条拉

怕你冷了怕你热

怕你气着怕你乏

你还常常把稀拉

老曹跟小王抬钢砖,抬了一趟又一趟,每趟回来他都留心瞅瞅化铁炉,在抬砖的道上,他心里纳闷地问小王:

"你们这炉从来就这么干哪?"

小王不懂地问:

"你说怎么干?"

老曹说:

"怎么还从风眼里往外夹焦子呢?"

小王说:

"我到这三年了,就是这么干,于师父说日本鬼子在这也是这样,焦炭不好,靠风眼那块,疣子都坐(凝)住了,不冲下来就挡住了风眼。"

老曹又问:

"现在一斤焦炭,化多少铁?"

小王说:"也就四斤来的!"

"怎么这么点?"

"我们从来也没多化过!"

两个人一边走着一边唠,走到堆焦炭的地方,老曹捡起来一块看看问：

"就这份焦子吧？"

小王点点头，老曹看了看又丢进堆里去说：

"这焦子不至于就化四斤铁，我看许是大炉有病！"

小王惊奇看着老曹问：

"你懂得吗？"

老曹笑了笑说：

"我干过两天！"

"这里于师父在这炉上廿来年了，你干过两天顶什么？别扯了！"小王以为老曹扯着玩，老曹再也没说什么。

这趟老曹抬砖回来，把砖倒在炉旁边的木棚里，就走到炉跟前。

铁水从炉眼流出来，抬"包"（装铁水的桶）的工友一回回地把铁水抬进翻砂场里，堵眼的老张挂着泥杆笑嘻嘻地站在旁边。铁水化得慢，抬"包"的人时常停一会才行。老曹看出来这炉一定有毛病，他走过去打开风眼的挡板，往里看了看，老于头过来不愿意地问：

"你干什么？"

"我看看！"

"你看这个干什么？快抬你的砖吧！"

老曹气得使劲把风眼挡板一关，回头就走，老于头看看他的背影，回头对老孙头说：

"这小子还有股倔性劲哪！逞什么强，我的儿子都比他大了！"

二、炉停了

化铁炉突然化不出铁了，升上火，开了风，只听吹风机呜呜地响，就是不出铁水。原因是以前那份焦炭用完了，新换的这份焦炭不好使。厂长也急得一趟一趟地来，工会主任大老刘急得围炉乱转，老于头更是急得满头汗……这怎能不叫人着急呢？现在各厂各组都订了生产计划，炉若不化铁，什么都完了！

整整地忙乎了一头晌，才化了不到六个铁（每个二百公斤）。工长老于头的眼睛急得更花了，一个劲地直擦老花镜，最后摇摇头对厂长说：

"不行啦！这份焦炭不能化铁，黏性太大。"

这可糟了，现弄焦炭也不赶趟，就是能把好焦炭弄来最少也得十天半月呵！炉要停个十天半月的，这个损失可就不小呵！

厂长听完了老于头的话，皱着眉头和工会主任大老刘回去了。

老张把手中的泥杆放下，无可奈何地坐在地上对着小李说：

"这回不用再骂老母猪'拉稀'了，连食都不吃啦！"

老孙头难过地说：

"得啦！别扯闲蛋了，炉停了怎办哪？"

真的，炉停了谁不难过啊？吹风机也不吹了，炉眼也不淌红堂堂的铁水了……

老曹手里拿了一块焦炭，翻来覆去地看了半天，现在实在忍不住了，自言自语地说：

"凭这样焦炭化不出来铁？"

老于头这时正在心焦，听见老曹这句话，认为是说风凉话，有些火了，站起来说：

"你能化出铁来，我这个工长就让你当！"

老曹没想到老于头火了，本来他对老于头就有意见，这回也火了，把焦炭往地上一丢说：

"我也不是来顶你的，凭什么让给我当？我看你们化不出铁，想帮帮忙，不信就拉倒！"说完一扭身就往翻砂场里走去，老于头一听更火了："别吹牛，是骡子是马蹓蹓看，你要能唱，这台戏你就唱！"

老曹头也没回头也没理，走进了翻砂场。

老孙头在旁边埋怨老于头说：

"你上的什么火？备不住也许人家有两下子，这个时候大伙谁有办法，谁就使呗！"

老于头倔生生地把长满胡子的嘴撇了两撇说：

"黄嘴丫还没退净，我就看不透！"

老孙头知道他的倔脾气，来了劲谁也没治，只好不说了。他想，方才看老曹的样子可不是装相，好像有把握似的，"活到老，学到老，不经一事不长一智"，可不能小看人，备不住老曹就有两下，他心思着就站起来往翻砂场去，想找老曹唠一唠。

刚到翻砂场的门口，遇见了小王，他问看见老曹没有，小王问干什么，老孙头就把刚才的事说了一遍，小王也想起来前两天和老曹抬砖时他说的话，就也对老孙头说一遍，两人合计了一下，就一同去找老曹。

两人一进翻砂场，就看见老曹坐在一个机器的底座上，叉着两腿低着头，看着地上那堆黑砂子出神。老孙头走过来叫一声：

"老曹！"

老曹答应了一声，抬抬头没说什么，老孙头和小王就坐在他身旁。

老孙头说：

"你看我们大炉有毛病，是不是？"

老曹也是个又硬又倔的人，加上方才生了气，所以就不愿意搭理地回答了老孙一句：

"可也没什么毛病！"

小王接上问：

"那为什么化不了铁？"

老曹冷笑一下，讽刺地说：

"我们工长不是说了么，焦炭不好使！"

老孙头安慰他说：

"得了！老曹，别赌气了！工厂是我们自己的，你能眼看大炉停火吗？"

老曹一听倒有些不耐烦了：

"我不懂什么叫工厂是自己的！得了！"

小王在旁边着急地说：

"老曹！我知道你有两手……"还没等说完，老曹站起来打断了他的话：

"小王！你别说了，我懂得个六？"说着就走了。

※　　※　　※

老曹正在屋里坐着，厂长和工会主任来了。

厂长微笑着亲切地问老曹道：

"老曹，你看我们工厂怎么样？"

老曹说：

"不大离！"

刘主任见他这么说就笑着问他：

"你在这块干活顺心吗？听说你跟老于头吵嘴了！"

老曹一听倒有点恐慌起来，这干什么？要处罚我吗？听说这块好批评，要批评我吗？连忙分辩说：

"不，我没跟老于头吵过嘴！"

刘主任笑了：

"我知道了，那个老于头就是性子倔，不佩服人，若叫他服了，他就老实啦！"

这块的厂长和主任为什么这么好呢？说话这么招人亲近呢！老曹想起来过去在国民党工厂里那些官的样子，又狠又毒，横眉竖眼，和这一比，倒有些不明白起来。

厂长说：

"老曹，听说你对大炉有经验，你现在不拿出来还等什么时候呢？"

老曹迟迟疑疑地说：

"我哪有什么经验啊！"

刘主任这回却直截了当地说：

"老曹，现在我们的大炉停了，你有办法你就使吧，工厂是咱们自己的呀！"

老曹觉得厂长主任以这样诚恳可亲的态度对待自己，真有些不好意思再说谎了，就说：

"唉，我干是能干，可是我怕……"老曹说到这停了一下，刘主任忙说：

"老曹！你怕什么，说出来不要紧！"

老曹说：

"我要把炉弄好了，这个活可不是一个人干的，假若有人给我使坏，铺的铁和焦炭不均匀，铺偏了，也兴许放进点什么，炉就容易烧坏，那时可就把人坑了！"

厂长笑说：

"老曹！你放心，我们这里没有那样的人！谁也不能破坏。"

大老刘拍着他的肩膀说："老曹我们给你作主，你就干吧！"

三、风眼

化铁炉的工长老于头，坐在一块钢砖上，两手捧着头，耳朵中光听翻砂场里的叼车，刚朗朗刚朗朗地响过来，响过去，可是这边的大炉却一点声音也没有，他抬头看看炉，心里很难过。难过有什么法？根据他自己的经验，没有好焦炭，活神仙也不能叫这炉化铁，等着看厂长怎么决定吧！

这时厂长、工会主任和老曹走过来。

老于头看见厂长来了，忙问：

"厂长打算怎么办了？"

厂长说：

"厂里也没什么好办法，现在弄焦炭也总得半个多月，也许大炉有毛病，现在让老曹给看看！"

老于头一听炸了，站起来就问：

"谁说炉有毛病？分明是焦炭不好，我守这个炉二十来年了，这点事我不懂啊？"

厂长说："我们不能老是凭经验办事，老法子不好使，这会正是要大伙多想办法好快点开炉化铁,你也应该多出点主意,少上火才是啊!"说得大伙都笑了。

刘主任说:"老曹! 你干吧!"

老曹听了老于头的话虽然有些气,但也没好意思说什么。

老曹在头几天就看出来风眼有毛病,这回他打开挡板仔细地看一下,他想起老孙头从这里忙着锤疣子的情形,又看了看大炉好"拉稀"的地方,他有些明白了,想了想肯定地对大老刘说:

"我看这个病主要是犯在风眼上。"

"怎么知道?"

"这个风眼太大,又是直的,进来的风不往下面去,下面的火就不硬,铁化得就慢,疣子也好凝,风眼大也把它旁边的疣子、焦子吹黑了;还有风进来是直的,当中火硬,专吹炉壁上,炉就好'拉稀'!"

这些话老于头简直是头一回听见。二十多年了,守着这个炉,从来也没想过这些事啊! 炉"拉稀"那是常有的事,难道这个小毛孩子还能叫炉不"拉稀"? 小日本子在这儿的时候也是一样拉,老于头越想越觉得老曹是吹牛,不禁地哼了一声。

厂长听了老曹的话觉得有些道理,虽然他对技术不大熟,可也看出来老曹是个行家,他点点头对老曹说:

"那你看怎么办好呢?"

老曹说:

"我想把风眼改一改,可能就好使!"

厂长一听干脆痛快地说:

"好! 老曹,你就改风眼。你什么时候改吧?"

老曹说:

"要改就改,一会就动手!"

大老刘看看天已经晚了,对老曹说:

"今天怕不行了吧? 就要下班了!"

老曹热情地说:

"不要紧,今晚把它干出来,明天就升火试试。"

大老刘惊喜地鼓励地说：

"好,老曹,你真行,需要什么材料你说吧!"

老曹看了看大伙,有些迟疑地说：

"材料倒不用什么,可是得用两个人帮忙!"

大老刘看看大伙,号召似的问：

"今晚谁能帮老曹改大炉?"

老孙头头一个站起来对老曹说：

"你看我怎么样?"

小王紧跟着他说：

"算我一个。"

老曹一看高兴了：

"够啦,我们三个人就行!"

小李在旁边看看,走到老曹跟前问：

"老曹,再算我一个行不行?"

老曹笑了：

"怎么不行! 干活还有不行的?"

老于头和堵眼的老张坐在那边没吱一声,老于头把嘴上的胡子嘬得多高。

※　　※　　※

老曹,老孙头,小王还有小李,四个人,从吃完下晚饭就动手干,和泥,砸钢砖,直忙到快半夜了,才把改了的四个风眼套完。

老曹说：

"这回我们把风眼改小,口往下斜着,进来的风吹到下面焦子上去,然后再返上来,这个火劲就大了,铁化得就快,眼小了风也不至于把焦子什么的吹黑,……"

大伙听了,都觉得有道理,老孙头一边洗着手,一边说：

"就看明天了!"

老曹伸了伸腰,对老孙头说：

"不瞒孙师父说,我从十六岁就在炉上,十多年了,平常就好

76

'琢磨',照这份焦炭,我们把风眼改成这样,一定能好使!"

大伙都洗完了手,老曹又检查了一遍说:

"行啦! 回去睡觉吧!"

小李临走调皮地指着炉说:

"明天再不好使可闷死人了,你这该死的老母猪!"

四、试验

第二天,开始试验了。

厂长,工会主任大老刘,还有翻砂场和机械场的几个组长,都来了,这个看看,那个问问,都很紧张,关心这个炉今天试验的成败。

老于头今天也不吱声了,但是心里还是憋着一股不服气的劲:"看你的吧!"

老孙头问老曹:

"今天一斤焦炭,照几斤铁试验?"

老曹想了一下说:

"先照八斤试试!"

老孙头把舌头一伸,愣了:

"怎么! 八斤?"他有些不相信,担心地说:

"不行吧! 从前焦炭好的时候,才化五斤,我看今天头一回,少点吧!"

老曹有把握的:

"来吧!"

大伙一听,有的信,有的不信,老于头气得倒要笑出来:"这不是逗人玩吗? 好! 我就看看你这个活神仙。"

厂长也有些担心地问老曹:

"能行吗?"

老曹肯定地说:

"行!"

行就干吧! 大老刘高兴地说:

"来！我去称铁！"

安好了炉，生起了火，不多一会开了风，吹风机呜呜的声，紧张地振动着每个人的心，尤其是老孙头，更担心：今天再不好使可糟了。

平台上的人，开始往炉里装焦炭，装铁，老张通了几下铁水眼，火从眼内"呼呼"地喷出来，老曹自己看风眼，把风眼按个检查一遍，用铁条通一通，又都挡上，站在那看着炉不吱一声，他心里虽然是有底，但是这时候也不能不紧张呵。

老孙头看老曹站着半天不动，过来担心地问：

"老曹！风眼不用看看呵？"

"停一会！"

老孙头真有些害怕，若是从前，这么大工夫不冲风眼，里面准黑了。

又停一会，老曹过去打开风眼挡板，用铁条按个通几下，看一看又关上回来。老孙头问：

"不往外夹黑焦子吗？"

老曹说：

"这不用往外夹焦子，黑一点冲下去就化了，不要紧！"

老于头看老曹半天也不去冲风眼，也不往外夹焦子，心想这非要堵上不可，谁想老曹过去只通了几下，把风眼挡板又关上，还是不夹黑焦子，他心里纳闷："怪！怎么不堵呢？"

"铁水下来了！"小李一眼看见铁水眼淌出一股铁水，高兴地喊。

堵眼的老张一看，可真的，忙用泥杆把眼封上，心里想："真怪，今天铁水下来得这么快！"

大伙都有些兴奋起来，老孙头一会上平台看看火，一会又下来。

不多一会平台上面说：

"化了五个铁了！"

按照时间来说，从老于头使这个炉以来，化铁就没有这么快，大伙立刻乐得哄嚷开了：

"老曹真行！"

小王跑进翻砂场去喊抬"包"的来抬铁水，小李乐得拍打着炉壁直说：

"这回可好了！"

老于头奇怪地把老花镜戴上，走过来，打开风眼挡板，往里看了看，见里面一点没有堵，只是边上的焦子黑了点。

整整一头晌，工会主任大老刘从平台上下来，宣布试验成绩：

"一斤焦炭能化八斤铁，一头晌化了三吨半，平均一个钟头化一吨二。"

过去一斤焦炭最多化过五斤铁，一个钟头只能化八百公斤铁，炉若化上五吨铁，就要"拉稀"。

老孙头高兴得几乎要掉下泪来，抱住老曹：

"老曹！你这回给我们厂子立下了大功！"

老曹笑着说：

"这是给自己家干，应当的！"

老于头低头了，懊丧地坐在那，虽然他也为了炉的好使高兴，但是因为他的不服人的倔脾气，他觉得："这个老脸可有点挂不住了！"更难受的是他想："自己这二十来年白干了！"

厂长看见老于头坐在那难受的样子，走过去像鼓励地，又像批评地说：

"老于，你干了二十多年也没离开这个炉，虽然你有经验，可是你总守着它，不去想想改造它，今天你看见了吧？应该接受新事物，学习学习新的啦！再守老一套不成喽！"

※　※　※

下晚老曹和老孙头几个人，又研究了一下，把风眼又仔细地改造一回，套好了，第二天又做了第二次试验，这一次的成绩是：

"每斤焦炭能化十斤七两铁，一点钟化了一吨八百公斤，一天化了七吨，炉还没有红，而且疣子不用人往外拉，打开眼自己就淌出来。"

这次改造化铁炉的成功,根据厂方的计算:

"在同样时间内能比过去多化二吨铁,省四个人工,每天化七吨能省焦炭五百二十公斤,核价省二十八万八千元。"

为了这事,全厂开了个大会,给老曹记了特功,又号召大家大胆创造,别抱着老一套不放松,虽然我们这个厂子还小,机器赶不上别的大城市大工厂那样,只要大家努力想办法,厂子里的生产也不能落后。另外又奖给老曹三十万元钱。

五、服了

开完大会那天晚上,老曹把得的奖金拿出来十万,买了点花生、瓜子,把化铁炉的工友都找来,大伙一看,都不好意思的,也凑钱买了点糖块,算是给老曹贺功。

把工会主任大老刘也找来了,去找老于头,老于头怎么的也不来。小李回来说:

"不行! 这老头子像大姑娘似的,怎么也不来!"

老曹想了想说:

"我去,非把老头请来不可!"

老曹去了,果然不多一会,就把老于头拉了来,一进门,老曹就笑着对大伙说:

"到底把我们老工长请来了!"

老于头红着脸,笑嘻嘻地撅着胡子说:

"说真格的,我真没脸来!"

大老刘笑起来,一下子把老于头按在床上坐下:

"你这回服啦?"

"服啦!"

老曹抓一把糖,放在老于头的手里,笑着说:

"你吃点糖吧! 我们这些年轻人太毛躁,有什么事你可得多包涵点,往后我们跟你学的日子多着呢!"

老于头更不好意思,忙说:

"哎呀!快别说了,过去的事全怨我!"

老曹说:

"这事也怨我,刚来就跟于师父闹了意见,我心思看不起我,看出炉有毛病,我也不吱声,在旁边看笑话!"说着回头看看大老刘,接着又说:"那阵我还没觉悟哪,反正凭两手挣钱就是了。这阵我明白啦!这是我们自己的天下,是我们工人的家。"老曹停了一下,接着说:

"虽然我懂得点道理了,可是还不多,以后还得多懂得点,这回要没有大伙帮助,我也立不了功。我们都是一家人,老工长别生气啦!"说着就对老于头作了个揖。老于头忙起身说:

"这是干什么?这是干什么?"连连地给还了好几个揖,大伙一看这情形不禁地哈哈大笑起来。

※　　※　　※

第二天上班,大伙都高兴地围着新改的炉工作着,铁水不停地哗哗地淌着……

小李的快板又出来了:

　　老母猪

　　顶呱呱

　　黑焦不用锤

　　疣子不用拉

　　…………

　　…………

　　多生产来

　　呱呱呱!

选自《炉》,东北新华书店 1949 年

于家沟的春天

于家沟的春天是美丽的——树绿了，草绿了，山坡，田地……整个的于家沟蒙上了一层绿色。

鸟，虫……一切伴着于家沟的生物都充满了生气，活泼地动起来。但是于家沟里的人们，却过得比寒冬还难受，每个人的心中都有一个恐怖的疙瘩，没法解开；而且这个疙瘩还好像越来越大——尤其是在前几天，沟外来了二三百日本兵，而且驻在那里，这更狠狠地堵住了人们的心。

说日本兵来剿匪的，可是于家沟里的人们都明白他们剿的是什么，他们剿的是中国人哪！

大祥无精打采地坐在地头上，望着他这祖传下来的二天地，他心里有说不出的难受。在往年，这时候的地早已下种了，但是今年，前几天送的粪还像个小馒头似的堆在那里，地里的青草倒挺茂盛地长起来。

二天地是祖传下来的，是大祥的命根子，怎么能叫它荒着呢？大祥用贪婪的目光又巡视了一下这块还没下种的地。心里决定了，管它怎么的，明天我一定下种，地不种哪能行呢？地不种就不会有饭吃，就不会有衣裳穿，就不能活着。

沟里的元庆走了，田老大走了，李福、王兴都走了，但大祥没有走。虽然大祥有时也想着走，跟元庆他们去，在那里不受日本鬼子的欺，有时还可以出出气；但是他不能去，他一想起这祖传的二天地心就软了，他舍不得这二天地，这是祖上传下来的，这是命根子，舍了地可怎么活着啊？

现在日本鬼子驻到家门口来了,沟里的人都吓得不知怎样好,还传说鬼子叫搬家并屯。这几天人们被这些事扰乱得地也没顾上种。大祥今天跑到地上一看,地里都长出了青草,他差不点哭了出来。他顺着地走了一圈,回来坐在地头上,望着这二天地发呆,心里想:"我怎么能对得起我的老人啊! 我怎么能对得起我的老人啊!"

春风暖洋洋地从山坡上吹下来,吹过了大祥那张愁苦的脸,吹过了于家沟的每个房脊,又吹过了深山里住着的一些不甘当亡国奴的人们。

"不种地就不能活着。种,明天一定下种,管它怎的,凭命闯吧!"大祥心里这样决定了。他好像添了一股希望似的站起来,伸一伸腰。他冷丁地抬起头,忽然看见从那边山坡上的柞树丛里走下来一个人,是个大个子。看到那个结实的轮廓,他就想到了元庆,心里突地一跳:"啊! 他怎么回来了?"

元庆迅速地朝他走来,渐渐地近了:"是大祥弟吗? 怎么一个人下地?"

大祥四外望了望,悄悄地又向元庆走近了一些,说:"元庆大哥,你怎么回来了? 你不知道这里来了好几百鬼子兵吗?"

"我知道。"元庆略停一下,也向四外望了望,"大祥,我们到家说吧!"

"好!"大祥已经会意,也就没有再说什么。

元庆似乎有点热,便顺手把穿着的那件大粗布棉袄的扣子解开了两个,默默地跟着大祥往家里走去。他的脚步永远是那样稳健、沉重。将走到门口,大祥的媳妇——祥嫂,正在门前的小河沟洗衣裳,看见大祥和元庆走了回来,仰着脸问:

"元庆大哥,搁哪来呀?"

元庆只"啊"了一声,笑了笑,没有停脚,就向门里走去。

"你洗你的衣裳吧! 不用动,大哥也不是外人。"大祥看他媳妇像要跟着往家走,他便阻止了她。那女人用一双深黑的大眼睛和一张不讨厌的脸笑眯眯地瞅着他们走进了院子,便回头又坐在石头上,猛力地搓着浸在水里的衣裳。

大祥和元庆走进了屋里,元庆一屁股就坐在炕沿上。

"大哥,你渴吧?我给你烧点水!"大祥问。

"不,我不怎么渴,不用费事烧了,给我来点凉水吧!"

当元庆咕嘟嘟喝了半瓢凉水之后,喘了一口气,他就忙问大祥:

"妈的,你知道这里来了多少日本兵啊?"元庆坐在炕上,又抬起一只脚蹬着炕沿。每逢他带气说话,就带"妈的"这个口头语。

"他们是住在沟口的大庙里,能有二百多人。"大祥回答着。接着又凑近了元庆,用有些疑惑的声调小声说:"怎么的?"

"怎么的,调查调查他们有多少人,妈的,冷不防就打它个'包馅'!"

"哎呀!那能行吗?"大祥听说元庆他们要和这么多鬼子打仗,吓得把舌头一伸。

"不行!怎么不行?同志们都红眼啦,听说这边来这么多鬼子兵,非要干干不可。他们叫我来,先探听一下,看看到底有多少人。"元庆兴奋得也忘小声说话了,霍地站起来,就像要去跟鬼子开火似的。

"喊什么?小点声呀!"大祥忙向窗外瞅了一瞅恐惧似的说。

"不要紧,怕什么?鬼子也没来!"元庆笑了笑,摸摸他裤腰里别着的枪,"妈的,就是来了,有这个和他见面,怕什么?"

"大哥,你乏了吧?"

"我不乏,走了这么点道就乏,那还行呀!有一次连走两天两夜,我还没累倒下呢!"

"可真的,大哥,你给我讲一讲你们那些事吧!"大祥是打心眼里愿听这些人的事,像听故事似的;他拿他们当做了古书里的英雄好汉。

元庆抬了一抬坐在炕沿上的屁股,换一换蹬在炕沿上的腿,说了一声:"妈的。"就开始讲了:怎样出生入死打鬼子,怎样爬山越岭，……元庆的每一句话都深深地打动了大祥的心。心想：

"我怎不能去呢？我怎么不能这样做呢？我也是一个年轻小伙子，难道我怕死吗？不！"他真想跟元庆大哥一起去，但是他又想起了那块祖传下来的二天地，还有祖祖辈辈住着的这山沟。这下，一张兴奋的脸又低下去了。

元庆劝大祥一起去已经有过好几次了，但是都没有说动，今天又想起来：

"大祥，我看你还是跟我们一起去吧！你想想，日本鬼子都到家门口来了，那还有个好？这不是明摆着的事吗！"

大祥的心里本来就被这件事情扰乱着，他瞅了元庆一下，没有吱声。

"大祥，我看你就是熊，你是认定当亡国奴了，受欺负也不去，对不对？"

"怎么熊？"大祥有些不服气地说。

"怎么熊？怕死呗！"

"王八蛋才怕死咧！"大祥好似受到了污辱，对元庆喊起来，但又压下了火，说："不过……"大祥的声音又低了下去。

"不过什么？"元庆带有点生气地问。

"就是我那点地没有人……"

"得，得，你别说啦！"元庆没等大祥说完就把话接了过来，"又是你那块二天地。那点臭地算什么！鬼子来了，还有你的什么地！"元庆把他那件外面穿的大棉袄脱了下来，往炕里一扔，接着又说：

"告诉你吧！打不走鬼子，你就别想过日子！"

大祥没什么说的了，他知道自己没有理，他寻思了一下："那我倒知道啊！"

"知道就得了呗，还说什么地呀地呀的干吗！"

大祥的脸有些发红，也不知是兴奋的，还是叫元庆说得羞了。他在地下走了两圈，瞅着元庆那副刚毅的脸，那充满结实筋肉的胸脯和胳膊,他什么都服了,对眼前的这个人有说不出的敬爱,他慢吞吞地说:"大哥,你叫我合计合计。"

"你合计吧!"元庆也像有点乏了,他把扔在炕里的大棉袄卷了一下,垫在头底下,朝里仰卧在炕上。

天将近吃晚饭的时候了。沟里一点声音也没有,死一般的沉寂;虽然春天的阳光还照着每家的院子,房子,窗户……但却没有一点儿生气。这几天来的恐怖空气,压得这里的人们都有些惊慌了。

大祥走到院子里,望了望天,心想:"还得等一会儿吃饭。"院子里也一点声音没有,一只猫懒洋洋地在窗台上弓腰伸了伸。

大祥又走了回来。刚到屋里,外面忽然有人叫起来:"哎呀!"大祥一听是他媳妇,回身就要往外跑。元庆一个蹦高从炕上跳下来,拉住大祥说:"别出去!"

"怎么?"

"你听听!"元庆又上炕从窗户眼往外看,瞧见祥嫂由门口拼命地跑进院里来,她嘴里喊:

"大祥,大祥! 鬼子……"

大祥又要出去。

"别出去,你媳妇进来了。"元庆看见祥嫂后面跟进来两个晃晃荡荡的鬼子兵。

"妈的,鬼子兵,该死的!"元庆的眼睛瞪起来了,咬紧了下唇:

"大祥! 你藏在那边门后,我藏在这边,妈的,干掉他得啦!"

"行吗?"大祥胆怯地问。

"别啰嗦! 快点!"元庆急了。

鬼子兵已晃荡着进了院子,嘴里嘟哝着:"好的媳妇,我的大大的好,哈哈……"

大祥嫂跑进屋里来了,元庆在门后悄声地急说:"往里去,往里去!"

"好的媳妇,哈哈……我的来吧! 我的……"两个醉鬼子,酒精烧着他们,东歪西斜地走近了屋门。

元庆握紧拳头,咬着牙,悄悄地说:"大祥! 一家一个呀! 掐死他!"声音像钢一样硬,使大祥的心猛劲地跳起,他觉得有些发喘,头也有些发晕,他不知道一会将要怎样好。

"快快的,来,来……媳妇我的……"两个醉家伙走了进来,一直奔向祥嫂那边去。

"人的没有,哈哈……"

元庆嗖地一步由门后跳出来,两只大手由后面掐着一个鬼子的脖子紧紧地不放,那个鬼子哼了一声,再就没有喊出声来,和元庆扭在一起。另一个鬼子一看不好,忙着伸手往腰里掏枪,一边还"唔呀! 唔呀!"地怪叫。

大祥被这种情形给吓住了。他看见元庆已经把那个鬼子掐得眼睛直白楞,眼球都快要凸出眼眶来了,两人在地下乱滚。这边的鬼子正在掏手枪,大祥急了,闭着眼闯上去,狠命地搂着这个鬼子的脖子一抱,这个鬼子也没有喊出声来,就滚倒在地上……

于家沟的夜里更黑得怕人,元庆和大祥出去两趟,悄悄地把那两个死东西丢在山上的柞树丛里了。两人从外面走了回来,炕也没沾,元庆就对大祥说:

"大祥,我们今儿夜里就得走啊! 要不明天鬼子知道丢了两个人,非跟沟里要不可。我们在家,他们是一定不能饶的。再说,我们今晚回去,明天下午我们的人就能赶到,省得沟里人跟着遭殃。"

大祥已决定跟元庆去了。他知道鬼子不走,再不会有好日子过了。他抛下了地,比杀他孩子还难受。但是,他再也想不出别的好办法来了,只好跟元庆出走。

"好吧! 大哥。"大祥像哭似的说。

"那么,我们现在就走!"元庆看了看站在大祥身旁带着惊慌脸色的祥嫂,"弟妹,你先在家住一宿吧! 我和大祥兄弟明天就回来。"

"噢! 你们可回来呀!"祥嫂的眼睛有些湿润了,她和大祥总没有离开过呀! 何况在这个人慌马乱的时候,大祥离开她一刻,她就像没有着落似的。

"你先在家住一宿吧！明天我们打跑了鬼子，领你一起跟大哥走。"大祥也觉得挺难受的，本来嘛，她对他那样好，现在他要把她丢下，虽然只是一宿，但是这时候谁能保准不出什么事啊！

"走吧！"元庆着急起来了。

"走！"大祥一狠心，瞅了瞅祥嫂那张惜别、哀伤的脸，瞅了瞅这间小屋的一切，有点儿留恋不舍。他停了一下，按了按今天刚得来的枪，推开房门大步走了。

祥嫂含着眼泪，送走了两个粗大的黑影。

…………

第二天，傍黄昏了，一股钢铁的巨流淌到了于家沟的沟口，围住了沟口的大庙，机枪、步枪响起来了。

元庆和大祥，还有另外两个人担负着保护沟里人民的任务，他们急速地奔向于家沟。

于家沟更平静了。怎么一个人也看不见呢？大祥心里直跳。他们渐渐地走近了大祥的家，只见门开着，院子里没人，大祥喊，也没有人回声；走到了房门，房门开着；进屋，屋里也没有人。大祥慌了。"上哪儿去了呢？"他回头问元庆。

元庆的心也剧烈地跳动，他好似嗅到了不祥的气息，他没说出什么，也跟着说了一句：

"上哪儿去了呢？"

另外的两个人说："也许听见枪声藏起来了吧！"

"走，我们上别人家看看！"元庆说着往外就走。

于家沟的绿树，仍然柔和地遮盖着每户人家。春风轻轻地抚弄着小路两边的青草，……这一切都是和谐的。春天啊！这不是和往年一样的春天吗？但是，在草地上抓蚂蚱嬉耍的小孩没有了，在河边洗衣裳的妇女没有了，坐在门前谈笑的老头和老婆也没有了。

元庆和大祥走了好几家都是一样，门开着，屋里没有人。

"真怪啦！"大祥焦急地喊起来。

元庆明白了,但他没有吱声。在他的经验里他知道这是怎么回事。他那眼睛又瞪了起来,牙又咬紧了,心里骂道:"妈的,毒辣的日本鬼子呀!"他也不再上人家去找了,只是向四外看了看,就往沟后面走去。

"你往哪走?"大祥问。

"上那边去看看。"元庆朝着沟那边指指。他知道那边有块空地,迅速地默默地走着。大祥的心就像元庆的脚步似的,一阵阵跳得快起来。他们走了不远,大祥瞅着脚底下忽然叫了起来:

"血!血!"

"什么?"元庆回头问。

"哎呀!搁哪淌来的血呀?"另外两个人也看见脚下顺着土道的小沟淌下来的两道血流。

大祥觉得头嗡的一下,身上也打了个冷战。元庆更明白了,他一声不响地顺着血流向上走去,不多几步,拐了一个小山角,他们看见了,啊!血,血的人啊!

在一片空地里,有两堆人,不是人,那简直就是血。

大祥的眼睛跟那两堆东西一触,几乎昏了过去,不用说他也明白了。

日本鬼子把这沟里的人全给杀了,大人,小孩,女人,男人……二百多人哪!

大祥拖着摇晃的身子走了过去。

"妈的,这完全是机枪扫射死的。妈的,狠毒的日本鬼子!"元庆在那些死人身上看了看,眼睛里充满了泪水,说话的声音也有些变了,但是他却极力忍着,咬着牙,瞪着眼睛。

大祥走到了一堆妇女的尸体跟前,看见了前院二大娘,她仰面朝天躺着,怀里的二丫的小脑袋只剩下了半拉;后街的小芬子,张家大嫂……都一个个瘫卧在血泊里,有的连裤子也没有了。他找,找了半天,只见祥嫂依然和昨天一样,那俊俏的脸,丰满的身体好像没有死,下身的裤子却被撕成碎片。他过去摸摸她的脸,心里想：

"你怎么不说话呀？"

他又用手去抚摸她那已闭上的大眼睛，心里想：

"你怎么不睁开眼睛呢？"

最后他哭了，他知道她是死了，胸前有好几个大窟窿，还不断往外渗着血水。他抱着她，伏在她的身上，闭上了眼睛心想："她没有死吧！"

沟口的机枪声，哒哒哒，哒哒哒……一阵阵地传过来。

"大祥！弟妹已经死了，别哭啦！现在是什么时候！"元庆站在大祥的身边，他分明也是哭过的，脸上还有眼泪淌过的湿痕。

"大祥同志起来吧！你听，那边机枪打得更激烈了。"另外的两个人也跟着说。

大祥依依不舍，不肯起来。他想起了一些往事，更伤心起来，泪水无休止地流在祥嫂的身上，脸上，流进了血洞。

"大祥，"元庆的声音有些严厉，"我们不应该这样，起来！你忘了我们的仇人了吗？仇人还在跟前哪！"

大祥猛地一下站起来。他的眼睛红红的，声音有些沙哑地说："我知道。"接着他又瞅着地下的祥嫂说："大哥，她！"

"打死了鬼子，我们自然回来葬她。"

"好，走！"大祥一狠心转过身来，没招呼元庆，独自就往来的道上跑去。

元庆和另外两个人也随着跟了下去，沟口的枪声响得更激烈了，还夹杂着一阵阵的喊杀声。

他们跑得更快了，心中充满了愤怒和仇恨。他们刚跑到沟口时，大庙里已升起了火光。他们更使足了劲，在黄昏的天色里，冲进了密集的枪声里。

一九四六年七月于安东

选自《白山》，1946 年第 6 期

月亮圆又圆

一

孙庆有挑了一天土篮子,头昏昏沉沉的,简直说不出有多重,身子像有点支持不住它。他搭拉个头,东晃西晃地随着这群受难的人,被鬼子、队长、工头,赶进了窝棚里。这好像一群羊,不,他们还没有羊那样活泼,他们都是死沉沉的,皱着眉,哭丧着脸,拖着两条迈不动脚步的腿,走进了每个窝棚里去。

这时候,星星早已出满了天空,四外静静的,除了他们窝棚背后的山坡上的菠萝树叶子偶尔被风刮得哗啦哗啦几下外,什么也听不见,没有人烟的地方,更听不到一声狗咬。

队长还硬说他装的,非叫他挑土篮子不可。他挑土篮子因为上不去土坡,还挨了日本监工的两棒子。他进了窝棚,便一头倒在那用谷草铺的湿地上哼哼起来。

小队长进来瞅了一眼,扔下了一句:

"他妈的,你小子就捣蛋,看你明天的。"就走了。

挨着孙庆有睡觉的王福,关心地问:

"孙老兄弟喝点水吧!"孙庆有只摇了一下头对着王福流下了一滴泪,就闭上了眼睛。

王福叹了口气,瞅着有些难受,也上外面去了。

夏天的夜里,天闷热得像个蒸笼,谁也不愿意在窝棚里呆着,孙庆有确实是病了,他今天一天连点水也没进口,但是小队的人,他们都一个个地围着窝棚坐着躺着,在外面的草地上,来恢复他们这

91

一天的疲倦,来享受这一天仅有的一点幸福。

孙庆有一个人在窝棚里昏昏沉沉地想起家来,他被挑上劳工送到这里来已有半个多月了,这半个多月啊! 他不敢想他这半个月里怎样地活着,他现在只想他的妈,他的爹,他那一天多地,还有那一条小驴。

他知道他妈的眼要更花了,他爹的腰要更弯了,他那一天多地里的草要更多了,他那条小驴要更瘦了。

他心里焦躁得厉害,他试着要起来,但是两只肿胳膊已支不起他那身子了,他觉得耳朵嗡的一声,身子轻飘飘地倒了下来。他像回到了家。但是他找不着他的妈,他的爹,他的一天多地,他那条小驴。他的嘴像被什么堵着,他的胸口像被什么压着,他喊不出声来,他喘不出气来,他昏了过去。

当孙庆有醒过来时,他摸摸身子底下的谷草,看看头上的席棚子,他才知道还是在窝棚里。土篮子,修不完的铁道,小队长,日本人的监工,棒子……都绞缠着他的脑子,他头痛得厉害,嗓子里像着了火,但是却觉得一阵阵地发冷,他把从家带来的那床小破被,紧紧地盖一盖,身子还直哆嗦。

窝棚里一个人也没有,外面有时传进来几句说话声,还有叹息声。孙庆有仰着脸,口干得像要裂开似的,他心里喊着:"水呵! 水呵!"但没有喊出声来,因为他喘得像上不来气。

这时,外面突然有一个人唱起来,起初声音还小,后来又有人和上了,声音也大起来:

> 月亮圆又圆
>
> 照在我家的大门前
>
> 出门的人哪没人照管
>
> 别离的人哪难见面
>
> 荒草没过了高粱地
>
> 今年又是个饥荒年
>
> …………

这个歌声一起头时是用悲伤的音调反复地唱着,唱着,后来简直就不是唱,是哭,是一些人在哭。孙庆有在窝棚里被这个声调打得也哭起来,他已哭不出声来了,热又在烧着他,他又开始昏沉沉的,像睡不睡地失去了知觉。

外面的歌声依然在哭着,这不是一个人在哭,这是整个的这群受难的人在哭,这是整个的有同一命运的人在哭,这是千千万万的人们在哭啊!

这哭声掠过了每个窝棚的头顶,散荡在这夏季的夜空,原野,山坡……像在寻找着一个什么希望?

二

早晨天还没有亮,人们都爬起来,因为外面集合的哨子已响了,孙庆有怎么爬也没有爬起来,脑袋像要裂开,胳膊腿都像要掉下来似的,王福过来扶了他一下,他哼了一声又倒下了,任凭外面哨子吹得直响,也没把孙庆有吹起来。

孙庆有实在起不来了。

别人都早已出去,不一会小队长走了进来:

"孙庆有,你小子还放懒呀?"

孙庆有强着抬了抬头:

"队长,我实在有病不能出去了。"

"什么有病,我瞅着你就调皮,起来!"小队长威风十足地走向前用脚拨拉孙庆有一下,用他跟日本监工学来的最得意的话:

"死啦的没有! 起来!"

孙庆有的身上简直像挨了一刀似的痛,他哎呀起来:

"哎呀! 队长,我实在有病,你原谅吧!"

"原谅? 我原谅你,谁原谅我? 别废话,不起来等会我报告监工的打死你!"小队长一提起监工的,他身子也跟着一挺,好似也有监工的那样威风。

"队长,你行点好吧! 你不信问问别人。"孙庆有他想起那戴眼镜,满脸胡子,凶恶恶的日本鬼子——监工,他害怕起来,他想爬起来给小队长跪下,但他只一动,便知道是爬不起来了。

"好……"小队长回身就走了出去,把王福和张先叫来:

"孙庆有是真病了吗?"

"是病了。"王福说。

"病了? 病了怎不报告?"小队长气哼哼地瞅着王福。

"昨天他自己不是当你说了吗?"王福心里有些气愤。

"什么昨天,昨天他还能干活呢,好,病了也成,病吧!"他回头对王福和张先说:

"你们去吧!"王福和张先刚走出去他又喊:

"回来! 回来! 这小子怕是传染病,别叫他传染了别人,把他给我拖到外面去。"

王福和张先回来听说要拖孙庆有,他们迟疑了一下说:

"他不能是什么传染病吧!"

"你们知道什么? 叫你们拖你们就拖!"小队长叉着腰。

"队长,你把我留在这里吧! 我养一两天就好了。"孙庆有一听要往外拖他,他心中更害怕起来,他看见过那些死了的同伴,哪一个都是拖到外面死的,他怕死,他还有妈,还有爹,还有那一天多地,那条小驴,他舍不得这些,他觉得他不应该死,他哀求起来小队长。小队长就有这个脾气,越哀求越来劲。

"留你在这? 不行,你死了不要紧,别传染了别人。"他回头又叫王福和张先:

"拖,拖,怎不动手?"

两个人把孙庆有抬出了窝棚,放在窝棚前面的一块草地上,王福又拿来一些谷草给孙庆有铺上,把小破被又给他盖了盖,用要哭的声音说:

"孙老兄弟,你别着急,好好养病吧!"

孙庆有也不知道听没听见只点了点头,那边小队长就喊起来:

"快点,快点,啰嗦什么?"

王福和张先瞅了小队长一眼,没有动弹,孙庆有张开了眼睛望着王福说:

"王,王大哥,你,你给我往家捎封信吧!"他说着就接不上气来了,呼呼地喘,王福阻止了他的话:

"你别说啦,这我早给你办了,你放心,你家好来人啦!"孙庆有感激地点点头,满足似的又闭上了眼睛。

王福、张先叫小队长打了一个嘴巴子走了,每个窝棚都是空空的,这群受难的人又都被赶到刑场里去了。

夏季的热风,从山上,从草原,像拉着火似的爬行着,太阳死盯盯地照着,天空一点云彩也没有,在太阳下卧着的孙庆有也不知是叫太阳晒的,还是病的,总之他觉得难受得要死,苍蝇一个劲地在他脸上咬,他从身底下抓起一把谷草盖在脸上,他好像知道他不会活多久了。他想:

他要看不见妈了,看不见爹了,看不见那一天多地,那条小驴,他无声地流着泪,直流到他又一次地失去了知觉。

三

孙庆有已出了窝棚两天了,他就在那块草地上和病滚了两天。

日本监工的过去踢了两脚直嚷:

"死啦的有,死啦的有!"

小队长过去踢了两脚:

"这小子真能装熊!"

同伴们看他脸上招了苍蝇,用一块包袱布蒙住了他的脸,四外用石头压上,他就这样地在草地上躺着,像死了一样。

孙庆有的母亲来了,小队长领着,隔老远那老太太就直奔窝棚里去,小队长拉住了她一把:

"别往那走,你儿子在这边啦!"

"在哪啦?"老太太的声音有些颤抖。

"那不么!"小队长用手一指,那草地上躺着的一条。

"在哪呀?"孙庆有的母亲要再问,她看见了,她心里刷的一下,手脚都有些吓凉了,那不是死人吗? 怎么就那样地躺在外面呢? 她急忙地跑了过去。

她没等跑到身边就叫了一声:

"庆有呵! 妈来啦!"

但是没有回声,孙庆有正在昏迷里。

老太太慌了,跑到身边抱住孙庆有,揭下蒙在脸上的包袱,一看,孙庆有的脸像烧纸色一样,两个大黑眼睛凹了下去,活像个骷髅,鼻孔、眼睛、嘴角都生小蛆了。

老太太哇的一声哭了出来:

"孩子呵! 你还能好不能啦!"她摸摸孙庆有的心口窝,知道还有气,她一边哭着叫着一边用手去抓孙庆有脸上生的小蛆。

哭了一些时,叫了一些时,孙庆有动了一动。她又叫:

"庆有呵! 庆有呵! 你看妈来了!"

孙庆有又动了一动。

"庆有呵! 你看这不是妈吗? 妈在这哪!"妈抹抹眼泪又喊:"好孩子,你看看,睁眼看看,妈来啦!"

她抱了孙庆有坐在草地上叫了有一个时辰,孙庆有有些清醒了。似乎听见他妈的声音,他睁睁眼睛,瞅瞅他妈,嘴角微微一咧,眼泪顺着眼角流了下来。他想说什么,只张了张嘴,又闭上了眼,依在他母亲怀里。

"快把他弄走吧!"小队长也看出孙庆有有点不行了,烦躁地催促着。

"好,我们就走。"老太太咬咬牙。

他们把孙庆有弄到大车上去了,王福眼泪汪汪地看着孙庆有的母亲说:

"老大娘,回去等孙老兄弟好了,给我来个信呵!"

"好哇!"老太太答应着。

"王福! 没事了,快回去!"小队长烦躁起来。

孙庆有倒在母亲的怀里,有些清醒了,他觉得他要走出这杀人的圈子了,他昏昏沉沉的又像听见那个歌:

> 月亮圆又圆
>
> 照在我家的大门前
>
> ············

但是已不像在哭了,像是在叫,像许多人在叫,像千千万万的人在怒叫。

一九四六年七月

选自《白山》,1946 年 8 月第 5 期

自愿两利

编小组，
不找对象，
有吃亏的，
有占香。
"看火头"，
顺风走；
李大簸箕，
是尖头；
"搬不动"，
不着忙；
白二掳子，
瞎嚷嚷。

※　※　※

西河屯按门挨户"组织起来"了。张青山、孙文良、白二掳子、李大簸箕，还有"看火头"和"搬不动"六家联成了一个生产小组。

谁当组长呢？生产委员说："白二掳子挺行，就让他当带头的吧。"

"行啊！""看火头"第一个赞成。别人也没说啥，孙文良噘了噘嘴。白二掳子当上了小组长。

白二掳子当了小组长，生产委员就跟他说："这小组可联起来了。打这以后要垮了台，可拿你是问。"

白二掳子就当他的组员们说：

"联起小组就得干,上面说了,谁也不兴'打单'。"

干吧!上面说了谁也不兴"打单",白二掳子小组就这样造起来了。

※　　※　　※

说要评工记账,李大篓箩就说话了:

"评啥工?记啥账?麻麻烦烦的!"

"搬不动"也说:

"可不是怎的,都是贫雇农,谁还能占谁的香应了!"

"看火头"也跟着说:

"不评就不评吧。可倒是麻麻烦烦的。"

孙文良急了:

"为啥不评工?马有强弱,人有大小,不评怎算账?"

李大篓箩把大嘴一撇说:

"谁还不长五尺多高的个子,哪个大,哪个小,牲口一家一个,这不正好吗!评啥?"

"搬不动"说:

"多干少干能有多大亏吃?找那麻烦干啥?"

张青山不愿意地说:

"哥俩还分家呢,为啥不分清楚?"

白二掳子嚷道:

"你们瞎唧唧啥?评不评,记不记能怎的?把小组弄垮台,你们负责任哪!"

孙文良急眼了:

"这么干,我可不干!"

白二掳子一蹦八个高:

"你想'打单'?"

"看火头"看事情要糟,就赶忙解劝说:

"组织起来就为的团结,行啊,大伙将就干吧!"

孙文良,张青山再没说啥,哼了一声,憋了一肚子气。

※　※　※

李大簸箩嘴尖，一说话一撇，爱占小便宜，全屯没有第二个。他有一个道理是："凡事没心眼，饿死没人管。"

"搬不动"屁股大，到哪坐下就不起来，讲起来懒劲全屯也没有第二个。他也有一个道理："种地习早也习晚，习深也习浅，也习勤快也习懒。"

李大簸箩的马，别人一要套，他就说：

"不行呀！还没喂哪！"再不就说：

"先套你们的吧！这马怕是有点病，也不大吃草。"

人家的马能套十回，他的马好说能套两回。

"搬不动"长了一身懒肉，哪天下地都得磨到日头出来老高。一说，他总有理：

"你看，谁家还没有点事！"再不就说：

"干多干少还差这一会啦？"

孙文良和张青山的肚子气得鼓鼓的。张青山说：

"这小组编得气死活人！"

孙文良说：

"我脑袋都要涨两半啦！"

白二捞子一听他们打吵子，就不分青红皂白地嚷：

"这是干啥！把小组弄垮了能行吗？"

"看火头"到这也就接上说：

"干吧！讲的是团结嘛！"

※　※　※

孙文良肚子里的气实在憋不住了，来找生产委员。一进门说：

"委员，我讨论讨论……"

"讨论啥？"

"我想不在白二捞子那组了！"

生产委员大吃一惊：

"你要'打单'吗？"

孙文良说：

"不'打单'，我想加进别个小组。"

生产委员急了：

"不行，你跳槽，小组不得垮台吗？你能担得起？"

孙文良说：

"那么要尖头，也不评工也不……"一句话没说完，生产委员就接上了：

"得啦，我都知道。我管不了那些，反正小组不兴垮台！"

孙文良急了说：

"我上别的小组不行吗？"

生产委员一连串地说：

"不行，不行，就不行！"

孙文良气走了。生产委员也气得够受，孙文良一出门，他就骂：

"人家都干得挺好，就你'隔路'！"

※　　※　　※

这天是全组给李大簸箩铲地。

别人都铲了半根垄，"搬不动"才扭个大屁股慢腾腾地上来。李大簸箩就不愿意，直拿眼睛横楞他。铲了一气，大伙都歇着了。李大簸箩顺着地垄一走，冲着"搬不动"就骂开了："'搬不动'你他妈混饭吃来啦！这叫铲地吗？"

"搬不动"扑棱一下站起来：

"大簸箩你干啥张口骂人！谁混饭吃来啦！"

李大簸箩说：

"就你混饭吃！你安什么心眼子，苗眼为啥不铲？"

"搬不动"说：

"我怎没铲？"

李大簸箩火了，气得过去拉"搬不动"：

"走！去看看去！"

"搬不动"使劲一挣说：

"没那么大工夫！"

可把李大簸箩气坏了：

"咱们得找人评评理！"

"搬不动"满不在乎地说：

"还有理呢！我看'尖'都叫你霸去了！"

"怎么叫我霸去了？今天你得说明白！"

"你凭啥有马不使，净使人家的马？"

李大簸箩到底心里有病，有点没劲了：

"可，我马有病嘛！"

孙文良瞅着气也憋不住了：

"你马有啥病？又不瘦又不老的！"

张青山在那边也接上了说：

"大簸箩，咱们就明着挑开吧！我看你就是要尖头！"

大簸箩火了：

"张青山，你少拿大话哈（压）人！"

张青山也火了：

"我怎么拿大话哈（压）人？你说，你前个套我的马趟地，给你自己趟就没深拉浅地打马，狠劲地趟。给人家趟地怎不那么干？趟那么一会地，我那马就像水洗的似的，你说这不叫要尖头叫干啥？"

孙文良跟着就说：

"不用说别人，就拿你给我趟那垧地说，就像打地皮上飞过去似的。"

"看火头"这阵也想起来了：

"大簸箩是有点尖头；就拿给他铲地这顿饭说吧，可倒好，一个粒跟一个粒跑。"

李大簸箩理短，正没法说下去，听见"看火头"也跟着说上了，就说：

"你他妈还点扇着！"

"搬不动"得理了：

"我看你就是长嘴说人家,没长嘴说自己!"

李大簸箩正想跟他出气,就骂起来:

"你他妈猪八戒照镜子,瞅瞅自己是什么东西!"

"你说我是什么东西?"

"你是懒蛋子!"

"你是肉尖头!"

白二捞子一看要打起来,气得两脚直跺:

"这是,这是干啥? 要散伙怎的?"

孙文良肚子里的火可压不下去了:

"散伙就散伙,反正这个样我是不干了!"

白二捞子一听:

"散伙? 说得倒好听,散了能行吗?"

孙文良说:

"不行能怎的? 鳖气都受够了。"

白二捞子一听也火了:

"孙文良,就你捣蛋,你说谁是鳖?"

孙文良也不管那些了,一赌气说:

"谁知道谁是鳖,反正我不干了!"也没等白二捞子说啥,扛起锄头就走。

张青山一看孙文良走子,也跟着说:

"我也不干啦。横竖不能要命!"

白二捞子一看蹦着高叫:

"好! 孙文良,你把小组弄垮台啦! 咱们找生产委员去!"

孙文良不理说:

"愿意找你找去,我不去!"说着张青山和他脚也没停就走了。

"搬不动"一看正好,扛起锄头说:

"不干就不干,咱也回去歇歇!"

剩下李大簸箩和"看火头"傻了。

白二捞子急得乱跺脚:

"我操你妈！完蛋啦！垮台啦！"

"看火头"停了一会也没啥意思，扛起锄头说：

"不行啦！铁钥匙也锁不住啦！"

※　　※　　※

工作队来了，生产委员说：

"咱这屯的小组没一个垮台的！"

工作队问：

"头遍地铲得怎么样了？"

生产委员没有把握地说：

"不大离了吧！"接着就对工作队像诉苦似的说：

"如今晚生产的事情可难整啦。编联小组什么捣蛋的人都有。你这个啦，他那个啦，费了九牛二虎的劲才算把小组联上了。这帮人哪！脑瓜子就是不开窍！"话没完，白二㧟子一步闯进来说：

"委员！孙文良捣蛋把小组弄垮台啦！"

生产委员吓了一跳，瞅了瞅工作队忙说：

"怎么？垮台啦？孙文良这小子就'隔路'！怎么闹的？"

白二㧟子说：

"怎么闹的，他们一天老唧唧。又是马啦，又是饭啦，尖头啦，懒蛋啦，没一天时闲。"

生产委员火了：

"好容易联起来的小组弄垮了，荒了地怎办？把孙文良叫来问问，凭啥捣蛋？"

工作队听了，知道这一定有问题，就说：

"先不要找，慢慢了解了解再说。"

生产委员说：

"了解啥？就是孙文良'隔路'，前个他还来说要跳槽！"

工作队问：

"你们这小组怎编的？"

白二㧟子说：

"按门挨户排的。"

工作队又问：

"你们评不评工？"

白二掳子说：

"咱们哪组都差不多，再说都是贫雇农，没分那么真齐。"

工作队说：

"那么样能公平吗？"

生产委员说："十个手指头哪有一般齐的，都公平我看办不到！"

工作队说：

"有吃亏有占香应那还能行吗？再说也得叫人家自愿哪。"

生产委员不服气地说：

"依我看自愿就得乱套！"

工作队说：

"小组非得自愿两利不行，若不是就得垮台，地也侍弄不好。"

生产委员不吱声了。工作队对白二掳子说：

"我上你们那唠唠！"

工作队和白二掳子走了。生产委员气哼哼地想："天老爷！我跑了一春带八夏，好歹算把小组联起来了，又叫什么'自愿两利'，我看非要都垮了不成！"

※　※　※

工作队了解了情况，重选了生产委员，河西屯又改编了生产小组。

孙文良，张青山找了对象和别人联成了小组，张青山当了小组长，孙文良就是这回重选的生产委员，也参加小组里生产。

张青山说：

"这回算舒心了。公平合理，干活还有不愿干的？"

白二掳子和"看火头"也找上对象编了小组。白二掳子说：

"在早先净瞎闹登了，光知道小组不兴垮台，谁知道怎码事？

这回工作队交了底才算明白。"

剩下了李大篓箩和"搬不动"，屯里的小组哪个也不愿意要。

这可怎整？不用问，人家都嫌他俩闹，一个是尖头，一个是懒蛋。他俩心里也是像明镜似的。

怎整？不加入小组地就侍弄不好，趟也趟不上……实在没办法了，李大篓箩红着脸去找孙文良说：

"咱加入你们这组吧！"

孙文良还未答话，大篓箩忙哀告似的说：

"咱知道有点毛病，以后坚决改不行吗？"

孙文良看他也像真心改的样子，就说："你能改吗？"

李大篓箩看有希望，忙说：

"能，能，你瞅着，咱不改再开除！"

李大篓箩算加入小组了。马以后总也没有病，尖头也下决心削掉了。

"搬不动"呢，后来加入了白二掳子那组。他发下了天大的誓，说再也不懒了；再说都认真评了工，就是懒也是自己吃亏呀！

河西屯的小组从此更起劲了。

"看火头"瞅这个样子不觉地说：

"这才叫小组哪！"

也正是：

  又评工，

  又记账，

  自愿两利

  找对象。

  又能铲，

  又能趟，

  干起活来

  都不让。

  到秋天，

多打粮，
粮谷满仓
有福享。

选自《炉》，东北新华书店 1949 年

◇ 蓝　柯

小王庄的儿童团

　　小王庄紧靠着一条宽阔的公路旁,这庄上的儿童团,是周围三四十里地方的老百姓都很熟悉的,虽然有许多人都没有亲眼见过小王庄的儿童团,由于热爱着这一群,他们喜欢传诵着"小王庄儿童团"的名字和令人敬佩惊讶的故事,而且讲得那么逼真、烂熟。

　　抗日战争胜利之后,并没有给大家带来和平民主的生活,国民党反动派来进攻解放区了。小王庄儿童团和大人一同起来,保卫自己的家乡,组织了儿童哨,不分日夜地看守这块自由幸福的土地,不给特工、坏人潜入破坏;儿童哨组织得很严密,他们不让没有路条证明的任何人通过,他们说:"没有路条,连亲爹娘也通不过去!"大家都严格地执行这条在儿童团全体大会上所一致举手赞成的决议。

　　一天午后,儿童哨刚换班,就碰上了一个青年人,头戴一顶黑礼帽,低低地压住了前额,身上穿的是一套黑土布衣裤,两手空空,匆匆地走过儿童哨,像要逃避的样子,马上儿童哨上前拦住了去路,说道:"请问您,从哪儿来的?"

　　"东边来的!"青年人敷衍地回答后,接着又迈起步子。"慢着,请告诉我们,您此刻要到哪里去?"

　　"去西边的集镇上,你们问这些干吗?"青年人显出不够耐烦的样子。

"那么,您有路条吗? 给我们看看!"儿童哨兵伸出一只小手向他要路条。

"噢,我拿,我拿!"一边说一边在身边口袋里乱摸乱找,可是,再也找不出来了:"小朋友,我忘记带来了,放在家里呢!"

"那不行,没有路条通不过去的。"儿童哨兵严肃起来了,小眼睛睁得大大的,一闪一闪地发着亮光。

"我又不是坏人,为什么不给通过呢?"青年人有点冒火了,看他的动作,好像就会蛮横地强行起来。

"先生,您用什么来说明自己不是坏人呢? 我们又凭什么来相信您是好人呢?"儿童哨兵很认真地说着,"出外带路条,这是规矩,也是为了大家的太平呀!"

"自己的地方,有什么坏人会来呢? 真是! 我又不是外人!"青年人实在有点耐不住性子了。

"不行,没有路条,连亲爹娘也通不过去!"儿童哨兵举起团棍,阻拦了去路,好像是一道命令,这样坚决地回答了那青年人。

"小孩子啰嗦什么,走开些,让我过去……"说着就把两个儿童哨兵顺手一推,拉起腿就要跑了,这一下,气坏了儿童哨兵,一点不肯示弱,连忙拿起哨子,拼命地吹"嚯嚯……"啊呀! 好多好多的儿童团员,全往庄上,田里跑来了,个个手里拿着三尺高的团棍,气呼呼的样子:

"什么事,什么事呀!"大家不约而同地问着。

马上,青年人被这一群儿童团员紧紧地围住了,青年人心里暗暗惊奇。

"没有路条,送到区公署去吧!"一个团员提议,立刻得到全体的同意;几十双小眼睛牢牢地钉住了青年人,几十双健壮的小腿,紧紧地跟着飞跑,怕他会隐身法逃遁了。

区公署离小王庄只有两里路,眼睛一眨就到了。

"李区长在家吗?"儿童团长问一位工作同志,可是他没有注意,却看到了被押来的青年人,惊奇地问儿童团:"你们为什么把李区长押起来？"

"啊?!"大家都被这句问话愣住了。"谁是李区长？"

几十双小手指着青年人问："他就是李区长吗？"

"哈哈……我就是李区长啊!"李区长把礼帽拿下,哈哈大笑起来了。大家很不好意思,心里却乐得要叫出声来了。

"李区长,真对不起您,刚才误会了您,对您很没有礼貌,能原谅我们吗?"儿童团长脸孔涨得红红的,难过地对李区长说着。

"哪里话,亲爱的小同志们,您做得非常正确,你们认真负责的工作精神,值得我们大人学习的。"

"因为好久以前,我就听说小王庄儿童团的许多故事,使我很感动,常常不能忘记,所以,今天我故意装着这个模样,亲自来看看你们,证实这些动人的故事,是不是都很正确,真的,没有一点虚传……"李区长一边说,一边抚摸着儿童团长的乌黑发亮的短头发："好吧! 亲爱的小朋友,小战士们,祝你们不断地努力进步,并在这次自卫爱国战争中,献出这支不可战胜的力量吧!"

大家以热烈的鼓掌回答了李区长的话。

选自《小英雄》,东北书店 1948 年

◇ 雷　加

鳝　鱼

工人第一次庆祝自己的节日。在那一天,扎起牌楼,唱起歌来。歌唱中有从来不会唱歌的声音。

唱完歌,睁开眼睛,瞧瞧自己的工厂:房屋倒塌了,机器有的毁坏了,有的上锈了,烟囱根本不冒烟。刚才在大会上,工人挥着拳头,发了誓言,要用工人伟大的力量,来恢复自己的工厂。从此,不管原料工人,抄纸工人,都去帮助泥瓦工修盖房屋。女工代替了男工,拿起破布,去擦生了锈的机器。四处一片歌声,唱出他们的决心! 要从一片瓦砾中,把工厂重新建设起来。

从此,只有松枝牌楼,冷冷清清地站在门口,还有那个年轻的守卫也非常寂寞。工人们早早地上班,晚晚地下班,没有一个人顾得上和这个年轻的守卫谈谈心。为了这个,守卫的责任再大,他也不满意。

有一天,从外面走来一个老人。年轻的守卫立刻喊道:"走过来! 再走两步,到跟前来!"他招呼那个老人。看见那个老人向前走来,便接着说:"我这差事最好你来干。你是老头,我还年轻。我该到厂子里,和他们比比赛。你想,叫我站在这里,罚我的站,叫我看着他们把厂子修起来吗? 说实在的,"他定睛看了老头一眼,不好意思地笑了,"你实在不老,只能说脸上皱纹多,不光彩,国民党没有给你吃饱吧?"

"天老爷不照应。"来人小心地答,"那时,前肚皮贴后肚皮呢!"

从这一句话,年轻的守卫喜欢这个老人了。老人也是一个好说话的人,两个人就一句搭一句谈起来。原来这个老人是特意走来看看工厂的。不久以前,他一家人,为了生活,到别处去过。

"工厂里有你的亲戚吗?"年轻的守卫问。

"没有,我本身是个工人,这个厂的工人。"

"什么工?"

"小小一点炉口手艺。"老人微笑了,紧闭着眼睛,预备说第二句话。这时年轻的守卫才看出来,他有一副怪样子:没有说话,先闭上眼睛,不说完,不睁开。而且那两只眼,像是从火堆里拣出来的。年轻的守卫大笑一阵,评论道:

"这真称得起一对炉口的眼睛!"

"从小就挨着火边干了一辈子。"他怨恨地说,"满肚子油,烤也烤干啦!"

"今天可两样啦! 今天工厂是咱们自己的!"年轻的守卫开导他。

"怎么叫自己的? 人人这么说,我可没看见。"

"就在眼前,咱们厂长是个干部,副厂长是个工人。"

"怕又是什么工头吧! 我要剥他的皮。"

"你又说差啦! 副厂长是道地的老工人,他叫孙怀仁!"

"谁? 孙怀仁? 我认得他,细长条,三十多岁。"

"对啦。"

"从前是精选工,爱和鬼子干仗。"

"对啦!"

"'八·一五',我们一起摆过摊床。"

"你真的认识他吗?"

"怎么能说假话,我在这里干过,他比我晚来两年。你说真是他吗?"

"民主政府的人,更不说假话!"

"都说共产党讲民主,我是这里的老工人,我进去找他行吗？"

"这可不行。他忙,你找不着。"

"你说话不算话。我只想走来看上一眼,这是我呆过的工厂,一个工人实在舍不得离开自己的工厂。你告诉我工厂是咱们自己的啦,又不让我进去。"

"你进去吧,我不拦你。可是你进去干什么呢！"

"像你说的,看看我们厂长。我要说我是这里的老工人,我要做工……"

"说真话,你是老工人,我领你进去。"年轻的守卫又说:"不,你一个人进去吧！别看我爱发牢骚,我是守卫的,叫我离开大门可办不到。"

二

副厂长孙怀仁,接见了炉口老工人王得礼之后,到办公室来找厂长商谈这件事。他知道这是一个老实人,真正的工人,但是他总得把王得礼的情况先介绍给厂长同志。

他说到王得礼离开工厂的原因:国民党时,工人里出了一个坏蛋,叫于百川。他勾搭住在仓库旁边的国民党队伍,天天晚上去偷松香。为了装样,又叫王得礼去看仓库。到了白天,国民党队伍墩着枪把子骂,说是工人偷的。工人就骂王得礼,为什么不好好看住。王得礼里外受气,压不住火,站在台阶上,闭着眼睛叫起来:"他妈的,谁不知道,你们是明胡子,不信就看,"他指着地下的松香面子,"你们都穿的傻鞋,鞋底上有几个钉,这里就有几个坑。翻开你们鞋底看看,都来这里看看。"有几个国民党果然翻过鞋底看看,几个钉,和地面上印的坑一个不差。这还不算,钉子周围,鞋帮上,都是松香面子。这些人悄悄走开,还不住地把鞋帮在裤腿上来回的擦。回头他们不甘休,把王得礼叫到于百川房子里,打了一顿,叫他学老实点。接着不久,又有一个国民党到仓库来拉纸,王得礼堵在门口,不准出去,于百川说这是团副,应该跟到团部去打条子,于是叫王得礼去。王得礼学会了"老实",跟在马车后面跑。跑到一家家具店,先不打条子,叫王得礼往楼上搬,搬完了才递给他一张纸。王得礼不认得字,刚说一句图章不清楚,团副笑了笑,叫旁边小孩给他找棍子,说要狠狠敲他的狗头,那么他回来了。于百川早就要找岔子,说这是假条子。王得礼一看也吃了惊,岂但不清楚,那私章原来是用戳子后屁股捺上的;至于官印,则又是把戳子横过来捺了一下。王得礼又挨了一顿打,就不能不离开这个工厂了。

王得礼还有一个故事,却是很多年以前的事。那时,他还不会手艺,比现在更穷。他的母亲忽然得了中风不语的病,汤水不进。俗语说穷人有病拿命抗,他请不起医生,也买不起药,天天含着眼泪,坐在身旁,希望天老爷保佑。病势一天比一天沉重,邻居告诉他这病用鳝鱼来治是最好的偏方。附近嫒河里有鳝鱼,可巧老丈人住在嫒河边上,他像出远门一样,安排好家务,收拾停当就出发了。本来市内有两个菜市,哪个菜市上都有鳝鱼。因为没有钱,只好舍近求远,来到嫒河边上,拿出最大的耐心,等待鳝鱼上钩。往往是这样的,要什么,就缺什么。他钓了一天,一条也没钓着。过路人受了感动,告诉他若是冬天,在冰上敲个窟窿,用叉子叉,便当得多;可是夏天,只好多下钩了。老丈人帮他找了三十多个钩,看看一天又过去了,还是一条没有钓着。有几个小孩子在嫒河里洗澡,赤着身子,互相追打着跑过来。其中有一个,在浅泥坑里抓了一条鳝鱼,在地上像抢鞭子一样摔了几回,早已死了,嘴上冒着一片血沫子。他不知道王得礼要钓的,就是他手上的那条鳝鱼。

王得礼晒得满头是汗,调理这个钩,又去调理那个钩,不是叫蟹子咬掉鱼饵,就是钓上一条鲫鱼来。他气得把鲫鱼甩在身后草地上,小孩子以为他发疯了,就笑起来。当他看见小孩子手上那条鳝鱼时,简直惊住了。他说了很多好话,要下那条鳝鱼就收拾回家了。可是还不等他到家,他的老母早已咽气了。这就是王得礼的鳝鱼的故事。

副厂长孙怀仁一口气说完这两个故事,自己也受了感动,叹了

一口气。这时,厂长微笑着对他说:

"有了头一个故事就够了。国民党欺侮了他,就在他心中种下了仇恨。我同你一样,欢迎这个老工人回到自己的工厂来!"

三

王得礼这个鳝鱼的故事,年长月久,连他自己也不记得那么真切了。这个故事在别人心中,也渐渐失去光彩。所剩下的,只是些不带恶意的嘲笑,诸如此类的话:"天生的老实人!""天底下头一份老实人!"

王得礼这次回到他原来的工作车间,一切都是熟悉的。两个炉口,火光照得通亮。铁钻周围,落了一层厚厚的青色铁皮。他先开口道:

"大家忙呵!"

认识的工友,都扔下锤把,凑上来跟他谈话。只有毕师傅咬着铅笔头,在计划材料,没有走过来。毕师傅估量了一阵,远远地喊:

"来得正好,掷骰子缺你真不热闹!"

"民主政府,还兴赌博吗?"王得礼难为情地笑了。

"在伪满,你……"毕师傅这才站起来,带着一种冲动说,"喝!你掷起骰子来,闭上眼睛空喊,六……六……六……睁开眼睛一看,最大不过三点。你说是不是?"

这是一件旧事,毕师傅又闭着眼睛,描摹得那么像,不论谁都笑了。王得礼也说不出不满意,跟着轻轻地笑起来。

毕师傅笑得最厉害。他又接下去说:"再说,他赶别人的点,这么,趴在碗边上,么……么……么……地叫。"他在王得礼的肩上拍了一下,"你要喊,可是睁开眼睛喊嘛!明明转个么,你没看见;人家拍一声抓起来又掷个六点,你倒睁开眼睛看见啦!"

毕师傅长着一张宽下巴,一张大嘴,就像这样地欢迎了他的老工友。在从前,毕师傅利用王得礼闭眼睛赢过钱,也利用了另一个缺点赢过钱。王得礼另一个缺点就是遇事纠缠不清,只要拍拍王得礼的肩，他就回头答话，一哼一哈的就纠缠不清了。这样，对手就有机会做成五点或六点，把他的钱赢光。毕师傅觉得这样做更好，既不是自己骗钱，帮助别人赢了钱，也同样可以吃酒。

王得礼回到工厂来，深深地受到了感动。新社会，新工厂，他也该做一个新工人了。老实说，他爱工作甚于一切。王得礼没来之前，毕师傅单凭一份出色的手艺，在大会上得到了表扬。看看整个工厂破坏得多么厉害，不论哪一部分铁活，凡是熟铁就要经过炉口，就像生铁要经过翻砂一样。今天的炉口，常常遇到像抄纸机一样复杂的部件，而且那些数量最多的铆钉，把锯子，螺丝，都得经过毕师傅的手。正如他自己所说："伪满三天的活，现在一天干啦！"

毕师傅这人却有一个致命的缺点：货以稀为贵，他若施展了所有的本领，就等于不值钱。王得礼一看就看出来，毕师傅和民主政府不一条心，出手的活并不快，铁块扔在焦炭里，尽是焙着焙着，不等到他想干的时候，决不伸钳子。

毕师傅过去不比王得礼强，总是得到尊敬，今天在新社会，为什么只凭着手艺，不凭良心也能得到表扬呢？从王得礼来，毕师傅看见王得礼毫无邪念的脸，又看到他那么认真地工作，心中微微寒战起来。为了这个，他在王得礼面前表白道：

"现在还有睁眼瞎子，咱第一个就认识啦！民主政府是穷人政府，工厂是自己的呀！"

毕师傅常常坐在那里吸烟，伸着懒腰，表示活计累人。可是他的眼睛，总是溜着王得礼的钳子，溜着王得礼跟前的铁活，很怕王得礼做多了，压过自己。要是遇到有人来催活，也总是他先回话：

"你看我们王师傅这个干劲，你想把我们炉口的人累死吗？"

他以为这样就可以取得王得礼的好感，跑上前来低声说：

"你猜怎么，咱们要手艺的总得这样呀！有二百的手艺，顶多干它一百八十，留点余头。公家叫咱们追求进步，顶到头，再进一步就难啦！"他缓了一口气，又急急地说，"我这也不是为了别人，有时加个班，大伙都有好处嘛！"

等毕师傅走过去，抡大锤的小艾，不满地咕噜说：

"别听他的，一肚子花肠子！"

小艾十分年轻，王得礼来了之后才拨给他的。王得礼笑着问：

"你和他是对头，怪不得把你拨给我！"

"他那一伙人，也没有一个满意他的！"小艾愤愤地道。

下午，工务科长来检查工作，毕师傅把钳子挂在铁钻上，说："科长，今天的工作是咱们自己的啦！我提个意见，今天这个螺丝，怕干到放工，至多不过二百个。要了二百五十，那五十个明天来打，可得一上午。你知道咱们手艺人，加班出活。今天晚上加上两个钟头，也就赶完啦！"

科长想了半天，同意了他的意见。王得礼在旁边想：这五十个可是你抽烟耽误的，为了加班才这样干吗？科长问王得礼加不加班，他把钳子一摔，回过头来，望着毕师傅，那么瞪着眼睛说：

"为什么不干？干不完，不加班，明天用什么？"

晚上交了活，也许王得礼脸色不好看，毕师傅再没有说一句话。在路上，小艾揪住王得礼的衣袖，嘟哝着：

"真气死人，你听他对我说什么。他说：要加班，谁也得干，今天是民主政府，不能像伪满那样！你听听，拖懒赚个加班，还说只有他才认识民主政府呢！"

王得礼一面思索着，一面觉得和小艾谈得很投机，于是请小艾到家里坐一坐。

四

整个复工工程，分五个组来进行。土木和机械没有截然划开，有的同时并进。大部分都是一面利用旧有地基抢修房屋，一面准备各种机件。只等安上大梁，上面铺瓦，下面就要安装机器了。为了修理精选车间烧毁的房架，早晨召开了会议，厂长说明了精选机械修理，配合其他工程，必须在五天以后开始。房架整理和钉巴板子需要三天，那么在两天之内，炉口如不供给一千五百个螺丝，日期就会依次拖延下去。

毕师傅对这一工作，表示异常冷淡，尽是不开口，后来终于一口回绝了。他说一个炉口，一天最多能做二百五十个螺丝，一个也不能多。

王得礼今天也参加了会，他不知道厂长已知道了他的故事，他也不知道厂长对他的工作也有所了解。一进厂长室，厂长看见了这个新面孔，单单和他握了手。并且，厂长的眼睛，总是含着微笑，使他感到一种温暖。

"若再多，只有加班！"毕师傅带着讨价还价，不怕得罪顾主的神气说。

王得礼对于这样一批大数，心中也没有一定的把握。他听到毕师傅又要加班，立刻生了气。他觉得并不是没有活动余地，而是毕师傅故意拿把，所以他截住说：

"你越加班，活出得越少，这是谁都知道的。要干就得拿出真精神来！"

"你掷一宿骰子，掷过几个六点，别尽空口说大话。"毕师傅立刻反击。

"多打一锤子，多出一点活，比你光摇锤子打不出铁来强！"

双方都有一些激怒。王得礼说完了，站起来对大家说道：

"咱们最好分开来做。我包下我那一份，一天做三百，两天六百，那一百五，我打个通夜班。这是给自己干活，你提掷骰子干什么？可见他还没忘记伪满！哼！"

毕师傅在他讲话之后，也跟着同意了。答应得并不勉强，因为他正像王得礼说的还是满脑袋骰子，他想王得礼干的并不一定是"六点"，而自己也不一定是"么"，况且他又不是头一个答应的。

比赛就在当天开始了。既是比赛，劲头就来了。尤其是年轻的小艾，像刚出炉口的铁块一样，又红又热。割螺线并不简单，先要割铁筋，又要蘸火，又要缠脑袋，王得礼除了把钳子，零碎的工序，小艾帮了大半子忙。小艾时不时瞟着毕师傅，表示要胜过他们。可是最初的速度和成绩,双方都不差上下。不论哪一组干少了,一定赶够了数目再吃饭。头一天的结果,双方都做了二百八十个。

两个炉口,火苗子直冒,铁钻上的锤子响声成一片。大家减少了休息,甚至连汗也顾不得擦。到了下半夜,毕师傅的速度渐渐慢下去,他坐下去休息的时间也就越来越长了。他坐了一阵,喊王得礼道:"老王!"

王得礼停下锤子向他望着,看他要讲什么。毕师傅又停了一阵,才讽刺地说:

"伪满掷骰子,你拿出这个精神来,早就赢了!"

王得礼怕耽误了活,不同他纠缠,赶快又工作下去。但是毕师傅更加放肆起来:"你说是不是吗?"

"得,毕师傅铁快烧化啦!"他那一组的人,不满地说。

"老王,你说我说得对不对呀?"

"对什么! 论起打铁来,你这么纠缠一阵,可赢不了什么!"王得礼心里有火,为什么毕师傅尽像一条鳝鱼似的缠着他呢?可是没有发作,只是这么堵了他一句。

小艾早已不耐烦了,亮起嗓子喊:

"毕师傅! 你怕我们多赶活吗? 做多了匀给你一点!"

毕师傅从此不响了。他又干了一阵,到三点钟,再也支持不住的样子就睡下了。他那一伙因为去了一个掌钳的都干不成,气得嘟噜了一顿,也跟着睡了。那一天,王得礼只睡了一个钟头。

一天一夜的成绩,王得礼组完成了四百九十个,毕师傅组完成了四百个。

第二天,两个组又继续工作下去。正午,王得礼的老婆,也许怕王得礼认不清时代,借口送饭到厂子来看他了。但偏偏遇见喜欢说话的那个年轻的守卫,一个是急于要进来看个究竟,一个偏偏为了爱说话纠缠她。不晓得怎样,两个人吵起来了。正吵闹中被厂长撞见,厂长问清楚是王得礼的老婆,要年轻的守卫放她进去。年轻的守卫望着这个走进去的有点急躁脾气的老婆子,龇着牙对厂长同志说：

"我若早知道是王得礼的老婆，早让她进去了！"

"你也认得王得礼？"

"我们老朋友，他第一天来是我先同他谈话的呀！"

王得礼的老婆走进去，正是王得礼拧紧了钳子，两只眼睛冒火的时候。她放下饭盒子，在旁边站了一阵，刚要张嘴，王得礼晓得他老婆那个啰嗦病，立刻喝住了她：

"这里没有你说上的，快给我回家去！"

他老婆惊奇地说："我当是你又掷小骰子，你倒在这里……"

王得礼一听见掷小骰这三个字，把这两天对毕师傅的火气一起发出来了，一边骂着"滚滚！"一边擎起钳子扔过一条通红的螺丝过来，吓得他老婆没头没脑地辩驳着："我来看看，不是成心，想告诉……想告诉你小孩子有病哪，咳！"就回去了。

王得礼仿佛一下子泄了劲，全身酸软无力，胸口有些呕心，自己拼命挣扎着，心想："为什么会这样呢？从前两宿不睡也不这样嘛！"因之无缘无故埋怨起自己老婆来了。呆了一会，厂长走过来，顺便问起，王得礼的老婆来干什么。王得礼苦笑着，没有回答，小艾在旁插进来说：

"和他说小孩闹病啦！"

王得礼往年掷骰子时，他老婆常常这样撒谎，骗他回去。这时，他半气半笑地骂道：

"他妈的，准保中了风。不然，哪来这么快的病。"

不料这一句话，使厂长当真了。厂长记起了他的鳝鱼的故事。他知道王得礼在旧社会受了无数的苦，今天他是民主政府真正的好工人了，还能得不到一条治病的鳝鱼吗？这样，厂长马上派人买了一条鳝鱼给他家里送去。自然王得礼不知道这件事。

王得礼从厂长走了以后，很久不安心。无端地想起他的中风的母亲，那条钓不到的鳝鱼，像一条蛇似的咬着他的心。他眼前的那一堆螺丝，不是像一条一条的鳝鱼吗？在他钳子上的红铁筋，不也

120

是一条鳝鱼吗？它在铁钻上扭来扭去,他的锤子就拼命敲去。它一根接着一根,掉在水盆里,正像那条已死的带血沫子的鳝鱼那样。

王得礼被一股愤恨燃烧着。他再不感到疲倦,他像是对旧社会所有的鳝鱼复仇！一条一条的鳝鱼,从他的手上流过,一根一根螺丝掉在铁钻下面。工作正以一种飞快的速度进行。

到下午放工的时候,王得礼已经累得什么也想不起来,什么也看不见了。小艾替他交了工。他这一组一共做出了八百六十个螺丝,创造了每小时做三十个螺丝的纪录。

王得礼不知怎样走回去的,推开门,爬上炕,连衣服也没脱就躺下了。只听见他老婆,在旁边断断续续地说:

"咳……厂长真是好人哪！他叫人送来一条鳝鱼,不知哪个鬼说的我们孩子中了风？……咱妈活到现在多好……小柱快来叫爸爸抱,咒那个说我们孩子中风的……"

王得礼没有听完就睡下去了。他梦见了瑷河,一条鳝鱼张开大嘴,像狼一样叫。最后千百条鳝鱼由瑷河跳出来,一个一个跳上铁钻,扭来扭去,又一个一个跌进水盆里。厂长走了进来,用手抓起一把螺丝,赞扬地点了点头。忽然跑出一些工友,鼓着掌,把王得礼抱起来,向天上扔去……他醒了。

第二天早晨,他才盘问清楚厂长送来鳝鱼的误会。他抱着头,因为他的头还有一些昏沉,感动地想道:

"这就是新社会……到底是新社会……"

他又在七点以前上班去了。今后,凡是开什么大会,尤其遇见个不认识民主政府的人,他就说出自己的新鳝鱼故事。

一九四六年

选自《水塔》,光华书店 1948 年

水　塔

一

　　小袁在一块破布中间向上挺着软软的头颈,那被压折的头发就跳起来;他也就睁开了眼睛,仿佛被头发扯醒了一般。天还朦黑,只是在"毛头纸"①的印缝中间透过来一条一条的白光,像他冬天看惯了的水柱。最早的一列火车刚驰过去了,往日他就该起床劳作了;但是今天,他的两腿酸酸的,腰杆子也像扭过一般的痛。他的老爹值过夜班,瘪小的身体缩在破絮中间,睡得正好。小袁突地坐起来,按住两只被一点点肌肉裹着的大腿想了一会,在他的红而薄的有点歪曲的嘴角上,浮现着一股小孩子在梦寐中做过一桩称心得意事的微笑来。

　　小袁掀开门帘钻出去了,他急促地走着,微微地摇着头,似乎是因为四月的清风梳不开他的杂乱的短发而愠恼了。他穿过一条铁轨,又穿过一条铁轨,他由月台上往下跳的时候,脚步轻轻的,膝盖富有弹力地弯曲着。他不大在意地瞅瞅车站的屋顶,或是月台上疏稀的灯光,他觉得这一切都和以前不同。以前非常熟习的景物,今天都像是蒙上了一层类似发微的阴晦的东西。他一直走向最远的月台的边缘,他记得昨晚在那里藏下了一个小包。

　　是一只粗黑的大手由铁罐里抓出来递给他的。这个小包是用风车牌包纸替他包好了的。他从前见着过这个像他那手一样粗黑

---

　　①　北方糊窗纸之一种。

的面孔吗？在他的幼小的心灵里翻起了梦一般的怀疑。只有那个小包才能证实这梦想不到的变动是真实的。

他走到月台的边缘，眼睛顺着斜坡望去，他终于发现了那一撮新土。这时他的心扑扑地跳起来，他茫然地掉转身子，对着五趟铁轨那边在晨曦中矗立着的车站呆立着了。他看见一个镶着红袖箍的人提着一盏马灯，由电报室走进了站长室。

"他看了我一眼呢？这小家雀……"他心里说。但是在他的眼前仍然隐现着那撮新土。因为昨晚过于忙促，在松软的新土上面露出了一个纸角。

他跳下去，用他那拾来的皮鞋撅起新土盖上去。他的眼睛一面偷望着车站，一面捞起裤管小便起来了。他记起工友们惯于在这里解手，他怕那纸包容易被人发现，或是被浇湿了，所以连忙用两只脚向前踢着，使新土遮盖了很长的一段。他故意走远了又回头端详一下，然后一溜烟跑回去。

二

中国军队退却，铁路工人也跟着退却，这使老袁接受了与前不同的命运。他填补上一个空位置，从此捉住了一个饭碗。他的老婆在前三年因他把所有的财产吸进了烟枪，在穷困中患胃肠病死掉了。小袁是他唯一的儿子，他需要小袁，他从不肯离开小袁。小袁是他的老婆遗留给他消愁解闷唯一的代替物，也是他的忠诚有力的助手。小袁在自己的工作之外帮助他的工作，也正因为他们两份工资实际上只开销一个人的生活费，才使老袁仍然能够抽上两口。

平常老袁对待小袁是很严苛的，他们的关系淡薄又淡薄，老袁对小袁只会用鼻子哼，小袁也不对老袁谈什么。但是，前两天的夜里游击队抄袭车站的枪声把小袁带走了，老袁便像发热病似的念祷他的儿子，他在自己的心里许了大愿翘盼小袁得以回来。

今天他刚在床板上爬起来，正遇着了掀开门帘走进来的小袁的两只眼睛。他的心里说不出来的高兴，他要跳上前去抱着他的儿子

喊:"乖乖,儿子! 可……"但是,他忽又习惯地沉下脸孔,不在意而又严厉地问:

"这两天,到哪里去啦?"

小袁在车站上训练了一双察言观色的眼睛,他瞟着老袁的乌糟的胡须哼着答:

"跟着游击队走了一趟……"

"呵,还了得! 谁叫你去的?"

老袁瞪着大眼;但他的亲切的心已在观察着自己的儿子是否受了伤。他的纯练的世故压下了他的喜悦,装着轻蔑地望着小袁,沉默地说:

"你不要脑袋啦? 少说那些闲话,站长昨天问过我,我说你到姨家去啦,听见没有?"

老袁穿上烂制服,当他扣那唯一的钮子的时候,由破袖筒里面突露出来的漆黑的两肘像是威胁小袁的眼睛,接着他掏出火车头表来看了看,一声不响地走出去了。

在老袁心里这种态度的用意是非常严厉的,但在小袁看来已是平常又平常的了。

三

暖和的晴空高高地廓着平原。站在车站月台上,可以掠过商号的房脊远眺着麦青的原野。簇绿的杨柳包围着散在四近的村庄,在地平线上站立着一团一团远近不齐的树顶。车站上保持了一定距离的白杨,又瘦又长像永不理睬人的长着叶子的电线杆子。月台的士敏土吸收着灼人的炎热,光滑的铁轨反射着刺目的光条。家雀在远远的树丛上面飞上飞下,在车站上只有工务人员枯燥的面孔和烦闷的旅客的脚步声。

小袁说不出来的烦躁,他在月台上蹓来蹓去,仿佛他是一个没有工作的流浪汉。他的手时时插在裤袋里,又时时掏出来不知放在哪里是好,他不自禁地要向月台的边缘望去,一边又制止自己,在心里自言自语地说:"别人会看出来的呀!"

他在车站上惯见的木条长凳上坐下了。他的身子滑进椅背里,他在这里偷懒不大容易被人发现。在他背后走过两个工人,手里敲着铁棍的那个站了一会,指着木椅说:

"我说的就是这个椅子,那天晚上,我提上裤子就跑,谁听见过枪声? 蒙头蒙脑闯上啦,这牙还痛呢?"

另一个山东口音笑了一声回答他:"咱也遇着比这个还宽的啦;可是咱手脚灵活,两手一扶跳过去啦!"

他们靠着肩膀走开了,还继续听见他们说:"真有的吓病啦。"

"这怨谁! 谁经着过……"

小袁在心里窃笑着,他已忘记了那天晚上突然的枪声在幼小心灵里引起的恐惧,一切都为那奇异的遭遇带来无比的骄傲所湮没了。他想起他已是游击队所熟知的人,他就感到他的骨节涨起来,逼得他不得不挺着胸脯,握着拳头大摇大摆地走着。

但是他依然偎在椅背里面深思地描摹着那些惊人的事件。

四

平和的晚上,十点一刻的车开出去之后,整个车站都沉漫在黝黯和沉睡的静寂里。现在回想起来那天晚上和哪一天都不相同,夜似乎更黑,灯光频频地眨着眼,似乎要灭的样子,一切都使人感到不舒服。

他由工人宿舍走回车站的路上,听见了近在身边的枪声,高悬的红绿灯和所有的灯光全熄灭了,他感觉到四周有一种听不大清楚而又震动着地面的声音逼上前来,使车站的上空突然凝结了一层阴雾。他不得不蜷缩着,战抖起来,动也不敢动。小袁就地卧下了,他的心别别地跳,两腿也打战,他来不及钻车站的地洞,也不能转回去躲进附近的堡垒。

他不敢细听那繁密的枪声,他知道越听就越多起来;好像一个人静静地仰面观天,会发现一倍和数倍的星星的。

逼近的脚步声使他昏厥了。他觉得两肋架着两只大手,腿不由自主地向前走去。他们经过漫荒的田野,跨过河渠上狭窄的桥身。他的头脑昏沉沉的,如同滚卷在暴风中似的。枪声远了,也许是停止了,他们被裹在大地的黑暗里,拖着脚步向前走。

他们停歇了几次,最后在一个墙角上蹲下来。他的同伴中的一个走开了,另一个用发热的身体偎着他,轻轻地问:

"累吗?"

他仿佛有生以来第一次听到人间的声音,他战栗着,但又在骨髓里为这句问话温暖起来。他在黑暗中摇了摇头,又点着头。

他又被原来的两个人架着走开了。他在黑暗中摸索如同瞎了眼睛,什么也看不到。

转拐了几次,又跨过了一件什么。突然一盏煤油灯照耀着了他的全身。他的眼睛在眼皮下面乱躲乱藏,他自己也躲在了左边那个人的身后的阴影里。

这是一间在炕上放着矮桌的堂屋。一顶热气腾腾的军帽朝天地放在煤油灯的前面,它的蒸气像一缕烟似的漫住了灯光。一个粗壮的人一手握着解开的皮带,一手抹着汗,回过头来,用四方嘴"哦"的一声说:

"你是个小鬼,哦,你看你这个小红鼻子……"

小袁从来没有意识到他的脸上有一个鼻子,并且这鼻子还是红的。他每次由候车室的穿衣镜的前面穿过时,他似乎看到一个一件大衣服裹住一个瘦小的肢体的自己的怪形象。他的面孔在细脖颈和大领口上面显得那么小,又是那么黑,似乎满脸都涂了黑灰。

他只是模糊地知道在他的头上长着比黑脸还黑的头发,和比头发还黑的眼珠子。此外在面孔中间最注目的是那比嘴唇还红的小红鼻尖,这时他得意地想:

"这家伙还不会叫我猴屁股咧!"其实他是怕别人这样叫他的,而在车站上,除了他的老爹和站长,都偏偏喜欢这样叫他。

他又随着那两个人一块走出来了,叫做团长的那个粗壮的人再也没有同他谈什么。

他惊恐地跟着走,在围着一桶小米饭一盆白菜豆腐一堆人前面站住了,他们互相打着招呼,随后所有的目光都吸引在他的身上。他在那些人的面孔上发现了相同的表情:欢欣,热爱,并且非常尊重他的存在。这是他从来没有经历过的,他有生第一次被人这样热心地关照。

粗鲁的面孔凑上来问他:"你还没有吃饭吗? 来来来!"

"小鬼! 你脸上怎么有个烟火头?"①一个矮个子举起筷子指着他的脸。

在这个矮个子的背上有人拍了一巴掌,他在后面骂着:"你开小鬼什么玩笑,王八日的! 今天的炮弹还没有吓掉你的魂。喂,小鬼! 你在车站上干什么?"

远远的有人喊起来:"带那个小鬼到副官处来吃饭!"

那两个人应着,他也就跟着走了。他不晓得是否又换了两个人;但他注意到一个方下巴的手掌非常有力,常常爱扭他的胳膊,另外一个清瘦,细高个,比方下巴要沉默得多。方下巴叫方大中,方大中喊细高个叫老秦。

五

小袁在那里呆了两天,他第一次在脑子里搜索仅有的记忆向他们讲述自己的身世。当他讲到他的工钱,全被老爹抽了大烟的时候,他第一次由别人嘴里听到:"这个老混蛋他怎样对待自己的儿子呀!"

他同方大中,老秦成了要好的朋友了。老秦虽然会教他唱歌,他可不喜欢那惨白阴冷的面孔,因为这面孔容易使他想起方大中告诉他的,老秦的老婆被敌人奸死和那用刺刀扎破了肚囊的两个孩子。方大中的方下巴,永不停歇,一面用手抚摸着他的头,一面

---

① 小红鼻子的隐语。

叨叨地讲着什么。

底下就是方大中讲的团长的故事：

"团长哪！有两件宝贝。"方大中开始讲的时候,老秦躺在他背后,一声不响,方大中看入了小袁的眼睛,伸出两根手指来重复着说："两件宝贝哪。"

"团长有一件黑棉大衣,你进城去过吗？就是警察穿的那种大衣,团长从前就是一个警察。从前是一个警察,现在可是一个团长啦！你慢慢听……

"七七事变后,团长带着一支勃朗宁在××屯上出现了。××屯是他的家,他家里有一个老母,一个老婆和一个孩子。全村的人都认识他,一多半还是他的亲戚。

"'朱二爷,你军衣不脱,枪也不摘,你玩的什么花头呵！'乡亲们这样劝他。

"'我的枪从前打土匪,现在该打日本啦！'

"他不在意地回答着。可是敌人越来越近了,整群的难民经过××屯,年老的唉声叹气,年青的哭哭啼啼。他看见了一个被奸淫的少妇,拖着两腿用手帕蒙着泪面,一步一步地走去,他就指着她对一些青年们说：

"'看吧！这就是罪孽,再不起来干,××屯的妇女都要变成这个样子了！'

"他下了决心,二亩地买一支枪,半个月的工夫武装了五十个有志的青年。

"第一次袭击车站,用洋铁伪装的铁轨倾覆了由天津开到北平的一列兵车。这兵车是去围困那座死城的！但他们在半路上滚上了月台,并且被一阵埋伏的炮弹打死了不少。

"宋哲元得到情报,问专员,专员照实呈报,于是奖了'铁血男儿'四个字,并且委任为平津铁路破坏总队长。

"此后,打过南坪坝,打过板桥,打过高辛庄。这时枪不要买了,那些有枪的绅士甘心情愿地捐给他。在打板桥那一次,团长带三排人抄后路,在平地上匍匐前进时,敌人机枪瞄准了目标,对着他的黑大衣施行密集射击。他马上滚脱了大衣,躲在土堆后面掩护起来。战斗结束后,他回来找那件大衣,大衣凸凸地放在那里,上面已布满了十二个弹孔。从此他永远不离开这件大衣,在战斗时,他并不穿它,一个特务员提着一挺手提式,另一个特务员就替他背着这件大衣。"

"这件大衣有灵呵!"方大中这样结束着说,"头一次子弹没有打中穿大衣的人,以后就永不会打中的。"

"那天打车站他穿这件大衣来了吗?"小袁好奇地问。

"当然穿着呵!呵不,他的特务员背着,打仗时老是背着,你懂吗?"

"这大衣……"小袁用小拳头在方大中的手掌里顶着说:"那么那一件宝贝呢?"

"那一件宝贝就是他那个独角龙,独角龙就是一个角的龙……"

"龙是什么?"

"龙就是团长的那匹马呀!这马可厉害啦!在头上长着一只角,像一个黄金塔,摸一摸是热的,软软的;但是它不叫摸,谁也不叫摸。这是一匹黑鬃红骠马,长鬃长尾,你在前面看不见它的眼睛,在后面看不见他的后蹄。跑起来一个钟头六十里,有一次跳过一辆大车,有一次一直跳上了窑顶。它不找道路。朝着一个方向漫山漫野地跑。它跑起来两耳生风,坐不稳就会被风带下来的。它的蹄子轻极啦!刚犁过的土块都踏不破。你想吧!这里上菜骑它进城买酒都来得及。呵,真厉害!这马于学忠化三千块钱买都没有买到手……"

"那么团长化多少钱买的?"

"老百姓送的呀,老百姓怕日本鬼子,先把马藏在地窖里。团长到了这里,整天打日本,老百姓自己找上门送给他,并且还带来一个马夫,那马只有这个马夫会喂,除了团长也只有他敢骑。"

"你敢骑吗?"

方大中乱转着眼珠子,不自然地答:"生人去了,又踢又咬……你听哪!有一次,我们得了情报,知道敌人要包剿卅里外的三营,三营刚到那里,一点没有布置,危险哪!不叫这匹马他们就全完结啦!"

"这马怎样?"

"马夫骑着这匹马去报的信,他们得了信就退却,敌人扑了一个空……"

"还有吗?"

方大中搔着肥脖颈接着说:"还有那一次团长遇见了飞机,专侦察团长的。团长回身骑上独角龙,跑了五里路进了村子,回头一看飞机还在老地方转。"

小袁把头顶着方大中的膝盖想了一会就睡熟了,方大中由老秦手里接过烟蒂巴吸起来。

六

小袁只看见过团长一次;但团长的影子时刻在他的眼前出现。他想着团长的外套,他想着团长的独角龙,团长披起黑大衣,骑着飞也似的独角龙,那大衣吹在后面,手里擎着枪,身体几乎贴着马颈,就像他看见过的画片那样。

小袁几乎取着团长的姿势站立着。他觉得自己就是团长,红鼻头朝下,两眼向前瞪着,手里擎着枪,在他的两跨间骑着那匹快马。心里喊着:"噢嗬……噢嗬……"

但他看见了他那纤细的手腕子,他再向下看,是那经不起风吹的两只腿。他突然又坐在椅背里,他仍然是这么渺小。他现在离开团长太远了。他是方大中在夜里送回来的,手里是那包炸药,耳边尽响着:水塔!水塔。

水塔就在他身后的左侧矗立着。它像一个麻菇,又像一顶僧帽;但是什么都没有它这么大,大肚子,高跷腿。上面一根铁管弯下来,衔着一节水龙布的哨嘴,哨嘴的瘪扁的下端,滴着大点的水珠子。地面上润湿了一片,混合着难以洗清的油垢。

小袁仰望着水塔的顶尖,又用眼睛测量着水塔的周身。最初他刚来到车站的时候,他不敢靠近水塔,他看去好像水塔要故意倒下来把他压死似的。

水塔,水塔的字音在他耳边响了又响,在他的心里有一股热血冲进去,他浑身都觉得暖烘烘的。他意识到在月台的边缘上埋着那包炸药。他的脑子记忆着那个粗手掌包好之后告诉他把炸药埋在水塔脚上的方法。

"炸药会响的,水塔倒下来,像塌了半边天……"

他想到这,被一种成功的喜悦的心情鼓动起来。他已经是一个了不起的人了,在水塔被炸以后,车站自然要找人;但是他已经同接应部队一块走了。等他们查出只有小袁不在的时候,自然以为炸水塔的是小袁。

"小袁那时比水塔还要高……"

但是他依然是他,他还是站在木椅旁边,他还是穿着又大又破的制服,他的红鼻头还是不声不响地蹲在他的脸上。此外他像是缺少点什么,他想想,哪怕手里有一把刀子也可以比现在威武一点。

"一把刀子,至少应该有一把刀子呵……"

他一边想着一边走开了。

七

小袁在水塔里面遇见了老袁。他那踏着大步摇摇摆摆的神气,俨然是一个团长。他知道团长是被人尊敬的。他若变成团长,他的老爹自然也要尊敬他。他的眼睛像两块黑炭,那里面充满了在车站生活经验中得来的智慧。他巡视一切似的,绕过老袁的座位,贴着钢骨的墙壁像用脚尖试探地质似的走着。

老袁以为他在寻找什么,斜着眼睛盯着他,起初他为小袁这种从所未有的动作惊奇起来;但他马上恢复了威严的声调喊起来。

"什么样子!你看你的手……"

小袁的手是背着的。他抬起手掌来里外看了一转,又背在背后响亮地回答他。

"手还不是手!"

小袁在心里算好了埋炸药的地方,站在老袁的面前了。老袁怒气冲天地挥着手掌喝道:

"滚开去,这里用不着你。"

"不,爹! 我两天没有帮你上水啦;我在这里,你该上哪就上哪去吧。"

后半句话是他平日来帮忙老袁工作时常说的。

老袁一声不响,虽然所有的怒气已被这句话完全消融了,但他还是立瞪着三角眼睛。他觉得一个父亲要有他的威严,而他的威严就藏在这三角眼睛里。

由水龙布管掉下来的水点,像钟摆一样地响着。车站上铃声叫了,铁轨振动起来,远处有汽笛声,但他俩之间被内心的沉默隔开了。

小袁又转在老袁的面前站住,操着极平和,极沉静的声调问他:

"今天初几啦,咱发了工资了吧?"

老袁抬起头来凝视着他,这是他从来没听见的问话,小袁又接着说:

"发了工资,我要买把刀子!"

"什么刀子?"

在小袁心里所想的,是五金行里那把乌木柄把上镶着金星的匕首;但他装得淡然地说:

"一把小刀,像金福的叔送他的那把。"

老袁的三角眼睛变得更尖了,他的下巴摇动着。小袁从看过团长的又宽又厚的下巴上的像鞋刷子一般的短髭之后,今天发现老袁那一绺绺躲在皱纹里的羊胡子非常讨厌。他在他母亲死后,因为背地里受到欺侮,在他性格中所必须有的倔强和果断,这时在他老爹的面前发作了。

132

“你不给我买，我也走，从此我不是……”他记起游击队里骂这老混蛋的话来。

老袁跳起来，追在他的后面骂着：“你走，我看你走到哪里！呵，我倒要买把刀杀死你这野种。”

他没有再追出去，他扶着墙壁站住了。他一噘山羊胡子闭上了嘴唇。心里像跌落了一块什么，他疑惑着这小家伙说得出来就干得出来。

八

从小袁同他老爹吵过嘴之后，他每天早睡早起，在那个小窝里四只眼睛就没有对视过。白天，他远远地望着水塔，等老袁躲在水塔里的时候，他就悄悄地去察看一下由水塔的墙角上引出来的火线，火线头被一块扁平的石块压着。虽然这扁平的石块被他镶平在地面上，但他总是不去看一次就不放心。

小袁整天逍遥自在的。这是因为监督他的工作的老袁暂时取了放任的态度。他由站台上混到“票房”①里，再由票房混到站台。他来回急快地走着，其实是一点事情也没有做。这是他故意隐瞒紧张心情的自然的表现。

站长是一个年约四十岁的日本人，制帽永远端端正正地戴在头上。他的脸孔长而且宽，松松地包着一层有黧色斑点的皮肤，像灰色橡皮一样。眼皮像脂油一般下垂着，把眼瞳的光芒逼得像针尖一般。小袁从来不敢迎面碰着他，在他身后一转就蹓开了。他知道站长那一双青筋手掌惯于在别人面前威胁着，并且爱用这手掌打人。

站长永远是严厉的，车站上的工人全怕他。但当他不得不混在守备队中间的时候，就意想不到地软和了。

守备队隔几天就换一次，新来者拥进了候车室，站长就亲自出去招待。小袁没有看见过有谁敢在站长的面前那样呵呵地大笑，他

---

① 票房是候车室的俗称。

也没有看见过站长不论在谁的面前会比对这些狂妄的士兵更恭敬更顺从。

站长穿着一双突出瘦裤腿一尺来长的尖皮靴,在洋灰地上恭恭敬敬地立着,而那些守备队便在沙发上面放任地跷着腿。啤酒瓶由这只手里传到那只手里,咯咯的狂笑声像啤酒沫子似的由那些喉头里升出来。

日本兵士两三个搭着膀臂唱着小调在小巷里消逝了,留下的就把谈笑集中在旅客的身上。他们对于妇女更会用眼睛,手指和嘴唇做出极下流的样子来;然后不以为满足地也跟着走出去,也跟着消逝在红灯巷里了。

小袁在他们眼睛里是不存在的,小袁偷偷地看见这种情形,为他们的狂欢所传染,心叶会扑扑地扇动起来。但是从他的心里钻入了有声有色的游击队以来,他对于这一切表示怀疑,接着两者的比重否定了它。从此,那些铿铿发响的刺马距,漆亮的马靴,发红的面孔都失了光彩。

因为水塔的影子,比水塔还高还大的团长的影子充满了他的心。

九

墙壁上挂满了衣物的房子里面,密密地摆着矮的床位,工人们在喷吐出来的香烟圈里粗杂地交谈着。

他们都是茁壮的汉子,带着北方人的朴实的气质。他们在闲谈中间,惯用粗话来开头结尾,也爱用手掌叩打着对方的肩头来加重自己的语气,或是为了表示亲近。

老袁躺在床上,莫如说是躲在床上,他是这一群人物中间表面上被人尊敬,其实是人人拿他寻开心的对象。

他要天天来,他来了之后只好装睡或是不言语。但今天,他的心情为了苦于思索小袁的话陷入极端的烦闷中了。

他们借着今天在此换车等了三个钟头的日本妇人开了头。他们把中国女人与日本女人比较,女人的脸孔啦,衣服啦,什么都谈到啦。

…………

话题慢慢地又转到了每天都谈的那天晚上游击队袭击车站的事情上去。那个自以为幸运躲在厕所里得以逃过难关的外号叫小脑袋瓜的,今天不知为什么紧闭着嘴,并且别人也以为那些可笑的事迹讲过几次也不大新鲜了,于是那个制帽推在后脑勺露出广阔的前额的工头喊着:

"老袁起来,我问你小袁这几天哪去啦?"

老袁直愣愣地转着眼睛望着周围的人。

"是不是这几天和你吵了嘴?"另一个公鸭嗓子接上问。

"唉!"工头提醒他:"你要注意,这小家伙鬼头蛤蟆眼的,你可就是一个儿子……"

"唉!"老袁忧郁地应着,又躺在床铺上了。

十

那天傍晚,小袁急了一头汗在引线上裹上了香烟锡纸,这是方大中嘱咐他免得潮湿又偏被他忘记了的事。之后他向堡垒里走去了,他天天生活在堡垒的周围,可是他还一次没有去过。堡垒是为了保护铁路的,凡是铁路工人每天夜里都要值班。工人们都恨这堡垒,不得不值班钻进堡垒的时候,马上就想到游击队的袭击,那是孤立着的,伸长在夜的黑暗之中的,据他们所尝验过的事实来想,游击队若是高兴使堡垒底朝天翻过来也是容易的。

他这次回来附带的任务,是侦察堡垒内部构造。爆炸水塔是团长要他做的,堡垒的建筑也是团长急于要知道的,这两件事在小袁看来,同样重要。

小袁走近堡垒,心里引起了最大的好奇心,仿佛切要知道堡垒内部的情形的就是他自己。

值班的胡大炳拉开铁门迎住了他。胡大炳长着南瓜样的头颅,眼睛凸出来,上面布满了血丝,老是仇视一切地横视着。别人什么事都提防他,因为他不同他们亲善,他自己也很愿意使人知道他是不惜采用任何最后手段的样子。他起初不大注意小袁;但小袁有两次在鬼鬼祟祟的角落里碰见了他。那时他检查一只钱包,又躲躲掩掩地藏那只钱包,因为被小袁发现了,他便擎起拳头威胁,小袁骂着跑掉了。虽然他并没有告诉人;可是从此他老是遇见胡大炳的逼视着的恨忿的眼睛。

胡大炳闪开,一手拉着门簧仿佛说:"你要进来吗?"

小袁是应该跑掉的!可是他真的进来了。另一个值班的是曹伯衡,他是这些人中间最和气最有趣的一个。他由机枪的把柄上腾出一只手来摇着说:

"他妈见鬼!我当是队长。原来是猴屁股。"

小袁跨了两步,眼珠子向两旁扫着,在他的心里记住了:两挺机关枪在最上层。步枪枪眼十个或是十二个,里面有钢板掩护着。他一下子跳到曹伯衡的侧面,像是为了躲避胡大炳才这样的。他用手摸着机身说:

"这枪真好呀!"

胡大炳匐地关上门,嚷着:

"你来干什么?"

"你管不着,我是向曹伯衡要刀子来的。"曹伯衡那一把刀子正像他要买的一样;但他看见曹伯衡对他一挤眼,他不敢再开口了,因为曹伯衡把刀子别在裤带里,是任谁也不知道的。

曹伯衡马上不同他亲近了,正经地说:"小刀子丢了,你要什么?这是什么地方?快滚吧!"

小袁反而更依得他近一点,他看见门后有一只电话机,电线通到地里去。在左角上有一个敞口的铁盖,和向下去的铁梯:这是地道的出入口。工人们常常聊以自慰地想来就是这个:敌人来了,打电话,钻地洞等援兵……

"这电话通哪里?怎么没有天线?"小袁轻淡地问,仿佛他问这话并没有什么用意。

胡大炳打开门,用愤怒的眼睛指着门外,小袁不得已低着头走出去了。

十一

小袁杂在旅客中间,他要尝试一次在来客中间做捎客。照车站的规矩这是有害公务,侵犯行会之利益的举动;但小袁应该不在此例,因为他今天或是明天就要做一件顶天立地的大事情,他的虚荣心需要一把刀子,而且这刀子应该是他勇于执行任务的内心的表现。

一列快车擦着铁轨停下来了。车头喷着蒸气,独自向前开去,转入支线,停在水塔下面。小袁在人群中间转了转,因为他不惯于应接,他所要做的生意一项也没碰到手。他忧伤地走回来,失败对于他真是一件大不幸。

他走到水塔后面,看见车头声息俱寂地横在铁轨上。一个穿蓝布衣的司机正同站长由对面的月台跳下来。他们在绕过车头出现的时候,他分明看到司机的愤怒面孔。这时老袁提着裤子由厕所里出来向这里走着。

站长马上找着了老袁,用焦急的神情等待着老袁慢慢地走来。

站长用粗陋的中国语面对着老袁问:

"哪里去?"

老袁一双寒腿更弯曲了,他极力笑着脸说:

"我的肚子坏啦!"

"车站上时刻第一!你不明白吗?"

一只手掌落在老袁的左颊上!老袁不敢用手去摸,仿佛怕拂掉了他的卑顺的笑容似的。他连着一鞠躬,退了一步,像一只狗似的蹓进了水塔里面。哨嘴涨起来了,一根水柱向下喷泻着,车头虽然还是在预定的时间内离开了水塔,但是站长仍然在水塔门口站了半天。因之老袁也在里面恭恭敬敬地站了半天。

小袁由水塔门口望见他老爹头伏在手腕里依着墙角坐着,这使他泛起了与前几年在梦中因父亲逝世所掀起的忧伤的心情一样。

十二

小袁望着在栏棚后面伸展着的远处的原野,他的眼睛由一个丘岗跳过另一个丘岗,由这个树丛移到那个树丛。他似乎看见了遮在树丛后面的炊烟和消隐在树丛里面的犬吠声。他在他的缥缈的心境里描摹着他从前的家屋和院落。

他怀念着他母亲的面影,老爹在母亲面前的时候,对他像对母亲一样有爱情。现在他老了,他被命运折磨得失了人性。他不辨是非,能活就活下去。他不是对人卑躬屈节,就是在儿子的身上以暴虐来娱乐自己。他已经不爱人类,他也不再被人所爱了。他的老年是悲凄的,是使一个儿子在心灵上增加了重负的哀怜。

小袁的腿麻了,在两只腿上交换着身体的重量。他踏着一个石块,在这石块底下就是他那炸药的引线。

他不由得向左侧望去,团长在那个方向向他伸出手来,他听见了呼唤,新生的光辉炫耀着他的眼睛,他快要昏厥了。

十三

小袁在为三班车的旅客往洋车上搬运箱箧。这次他只得了三角钱,他心里想积蓄多久才能买一把刀子呢?

"小袁!"

在呼唤他的名字的方向,一个商人由电灯柱子后面闪出身来。小袁略一凝神,他忍不住要狂叫起来;但是他马上镇静地走过去,低声问着来人:

"方大中!原来是你呀!"

方大中的脸上毫无表情,大手掌在小袁的脸上一挥,小袁的嘴就像被什么封上了,他默默地站在那里。

方大中望着别处,嘴唇慢慢地动着,说:

"今天晚上,团长要我来告诉你,枪一响,就点引线,记住……"方大中慢慢动着的嘴唇张着不动,下巴显得更宽了,他的眼睛仍然像在搜索什么,停了几分钟,又继续说:"那边走过来的外国人,他是教堂的牧师,他曾捐了些子弹,也常常替我们到天津北平买药品,他和团长很好,你快去告诉他,今晚不要起身,告诉他今晚我们破坏铁路,去吧! 去告诉他。"

小袁转身跑了几步,再回头看时,方大中已经不见了。于是他凑近那个牧师,牧师手里提着一个破皮箱,他用纯熟的中国话对小袁说:

"不要你,我自己会拿。"

小袁仍然握住了皮箱,低声告诉他:

"方才有人告诉我,叫我告诉你,今天走不得,他们今天晚上破坏铁路……"

牧师举起一个手指,指着小袁的红鼻子,仿佛试验这话真实不真实,但小袁神色不动,并且补加上说:

"那个人刚才走,他看见你走过来的……"

一只带毛的大手放在小袁的头上摇了摇,牧师快意地笑着说:

"好得很! 谢谢你!"在小袁的手里是他递过来的两张钞票——一元一张的钞票。

小袁愣愣地站着,他不相信会有这样的酬劳,尤其是当他真正需要钞票的时候,当他需要用钞票买刀子的时候。

十四

夜里十点钟了。

在那个用枕木架成的低矮的小屋里,小袁和老袁都不注意对方的行动,在他们中间仿佛有一种难耐的时间。老袁推开烟灯在板床上叠架着两腿,闭着眼睛假寐。

最后到的货车带走了一切喧闹的声音,电报机停止了,人们消隐在房子里,只有明亮的电灯在支撑着跌落下来的夜幕。

小袁握着自来火,呆坐在一根长凳上,他像默数着什么似的静默着。他的眼睛落在装画片的铁盒子上;但它并没有什么吸引力了,他的心像火炭一样,他想到那只买到手的星光灿烂的匕首,它贴着他的身子,一股清凉的快感渗透了他的心。然而他觉得这个时候必得向他老爹说一两句话。

老袁交换着两腿,他也似乎感到压在内心上的疑虑逼着他要问些什么,他斜视一下小袁;但马上又闭上眼睛,恢复了假寐状态。

小袁几次站起来,走近老爹的脚前,不知为什么他却又退回来。当他每次转身的时候,老袁的眼睛就悄悄地睁开一下,怨恨地瞅着他。

时间蜕变了,它由四足的青蛙变成了多足的蜈蚣,抬起一只脚又抬一只脚慢慢地爬过去。小袁烦躁地皱着眉,他的心随着忽起忽落的思想滚来滚去。他那心,想要立时冲破墙壁飞出去。

枪声——他用脑子想着那对他特别有意义的尖刺的枪声。那放枪的人会喊着他的名字吧,一定这样说:"小红鼻子,快点着引线!"他点着了它,水塔倒下来,声音大得像塌了半边天。那不是骑着独角龙的团长吗?他跑上去,团长用两臂把他举在头上,那短髭像刷子似的在他脸上蹭着。

小袁睁开眼睛,又看见了他爹的缩在肉襞里的山羊胡子,他的心又黑暗起来了。

小袁的心,一时像悬在棚顶上的电灯,一时又像豆大的烟灯。

夜越深越静,似乎几里外的脚步声也听得清楚;但又静得似乎什么声音也没有。小袁沉下心倾听着,他也许已经听见了枪声。他的心收缩起来了。他所等待的时刻到了,快到了。

老袁突然呻唔了一声,小袁马上抬起头来;但他又侧转身不响了。

在小袁的耳膜上,有一声折断一根火柴的声音震动着。他仰起头,竖起耳朵,这声音拖着尾巴震动了墙壁,他心里说:

"枪……"

他站起来了，忽然紧张起来的神经使他忘记了如何动作，他想要冲出去；但他又转过头来张望着。他遇见了老袁的三角眼睛。老袁为他的动作惊醒了，老袁坐起来，他要监督要发生的事。

小袁跳出去，在黑暗中消逝了，继起的紧密的枪声应接了他。跟在他后面的是赤着脚板颠簸着的老袁。他是无目的的，像是什么东西吸引了他，使他不得不这样。

车站上的灯光熄灭了，夜幕更紧地裹住了大地。星星突然显得又亮又大起来。在黑暗里，看不见人影子，只有脚步声拍打着地面，仓忙地逃避。

小袁越过了两个月台，他在黑黝黝的水塔前面停下来，伸出两手摸着那个石块。他的心因为极度的热而冷颤了，手指痉挛着，勉强地拨着自来火的弹簧，火花在他眼前散开，他点着了那引线。

一只手掌抓住了他的衣领，猛然的动作使他不得不向后依着一个抵过来的膝盖，这时他听见了急促的喘息声和詈骂：

"野种，我看你再跑……跟我回去，你这野种……"

黑暗在他眼前扩张着，枪声充满了他的耳鼓。他点着了引线，他完成了这个伟大的任务。这时他马上就可以跑向杨家坟的树林里去会见团长的；但老袁的手臂像一道墙壁似的拦住了他。他需要挣断这条铁链，他的手摸着了那把匕首。面前是他的敌人，再不是什么父亲。他猛一回身，向上击去。

老袁的左腿被痛楚咬住了，他在他的良心上责罚着他的儿子，他一生都不能饶恕他的，他的愤怒要他立刻杀死这个忤逆。他的眼睛被一层火网蒙住，他朝着将要立起的小袁扑去。小袁向后倒去了，他的头碰在水塔的墙壁上。

小袁软瘫地在墙角下深沉地躺着，老袁站起来，为他自己所做的事惊呆了，他的伤处向外注流着鲜血，他的腿酸软得立不稳了，他的头昏眩起来，他也倒在小袁的脚前了。

火星沿着引线爬着，它仿佛为了那逼近的快乐叫起来；呲……呲……呲……在那挖空的小土洞里溅着火花。火花舐着了火药，像一个人用力吹一个气球，碎裂了，訇的一声，大地的神经痉挛起来。

灰石像塌了半边天似的倒下来，掩住了两个昏厥的尸体。

从此在小袁的真稚的心灵上，盖上了比水塔还高大的团长的影子。

一九四〇年三月一日

选自《水塔》，光华书店 1948 年

五大洲的帽子①

一

今天我们团里来了一个新人,不像团员,也不像我们所需要的戏剧指导者,我们常叫这种人为"土包子"。

他卅上下年纪,军服旧而不整洁,坐下时后襟垫在屁股底下。他穿了一双草鞋,完全新的,用红绿线绳做成鼻眉子,两朵颜色灿烂的大绒球盖在大脚趾头上。他是霍玉民领来的,霍玉民像引荐人似的领着他参观各个房间。新来的人两手背在后面,严肃而正经,当他见到我们主任(一个女同志)的时候,他也不动声色,可是在他的眼瞳里有一点困惑的神情。

他叫武刚,担任了管理科长的职务。我们正需要这种人才,政治工作高于一切的时候②,动员事务工作人员安心工作便是政治工作的一部分,但不知为什么还只叫他做"准"管理科长。

武刚从此是我们中间的一员了。他对于我们是一个大大的存在,我们生活中的每一个细节都要与他的工作范围相接触,他的一举一动会直接影响我们。

他对于他的工作是按部就班做去的,他在工作中得到了一定的公式,首先他召集所有事务人员讲话。他倒背着手,严厉而又非常自然地站着,他紧闭着嘴,看不见他的呼吸,冷漠,还有一点傲然。

---

① 红星徽章军帽又称五大洲的帽子。
② 抗战开始,事务工作人员有轻视本身工作,要做政治工作的现象。

那些新来的伙夫同志,这时离开职位站在他的面前了。张管理员,一声不响好奇地等待着;调皮的小鬼像在管束之前站得规规矩矩的。

他的讲话冗长,沉闷,声音固执地旋转着,像要无故惩罚谁似的,使人感到强制和压迫。可是他把民主集中制带到厨房里来了,无疑地他用一切拙笨的字句夸耀和尊敬这种作风。他把厨房比做军队,军队的行动和战斗的胜利要用自觉的纪律来保证;事前的布置,事后的检查,一定要在会议中来进行。他在讲话中间,把所有的工作已精细地分了工,建立了汇报制度,无形中他把自己放在策动工作的主动地位。他相信他的精神已经贯注到工作和工作人员上面的时候,他就结束了他的谈话。

他始终倒背着手,讲话的时候不时地咳嗽着,大家早已习惯了这种流行的敬爱的作风。但是在他用来,因为,没有简切有力的手势,没有亲切而和谐的语气配衬的时候,显得枯燥和难以忍耐。他威吓地望着一切,固执和冷淡。他的瘦棱多角的面孔,冷冰冰的,无情地显示着他的不可污蔑的存在。

事务工作人员都是新动员来的老百姓,他们听他的讲话很有道理;但终觉得从今后有一种沉重的力量压在身上了。那班小鬼,平常总是在嬉笑之中做事情,凭空添了一个严肃的督促工作的人也不大舒服。

至于张管理员,他在他的工作中已获得相当的信仰。他是一个山东人,工作起来有朝气。受到夸奖的时候,总是天真愉快地笑着。热情虚心,大张嘴地呼吸着,谁都感到他是一个生命力强旺的人。他原来是一个旧军队的马弁,不识一个大字,二战区①的同志带了他来,因为他工作积极就升为管理员了。他使我们的生活顺利而优裕。如果早晨有人对他说:"张管理员,凡士林要白的,不要黄的,今天换一下吧;还有今天替我发一封航空信,这信,一定哪

---

① 山西一带称为二战区。

……"那么晚上，凡士林换了来，航空信也发掉了。

但是新管理科长这时会一丝不苟地说：

"今天不上街，凡士林明天换，发信找通信员！"

"……"

张管理员疑惑着自己过去在工作中有些缺点，因为武刚由第二天起就亲自领头工作。他要整顿厨房，就先把厨房规整出一个模样来。他要他们完成自己的工作，就先把每人应做的工作规定出来。凡是额外的事情，或是违背了他工作原则的一概拒绝。

他整日检查工作，很少讲话，对待同志们显得不好接近。他不大关心生活问题，他觉得生活是差不太多，而且不重要；但是他的眼睛时时都注意到每一件工作上面。

因为他，我们的生活感到影响了。也许是因为我们这个戏剧团体，大家都爱生活，尤其爱自由，都不惯于在脖颈上套一个不大不小的绳扣，虽不痛疼，有了约束就不自在。有的说：

"他这一套，在我们这里吃不开，事务工作是为了生活便利，这个死脑袋，想法斗他一下子！"

"这……这……你们不明白，呃……这是农民的根性……"一个在戏台上装老头的用喜爱的腔调打诨。

要斗一下，可是始终也没有斗。大家好像要看个究竟似的，要在他的工作中找一个必要的漏洞。武刚完全不晓得，他屹然地存在着，完全自信地工作着。

他不吸烟，生活整洁。他的口音复杂，略略有些口吃。他很少同我们笑谈，他对待女同志更少打招呼。他常常在庭院站着，他的两条细腿仿佛能站立一年似的。他走路急而快，像有什么要紧的事。

有时，他对我们的吵声和大胆地嬉笑，表示着惊异。他闲散的时候也看望一下我们排戏，他露着不大了解的神情；但是很快地他又镇静下去了。他对于主任，恭谨而不自然，他有时回避同他接触的机会。

关于他引起神秘的好奇了。很多人想法子探听他的履历和身世。但是知道他的人很少,介绍人霍玉民也只知道下面这一件故事:

当统一战线刚形成的时候,他是在留守兵团的一个连队里,连队指导员传达了中央的指示,红军改编为八路军,取消苏区,建立民主的边区政府。那时在红军中,有一些人对于党的路线怀疑了,一个伙夫同志首先发言道:

"我做了八年伙夫,我这也是革命工作,我带惯了五大洲的帽子,要摘掉它也行,只要大家有一天不吃饭!"

老马夫同志也表示反对:

"老子走了二万五千里,过雪山的时候,我一匹马救了二三十个干部,这些干部都是革命的,要革命就流血,不能妥协!"

武刚站在他们的前面,用固执可爱的姿势吹起了冲锋喇叭,他大声地响着:

"革命脑袋要戴五大洲的帽子,要摘下五大洲的帽子就先割下脑袋去!"

别的部队也起了同样剧烈的骚动,无形中这一面"非"真理的旗帜领导着这支队伍,向"真"真理进攻,武刚最后宣言说:

"毛主席也不敢这样说的,我们的毛主席不能这样对我们说。"

但是毛主席的声音代表了千百万群众,用党的决议对他们广播着:

"统一战线是共产党在民族革命战争中最正确的路线。"

这声音向各处散布着,千百遍地复诵着。武刚放下了反对的手掌,所有反对的人也沉默了。武刚无言地摘去五大洲的帽子,换上了一顶普通军帽。新帽子使他头颈不舒服,他整整有一个月是恍然无神的,仿佛生了一场大病。

最后霍玉民对我们说:

"他呆在办事处,没有工作,我问他愿不愿意来,那么他就来了。"

146

为了这个我们非常精细地观察他。他的面孔正经,呆板,一丝也看不出值得惊奇的表情。只是他的左眉有一条刀伤,这使他的眼白大起来,像是一个可怕的漏洞。

现在那顶新的帽子,它已经非常习惯地蹲在他的前额上了。从他来到团里以后,调皮的小鬼是那么不喜欢他那军队里的作风,于是就开始咒诅他为机械主义。

二

谈论机械主义的空气浓厚起来了,大家斤斤两两地指摘着哪一件事是机械主义的倾向,哪一件事根本要不得。女同志最怕这种铁面孔,他给她们带来了麻烦。女同志有另外一种私生活,她们每天要多用些水;但按照厨房的新规定,每人有平均的用水量,每天有一定的打水时间。他的理由是:没有大锅,而且节省必要的柴火。若再问下去,那么便是:没有更多的经费就没有更多的水。有时女同志只能端着空盆走回来,如果再私自向伙夫同志通融仍然碰了钉子,就会不平地嚷着:

"从前也是这么多的经费,换了人就没有水用,哼!"

有的非用水不可,便在厨房大吵起来;但是仍然没有效果。伙夫同志捧着面孔,不敢破例,武刚在旁装着不理。她们跑回来咒诅着:

"叫他一辈子也没有老婆!"

事实是他若真的有了老婆,也就会多体谅一些女同志的苦衷了。他没有老婆过到现在,照他对待女同志冷淡和歧视的态度来看,也许要没有老婆过到老。他的生活严谨自若,毫不想到女人的样子;但他却隐藏着强烈的人生的热爱,他爱花草,他爱地上的蚂蚁,他在内心里爱着那些小鬼①,爱着革命阵营中的每个同志。

有一次他同主任冲突了,这也许因为主任是个女同志的缘故。

---

① 小鬼,八路军小同志的昵称。

那时我们的团停留在友区里,我们戏剧工作的对外的形式便是统一战线工作。主任常常去见当地长官,常常同一般文化工作者来往,也常常有新闻记者到团里来拜访。主任在统一战线工作的态度上是非常诚恳的,从不肯拒绝一位来客,深夜里还同这些客人谈话。每逢有客人,主任便吩咐管理科准备菜饭;但是今天这是第二次了,上午已经来过一批客人,现在是总部来的自己人。主任催一次又一次,菜饭仍然没有拿来,偏巧总部的人因事急于回去便走了。主任是个口急舌快的人,把武刚找来问道:

"你还没有准备好吗?去吧!留着你自己晚上吃吧!"

武刚没有分辩,转身走去;但他又马上站住了,不动声色地说着:

"团员也要吃晚饭的!没有锅,没有人,这事不大好干。一天两次客人,伙夫同志也有意见。"

"有意见会议上提,有意见只能在执行命令以后提,叫开客饭,不开客饭,这不是提意见的办法。"她握着一支钢笔,由座位上站起来了。武刚镇静地呆了一会,若无其事地走出去;但是主任又把他喊回来问:

"你还有什么意见?"

"不是在会议上才能提吗?"武刚并非真正有意讽刺。

"现在你讲吧!"主任走到他的面前,暗示着她的平静。他望也不望她说:

"从前,红军没有这一套,首长和战士吃的一样。犯了错误还一样处分,吃饭为什么分上下?来了客人也一样,客人在自己的部队里也都吃着同样的伙食;但是现在……"

"现在是什么时期?"主任镇静地反问。

武刚轻轻地咳嗽着:"抗战时期!"

"对内呢?"

武刚吃惊地答:"对内是统一战线时期!"

"那么有了客人,真正外边的客人怎么办呢?不要招待吗?"

"他们倒可以做点菜招待招待的。"

"谁不值得招待呢？"

"像今天总部来的自己人，吃着同样的伙食。从前没有这个规矩。"

武刚在自己的话后面，抹身走开了，他怕听新干部讲道理，他想他们道理都讲得蛮漂亮，但是未必可靠。他满口不承认自己会轻视新干部；但是当他把理论与实际经验相比较的时候，他自然就看重了自己的实际经验。今天他非常气愤主任的态度，主任是行政的首长，他又不得不听从她的意见，于是他感到了从所未有的气闷。

武刚喜欢当热炕烫暖了小鬼的肚皮的时候，给他们讲些长征的故事。小鬼们近来对他友善得多了，因为从他那里可以得到新奇的满足。他把他们在谈话中带到了传奇般的现实斗争当中，漫无人烟的草地，异种族的可笑的生活以及渡桥的英雄。这使他们对他增加了可贵的感情。

"接着昨天的讲吧！"

躲在漆黑的屋角里的小鬼又这样问着。今天武刚沉默着，他像没有听见的样子。问话的小鬼触到了他的衣袖，天真地挑逗着他：

"你不是说可以三天三夜不睡觉吗？今天为什么？"

"嗐！等一下。"

炉灶里的余烬，在墙壁上映出了一片幽暗的红光。一个老伙夫同志已经鼾声大作了，武刚尽不开口，小鬼们只得耐心地等待着。

有谁往炕里摸索，武刚在心里叹了一口气，慢慢地说道：

"有一天我，我离开了我们队伍，这不管它，我……自己走到一个地方，这个地方的名字叫……叫……这也不管它，反正我遇见了西路军的同志，他们是被敌人俘虏了的。我一看就猜出来了，他们有十五六个人，两个穿'中央军'制服的兵押送他们。我离他们有几十步远，我走在他们的后面，红军看见红军分外亲热，我舍不得走开，远远地标着他们，他们走得很慢，互相交头接耳的，不知说些什么。有几个一跛一跛地掉队了，他们落在后面。我紧走了几步，就同他们搭起话来。我问他们哪一军的,又问怎么被俘虏的,到什么地方去,他们告诉我他们在甘肃打游击,失了联络,被敌人包围了,现在要押送他们回原籍。他们都是湖南人,你们想由那里到湖南有多么远?回到湖南会那么便宜吗?说是可以保证,那谁又晓得怎样呢?我们谈着谈着,前面喊我们赶上去,有个'中央军'望着我骂:'你要跑吗?'那么……那么……我要跑也不行啦,他把我当做他们一起的。我想了想跟上去就跟上去吧!我跟上去,他们都对我很熟,押送兵不在意,于是我又同押送兵谈起来,他们告诉我是两毛钱一天雇来的,就为了两毛钱,你们想。我鼓动他们,(武刚说着他由炕上翻起身来)我说:'老兄!两毛钱连饭也不够吃呀!要吃饱肚子什么差事都比这个强。赶一群猪还可赚点钱,押一群人对你有什么好处呢?'这两个人好像从来没有听见这种痛快话,点点头,但不回答我。我要他的公文看,他们就把公文给我看了,上面说押回原籍,依法惩办。我替这些同志捏了一把汗,我悄悄对他们说:'我们赶快设法逃走吧!要勇敢一点!'我告诉他们红军都在平凉以北,我把我听到的红军的消息都告诉了他们,我说:'我可要走啦;你们也一道跟着走吧!'晚上我们就蹓了。"

熄灯号吹过一阵子了,在这屋子里夜的沉静和黑暗造成了神秘的氛围。呆了半天才有一个小鬼问:

"现在那些人呢?"

武刚再就不言语了。仿佛他离开他们独自存在着了。

三

我们天天准备出发,我们在这里已完成了补充团员排新戏的任务。我们打算在二百里外的城市里,做为留在本地的最后的公演,然后转到前方去。我们的目标是敌人后方的农村里。

行军的准备是一切工作的中心。

突然早饭的桌子上摆上了一个个铁盆,里面是切成四方块的红白萝卜,红辣椒像彩纸似的粘在铁盆上。大家最喜欢吃咸菜,而且这又是酸酸的,仿佛是泡菜,大家惊奇了。

"四川泡菜!今天要过年吗?"

伙夫同志在旁边抿着嘴说:"做了两缸!"

泡菜咬在舌根底下兴奋起来了。大家品着泡菜的滋味,夸奖起武刚来了。有人认真地问:

"做的真多吗?行军起来不能带缸的呀!"

"没有做多,吃了再做,那缸是向老百姓借来的。"

这时,那几个平日喜欢同武刚接近的人,特别提出武刚亲自量米,他使做的饭刚刚吃完,不致不够吃或是浪费;又说武刚亲自修理锅盖,整理一切家具,简单而有秩序,这是长征中练就的习惯,仿佛事事准备行军。他们的结论认为武刚是真正难得的事务工作人才。

但是那些同武刚冲突过的,和那些女同志一声不响,对武刚怀着难言的成见。武刚对这些意见一概不大关心,他反而对主任在全体大会上认真地提出了严格的批评,他指出主任生活腐化,因为主任修饰了自己的房间,而且她在会客室内添了一些花盆,茶碗的设备。他根据这些要求主任要刻苦耐劳,要有在任何方面起模范作用的精神。他是采取了他所喜爱的公开批评的方式,他的讲话失去了和婉的力量。事后霍玉民找他谈话,首先批评了他的批评方式。霍玉民说对一个行政首长,最好是事前提意见,或是个别批评,这样也使她改正了错误,而且也顾到了她的影响。随后霍玉民又向他解释现在统一战线时期,那些设备都是统一战线工作上所必要的,但是他不承认这种解释的正确性,并且他认为他的批评方式对任何人都是适宜的。

由他的本质和他的工作表现来看,不能说他怀着故意破坏主任威信的企图;但是他那对于事实固执的态度也引起了偌大的注意。

霍玉民找来了张管理员想由侧面了解武刚的生活。

"你对武刚有些什么意见呵?"霍玉民问着。

"很积极,不差什么。"

"他的工作里有没有缺点呢？"

"他不听别人的意见，自己说什么就是什么，这也没有什么。"

"他的生活呢？"

"他不抽烟，爱自己喝闷酒，也没有喝几次，那只是在发津贴的时候。"

"你看他有没有什么特别行动呢？"

"那还没有，他不大讲话。他喜欢老实人，他和我最近也不错，工作上有办法，你看他就一床被子……"

"还有什么？讲吧！"

"他可有一个包包，里面并不是什么衣服，并且包包里还有一个小包包，那一天我看见啦，用线缝得凸凸的，不知是什么。"

"你问过他没有？"

"没有，他晚上说梦话可厉害咧！"

"讲些什么？"

"听不清楚！"

"哪个小鬼和他最好？"

"都不错，他常常帮助他们学习，他对于事务人员的教育很不满意，他说红军的时代，一面打仗一面还学习。"

"他对主任呢？"

"在工作上也许有些意见。"

霍玉民在这次谈话中抓紧了那个小包包；这是一个谜，凸凸的，还用针线缝着。他收藏着什么呢？或是他预备把它寄给谁呢？

邻村再三要求我们前去组织群众晚会，所以把这件事耽搁下了。我们为了增进工作影响，拒绝了他们的招待，自己准备饭食。武刚准备得熨熨帖帖。他在这次小行军里，减去了以往我们所遇到的麻烦。他早早地准备了驮子，他亲自把一切道具和锅盆装束停当，他照顾着在不前不后的时间内开饭。当他看见了由四乡拥来了整千的农民的时候，他的面容闪着从所未有的和蔼和喜悦。在演过戏之后，他第一次煮了喷香的豆子稀粥给我们吃。

后两天有四个小鬼消极怠工起来,他们借口埋怨小鬼教育不好。他们说:

"我们不是一辈子小鬼,××政委从前是小鬼,我们将来不能当政委吗?"

"救亡室刚刚成立起来,你们等等再看!"有人这样向他们解释着:

"有了小鬼就应该早些成立救亡室,武刚还说⋯⋯你们都是文化程度高的;可是对于我们⋯⋯"

"武刚?武刚对你们还说什么?"

武刚走了来,他们什么也不说了,于是把这件事立刻告诉了霍玉民,要霍玉民具体处理这件事。

霍玉民直截了当地问武刚:"小鬼怠工是你告诉他们的吗?"

"我没有这样做;可是我对于这里的小鬼教育老实有意见。"

"为什么不提呢?"

"主任说过,有意见在会议上提,同时这是你们早该注意到的,这是红军的传统,谁都不能忘记。"

"那么你为什么不向小鬼解释呢?"

"解释有什么用? 真正有了小鬼教育便是最好的解释。"

霍玉民想尽了方法也不能不问下去,于是他突地提出来问:

"你枕头里的那个小包是什么?"

武刚惊住了,他的面孔紧张起来,噫噫唔唔地说:

"没有什么。一个⋯⋯"

"请你为了整个工作,今天我们有检查那个小包的权利!"

"那不能,万万不能⋯⋯"武刚困窘地支吾着了。

"那么你有超出整个抗战的私人利益吗?"

"没有⋯⋯没有⋯⋯不过⋯⋯"武刚镇静下来了,他轻轻地咳嗽着:"我可以坦白地说,我保证我个人⋯⋯"

"解释有什么用? 像你所说的,只有打开那个小包才能保证!"

"不能,我是为了整个利益,那里面完全是不必要的东西,不像你所想的。"

"假若只有这一个机会,你能求得谅解,你愿意放弃吗?"

在武刚的面孔上落上了游疑的影子。他摆着他的头颈,最后他说:

"那么把小包交给你,为了整个利益,不能打开,由你保存,你以整个利益来保证不许打开,将来你会晓得的,那时你会笑话我。但是……你同意吗?"

霍玉民不解地望着武刚,他审视着这个奇怪的人,他想着他的斗争历史,他想他不至于开什么玩笑吧! 但这是一件不常遇的事情。

武刚这时走去拿那个小包去了。

四

出发通知传遍了这个团体,出发的消息也传遍了整个城市。

主任在对外的应酬中参加宴会,接受慰劳品,向各个群众团体举行最后的话别。团员们忙着整顿行装。雇来的鞋匠整天停在大门口。

由市场买来的新电筒闪着白光。

救亡室这时提出了完成行军任务的号召,他们准备路标,标语以及沿途的文化娱乐工作。

各组小组长在管理科一进一出,询问一些必要的事情。

武刚在桌子前面,在院落中心指挥着。一会为了交涉驮口向县政府提出了最低要求,一会又为了病号在计划加重驮骡的重量,好多腾几匹牲口出来。他利用了一切行军的经验,组织了运输队,使运输工作做得完备而节省时间。必要的用具都打成了包裹,平均地分配在各个驮口的身上。

打前站的也组织起来了,武刚也是其中的一个。

但是在另一方面进行了行政会议,主任也参加了。大家为了武刚是否应该留在团里提出了两种不同的意见。这个会议显然非常紧迫,因为两方面的意见对立起来。

一部分人提出了武刚的缺点,说他解决问题观点不正确,常常忽视整个利益,固执个人的意见,对主任的批评和小鬼的怠工就是显然的例证。最后结论是:一个生活在敌人后方的团体,不能留下一个没有确切保证的工作人员。

另一部分人坚持着:我们缺乏这种人才,我们在漫长的行军里更需要武刚这种人,而且假若他有问题的话,更不应该放弃考察他的机会。

会议继续下去,两方都提出武刚的细节,并且在这些细节中固执地争论起来。

霍玉民从前也是属于反对派的;但不知为什么现在支持了留在团里考察的意见,他认为留在团里并不与第一种意见冲突。

在不可分解的时候,主任同意了霍玉民的发言。她说:

"我看这个人,倒是一个工作上的好同志,他富于正义感,只不过他的正义感过于偏重了主观的批判。我是这样看法。可能在我们之间有些什么误会,我们说我们不了解他,但是又有谁为了了解他去接近过他呢? 霍玉民的意见是很对的,留他在这里,我不反对。"

五

在出发后第二天的终点上,是一个五十三户人家的小村子,左面一座高峰,用它的阴影压着它,使它渐渐凋败下去的样子。

我们应该宿营在前面的镇子上的;然而我们不得不在这个小村子上停留下来,其原因乃是前面镇子里住着逃兵,也许是个连,又有人说是一个营。

同时在这个小村里,还住了几个到前方去的干部。他们昨天才到,得了情报后也不得不停留在这里。他们很愿意和我们同路,他们都拿着总部的介绍信,而且他们个个都是强壮的小伙子,参加过东北义勇军的斗争。其中有两个是东北讲武堂的学生,这两个之中的一个还是×××将军的近亲,他率领着他们。他的名字叫韦民耀,络腮胡子,年纪并不大,圆滚身体,像一头东北森林中的狗熊。

他知道我们主任现在的职务和过去的社会地位,所以他表现很诚恳;然而有一点不自然,好像他为了不得显示自己的军人威武而苦恼,他们住在对过,一共有十几个人,约有二十驮子的枪支和子弹,据说到前方发展游击队的。另一个讲武堂的学生是那个蓄一撮短髭的老姚,他穿着称身的军衣,慌慌张张地一进一出。韦民耀显得更烦躁。

韦民耀来把他得到的情报述说了一下,到现在他还弄不清是一连人,还是一营人,而且到底是谁的部队也未曾调查明白。主任背地里说他是一个又懒又说大话的人,不及老姚强干。现在无形中一切情报都归主任统制了,我们派出了侦察员,老百姓得来了的消息也都集中在这里。主任虽然没有地图和电话机;然而她在精细地分析着各种情报,静默地坐在台子前面。

韦民耀一会来一会去,现在他倒摆出不大在意的样子了。老姚挺着端正的身子,眉毛一跳一跳的,他仿佛在计划应付的办法。

一个忠实的青年农民,前一天去走亲戚,现在逃了回来。据他的报告,断定了这是国民党孙××的部队,一看见敌人就败退下来。现在沿路抢掠,准备分赃后即各回家乡。到底是多少人,还是弄不清楚。头目好像是姓张,河南人。他们早已知道这几天有八路军路过此地,他们已把镇子里面的南半边街腾了出来,准备我们去住,这是什么意思呢? 据说他们把我们当做八路军的总部。

韦民耀和老姚听了这个消息就走回去了。他们的脸上现出了肯定的表情,而且用鼻子无故地嗤笑着什么。

傍晚,主任又接见了几批逃难来的老百姓,他们苦诉被抢劫的经过。主任赔着苦脸,她把这些消息当做一个严重的政治问题思索着。

夜的静寂使人安心下去了,听不见什么意外的枪声。主任把霍玉民找来秘密计议着如何说服这群逃兵,如何制止他们抢掠的行为,减少对抗战的影响。霍玉民为了主任个人和整个团体的利益,反对这种意见。他不否认主任的辩才;但是所遇到的对方也许是个毫无常识的人,况且现在他们以为我们是总部,露暴了自己的真面目之后,结果如何是不能预料的。主任固执着自己的意见,她说:

"我是一个文化战士,所以只能用嘴去说服他们,按照他们见了敌人后退,抢掠老百姓的不要脸的行为,应该缴械或者是消灭他们。"

最后她说可以思虑到明天早晨,假若没有什么变化,她就要实践她的提议。

夜半,主任的灯光还未熄灭。她在室内辗转徘徊。睡在外间的女同志都已睡熟了,她偶尔怀着异样心情,倾听她们平匀的鼾声。她的嘴角凹陷着,如同她已站在那个毫无常识的军官面前,想尽了一切开导的言辞。

这时有人急急地敲着院门,沉静的夜被惊醒了。主任扶住了桌沿,她震惊地谛听着。接着传来了韦民耀的声音,主任走去开了门,这时霍玉民也跟着主任爬起来了。

韦民耀的络腮胡子一根一根地飞起来,他气喘喘地摆着手掌说:

"糟啦!老姚没有回来?"

"到哪去啦!"主任猜着了一半地问。

"前边镇子里。"

"做什么去?"

"我也不晓得,他说他有把握,他要去我有什么办法?"

"到底做什么去啦?"

"还不是说大话,他说去缴他们的械!"

"去了几个人?情况怎样?有没有危险?"主任变得急切起来,仿佛她看见那些没良心的家伙在残害着抗日军人似的。

"主任方才的估计很对,他们把我们当做了总部,于是让出半边村子来,看去倒很客气,究竟打了什么主意,那谁晓得?"韦民耀十分忧虑地说，"但是最初我们没有这样看，只认为他们是一群散兵，可以一举而得，为老百姓除害呢！"

"那么去了几个？"

"他们去了八个，一个在村外听风报信，刚才这个人跑回来说反而叫人家捆绑了。"

"也许我可以利用总部的名义去一下，"主任深思地说，"你知道既无武器，又不是总部，只好这样了！"

韦民耀离开这个房间之后，主任和霍玉民商量了一番，她变得十分有把握地说：

"请你放心吧，我在文坛上还有一点名气，他不会不相信的。我自己也许危险；但是救更多的人要紧。"

霍玉民走出来叫武刚明天一早煮一点挂面给主任做早饭。武刚揉开了睡眼，吃惊地问：

"什么事？为什么要去，她一个人吗？不能的，这有生命危险，我们应该再等一天，或是另外找一条路线穿过去。"

"主任去是要去的，她个人也许有危险；但这与我们整个团体有关，而且也是为了那些人……你不必担忧。"

"我真不明白。"他穿衣起来，连连地发出许多疑问。

霍玉民轻轻地同他说：

"统一战线不只是在顺利环境下面进行的，危险的时候也要……她是为了工作，你准备吧。"

武刚惘然地坐了半天；他喊起了伙夫同志。这伙夫是一个贪睡的家伙，心里在喷喷地咒骂着。武刚被一团火烧着，焦躁得想不出主意来，他自言自语地说：

"女人总要吃亏的。"

伙夫同志嘟哝了几句就去做饭去了，这时小鬼们也都起来了，主任的举动更使他们吃惊。他们伸着舌头，好像有枪也不敢去。锅沸起来了，煮好的挂面端进了主任室。他们都沉默下来，因为今天武刚的脸色可不同平常。武刚喝了一口闷酒，陡然地走出去了。大家紧张起来，事情显然是严重的。

大地的苏醒的朝气，载着唧唧的鸟声流转起来，绛紫色的朝霞染遍了树梢上的青天。在我们心灵里永不能忘记的一天开始了。

六

在向北的，径往镇子的去路上，主任伴着孤独的影子向前行进。她的脚有一点吃力，她不熟习这条道路，她可是尽可能地加快了步子。她不愿回想送别村边的那些亮灼的眼睛，因为她眼看就要走到她的目的地镇子上了。在她的前面，她有时还可以望到比她先出发十五分钟的通信员。他拿着她的一封亲笔信，她在这封信上说明了来意，也就是介绍了自己。在她的后面走着一个老乡，他像不知道前面镇子发生的事似的，急忙地向前走着。这个老乡是一个中年人，头上包着毛巾，一件长衫上扎着又宽又长的腰带子。她可没注意到他，因为她从来没有回头望过。

在镇子上第一间房屋的旁边，她停住了，她要等着通信员的回报。

这时镇子早已醒了，由她身旁走过去几个农夫和耕牛，他们都安安静静的，而且镇子上安恬的炊烟，稀落的鸡鸣一点也看不出有什么扰乱的痕迹。主任吃惊了，她向镇子里瞭望着，看不见灰衣的影子，也听不见军队的骚动。

通信员持着原信跑回来了，他是一个勇敢的小伙子，他毫不犹疑地担负了危险的任务；但这时在想像不到的情况下竟心慌意乱了，他不安定地报告着逃兵已经连夜撤退了。

“我们那几个人呢？”

“听说绑在关帝庙里！”

跟在后面的老乡赶上来了，他凑在他们的面前好奇地谛听着。这时他把包头往下一掳说：

“让我去看看！”

主任那么不相信地看出了这就是武刚。但她马上想到了武刚是为什么来的，又为什么乔扮成一个老乡。本来她自己也知道武刚对她的印象不很好；可是这个时候，他竟暗地里保护着她。她为他的优秀的革命军人的品质感动了，通信员张大了眼睛问着武刚：

"原来是你，你怎么来的？"

"跟他去吧！"主任镇静地说，如同她在导演一幕熟知的戏，又告诉武刚："你带着枪吗？那么快点！你带着他们回来。"

于是主任和通信员顺着原路先回来了。

一个钟头以后，武刚也回来了；老姚他们回到了自己的住处。据武刚说，他们都被剥了上衣捆在神像上，老姚的胡子被拔掉了，老姚一口咬定了在后面村子里住的是八路军的总部，这才保全了性命，而且他们怕得连夜撤退了。

武刚虽然又换上了军装；但他的事传遍了每个同志的耳朵。有人给他画了一张速写，他提着左轮，左掌在肩上抬起，他那仰起的正在讲话的面孔，充满了忠诚自信的表情。他的画像被没有见过他化装的同志抢来抢去，最后被贴在女同志宿舍的墙壁上。

他在她们的心中充满了崇高的印象，她们向通信员打听一些路上的情形，她们去看过主任，她们为了这种高贵的感情更敬爱武刚了。

武刚躺在床铺上休息着，他感到疲乏。他合上了眼睛；但是他睡不着。这时霍玉民走来轻轻地摇醒他。霍玉民握住了他的手，用亲切的眼睛注视着他。霍玉民在床沿上坐下来，对他说：

"武刚同志，我代表全体团员，向你的英勇忠诚表示敬意。"

武刚低下了头，霍玉民继续说着：

"只有你，这是你十几年的斗争历史的光荣，我知道你为了革命的利益非常敬重主任，现在我要请你原谅，在你偷偷出发之后，为了减轻我对你的疑惑，我打开了那个小包。你的那个……"

"我的小包？这不能够。"

"但是已经……"

武刚又低下了头，他慢慢说："本来这是没有意思的。"

"不，为了这个，我们将给你更高的信赖，现在这个……"

霍玉民由衣袋里掏了一顶五大洲的帽子，放在武刚的面前。这帽子已破旧不堪，帽顶上的五角红星也褪了颜色。他戴着它干过轰轰烈烈的土地革命，他戴着它同反革命在血肉里搏斗过，他戴着它经过困苦的二万五千里的长征。前一年，他因为不了解党的政策，痛心地摘下了它，把它包在布包里；但是现在，他仍然不肯抛弃它，它，它在他的心里起伏着一种剧烈的斗争，他因此微微感到羞赧了。

他用劲抓过帽子攒在手掌里，他躲开了霍玉民的视线，他死死地沉默着。

"这是你忠于革命的表现！我们由此会更了解你，会更尊重你对于革命的忠诚，一个真正的革命者，不是由帽子上来判断的，就像你今天的行为，不是说明了你是一个真正的革命军人吗？我们的统一战线工作，现在是而且将来也是要站在革命立场上，我们时时不能放弃我们的组织原则，……"

武刚把帽子握在手掌里揉着，他把它放在胸前，最后把它放在口袋里，愉快地说：

"我以为我还要戴它；可是……"

"对的，只要我们在革命的忠诚中纪念着它就够了！"

霍玉民站起来，把手掌压在武刚肩膀上，温和而感动地说：

"休息一会吧！明天就出发的，主任已经下命委任你为正式管理股长，大胆地工作起来，党完全信任你！"

霍玉民走后，武刚把脸孔侧在里面，他想起了自己的艰苦的斗争，他模模糊糊地看见了整千整万的战士的血迹，他的眼睛为泪水遮住了。他自己又觉得眼泪是可耻的，于是用被子蒙住了头，他怕别人看见。

小鬼端来了一碗面，后面跟着几个女同志。她们怕惊扰了他；但她们是代表了所有的团员来慰问他的。小鬼把面放在台子上，嘘的一声烫了手指头。一个女同志捏着小鬼的肩膀，小声地说：

"不要喊醒了他,让他睡吧,他已经睡着了呢!"

一九四〇年十一月二十八日

选自《水塔》,光华书店 1948 年

鸭绿江

我生在鸭绿江边一个镇子上。这个小地名,地图上很难找到它。

镇子上只有一条街,它由山岗一直到达江边。街路两旁是些老旧的房屋,房檐上挂着各种各样的商店招牌。

街路十分窄小,遇到连阴天,青蛙就在街路上跳来跳去。

晌午的时候,我爱滚着铁环,向江边跑去,然后拣一块石头坐下,望着江面出神。

江面上停着由上海、天津、青岛、龙口各地开来的轮船,正在吊装圆木。起重机咔拉咔拉地响着,工人打着手势指挥着,那些圆木小得像筷子一般,在空中游荡着。有不少工人是我的乡亲,他们领着我逛来逛去,只是一次也不肯把我带到船上。

轮船各有不同,它的烟囱,也不一样:高的,矮的,歪着脖子的,像一只角似的竖立在船头上的。它们又有着各种不同的好看的颜色。

一只水鼓,停在江心,一动不动;可是我以为那是水流最急的地方。要是能在这只水鼓上坐上一个钟头,该多好啊!

天空一块浮云,伸长了角,又舞动着它的肢体。天啊!传说中的把守江口的虾将,莫不是又来驾云巡视江面了吧?

还有那块沙洲,涨潮时被湮没了,退潮时它又出现了。我看了它多少年,我又对它默想了多少年,现在我才明白,这块沙洲,原来就是鸭绿江的心脏,它是在随着潮水忽隐忽现地转动着呢!

凡是到过鸭绿江的人,永远不会忘记由青山雪顶上淌下来的这股碧流,它是无比的清澈和深邃,它的谧静,又是那么动人,那么使人心胸荡漾。

如果向县城走去,就得乘上舢板。如果遇到逆风,就得滑樯前进。这时,桅杆倾斜,船舷吃在水里,好像不是在水上面,而是走在山岭的盘道上,横着江面一来一去地滑行着。镇子上葱郁的山头和红盖顶的海关楼房,一会就不见了。眼前展开了无数的景致:暮霭似的连峰,忽忽扇动的草原,海底电线的标杆,顺着江岸流去的汽车路,羊群,烟囱,一片片芦苇,无数的向外伸开的河汊……

对岸是朝鲜,可以望到金刚山的朦胧的远景。夏天的浮云像游客一般,在明净的天空上,川流不息。它招引着我,向更远的地方走去,它也引起了我许许多多童年的幻想……

但是,我更爱鸭绿江上的冬天。冬天的雪花盖着大地,江面结了冰。从前不能站立的地方,可以站在冰上了;从前不能涉越的地方,现在走得过去了。

爬犁代替了舢板,它在冰上跑得那么快啊!不论撑着爬犁要流多少汗,一种竞技似的快乐,穿过了全身。

如能穿起冰鞋,在冰上一闪一闪地溜着,也是一种幸福。有一年,我也买了一双廉价的冰鞋,为了不使人看见,我偷偷地由家里拿到江边,而且第一次穿在脚上,多奇怪啊!它不向前走,尽后退着,两手向前伸开,身体便跌下去了。

引起的轰笑声,深深地留在心灵里,不能抹掉。不久,也被家人发现了,骂我道:"弄那些怪名堂,看你成不了残废?"

终于,我学会了,甚至在梦里冰刀也是一闪一闪的,溜着,溜着。

当冰溜要融化的时候,不定哪天晚上,会听到一声天崩地裂的轰响,这是封锁江面的冰壳爆裂了。江水咆哮起来,它探出深绿色的头颈,冰块四分五裂,随着汹涌的激流向下冲荡。

我梦想着再听到这种声音。我常常在异乡的床上倾听着,在梦中说不定会再听到的。

然而今天,我离开了家乡,不论冬天或夏天,我都不能回来了。

我要起誓告诉你,我的心永远永远地怀念着你。

更可怀念的是祖国大地上的那些故事和传说……

一、棒槌①的故事

在深山里,在丛林的边上,在河溪的上坡,在一条小径的尽端——就在他们自己可以找到的那个地方,架起了一根椽木,盖上了树枝和茅草。这里出现了第一个原始的窝棚。

这个窝棚里住着四个人。在这里用语言来传达感情的,仅仅就是这四个人。

像往常一样,其中三个一早就带着干粮、家伙出发了。这三个人:一个把辫子盘在包头里,不大讲话,是个好人;另一个黑眼珠子有点太活,动不动就哭起来,也是一个好人;第三个矮个子,口吃得厉害,更是一个好人。他们三个都年轻力壮,满怀探险挖宝者应有的信心,又都是你为了我,我为了你那么死心眼地讲义气。

留在窝棚里的却是一个老头子。说起他来,下面两句话,也许很恰当:总和三个年轻人的经验而有余,总和三个年轻人的欲望,犹嫌不足。他就是这样一个人。眼睛虽然昏花了,恨不能把整个山林吞下去;他也不时地扭动着他的酸软的骨节,还自信很有力量。

前天夜里,枣刺扎了他的脚板,他才因此不得不留在窝棚里。

只有雪块从山顶上崩塌,压折了树木,飞舞着雪花的时候,他才肯躲在窝棚里。除此之外,不论什么时候,他都愿意呆在窝棚外面。

山根上有高大的树林,也有像一条带子似的清水溪流。

石窟里,常常发现老死的狍獐,和草蛇的蛇皮。

不知名的鸟儿,飞来飞去。不知名的花草,洋溢着醉人的芳香。

这时,老头子敞开领口,躺在草丛里。他有时闭上眼睛,让顽皮的太阳,在他的脸上跳来跳去。他一会儿搔搔胸膛,一会儿喃喃自

---

① 棒槌是人参的俗称。

语,活像一个不知疲倦的、怀着幸福的希望的老人。

但是他又那么昏沉。他看不清远处的青山的连峰。一片随风波动的靰鞡草,又使他以为坐在海船上了。

他只是长久地注视着,眼前的一座山神庙。

那个山头如果像一顶瓜皮帽,这座山神庙,就小得像瓜皮帽上的帽疙瘩一样。山神庙的后身,拖起一片树林。山神庙的周围,又被盛开的绣球花围绕着。在这一切上面,像是有个什么东西在飞舞。那是在树枝上攀来攀去的蜘蛛吗?那是一只恋花的蝴蝶吗?或者是一团吓人的鬼火吗?然而这是白天,它也的确是火红的。到底这是什么呢?

老头子不再躺着了。他用酸弱的胳膊支起上身,忘记了搔痒,忘记了闭上流着口水的嘴唇,两只昏花的眼睛,急切地追踪着那个火红的影子……

这个火红的影子,一会隐去了,一会又出现了。火红的影子出现的时候,老头子几乎要手舞足蹈起来;火红的影子隐去的时候,老头子的眼珠子不动了,胡须贴在胸膛上了。假若火红的影子从此不见了,我想他一定会就地变成一副石刻的雕像的。

幸好,火红的影子又出现了。它围着山神庙,像是揖拜神像似的跳着,然后顺着小径走来。可是一丛野兰草又把它遮住了。

这时,一只沉默的苍鹰,伸平了翅膀,向天边飞去。太阳钻进一片云彩里,然后又出来了。

老头子仍然痴痴地向前望着。他的心中一会儿平静,一会儿烦躁。他不知道这个火红的影子停下来时,望着什么;他也不知道它乱蹦乱跳时,想着什么。他被好奇心弄得神魂颠倒,坐卧不安。

这个火红的影子,看去径向溪边走去了。直到它的影子落在溪水里,才突然现出了一副清晰的轮廓。老头子禁不住在心里叫起来:"原来,这是一个娃娃……"

老头子看见他戴着一个红兜兜。兜兜真红,把他的四肢也映得绯红绯红的。

老头子又看见他的面孔,像画上的小孩那么可爱。他有一双漆黑的眼睛,有涂着胭脂一般的双颊和嘴唇。他的尖尖的下巴又连着一根胖墩墩的脖颈。

后来,老头子看得更加清楚了。他的脑盖上留着一撮桃形的短发,两只薄薄的耳垂,在太阳光下像珊瑚一般地发光。

老头子又暗暗地叫起来:"看他的年纪,过不了五岁。这是谁家的娃呢?"

这娃突然对老头子凝视着,并且闪出了天真的笑容。

老头子心花开放地想道:"这是不是我的娃呢? 真的像是见过,莫不是我同年轻的媳妇在床上梦想的那个吧?"

这娃站在溪水里,洗濯他的小脚。老头子看见撩起来的水花,如同天上洒下一阵雨来,他的心头顿时觉得凉爽,欢快起来。

一阵雁声嘹亮而过,老头第一次望见了青山的雪顶。他的左面、右面是广阔的天空,苍老的树林,嵯岈的岩石……这是一块没有人烟的地方。

老头子恍然大悟,郑重其事地对自己说:"对呀! 这里没有人烟,哪来的娃娃?"他又向周围陌生的景致,望了一眼,又说:"活见鬼! 我为什么离开家乡? 为什么到这里来的? 我是一个挖棒槌的,我是一个追求幸福的人,我是为了那个传说的……"

于是他记起了那个古老的传说:

"……从前有一个挖棒槌的……不管他年老,年轻,一个进了老山林的人,就得完全凭运气。有时,这好运气就闯到怀里来啦! 有一天……也许就像今天这样一个晴朗的好天气,周围鸟鸣莺啭,花草芳香,一个叫做红孩的娃娃,对啦! 他也戴着红兜兜,赤着脚,就像今天的这个一样……不用说,这个精灵为了散心,才变成一个娃娃,漫山漫野地蹦蹦跶跶。听老人们说,这精灵越老,越爱散心,变成的娃娃也越年轻。他忌讳生人,生人有生气。他一闻到生气就逃开了,所以只有人看到他,可没有人挨到他。这就得凭运气啦! 你听哪! 这真的凑巧,如果一个挖棒槌的人离这个红孩不远,也许就在他的脚边,那么,只要趁着这个红孩耍石子的时候,朝他脖子上挎上一根红绳……红绳是每个挖棒槌的人随身带着的,它像铁铲一样,一同带在身上。他们多么希望只用红绳,不用铁铲啊!……自然,那个红孩受了惊,突然不见了。不要紧,赶快顺着红绳走去。不管多远,走到红绳的尽头,红绳钻到哪里,就在哪里挖吧!末了,就会得到一个须长三尺的真正的人参果……"

老头子只是为了这个传说才活下来的。他早就梦想着那个红孩,那个须长三尺的人参果。为了这个,他的昏花的眼睛才闪着光,他的瘦弱的胳膊才储满了力量。

今天,好运气终于来临了。站在真实的事物前面,还能不相信吗?他赶急掏出了红绳。这团红绳他不知揣了多少年了,看他的手指也跟着抖起来了……

谁敢说他老眼昏花呢?谁敢说他老弱无能呢?过去他常常咒骂那三个人是废料,今天他可得大显身手啦!

他张大了眼睛,用膝盖跪起了,他就要站起来伸开两手走过去了;但是脚板上一阵疼痛,使他摔倒了。

这阵疼痛,是的,这阵疼痛就是在他脚板好了之后,也没有消退,它一直留在他的灵魂深处。

薄暮时分,他的三个年轻的伙伴回来了。

老头子像痴人一般地躺在那里,他分辨不清他是不是做了一场噩梦。他的脸陡然红了一阵,针尖大的那一点点闪光从他的瞳仁上消逝了,他放下了他的胳膊,再也无力抬起它们了。

这三个好人,今天仍是一无所获。他们照例疲倦不堪,偎在一起吸烟。他们不时地向老头子望去,担心又得挨这个老头子的咒诅了,像往日一样,他会投来废料、蛇皮、砖头、倒霉鬼……他想到的一切恶毒的字眼。

但是今天,老头子一声不响地爬进了窝棚,他第一次不用吩咐为他们烧饭去了。

在窝棚顶上,哀怨的炊烟向暮霭中升去。

二、木排

木把子把他们的亲人，留在下江的镇子里，或是县里，大半都是留在他们投奔关东来的第一个落脚的地方。

木把子们，离开他们的亲人远远的，几百里，几千里，去到人们说不清的地方。老人们也只能凭着可怜的记忆，用手指着鸭绿江流来的方向说："就在那里呀！远得很呢！"

在这个不知名的地方，是另一种天地。那是一片永远走不完的，永远辨不出方向的大森林。盘大的叶子遮着天，枯枝铺满了地面。阴寒的，发霉的气流好像惟有躲在鸟窠里才会温暖。

除了把头的咒骂，这里鸟鸣是音乐，锯木声是音乐，接着响起了劳动的歌声。

晚上升起野火，映红了他们的面孔。夜深火熄了，这些怀念家乡的人，穿过树叶，偷望着天上的星斗。

虎狼冲过的时候，像一阵暴风。它的吼声震撼着树叶子，簌簌地响。

这时，他们的亲人们，住在下江镇子里或是县里的亲人们，在梦里追随着他们所去的方向，要他们赚很多钱，而且赶快回来。

工作了几个月之后，排腰子穿过木耳，长列的木排浮在江面上了。木排上面又建起板屋，板屋建得很快，仿佛是由树林里挪上来的。

木排上养着花草，夜间常常飘起笛音。叭儿狗脖子上拴着响铃，公鸡不到天明就喔喔地啼起来。

把头换上新衣，手里提着一挂五百响长鞭。他的面孔变了样子，究竟想些什么，谁也不知道。不过木把子早就知道，把头现在该有一套本事的。

鞭响了，把头发着号令，木把站在木棹旁边，躬起腰前后摇着大棹。由胸脯里喊出了："嗨哟，嗨嗨哟……"

木排顺着江水流去，带着江水的速度擦过崖壁，礁石，湾流和漩涡。伫立在山头上的狼群不解地嗥起来,不时出现的山神庙,在对木排注目凝视。

荷花绽开了夏天的笑容。下江的亲人们来到江边,望着天际的浮云,浮云也许带来了平安的消息。他们又俯视着江水,江水下一刻钟也许就把他们载回来的。每个浪花都是感情的寄托。每片浮云对他们都有尽不完的义务。

但是木排要经过歪脖子哨的。木排在歪脖子哨的前面要停止一下的。

说起歪脖子哨,那里江身突然被两旁的峭壁夹紧了,水面高起来,跳过一块块礁石,向一个平平的深潭流去。

深潭的底下藏着一股漩流,它甚至可以把一片落叶吸入水底。深潭与峭壁之间仅有二十米,而且要转折三十度角。木排走到这里,只有先朝崖壁撞去,然后在适当的地方急转而下,才得脱险。

这是尽人皆知的吸人的血口……

传说深潭底下住着一个乌龟精。它潜伏水底不动,漩流就是它的呼吸。它的爪牙动一动谁也过不去的。但是它对那些勇敢的把头也怀着一点善意,那些烧了黄纸钱而没有经验的人,常常使它发怒。

木排在歪脖子哨停住了,木排嵌住了尾巴似的,周身摆动着。木把子早已吓得心惊口呆,把头郑重其事地烧了黄纸钱,认真地说着不大记得的流浪者的誓词。

鞭炮响了,木排像一支箭似的朝着崖壁冲去了。

或者滑一个角度安然通过,或者訇一声撞得粉碎,然后无声无息地被漩流吸去。

歪脖子哨是木把子的关口,也是他们每个亲人心中的症结。

这些亲人们,在江岸一面洗衣,一面等待着。她们的花花绿绿的衣裳,组成了五颜六色的花环。清风将棒槌敲在石板上的声音向市上吹去。她们每逢遇到木排流下来,就拥上去,杂七杂八地问着:

"谁家的？"

"哟，李大嫂的男人回来啦！"

"我家的怎么还没有……"

"你还看见谁啦？急死我啦！"

……

有一条阴沟，通到江岸的小巷里。每隔一扇窗子，有一个小门。小门上挂着一排红灯。巷子窄而泞泥不堪，中间垫着一条木板，踏在脚底下吱吱直响。

红灯底下，立着花枝招展的妓女。个个都用花朵似的手绢堵着嘴，眼睛斜溜溜地瞧着来往的客人。

客人中间有一些是刚到不久的木把子，腰里响着大洋钱，粗手指掐着烟屁股用力地吸。他们换上了簇新的衣服，头上戴着黑呢帽，只是在黑呢帽底下还舍不得去掉那块裹头的白毛巾。

把头几乎挨着个向妓女调戏。妓女抛开堵在嘴上的手绢挥动着，于是在她的面孔上露出了一张血红的嘴，和嘴角上的皱纹。

"去你的，死不要脸！"她甩开一个小流氓，对木把子怪腔怪调地嚷着："心肝呀！我的小木把子……"

把头跑过来，用硬硬的胡须扎在她的脸上，喷着口臭笑起来："小木把子，胡子可硬啦！"

她一把揪住他，门儿在身后拴起来了。

木排裹在江面上，像是武士的胄甲。它一动不动地躺在那里，所有的木把子跑上岸游玩去了。有一些木把子无处可去，在板屋旁边在下"五道"，或是用填满了美餐的肚皮，等待着把头转来。

把头到采木公司①兜生意去了；但我们所知道的，他们是混在"来呀心肝呀"那些地方去了。

成群的顽童跳在木排上，张开两手，一根根的木头在脚下滚动着，浮荡着。这是非常危险的，可以掉下去，可以把腿夹成残废；但

---

① 本是中日合办，早已由日本独占了。

171

这是有趣的。

"咄,滚下去!"下"五道"的木把子怒吼着。他们只是为了无聊才这么喊喊,顽童滚不滚下去,他们就不管了。

由岸上常常背下醉了酒的木把子,伙伴为了这个,忙做一团。虽然这是小事,他们都像服侍一个为虎狼所伤的伙伴,那么招呼着。

还有的木把子,留在岸上慢慢地散步,打着口哨,或是手里敲着两个铜板。

码头上笼罩着尘土,由仓库里吐出的豆饼,驮在劳动者的背上,然后顺着滑板跌进船舱里。

一个妇人向江边走来。她无心躲闪车马,像要走向天边似的,仰着蓬松的头,闪着阴暗的眼睛。她向木排走去,又慢慢地踱了回来,坐在石凳上了。她低着头,望着滚滚的江水。从前江水吸尽了她的希望,现在也在无情地吸尽了她的怨恨。

她立起来,又一下子跌在石凳上。她的嘴可怕地张开;但是没有说出什么。她的脸好像一块岩石。

波浪在船舷之间游戏着,不断地兴起一阵阵工人的吆喝声。

木把子闲荡着,由可怜的妇人面前经过的时候,投下了同情而又无所谓的视线。

可怜的妇人站起来,又可怕地张开嘴。她的男人叫李二虎,她要打听他的消息。

"你问李二虎?"木把子在胸前挥着手掌,像摇木棹似的;然后摇摇头:"不认识!"

第二个告诉她:"李二虎,听说过这个人;但是……"

又有人说:"我们是一先一后,过了十二道沟就不见了。"

可怜的妇人又跌在石凳上了,面孔埋在手臂里幽泣着。

第二天她又来到江边,坐在石凳上,望着江水,就更厉害地幽泣起来。

冬雪封锁了江面,船舶和木排全不见了。江桥静寂地躺在那里,元宝山现出了土皱的面孔。

有人天天到乱葬岗。乱葬岗上天天烧起黄纸钱。北风吹着萧瑟的树林,呜咽着:

"……闯关东呀! 你偏到上江去……那里千山万水呀,唉……狠心的人哪,可知道谁带我们回海南……"

在一个新培的坟堆前面,李二虎的老婆,敞着衣襟哭着。她搂着一团破絮,一点也不关心她的孩子是冻僵了,或是饿瘪了。她呆瞪着红肿的眼睛,手指拨着土块。她的声音已经嘶哑了。她不站起来,而且也不走回去。

在她身旁还有一个抽搭的声音。她无力地把手臂插进土堆里,她的头发和乱草纠缠在一起。

这个年轻妇人的丈夫是个把头。这个把头是被木把子用斧头砍死的。他们说,他把卖木排的钱,私自还了荒唐债。

但是又有人说:还了荒唐债的只是一部分,大部分钱还是采木公司剥削去了。

"你怨死的……我可对谁去说呀!"

这个年轻妇人只是更深地更深地,把她的手臂插进土堆里,她已哭得无力再哭了。

三、对岸

没有几个人到对岸朝鲜去过,至少在我们小孩子中间,找不出一个人来。

有一次我可以夸耀着告诉他们了:朝鲜人住什么房子,吃些什么,怎样用头顶顶水,为什么十家用一把菜刀……

但是,我沮丧极了,我几乎不愿意告诉他们,同时我也遇见了不幸。

本来我是同一个朝鲜人去参加他表弟的婚礼的。他忽然解手去了,我便站在村头上望着那些站在田畦上的茅屋。茅屋低低的,屋檐几乎拖到地面。树枝上晒着雪白的衣服,基督教堂的尖顶耸在村角上。这时,我被发现了,几个由草堆后面钻出来的小孩子向我掷着石块,并且气势汹汹地追了来。我跑了,后来我气愤地自己转来了。

这也是应得的报应,在这岸我们对待朝鲜小孩子不也是这样吗?

在我们镇子上,是很容易遇见朝鲜人的。他们天天来赶市集。他们常常在惊涛骇浪中,乘着独木舟摇过来。在解冰期,他们又会踏着已经融解了的冰块走过来。

他们来买烧酒和小米。他们生产着稻米,然而他们不得不吃小米。浓烈的烧酒也是他们最喜欢的,他们往往在镇子上喝得脸像红砖似的,他们归去的时候,手里还要提上一大瓶烧酒。

尤其在我父亲的药房里,常常有朝鲜人来往。为了这个,还雇用了一个朝鲜人做翻译。

这个朝鲜翻译告诉我,关于朝鲜的许多许多的事情。

他说,他们都学着日本话。这不是光荣,但这是每个朝鲜人不可免的命运。

我知道了他们为什么有那么多的病人。几乎每个人都有病,而且是相同的病。他说:

"男人消化不良,女的呢,经血不调,你知道她们全像男人一样在稻田里劳动呀!"

"名医不如时医。"我的父亲在朝鲜人中间有着很高的信誉。我的父亲只要用两种同类的药方给他们男人和女人吃,他们也就全好了。

每天都有人来,男的,女的,老的,小的。他们转去的时候,每人都带了一剂①或是两剂药。为的他们的药用不着加减,为的他们来往不方便。

我的父亲也曾被他们邀请过,说他们那里病人多得很,都敬仰

---

① 一剂等于十服。

着这位时医。

我的父亲虽然不愿意跋涉，可也去过两次。因为邀请的人是个有名望的人，是个老主顾。每年的节日他都要送礼来的，而且他的家，除了他来看过病，没有来的也都是些病人。

他叫金龙轩，住在过了江还有二十里的龙岩浦那个地方。

龙岩浦我没有去过，但是金龙轩来过这里，所以我还记得他。他是一个很有趣的人物，他让我扯他的胡须，他让我用火柴烧他的琥珀，为了我要烧第二个，他就由衣带上再解下一个来。

我的父亲回来告诉我们，金龙轩是个了不起的贵族。家里有奴仆，也有中国的诗画。他们住的是瓦房，用的是乌木圆桌和极讲究的铜器，但是看去已经衰败了，诗画藏在高阁上，奴仆跑掉了，主人整天唉声叹气的。

"什么都不如从前了！"闹着半身不遂的金龙轩的祖父，躺在藤椅上这么说着。他是一个保守派，精通中国经典。从他有一次写了一封谏书送给废王之后，就不得志了。他现在作些哀伤的诗句过日子。他有一副古怪的脾气，除了咒骂日本以外，他是不同家人说话的。当学童回来背诵日文字母时，他就忍不住他的暴怒：

"滚出去！滚出去！我不愿听这些声音……"

若不立刻停止，一定会惹得他把半身不遂的身体由藤椅里跌出来。

金龙轩的老婆，面黄肌瘦，从生下来就贫血。

他们的女儿，掌上的珍珠，东方的美人儿，也是同样的苦命。什么惹得她饮食不进呢？她的姣好的面容在睡枕上面，一天一天地消瘦了。她的眼睛带着深绿颜色，变成了不可测的阴郁的深潭。她不唱哀怨的心曲，便整天沉默不响。她不讲话，她甚至对着医生也不讲话。

"这是用不着说的病，这种病，"我父亲意味深长地说着，"再没有比嫁人更会医好这种病的了。"

不久，我的父亲又被邀请去了。这一次也就是最后的一次。他在动身的第三天就转来了。他的面色愠怒,当然,他回来得这样快,已使我们惊奇不已了。

我的父亲到了龙岩浦是在那天早晨,接着就是诊断,诊断;但是中午,由日本警察署写来一张条子,限令我父亲二十四个钟头内出境。我的父亲就是在这种莫名其妙的严重情形下给送回来的。

我的父亲为了这件事极不痛快,这是他一生慈善行为中所不应遇到的事情。

"为了什么呢?"我的父亲压不住自己的愤怒,咆哮着,"因为我同那个编席子的侨民谈过话吗?"

我的父亲在那里遇见过一个中国侨民,他苦诉着侨民的数目一天比一天少了。他叹着气,指出将来会有一天因为熬不过藤棍敲打脚踝的苦刑,全会逃回国的。

那么,另外还有什么原因呢?

"莫非因为我是中国人,但是我是为了治病,却不是为的赚钱,小孩子都知道这点道理。论起治病,我也给日本人治过病的。"

后来,那个陪着我父亲转来的朝鲜人,好像过意不去了,赶快安慰着我的父亲。那时,我们的翻译恰巧不在(我看他是有意挑选这个机会的),他就用中国话讲起来。

"你会讲中国话的呀!"我的父亲惊奇地问。

他点点头,神秘地笑着。这是一个生得还算漂亮的健康的青年,他的嘴唇巧妙地弯曲着,岛国的智慧充满了他的广阔的天额。我的父亲为了这个,细心地倾听着他的谈话:

"先生到的那天,你还记得头一个叫你看病的那个人吗?"

"我若是没有记错,这是一个老妇人。"

"一个妇人,一个可怜的妇人,"朝鲜青年额首微笑着,但他立刻变成悲苦的口吻,说下去,"真是一个又贫苦又可怜的……"

这个妇人已过了六十岁,和金龙轩有点亲戚,同是权贵人家,但是现在比金龙轩还不好,她的所有的财产都被没收了,家人四分五散了。她因此就处在一个走投无路,到处碰壁的可悲的境地。

朝鲜青年继续说道：

"她连一个亲人都没有。她没有一定的住处，走到哪里，哪里遭到白眼。你想她能向邻人借一升米吗？不能的，但是她又常常连米吃都没有……唉，想起她的从前……"

"我若记得那个妇人，她那天穿得还不算坏呢！"

朝鲜青年不相信似的摇摇头，强辩地说：

"不是的，她那天穿得不错，是为的来看病。她不改装，混混别人的眼珠子，恐怕她连先生的面也看不见的。她的命运是很悲苦的！哦，你现在该明白了，你为什么会无缘无故地被驱逐出境，"他用手指画着桌面，用力地说着，"就因为你给她看了病……"

"有这种事？这是什么道理？"我的父亲禁不住口吃起来。

"说起来当然没有道理，"这个朝鲜青年神秘地笑了一下，他轻轻地抚着自己的手掌，有趣地望着我的父亲，"她到现在还有一个儿子活在世上，但是离开远远的。他在什么地方，在地图上都找不出。让我算算，哦，算不清了，大概已有十几年不见面了。这个人我提起来你也许知道，不，我不能说出他的名字。我告诉你，他就是我们××党的领袖，一个干革命的人。就是这样，她是一个××党的母亲，说起来就因为这个……"

"你是说就因为这个？但是她有病啊！"

"现在什么都不同呀！她有了病，日本人不准她请医生，不准她吃药，只有死……啊，能够死去还算是幸福。日本人要的不是她死，要她只是病着，病着，病得重重的，一个儿子总要挂念母亲的吧！依我们想，一个人为了母亲的病，总要回来的吧！日本人就是为了也许可以得到捕获她儿子的线索，才……唉，世界上有一些事情是讲不明白的……"

我的父亲不安地捋着胡须，在室内转着。那个朝鲜人像嚼着什么似的动着牙床，瞅着窗外的天空。最后我的父亲站在他的面前，郑重其事地问：

"那么金龙轩为什么也被……"

朝鲜人苦笑着。他也站起来走到了窗前,一个宽大的阴沉的背影遮住了由窗玻璃透进来的光线。他小心地转过身来,面对着我的父亲细声地说:

"金龙轩为这件事一定要吃苦的;但是……这事是不好随便讲的。"

他变得更严肃了。他的两眼闪闪发光,他有意无意地停了一会儿,接着说:"你走的时候,金龙轩没有送你,因为他已被带到警察署去了。你还听见了有谁在哭吧!那是我们的小姐在哭,她是为了他的父亲被捕,也是为了对不住你,不,不是的,是为了那个妇人,那个妇人叫她想起了她的未婚夫……,她的病你是晓得的,不容易治的,她的未婚夫不回来是不会好的。"

"她的未婚夫在哪里呢?"

"她的未婚夫就是那个××党的领袖,那个妇人的儿子。"朝鲜人突然惊惧地闭上嘴,在面前伸开手掌小声地说,"惟有这件事情日本人还不知道……"

仿佛说的话太多了。他们都哑口无言。一直到坐在饭桌上,他们也没有再谈什么。

朝鲜人吃过饭就告辞了,他显得非常恭谨和信赖的样子,同我的父亲鞠着躬。

中午,我们的翻译由江边回来,他十分惊奇地对我父亲说,这个朝鲜人没有过江,不知为什么他乘着小火轮到县城去了。

当然,一个熟悉××党领袖的青年,一个真正会讲中国话的朝鲜青年,到四通八达的县城去,在我父亲的沉默里,是表示着并不觉得有什么奇怪的。

选自《水塔》,光华书店 1948 年

一支三八式

一

三连二排，二十六个战士，在第二线上防守着一个高四百米达的山头。这个山头是孤立着的，它的尖削的山脊像瘦嶙嶙的猫背一样。在山那边隔着河滩，激战正在进行着。但由早晨直到现在，敌人始终没有向这里发过一炮，而我们也不肯先开枪，这像是捉迷藏，你越是找不到，我越是好好地隐藏起来。

没有枪声的火线，在曹清林看来，比今天的天气——没有雨滴的阴天还要使他难受。他是这一排里第一个高兴硬打硬撞的汉子。他把右手掌在眼眉上揉了一下，眉峰舒开了；但心里依然难受。

他转过脸望望右旁的高大成，高大成像是睡着了，伏在那里不动。在他的左上方，排长正躲在一块岩石旁边向下望。在这一排里唯有排长一个人有这种瞭望的资格，起初他非常妒忌；但后来他反而看定了排长的脸，企图在这脸上可以看出点什么，这时就听见排长在嘟囔着：

"妈格×！费了一天的劲，一下子就糟啦！我就不信，这一群活人会看不住鬼子，他用骑兵向正面冲，就该注意跟在后面的大部队；你看，人家一晃就把山头抢了。还有什么话讲，对面这个山头一丢，敌人再把重火器运动上去，整个第一线就算垮台；看吧！第一线站不住脚，第二线有个×用。"

第二线除了三连二排之外，还有第五连在左翼，排长向左望了一下，狠狠地撒开右臂，在岩石后面坐了起来。曹清林看到这里冲

179

上去问：

"什么？排长？让我去……"

排长向他挥起拳头,咬着牙根嘶叫着:

"好同志! 你动什么? 难道怕敌人发现不了目标? ……"

曹清林一弓身子退下来,他学着高大成,伏在那里不动了;但他的下巴骨却一摆一摆地动着,像咬嚼什么似的。

第一颗炮弹震裂了静谧的空气落在一块岩石上炸开了。在破片和粉散的石块的飞溅中,全排的战士们震动着。这时排长的声音在间断的炮声里像鹰鹫一般地掠过:

"卧下来! 谁也不要动!"

战士们都高兴尊重这个战场上的纪律,因为敌人的炮火,最怕我们伏下不动,这样会减小它的杀伤力到最小的程度;并且,当敌人以为我们退了或是死光了的时候,便大模大样地摸上来,这时我们会像煞神似的由地里钻出来,杀他们个痛快。

烟柱吻接着低落的阴云,战士们伏在那里艰涩地呼吸着,快要出汗了。炮声响彻了山谷,地面震栗着,硝烟和黄粒的尘土刺着鼻腔,使头发晕,仿佛大地在转。

前一刻,他们觉得兵力还很雄厚;但现在他们失去了第一线的屏障,像是一个伸在外面却没有戴钢盔的头一样了,并且敌人的炮火把他们孤立起来,使这条薄弱的战线在密集的炮弹下面,像一根富有弹性的蛇似的扭动着,翻腾着。它也许会像皮糖一般地被扭断的吧! 因为他们没有应援部队,他们没有配备一挺机关枪,他们仅仅是一个被敌人所轻视的二十六个战士使用着十八枝杂牌枪的蹩脚的队伍。

炮声拖着沉重的尾音在山坳里回转,仿佛一个巨人挥着铁鞭抽打山壁。炮弹洞孔密密地围住了山腰,战士们张着阴沉的面孔在等待着一个山洪一般的冲锋。

当一颗落在背后山沟里的炮弹滑过山脊的时候,它像划裂了一块绸帛似的引起一声惨叫。排长预感到一种不幸,张开了嘴,轻握着拳头蹲起来向右侧望着。他的火红的眼睛凸得怕人呢！

这时，一个红头涨脸的通信员由山底下爬上来，他望见了排长远远地敬个礼，同时哑着喉咙喊了一声"报告"。排长躬着腰蹓下来，然后立直了身子向年青的通信员走去，问：

"是不是退却命令？"

通信员点点头，顺手把命令交给了排长，而他的头在炮火底下永远是朝着侧面偏一点，仿佛这样子可以躲开炮弹似的。

战士们也跟着蹓下来了，他们疏懒得像是不愿离开这里似的打着呵欠，缓行的行列跟在排长的背后。有的觉得惊奇，小声问：

"怎么，退啦吗？"

"还不看见通信员在那里！"有的这样聪明地回答着。

排长专心一致地，又像是惘然地走着。他走上两步回头看看，又走又回头看看，终于转过身来不安地问：

"方才是哪一个？"

六班副班长屈着寒颤的膝关节凑近两步答：

"报告排长，方才是我们班长，他……就那么一抬头，就碰着了弹子。"

副班长把左臂屈着伸出去，向前一压地比划着；但是排长没有看他，反而皱起眉头问：

"他呢？"

"他和炮弹一块跌下去啦！"

排长把刚接在手里的命令扭成拳头在左手掌上拍打着，一边咕噜着什么，一边向山下走去。

有谁在说："这真是该着，怎么这么巧呢？"

二

黄昏潜行在山沟里。三连二排已经把炮声留在背后，踏着狼粪，走上了连野草也没有一根的隘路。他们没有唱歌，也听不见一声咳嗽。这是一匹在一天的饥饿，寒冷，战斗的神经搏动中疲惫了的巨兽。天空的阴云低低地垂下来,像魔术师的手掌似的吞没了周围的山尖。对面的山坡上,有一块方形的谷田像是一只痴大的眼睛在望什么。山下,沿着溪流的左岸,有一片荞麦田伸展着,往日跳跃在阳光下的鲜艳的花朵,现在低着头,声息不动,仿佛一片严冬的积雪。荞麦田的尽端坐落着一个没有炊烟的村子,远处一片榆树林混含在阴云中间,没边没缘的。

曹清林跟在排尾同高大成一起走着,他俩要说点什么;但是没有谁肯先开口。他俩都是不大会说话的人,不过在排上曹清林的话要被人看重一些,因为高大成往往说得没头没尾。高大成矮一点,显得比曹清林结实,就像他的眉毛又粗又短一样。在他那黄色的面孔上,嵌着一双昏黄的眼球,牙齿永远粘着小米饭粒,看去什么都是黄的。曹清林长着一张平脸,尖翘在正中间的小鼻头,就像草坪上的一只奸狡的小松鼠;但是在那薄眼皮下却闪着一双怪光亮的小黑眼睛。高大成永远不会忘记这眼睛的,那次他没有选上奋勇队,要哭似的等在村口上,曹清林就是头一个用这样的眼睛来安慰他的。不论什么为难的事,仿佛经这热情的眼睛一照就溶消了。

曹清林走在前面,像是伸了个懒腰似的用鼻音说:"咳! 你说咱们打过败仗吗? 今天真他妈怪,一枪没放就退啦!"

"六班长可牺牲啦呢!"高大成这么提醒一下,得意地望着曹清林的后脖颈。

"咳! 真不够本!"他停住了脚步,望望前面说,"要不是排长在前面领着走,老子定要和鬼子拼拼!"

他们转过一个山头,由一条连接着谷田的石砌的小路走进了下社村。下社村在前两个钟头,动委会的工作同志劝陈老爹拖走了那只死也不肯离开家门的老狗之后,再也找不到什么生物了。平时他们早已把粮柴埋藏在山坳里觅定的地方,当那画着三个十字的通知由上一个村子飞到这个村子的时候,他们便卷起仅有的什物,打着驴子漫山漫野地奔去。这次村长偕同动委会的工作同志挨门挨户检查过之后,还留在连部里没有走,仿佛说:

"村里连一根火柴也找不出了；但是你们要什么呢？我们都是一家人，说吧！"

他拍拍腰板，就像人夫和给养可以马上由腰包里掏出来似的。

连部设在一个门楼下面，排长在门楼前的台阶上遇见了连长。连长紧闭着像铁一样硬的嘴唇倾听着排长的报告。他终于耐不住地问：

"到底怎样退下来的，你说？是不是有鬼拖着你的腿……"

"通信员去了……"排长迷乱地答，"通信员刚爬上去……"

"到底怎样？"连长气粗地喝问。

"我……"排长这时舒展开被拳头扭成一团的命令，震惊地读着。

连长的脸青青的，他望着白杨上面飞空了的乌鸦巢，他又像倾听远来的炮声；但他压不住他的怒气，对着排长的脸暴跳地喊：

"你们不尊重命令，不执行命令。你们不听命令就退下来，你们连一个钟头也不能再支持下去吗？五连没有你们掩护着能退得下来吗？呃，真气死人！"

连长把拳头伸出来摇晃着；排长张着白脸仍然企图辩解：

"通信员拿着命令……"

"怎么，命令传达错了吗？"

"没有，因为我听他说退却，只是没有看命令上规定的时间……"

"为什么不看？在前方给你的命令，你预备拿到后方来看，你要拿回家里再看！"

"我……我站起来是因为六班长阵亡了；通信员一去，战士们也跟着我站起来，所以就……我先看看命令就好啦！"

连长气得闭上嘴唇不响了，把两臂交叉起来压在胸脯上，仿佛怕他的胸脯爆裂似的。排长又把眼睛落在命令纸上也跟着不响了；但他在这沉默中可怕地战栗着。战士们坐在一块小草坪上休息，他们在这种慑人的气氛底下忘记了吸烟或是谈笑。

连长忽然问：

"哪个班长阵亡啦？"

"就是那个……"

排长一时说不清，于是六班副班长忙着回答："有一支三八式的那个，他向前一探头，炮弹就把他掀下去了！"

他又做出探头向下侦察的姿势，连长的视线跟着向下一扫。因为曹清林正在副班长的身旁，他感到连长望了他一眼，使他莫明其妙地抖了一下。他不是害怕，也不是幸灾乐祸，而是一种热情的激动。随后连长的声音又问：

"他呢？"

"没有抬下来，跌在山沟里！"

"那么枪呢？"

连长突然把胸前的两臂放下来，用着几乎没有张动的嘴唇逼问着。他那被狭小的眼睑紧压着的瞳孔和探前的脖子在等待着回答。

"哦——你们……"连长失望地呜咽着，他仰起脖子在台阶上像困惑的兽似的踱着慢步。他的上身前后摇晃，两臂上下挥动，嘴唇有时闭起有时张开地嘟囔着，最后他全身震栗地说：

"你们这群人……你们把自己的脑子吃进去又屙出去了。你们这群无用的家伙，你们忘记了你们用的是什么枪，你们那些水莲珠，套筒，金钩，老毛瑟，唐县造全能打得响吗？打过一排子弹还能拉开枪栓吗？哪一支能顶得上那支三八式！可是你们成心丢了它，咦，你们娶了老婆连儿子都不会疼的，鬼把你们的心窍迷住了，你们忘记了那支三八式响起来像轻机枪一样，你们也忘记了那是敌人亲手给我们送来的呀！我们这一连里还能找出第二支来吗？你们为什么不拿回来？呸！"

连长的多骨的面庞在阴影中抽动着。他不能安稳地站一下，声音越来越急促，最后使他窒息似的截住不再讲了。

在战士中间，郭永清哼了一声低低地说：

"这算什么连长，为了一支枪也值得发疯！"

郭永清是一个尖嘴巴猴的小家伙,说起话来喜欢扭着鼻子,走起路来一颠一颠的。他看不惯这个连长,他以往所见过的连长都是穿着马靴,背着武装带,满身横气,说话就是命令,叫人不得不尊敬。但这个连长是什么派头呀? 他常常在战士中间神气地讲:

"我见得多啦! 我经过的部队数也数不清,什么苦都受过,什么好处也尝过,哼!"

说完把嘴一撇,装出什么也瞧不上眼的样子,就像他刚才说完话所做的鬼脸那样。

曹清林从来不理他,他觉得郭永清浑身都有可打的地方。今天他忍耐不住了,咕噜一声跳起来,喷着吐沫星吼着:

"你说谁发疯? 我看你整天发疯。"

郭永清一转头,又扭过去,往地下唾着口水,没做声。

"老子老早就看你两路!"

郭永清偏着头,扭着鼻子向他:

"最好把你的眼睛挖下去,不要看。"

"妈格×,老子今天就要教训教训你这个兔杂种!"

曹清林挥着拳头逼上前去,高大成也挽起袖子跟在曹清林后面站起来了,现在所有的视线都集中在这一点上,空气顿时紧张了;但连长的声音在上面喊着:

"什么事又穷吵?"

曹清林脸红起来,像是受了教师的训斥的小学生那般垂下手来。忽然他迈前了两步,跨上台阶用另一种沉重坚定的调子说:

"报告连长,我要去……"

连长不解地问:"上哪去?"

"那支三八式,我要去拿它回来!"

连长和战士们都被这句话惊住了;但他自己非常镇静,一点不觉得有什么奇怪,因为连长方才讲的那些话,已经深深地打动了他。一开始他就喜悦连长那不装做的感情流露的调子,同时他对连长老早就怀着了敬爱,他认为连长很看得起他。还是那次连长找他谈话的事呢！那时连长温和地对他说："曹清林呀！你在课堂上再不要打瞌睡！要好好地学习，我就是这样学习成功的呢！"他拘谨地对连长说："连长再看见我睡觉就当面打我耳光好啦！我不会跳河的。"他感到把他叫在屋子里对他讲是一种污辱似的。连长握起他的手称赞着：

"不错，你还够得上一个革命同志。"今天他就是以这种革命同志的精神出现的。

连长走下台阶拍着他的肩膀问：

"你要去，你真的要去吗？你真能把那支三八式取回来吗？"

"我能……"他毅然地答。

"怕你摸不清那支三八式在什么地方吧？"

他觉得连长的眼光射在他的脸上像火烤着一样，他用粗手抹了一把，说：

"我怎么不知道，不在山头上就在山沟里。"

但是连长迟疑起来，他说：

"人都被炮弹炸死了，枪不是也跟着炮弹炸飞了吗？"

"炸飞了，……就是炸飞了把零件捡回来也是用得着的，像我的枪退子钩就不中用啦，高大成那支破枪打了补绽还缺好些零件呢！还有别人的枪也是……"

"好同志！"连长的手在他肩上摇着，"但是我看你还是不能去，唔……我怎么说你不能去呢？你想敌人的炮火眼看就要停了，炮一停他们就要摸上来……你去了，说不定回不来，连你的枪也丢在那儿，你说，是不是？"

连长说到这里，回转身爬上台阶对所有的战士们说道：

"同志们！你们看吧！站在这里的是一个真的英雄。你们看他穿起军装来还像一个庄稼人；但是他马上就会干出一件惊人的事来呢！他要回去把你们丢在那儿的枪取回来，他是自动地，热情地，勇敢地这样请求着，同志们，让他做我们的榜样，我们要学习他的精神……"

呆了一会连长才接下去说："但是我不能叫他去,不论他拿回枪来也好,拿回零件来也好,这件事需要考虑一下,同志们!我怕曹清林真的牺牲,而且刚才的教训告诉我们,我们既丢了一支枪,就再不要丢第二支呀!"

"对的,对的。"底下战士们细声附和着。

曹清林由台阶上跳下来,张开两只大手对所有的人喊:

"同志们!我要去!我不要枪,我不拿我的枪!我放下我的枪让我去,我不会说什么,我来当兵是为的打鬼子。"

他当着这些人面前不会说什么大道理。他急得出汗了,他又转向连长央求着:

"连长,让我去吧!我知道你心疼那支枪,排长也心疼,无论谁都要心疼的。让我去把枪托拿回来也好!不的话,六班长死也不甘心呀!我放下我的枪,子弹,我连手榴弹也不要了,连长让我去吧!"

在连长的面前闪动着一副固执可爱的面孔,他感动了,他那铁一般硬的嘴唇这回大大张开,热切地对曹清林说:

"好同志!那么……你去吧!可要快点回来呀!也许我们马上就要移动位置的,记住由南往北找队伍归队。"

曹清林的小尖鼻子在脸上跳舞了,他微笑了。他忙着把自己的枪放下,又把子弹袋横放在枪的上面,另外三颗手榴弹像是酒瓶一样地竖立在一旁。一转眼,他颠着轻爽的身子在云雾中消失了。

三

曹清林张着微微焦灼的嘴唇,一直向前走去。嵯岈的岩石在他周围耸立着,一股涧水在他脚下淙淙地流转,使他觉得口渴起来。天上没有一点风;然而由阴湿的山壁沁出刺骨的寒气。他感到被子弹袋压出汗来的那一窄条,格外冷冰冰的。

他的眼睛笔直地瞪向前方,又像是站在岗位上了。他站岗时,眼睛是一动也不动的。但是在他的心里这时起伏着种种念头。他想着六班长的身上一定还有手榴弹，也许两颗，也许三颗，真是三颗就好了。他是战士中间顶会用手榴弹的一个，他常常在敌人将要占据的房舍门口摆上一颗手榴弹，这样，就是房子有整堆的鸡蛋，敌人也不能拿走一个，因为敌人看见了手榴弹就不敢走进去的。他又想起他由队伍站出来的时候，高大成曾拖了一把，高大成也许要跟他来的；可是他没有这样吩咐他，他觉得这件事是应该一个人干的，两个人干就不值得了。一忽儿，另一幅情景又在他的头脑中出现了。他记起他参加这个队伍还不久，在别人看来，他不过是一个军装还没有褪色的新战士。他来的那头一天，他还没有放下被子就跑出一个家伙打着官腔问他："同志，你为什么来当兵呵？""我来打鬼子的！"他气盛而又谦虚地答。"同志，那么你来当兵为什么不早点来呢？""怎么？"他心里想，"莫非他知道了我原先死也不肯当兵那回事吗？准是民连组他们告诉了他，他特意来挖苦我的。"于是他装模装样地答："先前我有家呵！有老婆，有孩子。"那个人偏又跟着问："那么你现在为什么又来了呢？""那还用说，我现在家没有了，鬼子杀了老婆孩子，鬼子烧了房子，我要报仇呀！"那家伙嘻着鼻子，眈着眼睛说："现在来也有点晚了，你看我，我干了六个月，一开头就有我，我的家还好好的，我的老婆也没有死……"他说完弹着手指走开了。曹清林当场气得咬着嘴唇，半晌不响。后来一打听，知道他叫郭永清，就是今天说冷话引起了曹清林的愤怒的那个家伙。

这时炮声忽然停止了，这使曹清林陷进了空虚和不安里。

一片乳白色的雾罩在他刚才退下来的山头上，仿佛为了寒冷戴上了一顶白兔皮风帽。曹清林迷蒙着眼睛发起愁来，他在山底下还看不准六班长刚才卧在山头上的位置，叫他钻进云雾里面可怎么找呢？

但是六班长跌下来的山沟就在眼前，这个长长的山沟像通气孔似的吹着劲风，使他在沟口那里不得不停住脚站稳一下。他进了山沟之后，顺着夏季暴雨冲成的层层叠叠的岩石向上爬着。那上面生着厚厚的青苔,青苔下面流着潺潺的溪水。他的鞋子早已湿透了,常常由岩石上滑下来,那时他就不得不伸出两只手来匍匐着走。

在四百米左右,他终于发现了六班长的尸首。六班长两臂摊开,下肢像青蛙的腿似的半屈着,并且胸部垫在一块尖角的岩石上面,面孔向左侧望着。在右耳根被炮弹的破片揭开的锯齿形的斜面上,脑髓像啤酒沫一样涌出来。血渍沾满了头发,并且流进了脖颈里。由整个的姿势看来,他并没有抽动过,好像在坠落的中间就闭了气;又好像是一直跌下来的,中间并没有在山坡上滚动,也没有碰到一根树枝,就像是一块石板平铺地落在这里了。

曹清林把湿漉漉的手掌放在六班长的胸脯上,他噙着泪水希望着:"还有一口气吧!"

但六班长的胸口像石块一样硬了。曹清林慢慢地把手缩回来,跟着站直了身子,他的眼睛由六班长的身上移开,向上飘着飘着,模糊地望着雾,他的心绞着,而且沉下去了,他向六班长致了一个最深沉的哀默。等他把两只拳头扭得不能再扭的时候,他就又蹲下把六班长的上身掀起,摘下了那挂沉钿钿的子弹袋。他急快地把子弹袋横在膝盖上摸着:"一排,二……九排。"他的手指越来越抖,这时另有一片血影在他脑子里旋转,他的喉头高亢地跳着,好像他的心要从那里跳出来。这是使他难忘的一段血的回忆:那一次敌人出来八百人进攻,他中途得了信,没等他跑回村子,就被敌人的宣抚班抓了去,要他搬运子弹,还要他押着驮子一块走;敌人同游击军开上火,就又要他同一个老汉抬伤兵。那一仗敌人真真触了霉头,窜着跳着退回了,他也就借口出来挑水溜掉了。他无精打采地走进村口,于大善人迎上来抿着胡子告诉他说:"房子烧了,还往那里瞎跑!先到坟头上去看看吧!你的老婆和喜儿全躺在那里。哎!兵荒马乱的,鬼子来了谁都要躲一躲;你老婆也真死性,她听说你被鬼子抓了去,就向鬼子要人,拖住一个什么官不放手,还不是一刺刀一个,在关帝庙前……"血呀!血呀!他看见了关帝庙前的血;但和这眼前的血有什么两样呢?这血在告诉他:"用血来报血仇!"

他的两只眼睛像要吞噬眼前的高山似的圆睁着,血管快要爆裂了,他把六班长的手榴弹袋(里面只有一颗了)一把扯下,又攫过了握在六班长手里的那颗待发的手榴弹,不停脚地冲上了山头。

浓雾把他吞没了。他在这里边像跳进了汪洋的海水一般地摸索着,不久,他就在那支三八式的旁边躺下了。他气喘喘的,额角冒着汗粒,当他把那只发烧的手掌握在冰冷的枪机上时,一阵难言的快感穿过了他的脊背,他忍不住要笑出声来了。

四

从三连二排离开这个山头,到曹清林重新回到这个山头为止,整整是一个钟头。这一个钟头在退却命令上应该分为两半。左翼五连在前半个钟头退却,他们退却的掩护部队是三连,所以三连的退却要在后半个钟头。

现在正是该五连退却的时间,于是五连连长按着那只没有了秒针的表,把自己的队伍引下了山头。因为命令上说明了三连担任着掩护他们退却的任务,所以他们放心大胆地通过了这条山沟继续向集合地点前进。但他们没有想到,当他们在黑暗中当做一个树根踏过六班长的尸首的时候,山头上只有曹清林一个人,他刚刚爬到山顶,正包围在飞散的沥青般的云雾中间,扶着那支三八式在急促地喘息着。

这个拖长的疲惫的行列,慢慢地在山沟里蠕动着。他们已经走出了沟口;但在他们背后的山顶上,一颗手榴弹的爆炸声在轰响着。接着,间隔着擦根火柴的工夫,第二颗又响了。五连连长张皇地派出警戒,部队暂时停住了,有几个新战士已经做出了待机出动的姿势。他们所望到的山顶,蒙蒙一片雾气,什么也看不清楚;并且手榴弹的声音再没有响下去,现在只有腾空而飞的清脆的枪声在咻咻地响。住了一会,连长对排长轻微地喊了声:

"继续前进!"随后他解释着,"没有什么,这里是三连的阵地,鬼子玩惯了那套把戏,又要利用雾气做烟幕弹,摸我们的山头。真的让他摸吧！反正不论哪一次我们都是稳住不动,等面对面了,再乒乒二十五把鬼子打回去。"

连长轻松地微笑着,战士们听着枪弹划破天空的愉快的叫声也都微笑了。因之在他们到达目的地之前,没有援助的举动,也没有遭到什么不测。

当夜,由于上级的指示,整个部队向梁家寨背进中。在这背进的行列里,高大成忧郁地向前迈着沉重的步子,因为曹清林的位置在空着,他直到现在还没有背着那支三八式转来。大队本来要在梁家寨来吃一天之中唯一的一餐;但是因为又接到了一道命令,所以只休息了半个钟头,连一口开水也没沾口就又向毛家铺方向集结。

敌人的便衣侦探在我们刚离开下社村时就混进了村子,根据我们的脚印探报了我们的部队已向梁家寨撤退的消息,于是那些刚才为了摸三连的山头受了不意的阻击的敌军,便蜂拥般地穿过了下社,一直推进到横在下社与梁家寨之间的阎王岭。

第二天早晨,黎明之前便吃过了早饭,看样子又要出动,连长整队讲话了。他的声音震破了稀薄的空气在响着:

"……我们,同志们！这次调转兵力,在游击战术的观点上是完全正确的。敌人这次下了最大的决心,十几路兵力,分进合击,完全不顾前后方的联络,他要攻打某个地方,他是可能攻下来的。但是,我们究竟怎样呢？我们不能硬撞,我们的边区是在敌人的后方,同鬼子打起仗来,我们的队伍还要钻到敌人的后方去。呃！就是说:我们先把敌人引诱进来;然后侧击他,伏击他,那时我们一个人打十个人,叫他整个消灭……"

于是他们又越过了河的北岸,再向左移动;但是他们过河之后就把木桥毁掉了,准备用仅余的子弹来侧击将要渡河的敌人。并且准备着一过河便派三连,如同他们自己所请求的,折到敌人的后方打扫战场。

雾已经消灭了,阴云飞舞着,有时在东面,有时在西面,可以由山尖与山尖的空隙间望到一块薄明的天空。天似乎要开晴了,太阳快要钻出来了。

昨天高踞着三连阵地的山头,像是经过乳白的雾染过了似的,披浴在透过黑云斜射下来薄明的光线中。山顶上布满了漏斗形的炮弹洞孔,像是一张麻面孔。新土翻上来,偶尔一两支野草由新土壤里翻出身来随风吹着,一切都很谧静。曹清林躺在这里已经一夜了,他的头枕着那挂曾是沉钿钿的现在可是半瘪了的子弹袋。他的左脚大拇趾伸在破鞋外面,那宽厚的指甲上有一层黑泥,像是镶着奇怪的边缘。他的灰军衣贴着地面的那一半是湿了的,深下去的颜色同他腋下的汗渍一样。他的发青的眼皮微微张开,由这条缝里可以看出一条瞳人的闪光。他的嘴大张着,像是刚才大笑过一样,就在那被小米磨韧了的口腔里含着一颗子弹。那时,呵! 他刚爬上山头握住了那支三八式,他的胸部凶猛地起伏着,他的头热胀胀的,于是他把左耳贴着潮湿的地面,这样觉得凉快些。但是这使他意外地听到了一种声音,这声音是由地里边传出来的,凌乱而杂逐,其中还夹杂着铁石的铿锵。他抬头看了一下,又把左耳贴近地面听去,便听出了这是山坡那边传过来的,于是他想到了这准是敌人来摸山顶了。他的心跳了,虽然他的左耳仍然贴着地皮,但他的两膝已支着地撅起屁股来,腾出了右手握紧了手榴弹准备着。他又听了一会,像是根据这种声音来推测敌人的方向和距离似的,他便低着头自信地把手榴弹扔出去了。随着爆炸声而起的惨叫,使他的耳朵发热了,他又赶紧把第二颗手榴弹顺着惨叫的方向扔去,接着他拾起那支三八式用着机枪点射的速度向下面发射。他觉得底下散乱了,人声嘈杂起来,乱七八糟地呼喊着,并且这声音渐渐有些远了似的向下沉去。他瞪大了眼睛,兴奋地拉着枪机,在这个当儿被敌弹打中了的。他躺下了;但在他的意识还迷迷糊糊存在的时候,他仿佛听得见敌人一边响着零乱的枪声,一边像潮水一般地退下去了,于是他颤动了一下,微笑地闭上了眼睛。

他身上除此之外再没有什么伤害,若仔细较真地检查一下,只能说残留在他的右食指上的两根手榴弹的丝绳,有一根是狠狠地陷进了肉里。

在他身旁有着花斑斜纹的岩石上，平放着那支三八式枪。在那被火药熏黑了的枪口所指的斜坡上，有六个被手榴弹炸死的，五个身上穿过了子弹的敌兵的尸首乱堆着。他们在血祭着曹清林的光荣的牺牲。

那支三八式，准星眨着它那光亮的小眼睛，翘盼着打扫战场的同志们的来临，好像它已等得不耐烦了。

一九三八年四月十日

<div align="right">选自《水塔》，光华书店 1948 年</div>

有仇必报

我们在事务所里是无所不谈的，大家的意见为了取得一致，都能互相迁就。

有一天又谈起了一个新的话题，最初也是一样，最后终于有了一致的意见。原来这里有一个日本工头，他相信他生来就是为了统治中国工人的。他为了中国工人见他不行礼要打，不会说日本话要打，甚至他见中国人抓蚤子也要打。有一次一个中国工人不慎把整个膀子抽在机器里，幸而抢得急才救出来，自然又挨了打，他说："不打一辈子不会小心。"后来有一个中国工人问他："中国人抓蚤子你也打，是为了打了之后就不长蚤子吗？"不用说他又打了一顿，他之所以要打，是为了叫中国人不要说有理的话，因此中国工人练了另外一套本领，不用脱衣服抓蚤子，只要有咬处，伸手摸进去，大拇指二拇指一捻，就像揉葡萄一样把它揉碎了。有时想到"不会也叫日本人长长蚤子吗？"这件事是很容易办到的，蚤子伸手可得，而日本工头洗澡之前常常把刚洗过的衣服放在铁杠上，从此蚤子就不翼而飞地落在日本工头的身上了。当他们看见日本工头抓一把脊梁抓一把肚皮皱眉头的时候，就完全心满意足了，但是更使大家心满意足的是：在八一五的前几天这个日本工头，忽然带着蚤子出征了，那么他身上的蚤子就永远和他的兵士生活不可分开，而且这种难言之苦的命运，恐怕只有战死才能结束。如果他战死，工人是没有一个不同意的。但是他没战死，只有七八天就是八一五，八一五之后他偷偷地跑回来了。那时工厂已由中国工人组织了保管委员会，他死也不敢再回工厂来，整天流浪在街头上。有人遇见他，衣服褴褛,连原来十分之一的神气也没有了。用一条手巾蒙住头,只有鼻子眼睛露在外面,若是有人碰着他,他先施礼道歉声音小而且温和,随后悄悄离开。那时他要躲开一切熟人;但是后来熬不过受饿的肚皮,反而纠缠住一切熟人,只要看见他那满腮的胡子,饿得丢神的眼睛,任谁都会泛起同情之心的。

那一天谈起的新的话题就是由此而起的。看见的人为了证实他不得不同情的理由道:

"你是没有看见,保准你看见了也说不出第二种话。"

"这话我最同意不过。"一个女事务员插进来道,"想起从前日本对待中国人的地方,用手撕他,用牙咬他都不解恨,但是看看他们那种无依无靠的样子也实在可怜。"

"中国人实在菩萨心肠。"有人这样赞美似的说,这已经是一句很流行的话了。那位女事务员变得更加激动起来,她合着手掌继续道:

"中国人的心肠实在太好了,日本人比做小人,我们比做君子,你们看今天日本给中国人让路,好像谁看见了都随便可以打他一下,我有时想打他一下看看。就因为我们今天可以打他们了,所以我才不肯打,另外那些日本孩子有妈妈的也像没有妈妈似的,那些年青美貌的女子,从前是多么娇贵,而现在一边卖打糕,一边对着客人笑,实在太……"

"你们说的都好,但是我都不同意。"这时一个五十来岁的人起来辩驳了,他红面秃顶,眼皮窄而有皱,嘴唇翘起有力,因此他谈话时有一种特殊的表情。另外这是一个新来的人,平常每个人要说什么话都可以猜到,但对于他就不大熟习,何况开始他就提出了反对的意见,他的话引起了格外的注意。

"有人说让人一步自己宽,我看今天有仇不报有伤大德。"他的话引起的注意,已经超过了他的预想,于是继续道,"伪满时代,我们等于坐在大牢狱里,说话是思想犯,吃饭是经济犯,就像在牢狱里不能吃饱,不能说话一样。那些伪满官吏,是我们的狱吏,他本来同我们一样；但是因为他们的叛逆在日本主子面前升了一级，他们受别人管又管住我们。今天我们重见了天日，想想以前的情形是不是这样？我呢？"他用大拇指指着自己，"我在大牢狱里，又坐了小牢狱，整整坐了七年八个月十二小时。我记得清我所过的每一个时间；我记得清我所有过的每一个伤痕；我记清每一个仇人的面孔。有些年青人，没有尝过祖国的温暖，在伪满时代的'暖室'中长养大的，就是在最黑的房子里，也认为有自己的光明；但是我，因为不愿意醉生梦死，我有所爱，我爱祖国和祖国的同胞，所以我才有真正的仇人。"他把椅子拖到前面，压低了自己的声音道："凡是侮辱过我们中华民族，打过我，损害过我的都是我的仇人。若是一个人忽略了自己的仇人而谈同情，那是不值钱的人道主义，大家请看我是怎样做的吧！"

他已激动得不耐烦了，他知道只有他的故事可以说服自己，使自己忍耐，下面就是他说出来的自己的故事。

　　　　　　　※　　※　　※

我是"康德五年"被抓进去的，那一次事件，可以说凡是东北有一点爱国思想的都被捕入狱了。日本人知道对待一些无知的青年，只用麻醉就够了；今天看一下凡是脑子里装满了色情，享乐，无知而自大，在社会上如同粪蛆一般生活着的都是受了麻醉的毒素的。对于我们这些人，他们知道麻醉是无效的，于是想用凉水灌脑子使神经受伤，以致模糊对他们的仇恨，使之减轻对祖国的热爱；但是他们后来知道就是如此也是枉费了心机。

从前我年青力壮，领导过丝业工人罢工。也曾领导过教员侮辱那想克扣薪俸的大肚皮校董，在九一八事变之后，我就参加了救国会。在我被捕的前些日子，已经有个教育界的老前辈被捕了；但是听说本市工商界保释已有眉目，我就不大在意，正赶上我生日那天晚上，我就回家了，平日我在外面跑动是不常回家去的。

我的老婆每年在我生日那天，给我准备些我爱吃的菜，和我爱吃的油酥饼之类的东西。她对于我的生日的庆贺，只求我不要忘记

196

时刻,到时候不要忘记回家去吃就是了。每年如此,一有疏忽,她就狠狠地责备我,想不到伪满的刑事就在那一天晚上在我家里等着我了。

陪着刑事去的就是李永亮,他是教育界的罪魁,今天我若能抓住他,我可以用嘴咬开他的心口撕他的皮,今天想起来我那天晚上是那样的心平气和,什么也没有想到,当我遇到不幸的时候,我的内心也是平静的。他们两个早已坐在桌子上吃我的寿筵了,他们看见我回去,喜出望外,马上带着我走,而我也像再去赴另一个喜筵似的跟着他们走了。只是我老婆惊恐无告的脸,和躲在墙角里几个孩子的颤栗的身影,使我心头有些悒郁。

我坐在汽车上走了一段路,下了车有人把我推进一个双重的铁门,进了门便迎头挨了一铁棍。当我醒来的时候,我是躺在一个墙角里,灯光昏暗地照着,屋子里很多呼吸的声音,但是静得很;这时我看见在阴影之中有很多头颅,张着很多惊奇的眼睛,他们都在望着我,我慢慢地认出来了熟习的人。一个是银行行长,前几天我还在酒席上遇见他,一副神色焕发的胖脸现在变成紫灰的了。一个是老教员在那里抚着胡子轻咳,斜卧着身子的一个青年似乎受刑负伤了,他是本市最大财东的二子,另外还有一些我以前的同事和现在的同事,平常不多见面,现在也见面了。

他们都在用眼睛向我说话,我懂得了一切,他们的热情,燃烧着我的身体,我开始叫起来,我尽情地让我咒骂,因此他们用更厉害的刑罚来镇压我。

你们看吧!这些伤是我身受的,灌凉水使我昏过去六次,压杠使我昏过三次,挨打挨骂就数不清了。日本人想不到的刑罚,二鬼子就像大饭店侍者一样想得周周全全,很怕我不称心,跪砖头,戳指甲,用艾灸脚趾,谢谢狗腿子的聪明吧!

有一次半夜把我吊起直到天明,我昏迷过去,豆大的汗珠子从头上滚到地上,嗓子像冒烟一样。快天明的时候,一个刑事和日本人来了,用手电直射我的脸上,我连睁开眼皮的力气也没有了。

"嘿！这家伙真是条硬汉子！"那是刑事的声音，我听来像是蝇子一样，他嗤笑着说："吊起来还能睡着觉，真是好本事。"他在日本人面前又用胶皮鞭子抽我的肩背。他们走过去了，这时我渴得熬不住，哀求那个守卫，请他给我一口水喝，水桶就在他的旁边，我说："人出门在外，谁都交个三朋四友，权当你救救我，给我一碗水吧！"他不但不给，反而用日本话骂我，我叹了一口气闭上眼睛，心想他连值一碗凉水的中国人良心都没有了。

后来我们都转到抚顺牢狱，那时没有一个人敢想还能有出狱的一天。哪里有大工业区，哪里便有最大的牢狱，我们的后半生，只好用无代价的劳动来给军国主义"赎罪"了。我没有想到出狱，也许以为我过于悲观，是的，我悲观过，这只能用我的过于急切的爱国心来说明。但并不是绝望，我想就是有那么一天，那些残酷的刑法，也不会使我的身心有所期待了！

在抚顺牢狱我遇到一个解护科长，他叫毛敬忠，他是我从前的学生，谈起他的老婆连他的小舅子都是我的学生，若是师生之情能比做父子之情，我和他总不是一般关系可比的了。我出狱以后，打听过他出了学校以后的为人，那时九一八刚刚事变，他就在本市的监狱里供职，最初也许是个小头目，可是他娘亲不认，办事认真，对鬼子话的钻研尤快，所以调到抚顺监狱就升任解护科长了。我那时希望他能给我一些帮助，我知道帮我解脱苦牢是他力所不及的；但是在狱中或者给我一些方便，至少他该因敬佩我的人格，给我精神上一些安慰吧！因此你就可想知我是如何想见见他了。

那时在监狱之中，同案的大多不在一起，不是同案的大家为了"谨防小人"也不敢胡乱交谈，至于那些偷盗之类的人，对于我们这些思想犯觉得犯罪前没有绿林行为，犯罪后又没有越狱的勇气，似乎在问："什么使你们犯了罪呢？"这个什么就包含了无限的意义，所以他们瞧不起我们。

可是我由于谈道在狱中认识了几个人，一个是道德会的会长，他犯的罪据他说是因为他没有把道德会变成特务机关，后来特务把一张传单塞在他的门缝里把他逮捕了，另一个是一个卅岁的在他说来命运多舛的人，一辈子是落魄一次，又一次落魄，他因此丧了胆子，这次只因为有一天他要吃点闷酒赶快回家，但是因为他心绪不宁，禁不住胡思乱想。心里想着，不是一个反满抗日的人，或者做了反满抗日的事，或者一个反满抗日的人，事实上没有做过反满抗日的事，可是有一天被杀了，诸如此类的事，如是他用筷子蘸着饭桌上的水渍，无意地写了反满抗日这四个字，正好一个刑事走过，就以此为证据把他逮捕了。他被逮捕之后，马上认识了这里的道德会长，他说诚心愿意接受神道，他的清白无辜的心，只愿上帝知道就满足了。

我以前信神，但也不信神。我是一个狡猾的人，神于我有利我就信他，对我不能帮助我就不信。事实上神比我更狡猾，它什么也不能帮助人的。但是这个时候我却信神了，我认为在监狱之中，它能陪伴我的寂寞和孤独。他们二人在我之前已经结识了一个总务科长，这个科长是信神之中的另一种人，白天尽管给中国人用刑，晚上挡不住他的信道，正如同屠夫也可以信道一样。所以他有时也来同我们谈上几句，可是过起堂来，却从来不看一点同道的面子。

有一天我正在合起手掌，嘴里咪咪嗼嗼地念叨，解护科长走进来了。他在门口张望了一下，然后朝着我坐的地方走来。我由此断定他一定是知道了我的遭遇，特意来的。我的心跳起来，我期待着什么。他走到我的面前；但是我仍阖着眼睛，我看他怎么招呼我，我才好决定怎么对待他。

"你干什么？"他在我面前端详了半天之后才厉声地问。我心想他也许真的不认识我了吧！我睁开了眼睛，我要详细看看他，假若他的模样没变，我想我的模样也不致大变，那么他也一定会认识我的，于是我答：

"呵！先生！科长！你没有看见我的嘴在咪咪嗼嗼，我在念经。"

"念经，哼！念什么经！"

"不瞒你说,科长!是我心里的经!"我把两手放下,我看见他一点也不愿意唤起他的回忆,而且面孔铁冰冰的,我心里可就骂上了:"毛小子你的字是我教的,想不到你倒学了字来骂你的老师!"

"念经为什么闭眼睛?"他更一步逼问。

"这是上边留下的!念经闭眼睛取其心静,你没有看冯科长念经也要闭眼睛吗?"

"你到现在那老脑筋不变,我看你这是想跑,晚上琢磨主意白天就打瞌睡,来人!"

"唉!唉!科长可别那么,"我冷笑了一声,"那么冯科长来我闭着眼睛念,等你科长来我就张开眼睛念吧!"

"混蛋!给我站起来!"

我站起来,因为我是他的老师,今天犯了他的法,我就格外规规矩矩地站着,并且我的嘴里连连说是,这是我想起我叫他念书的时候,为了叫他念会不识的字是如此罚他来的,那时他也是这么规规矩矩地站着。这时在我屁股底下压着一叠手纸,原是我起先想进厕所,为了在厕所,不多占时间先由口袋里掏出准备的。他看见了手纸,变得更厉害起来,他咆哮着:

"这是什么,又是纸,你想联络人逃跑,是不是?"

"不是,科长,"我更加笔直地站着,为了增加他的威严,不多讲一个字,我说,"这是手纸,上茅楼用的。"

他听见我的话,眼睛冒火,就像有什么冲撞他一样,事后我一想他姓毛,我就不该说茅楼,因为睁眼闭眼已经刺了他,这次就是不刺他,他也当做我刺他了。

"向前一步!"他命令我,我就向前了一步,他伸手就打了我一个耳光。这时我动也没动,我全身的血都凉了,我僵在那里。他继续说:"你这个老混蛋,你现在还以为是中华民国那套,你还没有看到大日本的威风吗?你还想反满抗日吗?你的脑筋一天不改就一天不能出去!"

说完之后他就走了,我仍然笔直地站在那里,我的眼泪往心里倒流。我心想在学校的时候，我什么时候教过你忘记中国，叫你忘记中国的土地，叫你忘记中国的历史。我发誓要杀死这个叛逆，但是我无可如何，因为我不知道我还能出来，我也不知道祖国能得到光复。

我在监狱受够了七年零八个月，我判的是十年，中间经过三次减刑，一次是"康德四年"机构改革，一次是创立"建国神社"，最后一次是"建国十周年"，我出狱以后，刑事天天跟着我，天天到我的家里考察，我几乎以为这比小监狱还不自由。我们一起出来的钱老二，因为受不了这种生活，从楼上跳下自尽了。这种骇人听闻的下场，在我们的命运说起来是极其平常的了。

我对敌人有仇恨，我的仇恨之深是因为我自己受了残害，是由我所受的苦痛出发的。同时我所受的痛苦，是和全东北人民所受的残害，和我的同案人身受的痛苦联结起来的。我听说他们的死亡，就像我自己的死亡一样，我看见殉难烈士家族有一些人流浪在街头上兜卖瓜子，我心里的感触就比其他的人更为动心，我为我自己没有流过泪，但是我为了他们的死亡和灾害不知流过多少眼泪呵！

谁是我的仇人呢？我的仇人是谁？是那日本帝国主义，是那些高唱东北和平来杀中国老百姓的日本人，是那些高唱发展东北工业无代价地使用中国劳动力的日本人，是那些由中国土地上夺取粮食再实行配给的日本人，是那些开拓团的浪人，是那些充当小贩客商的间谍，最后是那些所有甘心做日本人走狗的中国人。所有这些人都是我们中国人的仇敌，他们过去杀了无数中国人，强占了无数良田，烧毁了无数房屋，他们又用灭文灭种的手段对待中国人，为了这个，我们每一个中国人都要起来反抗他们，我就是其中的一个。我受的残害就是为了我凭着良心和热血来反抗他们。

我要报仇，我不能轻易地放过一个敌人，我完全拥护今天的民主政府，他把我们老百姓最痛恨的大战争罪犯，大汉奸惩罚了，这真是百年来大快人心的事，那些直接危害我们的仇人，那就要我们亲自动手。

我忘记不了我身受的苦痛,我就忘记不了光复那天的喜悦,一根绳索从我的身上解除了!在东北获得自由之时,我也获得了自由,我们的自由,除了我们可以呼吸自由空气之外,对我最珍贵的是有了处罚我的仇人的自由了。

我的仇人,就是那检举我们的两个人,我朝朝夕夕探访他们的下落。这两个人全由破落户变成富翁了,他们建筑了房屋,在屯下买了田地,那个刑事在光复之后就跑了,那一个因为他又强占了民家之妇女,光复的第二天就被找上门来,所以也吓得跑了。

有一天我正夹杂在那欢乐终日,络绎不绝的光复游行之中,我突然想起我的老婆在我坐狱的几年中,尽了她的两只手还不能维持生活的时候,把我送给她的一根玉簪典在当铺里。我出来之后曾经追问过她,我为什么要追问呢?因为她为了不叫我难过,从来不提那几年所受的苦楚,永远是那样笑脸告诉我:"天不绝人,我一点苦也没受过。"于是我改变了方针,我预备从这些什物上来追问她。我追问到那根玉簪时,她说借给某某人了,等那人在场时,我又装着无意地问了一遍,她改嘴说忘记放在哪里去了,等一下找出来给我看。不用说当天晚上她就吐露了真情。我允许她一定替她赎回来。今天我就预备去找这家当铺,地址她已告诉了我;但我找来找去总不见这个门牌号数。当我找见了最末一家是五十三号,那么五十五号应该是向东拐的时候在那里偏偏又从一百六十几号排下去了。正在我慌乱的时候,一个年青人正从一座黑漆大门里走出来。他对我迎面站住,踌躇了一下知道自己转身走开已经不可能的了,连忙赶到我的面前叫我道:

"老师!你哪里去?"

我定睛一看,的确是我的学生,而且不是别人,就是我在监狱里遇见的那个唯一的学生。

我故意把他的上下端量了一下,他立刻又躬下腰去连声叫着:"老师!老师!"这时他已不穿协和服了,指挥刀也不带了,却换上了一件中国裤衫,外边套着一件长褂,不认识他的人谁也猜不到他曾是监管几千爱国犯的解护科长。我问：

"你住在这里吗？"

"是！老师！这是我的家！"

"今天我倒要到你的家坐坐！"

"请！请！老师！"他更深地鞠起躬来。

我一边往里走，一边心里想，为什么我和他的关系变了呢？若是我在监狱里不遇见，他今天不仍是我的好学生吗？但是今天我知道他从看见我那一分钟起，在他的良心上已有了千斤的负担。这负担不是他自己能轻易卸下的，而我又是不能饶恕仇人的。

屋里，十足地显露出一个伪满官吏的豪华，这更使我对他的衣饰的伪装引起反感。我在椅子上坐下，如同有一股不可见的力量牵住他，紧紧站在我的面前，我说：

"科长！请坐！"

他向后退了一步说："老师！以前的事请你原谅，我太无知了！"

"你没有想到有今天，我也没有想到有今天！"他用大眼睛瞪着我似乎不明白我的话，事实上他不明白我整个用意。他一时像是得到宽宥，一时又像是得到处罚，最后他自己决定了，朝着我跪下来。

"老师！恕我太无知。"他的衣襟铺地，两只手发抖："我纵有千句话也不能拼做一句说，乞求老师的恩典吧！"

这时他的老婆由里门出来，她的脸很安详，手里拿着一件小儿衣，忽然衣服掉在地下惊叫了一声，扑上来，用手扶着我的膝盖，跪在我面前，仰着苍白的脸喊着：

"老师！老师！"

"你也许还可以当我的学生，你还认得你的老师吗？"

"老师！他什么地方得罪了老师？"

"你的男人知道，你问他吧！他不只得罪了我，而且得罪了千千万万的东北人民。"

我望着她说话的面孔，这已不是廿年前的少女面容，而是为子女的劳累变了样子的面孔。在她的面孔上,交混着惊恐和希望。我看见眼泪挤在她的眼角上,她叹息着。显然,挤在她走出来的门口的那几个小孩子的哭闹声,更加使她心焦。她紧紧盯着我,很怕一时忽略了我可以宽恕他们的暗示,另一方面招呼那几个小孩到她的面前,陪着他也一同跪下来。

我望着一个十二三岁的小女孩子,忽然我发现这是廿年前的她妈妈做学生时代的面容。的确她很相像她的妈妈,只是有所惊奇,因此慌张和胆怯。"她和她的妈妈是无辜的!"我心里想,我在心里自己和自己打仗,眼前的妻离子散的景象,不是应该原谅他们吗?事实的教训不是已使他回心转意了吗? 同时一般人常常喜欢用人情来衡量一切的事,因之会批评我们:"以前是他的不对,现在却是你的不对了!"

但是她的男人假如他像我们县长一样,从前把自己入了日本籍,替自己儿子娶日本媳妇预备子子孙孙作日本的"荣耀"的奴隶,因之八一五之时他就像九一八之对别人一样,这意外的灾难,使他痛哭了,那么他也可能痛哭过了。

这时我站起来,我腿上所受的伤害现在隐隐作痛,只要我闭上眼睛,而另外一幅图画就闪在我的面前,那是死难烈士的像,他们凛然站在那里,由他们脚下划出了一条线,自己的战友和仇人分站在线的两边,没有人可以偷越过这条线,也没有人可以偷移这座死难者的像,使这条线有些变动,我虽生却犹如死者一样,死者的像凛然不可侵犯,难道我可以毁害我自己吗?

我就这样对他说:"你听着,我已无公仇私仇之分,你对中华民族做下了不可抹灭的罪恶,应该在人民面前得到公断,我在师生之情上可以原谅你;但是你所做的对于整个中华民族的危害,我若饶恕你,另外几千万人将因此不能饶恕我。"

我环顾了一下,走到门前,然后对他说:

"你跟着我走,还是等我在对门打电话给区公所,不过也只差十几分钟,他们就会来的,你希望我的原谅已不可能的了,你企图逃脱更是不可能，我在打电话的中间可以充分地监视你。"

这时他的老婆连爬带走跪到我的脚前，她呼号着，牙齿发抖；而他仍然跪在那里，木然不动。我抚着她的头，加上说：

"你放心，当初我被捕的那天晚上，也有大小在哭在叫，那时没有人同情他们，但是我却同情你，同时我对他，我一定也要以师生之情，帮助他改邪归正，只要他真心回头，我可以保证他得到民主政府的宽大。"

说完我就走去打电话了！

※　　※　　※

故事结束了，他的眼睛定视着面前的一点什么，然后他慢慢地转向每一个人的面孔，似乎在征求大家的意见，这时我们得知了他的遭遇之后，他的面孔在我们眼中完全变了，好像我们可以从他的脸上读出他的故事，那是超人性的坚毅和奋斗，因此在我们心中充满了尊敬和钦佩，我们完全浸润在被征服的喜悦的心情里。

一九四六年四月二十四日

选自《水塔》，光华书店 1948 年

姊之家

一

离开会场之后,一个廿四五岁的女人,穿过眼前的人群和车马,急急地向前走去。这一天寒风带着些许的尘土刮着,这是接近"大雪"之前常有的干燥而寒冷的天气。他们从上午十点钟,在一二·九纪念大会上足足站了四个钟头;现在他们由女学校的操场上走出来,急欲走回自己温暖的家,驱散冷彻骨髓的寒气。

这个女人中等身材,像是寻找什么人,用着跑的速度向前走;但是当她走得离人群稍远的时候,脚步又变得平稳了。她没有伴侣,像是要躲避一切人,要逃开这种难逐的人声,最好是躲在一个僻静的地方,让她好回味刚才的一切。她微微低着头,她那用无领的灰外衣所款款罩着的,是一个有着适称的双肩和健美的两腿的动人的背影。这时她迷惘地瞻顾着前面,自言自语地道:

"在这可爱的国土之上,要出现多少可喜的事情呵!是的,我看见了他,他终于回来了;但是他是这么出其不意地……"仿佛这块光复的国土,今天才对她特别有意义似的。

在大会上,在一个又一个的演词之后,在演词中间呼喊了那么多的口号之后,当那个率领呼口号的人,只能举起拳头,已变得哑不成声的时候,由这个人的身后,突然出现了另外一个人来代替他。这个人有着宽大的肩膀和洪亮的声音,于是群众的声音又随着他而奋发起来。这时,群众像海船一样地动荡起来,这又激励了他的热情,使他屡次扭转自己的身体举着他的两拳,声音之大像要把

206

整个会场湮没了一样。忽然他的眼睛在她的身上停住了。他的眼睛张大闪着光，只有一刹那就决定了自己的判断，跑下来冲到她的面前。而她也就在同一瞬间，觉得自己的心脏跳动了一下，她的手仍然举在头上，她还有一丝丝犹疑，但是当这宽大的身影遮在她的面前，她觉得熟习而温暖时，使她立刻喊出："建白！"

"哦，国华，是你！"

"是我，大哥！你？"

"我……回来了！"

国华的眼睛没有离开他。国华的眼睛里含了泪，记得当时她是那么清晰地看见了他的面孔，她现在闭上眼睛仍然可以映出他的面容和动作。他答应马上来看她，这是真实的吗？他离去了十四年，亲爱的爸爸和妈妈，等不得看见自己的儿子归来，早已埋葬在黄泉之下了。而他，她知道大哥对爸爸和妈妈有一种内心的隐痛，这隐痛不在父母的生前见面是无法解脱的。她了解他，像了解一切出走的青年一样，他们都有着同一的目标，为了民族的危难离别了自己的父母，唯愿在光复的国土上面再能看见他们，但他同样地置身于如愿国土光复便不得再见亲生的父母二者不可兼得的命运之中了。

她回家之后，更加激动起来，因此她不能把她内心的变化完全表白出来。只能在门口遇见正要外出的妹妹时，几乎是严肃地报道着大哥回来的消息了。安华立刻脱去了外衣，大声叫着：

"大哥回来了！大哥回来了！"

大姊的六岁女儿小丽也跟着叫起来。安华比大姊小三岁，穿着一件蓝光缎皮袍。在小丽的头上系着一根绛紫色的发带，安华却系了一根丹红色的。安华的面孔极像大姊；但却年轻，带着含苞的神秘和矜贵，她的性格更像小丽，却比小丽多于人情世故，因之安华对恶好的大胆的选择异于小丽千百倍。这时安华觉得在这个家庭之内因大哥的归来掀起的快乐，她不能占有，也应是最为快乐的一个。

她问着大姊:大哥怎么会回来?为什么还不立刻就来?又问:大哥是不是年青?是不是还记得她?她已经不能约束自己的幻想,她告诉大姊她要准备一个欢宴会,无疑地筹备这个欢宴会的是她。至于大姊,她不能回答这么多,显然她心绪不宁,有很多的事要入手。她一会到这里,一会走到那里,却一事也办不成。

安华的丈夫艾浅予,这时正在听无线电。他俩去年刚结婚,这是一个纵容太太也纵容自己的人,她对安华的一切没有反对的意见,因为只有顺从着她才能使自己保留一点自由的余地,他是一个爱自由自在的人。浅予和国华同岁,看去却比安华还要年轻,他的面孔姿态,若是一个女人也嫌太娇嫩。他终日躺在安乐椅里听无线电,听无线电的时候,喜欢浸沉在那最微小的声浪里,仿佛那广播的女郎是站在他的心尖上唱的;但他有一个心直口快的毛病,这一点依他的性格看来是不相调协的。

他们和大姊同居还是最近不久的事,这一所体面的房屋本是大姊丈夫去世后唯一的遗产,八一五后国华因为他俩住得太偏僻,邀他们来住也是对自己这几年孤苦生活的一种安慰。

当时在场的客人中,韩文藻是个健康,多嘴而狡猾的老头子,他同国华在一个学校里共过两年事,后来他忽然转入××公会当会计了。从前在一起共事的时候倒不来往,自从他当了会计科长之后反而来往频繁起来,可以说是大姊家中的常客。吴祖邦是韩文藻会计科里的助手,一个廿四五岁的忠厚青年,从前是安华的同学,这几天来因为别无去处,才跟着韩文藻常来走动。

另外,艾浅予的姨兄徐春起算是这个家庭之中的不速之客了。在前一个月的混乱局面中,他由长春逃此,找到了浅予便在这里安然地住下来了。

他们听见建白归来的消息有着各种不同的想法。安华预期着可以快活自己的一个奇异的场面,她将看到大哥的威仪,潇洒的服装和梦想的姿态,为自己增加荣耀和快乐。他幻想着大哥在十四年的别离之后给她一种不可言说的感情,她因此兴奋而忘己。浅予则回忆着安华常对他谈起的建白的悠长的学历及离家以后那些不可知的经历，于是闲逸地来同自己打赌：看将来在自己面前出现的建白是否和自己想像中的建白相像？至于韩文藻，他平心静气地等待着，如同一个不折不扣的商业家似的，决不做一分钟的幻想，等建白来了之后，再来判断是否对自己有利。

无论如何，这不同于平常的年代，何况由国华的口中已透露出了非凡的相遇的场面，所以建白之出现，已不仅是家庭的聚会和感情的交欢，已变成在他们破釜沉舟的环境之中的风雨测量器了。

二

建白在他们已等得十分焦急的时候卒于出现了。他没有敲门，像是一下子就找到了这里，站在门槛上，手里握着日本皮帽，欢欣地望着屋里的每一个人，在他的脸上是那么纵容着自己的热情，露出了兴奋的笑容。

当这一刹那过去之后，就知道他很久就不习惯于这种欣快的情绪了。在他的脸上恢复了常态，那是一种隐藏着繁杂的思想的平淡的脸，由于他的淡淡的双眉和比较拖长的嘴角，毋宁说是带着阴郁和疲倦；但由于他的精明的眼光和沉慢的谈吐，又被安静沉着的表情所笼罩着了。

他很快地扫视一下屋内的装饰和周围的人，然后一一被介绍在每个人的面前。他准备着用自己的热情去接触他们。建白被安华的美好的姿影所感动，好像说："我有这样一个可爱的妹妹吗？"但是他在安华的眼中所读到的，虽说对他表露了一时的喜悦，可是马上罩下来一层阴影，因之他变得冷淡了。他对安华的由喜悦而变成了做作的态度提出了保留的意见。浅予对他的笑是真心的，但也是勉强的。当建白看见浅予不等他表示任何感情之前，早又坐在安乐椅上了，他断定了这是一个懒惰而任性的人。韩文藻为了表示自己的地位，戴上了眼镜，抢着先同建白寒暄，无疑地他习惯于在任何场合讨好。在这之后建白觉得在他们之中存在着一种共同的东西像是歧视，又像是戒备，无疑的。他们把他不是当做亲属而是当做异端看待了。他在心中想："我有什么不对呢？我爱我的乡土，所以投身于抗战的队伍中，我受过伤我流过血，我充满了回乡的热情，但是为什么……"

当轮到徐春起的时候，大姊稍一踌躇介绍道：

"这位是徐先生，他是八一五事变后由长春到这里来的，"她说到这里困惑更增加了，于是补说着，"说起来都是亲戚，他是浅予的姨兄……"

这时在每一个人的头上都感觉到有一种异样的气氛压迫着，这是两个不同的人，一个是：和春起一同从长春带来的是××党的叫嚣，另一个像他本人一样，建白结实而朴素，有着坚决的自信。他俩代表着两种不同的势力，而这两种不同的势力竟在一个屋檐下相遇了。他们都观望着这两个人。这时在建白心中有种声音警告着："我要提高警惕才对！"在建白的眼中露出了一丝的怀疑，但马上就消逝了。他在平淡之中带着亲眷的热情上前握手，春起也极力保持沉静，习惯地在搓着手掌，他等待握手，也在等待着握手以后的下一个动作。

建白在对他的一瞥中表示了："我很想要知道长春的一般新闻，但是我更急于和大姊谈话呢！"于是他把守候在大姊跟前的小丽抱起，小丽的两脚搭在他的膝盖上，而她的头偏在他的头顶上。他俩的轮廓有着很多的相同点，当建白的两眼向上搜寻她的面孔时，小丽嫣然一笑，娇羞地别过头去，建白顺势放下她来，畅意地笑着，空气才为之焕然。

安华站在旁边，她一边端详着大哥的身姿和笑容，一边在心里想：自己在大哥眼中占着什么地位呢？她希望由建白的脸上看见第一个对她的笑影，刚才小丽的娇笑使她无端忌妒起来，她仔细端详着大哥的脸，由无数的臆想来衡量他，她觉得这是一个极平常的脸。她看见对方的宽大松弛的鼻翼，她由那上面感到了疲倦。对方的微秃的鬓角，使她觉得他老了，是不能和自己的活力在一起周旋的。最重要的是她的满腔热情,已渐渐冷缩下去,那是他的衣服作怪。她知道他是人民自卫军;但是他为什么一定要穿那件黄棉袄呢? 街上充满了这种大棉袄,在她的脑子里没有梦想过抗战八年的国军会穿上这件大棉袄来见东北的父老,因之她对他们无端地抱着敌意,自然她对建白也不能例外。

大家都已围坐在小桌周围,看情形像有一番不连贯的,但是热情的谈话要开始了,而大家又都在等待着建白开口,因此这时在春起的心里便决定了:"还是让他开口吧! 我要使他以为我是一个笨伯,但是我决不放弃这个情报的源泉,他会使我得到一些宝贵的消息的。"

建白像是并不注意这个期待的场合,他的眼睛时时向着大姊,而从开始建白已在用各种小的手势和微笑来同大姊交谈了。他在脑子里回想着刚才见面时的各种面孔,他判断着,好像要给自己一个决定。

"你没有去开一二·九纪念会吗?"他突然对安华用着这种问话开始了,还不等安华回答,他已转向了大姊:"凡是开这样的大会,我每次都受感动。我每年都想到会有一年在家乡开这样的大会,我每次想到都要感动。"

建白微睨着周围,预期着自己谈话的效果。但他们觉得一二·九这三个字是异常陌生的,关于当时的运动更无从想像,只是觉得建白的话带着一种热情的力量在冲击着他们。建白继续着说:"我永远记着今天的事。"

"什么事?"大姊以为是指着今天他们相遇的事。

"这里的青年还缺少追求真理的勇气,我问你,当他们喊打倒反动派的口号时,为什么有人竟像怕那些反动派看见他的牙齿似的呢?"

建白有一种心地纯良的健康的笑,大姊在会意之后也跟着笑起来了。

"我要说的不是这个,"建白及时补充说,"在九年以前我是一二·九示威游行行列中的健将,那时我们要求对日作战,反对那些说'言抗战者有罪'的人,反对把我们叫做'爱国犯'。世界向前进了,我们胜利了;但是今天,我参加过一二·九运动的人,想不到要在九年以后的一二·九纪念大会上,还在呼唤着青年,在呼号着青年要维护真理,为了反对内战。在那一天,在今天,在那里的青年和在这里的青年是多么不同呵!"

他觉得有一种轻蔑的笑影掠过春起的脸,由此他觉得他的热情也许是不合适的。但又一转念,唯有如此,对方才认为有机可乘,所以他即刻故意地住了嘴,这将使春起认为他只是一个幼稚小儿。

这时韩文藻以为是他插嘴的机会来了,他先打扫了嗓子,然后说:

"建白!你这次出门多年,想是跑了不少省份,这次从哪里回来的呢?"

"我从解放区来,"他觉得应该这样简明地告诉他们,"不是从大后方来!"

他的话无意中显示了一种先觉的,并且是异常坚强的感觉,韩文藻以为他的话还只是一个序幕,他用"呵、呵,是的!"来等待着。在等了一会之后,他自己补充这个空虚道:

"我们整天盼着国军,果然国军就来了,尤其是你,我们知道你有一天会回来的……"

建白知道他在说假话,没有再听下去。他侧目望着躲在后面的另一个客人吴祖邦,他觉得吴祖邦的有力的握手还是真诚的,由对方的探寻的眼光和缄默的态度看来,他还是一个可亲的人物,于是在自己心里感到了一阵温暖。之后,他把小丽抱在他与大姊之间,他预示着他与大姊将有一番亲属间的叙谈,而韩文藻也只好退避一时了。

他们的谈话是由小丽及小丽死去的爸爸开始的,在大姊这一方面,她对地建白的感情是由于她认为建白已经有了地位,而这地位一定是他由艰苦奋斗中得来的,因之对他生出一种淡然的敬慕。究实说来,这其中包含了她对一般人苦难人生中的行迹有所爱怜,再加上她对他的兄妹之情而得到了她的饱和的。因此她理解到此刻她需要用最高的感情来包围他,要给他安慰和温暖。她知道他最需要的是对他的询问和回忆的叙述,但是她要从何说起呢?同样,在建白这一方面也有类似的情形,他认为大姊从小就了解他,她喜欢他那刚强的性格,他所以能够寻到了真理也就是因为他不在旧社会的羁绊下妥协。他有着各种苦难的经历,他知道在一个母亲似的女人面前叙述苦痛比叙述快乐更能互相安慰;但是他也无从说起。最后他们的谈话因为某一人的存在而结合了。

"你是说的厉生吗?"国华稍稍惊愕地问。

"是他,我在北平最潦倒的时候遇到的就是他。"

"他怎么样?"

"他离开家乡之后,自攻自读了几年,他走上了革命路子,同时引导着我。"

"他还记得我吗? 我们分手时他多么生我的气!"她想起她第一个恋人在她整个生活中所留下的影响,感触地叹了口气。

"不见得,他在我面前还常念祷你,他对你始终是……你知道他现在变得多了。"

"你后来还和他在一起吗?"

"最初在一起,最后也在一起,而且这次他也回来了。"

"他就在这里?"大姊兴奋地叫起来,"我能去看看他吗?"

"我要领你去看他,本来我预备同他过一两天就寻找你们,别离了十几年,想也想不到会在会场上遇见你!"

"你说他变得多了吗?"大姊沉思地问。

"是的,一切人都变了,在他不过是更认真更吃苦了,比如在他只知工作不爱交际,在你们看来也许是觉得古怪的!"

"哦!"她叹了一口气,一个人在最兴奋的时候,往往容易感到疲倦似的。

在他们谈话中间,建白已经注意到春起尖着耳朵在听,他肯定了在他面前站着一个敌人，他要提防他。这时浅予按时开了无线电，春起正好坐在浅予的前面，半个脸对着他。浅予觉得今天春起的脸永远带着一股讪笑的神色，并且常常用眼睛来挑逗他，好像在对浅予说："你看吧，这样的，唉唉，要来的终归要来！"浅予被感染了，他低声向春起说：

"你是说××党要来了吗？"

"更高明的人来啦，为什么还要问我呢！"

"当然问你呀！"浅予一转头看见安华走过来，便说，"你到哪里去？"

"我今天要去的地方还没有去呢！"

"但是，大哥回来了！"浅予示意给她，她摇了摇头，困倦地打了个呵欠，她常常是在一个地方呆腻了表示困倦的。她刚才听了浅予同春起谈的话，便说道：

"你又是那个老毛病，你以为大哥还怕你问吗？"

春起听了这句话，表示同意，眼睛里禁不住闪出了诡谲的光。这一点建白似乎也察觉了，在安华出去之后，建白也同国华站起来，他准备带大姊去找厉生。他绕到浅予的面前，同时也对春起点点头，表示在临别之前还可以再谈几句。这时文藻也走过来，祖邦仍站在角落里，建白说：

"我们以后还有机会详谈，我会常常来的。"

"大哥这一路辛苦了，"浅予站起来，感到自己拘束不安，为了掩饰他的不安，急于寻找话题便道，"大哥回来一定带来很多消息；但不知××党会不会来？"

"你盼望他们来吗？"建白这样反问，随后微笑着，这个微笑使他们得不到一点要领。一会，大姊由房里换了衣服出来，他们相挨着走出去，这时建白突然问：

"春起来到这里以后常常出去吗？"

大姊惊愕了一会，答："有时出去！"

然后他俩默默向前走去。

三

国华从那一天同去拜访了厉生之后,好像有一种新的生命在滋长着。她回味着这次厉生所给她的好感,那能不说是好感吗?像他那样一个"古怪"的人,用那样的眼睛来望着她,因为他羞于表示他的喜悦,所以这种喜悦才是最宝贵的。她在心中常常这样自语着:"他清瘦了;但是他的精神却饱满多了。"她慢慢在自己的脑子里形成了一种印象,那就是整个自卫军所造成的时代典型:他们朴素而真挚,他们毫不变更自己的爱和憎,而其爱憎是为广大人民大众的亲念所限制。他们看清了脚步走路,向着一定的目标。他们的生命坚强而充实。甘心为群众做仆人,是他们最大的荣耀;最大的耻辱莫过于被指为反革命。他们为自信革命事业的成功而骄傲,他们又是那么单纯,洁爱,像一座不染的水晶一样。

"他们为什么会这样?从哪里产生的?"国华自思着说:"那么社会上的另一种人又为什么会那样?又是从哪里产生的?"

于是在她周围的人就有了明显的对比,她觉得他们是那么愚蠢可笑,韩文藻一辈子利欲熏心,而结局不过是一张棺材板而已。浅予自负聪明,像一只懒虫一样,自食自尽。安华更无可取之点,只知自己享乐,一生心机全用在取悦于别人结果还是为了自己的享乐。至于春起却又是另外一种人,显然他也有着自己的目标,既然建白他们为了人民大众,他又为了谁呢?他正如厉生所说的,世界上吃荤的和尚仅多不少,也正如厉生所说,他们在撑着一面假面具,利用认牌子认货的市侩心理得到支持。

当她第三天同建白一起去拜谒双亲的坟墓的时候,她这样肯定了自己:"我和他们渐渐远离了,我所接近的是建白和厉生。"厉生的影子在她面前是那么逼真吸人,她能把他今天的形象和他在自己过去的生活中的影子联系起来是无上的幸福。她想起厉生那天对她说的话:

"国华,凭着回忆来联系我们的友情已经不够了,在我们中间最需要的是将来共同的革命事业！"

她必须行动起来了，建白也对她说过："脚踏两只船的心理，只会给革命以损失。"是的，一个生命在宇宙之中是微不足道的；但在自己的事业上却无比的伟大！

他们沿着山脚，踏着枯败的草梗走着，建白今天异常消瘦和苍白，他略略走远了些的背影在她心中引起了一阵怅然的感觉。当他们站在坟前，由那些无数的同样的坟墓中间，只凭着一块石碑而回忆起来生前的父母的慈爱的面容。这时在建白的脸上的严肃而伤感的表情是异常和谐的。他沉默不语，只是不时用着冷厉的眼光望国华拨火的手指。之后，他们就走回来了。在路上，他们过了一座石桥，一段下坡的路使他们挨肩而行，他突然热情地说道：

"你还记得我们住在乡下的那几年，那时我才十一二岁，我俩都站在那棵杨树下面，树上有一个鸦雀巢，你叫我爬上去，你站在下面等着我给你掏鸦雀蛋，可巧被父亲看见了，本来我们是常常爬树的，在父亲眼中这还是头一次，一个小孩上了树，不免失脚跌下，那是多么危险哪！你还记得父亲当时多么惊惶；但是他却远远地站着，脸上一点惊惶也没有，好声气地对我说：'好孩子下来，慢慢地下来！'很怕声音大了把我吓得跌下来似的。我听见了父亲的声音，由那高树上慢慢地爬下来，父亲这才跑过来狠狠地打了我一顿，这是为了爱我，疼我，为了怕我下次再上树……唉！一个老人爱惜自己的儿子真是无微不至呵！"

他说完了以后，又沉默了。他一直送大姊到门口；但是他没有进来，他说回去还有工作。临走时，他忽然加上说：

"你注意了这几天的谣言吗？他妈的，谣言造得真厉害！"

他拍拍自己衣袖上的尘土径自去了。国华想起这几天的形势确实不稳，自从听说过国军会来，一草一木都惊动起来，好像一切都为了证实国军会来似的。比如前天她看见一队苏联军，立刻有人说这是从沈阳开来缴自卫军械的，今天早晨这条街清查户口，又有人立刻说："国军从××上陆了，要开火了！"

国华拂去这些厌烦的思想，抹身走回去，在她身后跟来刚从外边回来的安华。安华的脸是那么幸福，那么年轻，同时在她的脸上出现了一缕恶意的笑，国华立刻想起今天早晨她的话："大姊这两天变成初恋的人了！"她指谁而言呢？是说自己同厉生的关系吗？她感到一切都很纷乱，她勉强地同安华一起走进去。她迟疑着，决定不了是坐一会还是回到自己的屋里。这时安华已脱下衣服回来，站在她面前，闪着不解的眼色问着：

"大姊，我看你的面色不对！"国华用眼睛看她，在等待她的下文："今天大哥也很苍白，莫非这几天的情况不好吗？"

"我很头痛。"国华这样说着，用手抚着鬓角，便走回了自己的房间。

在堂屋里，无线电的细微的声音在飘浮，空气温暖，浅予像一辈子也听不厌似的躺在安乐椅里。春起在看一本科学的书，由口袋里掏出一片纸记着纲要，记完了又放回口袋里，这是他最近才有的习惯。一切都平静如常，这里和户外的风沙，内战的炮声，市面的谣言，一切都无关似的。

春起由书本上抬起头来，正看见国华走出去的身影，他向安华道："今天外边风声同昨天一样吧？"

"不，我今天看见的东西，昨天却没有看见。"安华答，春起准备听取她的新闻；但她望了望四周忽然不安地问："韩先生没有来？那么小牌又摸不成了。"

"没有，"她的丈夫浅予好歹从无线电的沉醉挣扎起来答，"不但他，连咱们要住训练班的老吴也没有来。"

"我看老吴住不成，那是一个没有主意的人。"春起顺口批评着。

"我也这样想，"浅予说，"他一定标着我去，但我才不住呢！"

"也不见得，这几天建白回来，似乎对他有一些影响呢！"安华插了一句，她抬起头来望着门口，喊道："说张飞，张飞就来啦！"

老吴沮丧地走进来，他的面孔忧伤，头发蓬起，他没有脱掉大衣就无力地坐在椅子上了。

"老吴你为了进训练班这么为难吗?"浅予心直口快地说。

安华白了浅予一眼,连忙跑到老吴身边问:"你今天不舒服吗?"

"若能住上训练班也就好了,这一回可住不成了,韩先生昨天晚上被捕了!"老吴叹口气,低下了头。

"为什么被捕呢?"安华追问着。

"要发生的事终归要发生的,"老吴重新抬起头来说道,"在我们工会里,省里派来了一个特派员,专门调查敌产的,他在工友身上调查到韩先生有贪污行为。"

"又是工人,我听见工人算账就头疼。"浅予呻吟着说。

"你能说韩先生身上没有私弊?"安华反对道,"我也耳闻他现在存好几十万呢!"

"昨天晚上自卫军把韩科长抓起来了,"老吴接着说,"除开这件事还有一件事呢!那个特派员从工人中又知道了大鼻子拉布头的时候,有的工人都分了赃。"

"工人分了点也不算什么呀。"安华显然已为这件事引起了兴趣。

"我也这样想,大鼻子拉,工人装车的时候偷下点不算什么;可是公家要追查真相,事无大小,责任要搞清楚。可巧那天我不在家,工人们给我留了点,我心想科长都要了,我不要又说我有外心,以工人来说,也是一番对人的好心;但也难为情,我连往家拿也没有,顺手就托工人卖了,请大家吃一顿,我也赚个人情。事情都凑巧我不在家上,"老吴心里想大家一定要为他将要说出来的曲折的发展而给予同情的,于是换了口气接着说,"公家查问几天,当然不只是查我一个人,拿住了韩科长真凭实据,就把他押起来,同时也找我谈话,我的事情本不大,可巧我昨天晚上没有回家,我今天回去,听说早晨又去了一趟,我走到公会门口,想到特派员住在里边,又没有进去上班,事情就坏在门上挂了一把锁,今天上班又没有去,我将来怎么去解释呢? 人家说,你若没有私弊,为什么企图潜逃呢?"

他的话引起了同情,同时也引起了一种幸灾乐祸的心理,好像在说:"你还不相信? 共产党的事情就是难办得很!"因为这两种心情没有斗争,几乎平衡着,于是一时都沉默起来。

"我还有什么值得留恋,在我面前只有两条路,"老吴绝望地说着,同时在他心里想你们是留着一条,又等那一条,而我若是绝了这一条,叫我抱着死心等那一条吗? 他说下去道,"要么我永远变成一个黑人,不敢再见公家的面,从此回家种地去,要么我冒一下险,自己去,请求他们把我的事情弄清楚。"

他说完了话,四周望了望沉默的面孔,他知道这些人既不会给他同情,也不会给他勇气叫他走第二条路。他不甘心从这一分钟起就变成一个黑人,他怅然四顾,然后决心地站起来,像他来时一样地走出来。当他走出来之后,那些人像才醒悟过来一样,暴发了一阵狂笑。

"那是谁的笑声呢?"老吴似乎又听见了浅予的可厌的声音,好像在说:"你真的这么急着走进他们的圈子吗?"他加快了脚步,为了驱散这些可恶的印象。

四

新年的第一天,在国华的家里预定着有一个宴会。国华准备了初六就进中小学教育研究班,这是她进身革命的第一步。厉生从开始到现在工作太忙,只有新年假期才答应到大姊的家里来聚会一次。

这是胜利的新年,松柏牌楼竖起来,庆贺的纸片在空中飞舞,红的灯,花彩的衣饰喜颜的笑,他们用一切高兴的颜色来显示新年的欢腾。没有欢腾的年代已经过去了,苦难的时代已经一去不复返了,在这个家庭里庆贺新年,也有一番新的景象,他们三番五次为了街上的秧歌所吸引,小丽接到了一些精致的画片做为年礼,其中尤以厉生送给她的最为满意。建白在他们之中的印象也意外地发生了变化,他那结实的、极能感染人的性格,好像是一切污流之中的砥柱,靠住他便能得到自信,离开他的便要失去支持。

建白在厉生未来之前就回来了,他同每一个人握手庆贺,带着特别高的兴致坐下来说道:

"世事变化得太快了,鸭绿江在我的记忆之中在冬天是一片最理想的溜冰场;但是今天它变成不冻的河流了。"

"在这里有着各种不同的变化呢!"大姊回忆地接着说,"在过去几年,因为敌伪的省公署立在元宝山跟前,那时'满洲人'有几个敢不避着衙门走的,所以连元宝山也荒凉起来了。决不像你在的那时春天上去植树,夏天去吃冰激凌,那都早已成了过去的。"

"镇江山可又是一个命运,"浅予第一次停了无线电参加谈话,"它一直在繁荣着!"

"镇江山那是日本人去的,'满洲人'有什么资格去呢?"大姊补充道,"但是八一五以后,在镇江山上所看到的全是中国人,依我看那几天咱们中国人整天都在那里做光复游行呢!"

胜利的感情沸腾着,大家微笑起来。

时钟正敲了十二下,安华像是不相信时钟,又看了一下然后自语着:

"怎么春起还不回来?"

"他到什么地方去了?"

"他没有说,他平常是不大出去的,"大姊担心地说,"是不是会有意外呢?"

"有什么意外?自卫军保护咱们老百姓,难道街上还有土匪吗?"浅予惯于讽刺地说;但他的话引来了沉默,他也随着不安起来。大家望着建白,以为他会有所表示;但他像若无其事似的微笑着说:

"平常不大出去的人,却是容易发生意外,"建白顿了一句,又问,"他平常不大出去,今天为什么出去呢?"

浅予想要缓和一下他刚才说话造成的影响说道："这个可不知道！"

"这也许在你们听来是有益的事，"建白无端地严肃起来，面对安华说，"安华，我们虽是兄妹，我却不了解你，你对春起这个人怎么看法呢？"他没有等待回答接着说下去："我知道你会说他是一个谨慎的人，知趣的人，沉默的人，好人，乖人；可是我们不能只把一个人划在这样的圈子里，我问的是他面对着什么，身后的背景又是什么。"

"依我说他是一个反动派，"国华据实地说出自己的意见，"从前我不是和你说，他一来就满嘴挂着反动派吗？"

"××党不一定全是坏人，"建白公平地解释着，"但是××党的特务却是罪不可赦的。"

"那么你说春起是××党的特务？"大姊惊奇地张着眼睛，以后又不相信地摇摇头。

"他不但是，而且有真凭实据和日本也有勾结，"建白微笑地肯定着说，他看见每个人都紧张起来，于是他宣布道，"关于他，政府已在路上将他逮捕了。逮捕的根据很多，其中之一便是他的内线工作已经潜入了我们的工厂里，这次由于发动工人算账，暴露了他们的线索，工厂里的那个特务昨天晚上已被逮捕起来，而在他未逮捕之前已预知事件将要暴露，会写信来约会春起前去密谈。这封信昨天已收到了，那么政府为了保卫自己，今天早晨就有根据在他必经的路上等待他。"

"但是昨天没有人来，怎么会带信呢？"安华惊讶地说。

"老徐昨天确实没有出去！"浅予也急着补充。

"事情简单得很，"建白有力地说，"工厂的那个特务早已供出了他们联络的方法，那信件是派人送在我们门外的栅栏板缝里的。"

"他既然接到信就去，那一定是有关系了。"国华为确信自己的判断叹了一口气。

"平常看这人怎么也看不出来。"安华也表示了她的惊讶。

建白这时又问:"以前他常出去吗?"

"他去借几次书,他是喜欢看科学书的。"浅予说。

"在那个特务的家里就有那些科学书,"建白证实了浅予的话,"已经发现了每本书里都有一张笔记,这笔记就是他指示工作的密码,由那个特务再去指示其他的工厂。他一共领导了大小五个工厂,我们是要工人起来斗争,向日本人和汉奸特务算账,他们是用威胁利诱来破坏这个斗争,叫工人永远翻不过身来,前几天有的工人被枪杀,就是不服从他们的指示为了灭口而干的。"他转向浅予,"他借书的时候,都是你陪着去吗?"

"怎么?他也供出了我?"浅予惊惶起来,急急辩解着,"因为他有时叫我去,我们两个出去的时候,多半是吃吃馆子和看看戏!但是他……"浅予在追忆着每次的情景:"他自己说是喜欢散步的人,所以我们常常绕着弯走,有一次就遇到了一个人,他们谈了几句话,交换了书,我以为是他们偶尔碰见的,过后他解释他本要去找这个人,因之我也不在意。在戏院子里,他也常常遇到人……"

"有人常常说'我是一个无党无派的人',"建白好像已听够了他的话,这时对安华微笑道,"你不是也有一次向我表白,你是无党无派的人吗?今天看起来,这种人就是不存在,比如一个科学家,可以说他们真正无党无派,每天只是工作,但是只要他工作就有了党派性,就像一支枪,他本来无党无派,但他一制造出来就决定了要拿在人的手里,那么拿在帝国主义手里,他就是帝国主义的武器,若拿在人民的手里,他就是人民的武器,人和这个道理一样,有些人尽可以说无党无派,浅予那天曾问过××党会不会来,接着就出现了××党要来的谣言,这是谁做了义务宣传呢?比如你们每天回来,要把自己所遇到的讲一讲,这又是谁为敌人做了义务情报呢?"他进一步看入了安华的眼睛,他像在说我这话不但是对你说的,也是对大家说的:"你现在也可以争辩你无党无派,你将来也是无党无派,但是你不但今天,在以前你已无意中同情这个,同情那个,支持这个和支持那个。问题就在于你为什么不赞成这个同时又不反对那个,这不是就表示了你的态度和立场吗?"他和善地笑起来,转向浅予说道:"浅予你也可以说无党无派,但是你除了刚才说的陪他散步之外,是不是或多或少在言论上,在思想上给了他一些支持呢?"

"让我想想看吧! 确实有,太多了,一时说不完的,"浅予更拘束不安起来,他扭转着他的脖颈,像一切在这种场合的人一样,忽然感动地说出内心的话,"但是,我敢说,你今天从反面这样来拉我一把,比从正面有力多了。"

"我知道你的为人,"建白眼睛又似乎在说为什么一个人偏要人家从反面拉你呢? 但他又转入了另一个话题,"我常常想着我遇到的另一种人,这种人是异常愚昧的,毋宁说是不开化的,他们过去遭受了十四年的亡国的命运,今天决然要走上独立的道路,这种人就是我们说的有着民族意识的人,他们所得到的这种强烈的民族意识,是由于过去亲身体验了那种不独立的生活是苦痛的;但是今天又在他的面前摆着了民主和不民主这两条路,但是他们说,我们有了独立就对了,什么民主不民主,那个也好。虽道我们有了十四年亡国奴的生活才知道要求独立,不再遭受几年或几十年的不民主的生活就不知道要求民主自由吗? 我想不会,人类的历史就是人类的智慧,人类应该是有先见之明的。"

严肃的空气想不到为突然出现的老吴给冲破了。他如同回到了自己的家那么高兴,他的精神焕发,他同每个人招呼,几乎在未招呼完之前就先说起来了。

"我这几天可过好啦!"他开始告诉大家,"我们以前为什么把训练班想成监牢呢? 不是的,那都是小鼻子在报纸上欺骗我们的鬼话,今天是新的中国,新的中国对待我们实在是好,"他在桌上端起一杯茶来喝,仿佛刚才跑过一段路一样,"从前谁还关心一个老百姓的冤屈? 这次我看见了真正的太阳,他们听见了我的冤屈之后,像他们自己的事一样,立刻给我辩清,于是我不能不进训练班,那时我想我权当是去试探一下，人家说好说坏，我要钻进去看看到底怎样，昨天过年晚上，大家一起喝酒，喝醉了一起唱，每个人都讲了自己的心里话，原来大家一样的心，心通了，志合了，确确实实是个痛快年。"

"看你气色也不一样了，像是升官发财的人。"

"从此我再不想升官发财，今天我真正懂得为什么要做一个人，在小鼻子时代，我们不能做人，在……"他口吃起来，"在我们不能做人的社会里也不能做人！但是今天……"

"但是今天，"浅予站起来对建白说，"你看我还能进训练班吗？"

建白点点头，安华接过去说："你进训练班能撂下你的无线电吗？"

大家笑着，但是建白望着大家快意地说：

"世界上最好的音乐不是无线电，而是个人心中之歌！"

※　　※　　※

厉生在约定的时间来临了，家宴马上就要开始了，在这个家庭里为了庆贺新年呈现出来的新的景象，是一个个活泼年青的脸，快乐的谈话和将来的幻想。

在将来，他们都有着称心的工作岗位，而大姊之家也就变成了人类前进战士的休憩所而已。

一九四六年一月十日

选自《白山》，1946 年创刊号

◇ *虞 丹*

"我要给大家报仇!"

——记警卫营一连战士朱海春诉苦

我四岁上就死了娘。一家七口,地无一垄,房无一间,东分西散,爹在外县给人家炸麻花,整年贴着油锅也只能糊过自己一张嘴。三个哥哥给人家扛活,常少吃少穿的。一个姐姐才十五岁,为了家养不活她,给了人家。剩下我跟我奶奶穷得常揭不开锅盖,东要一点,西要一点过日子。

苦在自己心里

十岁那年,我上李六爷家放马。李六爷是个大地主,钱多心就毒,下雨天,屋里盛着满缸满缸的马料不让喂,定叫我到外边去放马,身上连块麻袋片也不给,叫在雨里挨浇,马还不叫链缰绳,说链了马吃不饱,不链吧,马就往地里跑,踩坏了庄稼找上我直骂:"你他妈的,不好好放马,往地里赶。"我说了一句:"下雨天,不上链,哪疙瘩不跑?"他就说我跟他顶嘴,抢过马鞭向我劈头劈脸地抽,打得我眼肿鼻子流血,脸上的雨水和血水都混一块堆啦。眼泪含在眼眶里不敢掉出来,哭了还得挨打,说是不吉利。

放完了马,天一晴就叫我下地拉黄豆、踩豆车。我说:"我来放马,没讲下地。"你听他怎说? 他说:"不下地你就别吃饭,你来放马,也没讲吃饭。"我只得下了地,踩豆车,没长裤子穿,人站在满豆

225

茎的车上,豆针扎得腿上都起了鳞片,也没人理。苦,苦在自己心里。

白干了一年还短他钱

第二年,屯里徐屯长家一时缺人工铲地、放牛,把我们哥儿四个都挖去了。没去前,他对我们甜言甜语说:"在咱这里干了几年,咱给你们整点地,整匹马。"我们哥儿四个一上手倒挺信他的,就去了,哪晓得狗日的一口空心话。呆在五月间,地铲完了,就把我大哥写上了劳工,还说是仗了他的情分,干三个月就行,其实是顶替一个溜号的。隔不多久又把我二哥写上了国兵,三哥写上了青年训练,都是顶替人家的(他好从中弄钱),就剩我个人给他家放牛。

三个月后,大哥带着个皮包骨头的身子回来了,一天没歇,一回来就给他干活。干到明年开春,向他要工钱,他拿起把算盘"踢踢塔"一算,说:"一年三百元,你歇了三个月工,误了咱的地,一天计五元扣,三三见九,五九四百五,还短一百五。"狗屯长好狠心,是他把我大哥挖了来,是他又把我大哥写去当了劳工,到头来却要扣工钱,我大哥白给他干了一年还不算,还短他钱。气得我哥俩脸发了青,怎办?钱在人家手里,理在人家嘴里,穷人有苦没处诉,有冤没处伸! 只得咽下口苦水干活顶账呀!

爹的大腿骨

在他家遭了好几年罪,一年腊月间二哥国兵满期了,回来时带了一身疥,我和他合穿一件裤子,我也染上了,痛得我周身不得动弹,干不了活,屯长就撵我。回家吧,跟奶奶过不了日子,没法,我爹从外县跑来把我捎走了。一路要饭要到外县,爹累倒了,一病病到正月间,我疥是好了,爹可就病死了。在那里我没亲没眷,离家又远,没法捎信给奶奶跟哥哥,爹的尸首搁了三四天还没钱买棺材,我个人挨门挨户去磕头求救,才要到了点钱,买了张席子把爹的尸首卷了起来,没家具挖土埋,就放在野地里用碎土盖了盖。隔不多久再去看的时候，席子扯烂了，爹的尸首也不见了，只剩下一根大腿骨，我当时抱住了大腿骨直哭，哭得周身都没了劲，也没人来理我啊！我心思哭死也没用，就支撑起身子脱下一件小褂，弄一个布袋，把爹的大腿骨装了起来，还是没法埋，一狠心把它挂在一棵大树干上回头就往家跑。

跑了好几天，好容易到了家，可又不见了奶奶，大哥告诉我：奶奶也在正月间死了。到这时一家七口死的死，离的离，剩下哥儿四个穷得各人只有一把骨头，眼看就要跟爹和奶奶一样穷死了。

有共产党就有我

幸好不久就光复了。八路军到了县里，抓伪警，抓汉奸，反对的尽是我们穷人的仇人。我心思："不大离，八路军准是穷人的队伍！"我就跑到县里"参加"了。

头年我接到家来信，说工作队到屯了，李六爷、徐屯长都斗倒了，分得了地，哥儿三个日子过得乐呵呵的。

我的仇报了！我的仇是共产党给我报的，我清楚：要没有共产党，穷人的仇多久也报不了，蒋介石用枪炮护着地主呢！可是，今天我的仇虽是报了，还有不老少人仇还没报呢，我要坚决打垮蒋介石，给大家报仇。今后，有共产党就有我，我这一辈子是跟定共产党了。

选自《擦干眼泪复仇》，东北书店 1948 年

◇蔡天心

大营村的喜事

一、姚凤山结亲

姚凤山家里正忙着办喜事,新娘是大青沟子老李家的姑娘,名叫翠娥。今天是送亲的日子,很多人都上老姚家帮忙来了。院子里,闹哄哄的,人来人往,充满了欢腾的笑语声。

正房的东屋炕上,摆着一张桌子,旁边,一大堆人围着小学教员尹志明,看他写喜联。他是一个三十来岁的人,中等身材,瘦长脸,两道黑黑的眉毛,压在他那闪着微笑的眼睛上。他让一个学生帮他擎着红纸,笔走龙蛇地写完之后,就把裁好的四方红纸,折了个斜对角,然后换了一支大楷笔,蘸满浓墨,大笔一挥,就写了两张大双喜字。他的字写得很出色,那龙飞凤舞、浑厚朴实的笔调,处处都显露出聪明和才气。

他一边写,一边面带笑容地端详着,大家也都交口啧啧地称赞起来。

"真是一手好字!"站在他身后的一个人说。

"人家也是两只手,十个手指头呵!"

"得啦!你们别夸奖啦,这算什么?既不当衣穿,又不当饭吃……"尹志明含笑地说。

"你别这么说,尹老师,有你这样文笔,到哪人家还不另眼待承你……"

"要那么的,我倒可以卖字画混饭吃啦!"

他那生动有趣的谈笑把屋里的人全都逗乐了。

西屋炕上摆着几张桌子,酒杯和筷箸都已经放好了,地下打扫得很干净,屋子里收拾得整整齐齐的,虽然没有多少新的陈设,但人们一进来就会感到这是为新人布置的洞房。

院子里闹闹嚷嚷,有人在挑水,有人在劈柴;厨房就在下屋薛老大爷家里,专会帮厨的张大叔正在切菜。猪已经收拾完了,屋里两口大锅,热气腾腾的,一口煮肉,一口炼油。丸子、灌肠……准备好的凉菜,一碟一碟地放在方盘上。屋子里弥漫着油腻的烟气,从屋门向外飘散,院子里夏天砌的两个锅台也安上了锅,一个煮猪头,一个烧开水,灶坑里冒着烟……等把写好的喜联和两张大红喜字贴在门框和马窗凳上的时候,院子里就更显得红火,更显得喜气盈盈了。

新郎姚凤山出来进去地忙着,他不时地皱一下眉头,心里好像在寻思着什么,眼睛不停地闪动着,他的红红的脸庞上,流露出一种又兴奋又焦急的神情。这时,他的爹老姚头——他的惟一的亲人——却阴沉着脸,不高兴地坐在西屋的炕沿上,闷着头抽烟。他一会使劲往地下吐着唾沫,一会儿又使劲地在炕沿边上磕着烟袋锅,像是和谁生气似的。

"爹,你是怎么的?"儿子走进屋,悄声问他说,"你别这样,要是让人看出来,咱们就……"

"你别管我,我就是这样!"老头子说。

"你就是心里不好受,也要沉着点气,可不能影响大事呵……"

"我问你,除了这条道,就再没有别的道啦?像这样一点退步不留,让我擒着一条老命,跟你在外头晃荡,死了还不知道是喂狼,喂狗!……"爹说着说着,声音就高起来,儿子连忙摆手说:

"爹,你自己拿主意吧。实在不行,你就到我二姑家去住也行。"

老姚头半天没有说话,他的眼睛凝呆地望着,从屋子里一直望到屋外,望着院墙,望着苞米仓子,望着刚刚堆起来的柴火垛……这个家,这家里的一切,都是他亲手安置下的呀!他怎么能这样轻易不顾呢?半晌,他才轻轻地摇着头,叹口气说:

"去张罗你的吧!我一个人好说……"

日头偏西,快到烧晚火的时候了,送亲的车子还没有来。姚凤山担心地想:是不是车子在路上出了什么岔了呢?青沟子离大营村三十五里,半个月以前,他的丈人因为欠地租子被区民团总团长石崇贵捉来,押在民团总部里。民团总部就在他家一条街上,往西去只隔两个大门。姚凤山想着,走出院子,站在门口的粪堆上,向东瞭望着。深秋的淡黄色的阳光,照耀着村子里的灰色屋顶和土墙,树叶都落了,远远望去,村外的树林,现出一片烟似的灰色,山坡上的草变黄了,山嘴巴几棵松树,蓊郁苍翠地矗立着;远的山梁上,有两棵高大的橡树,深红色的叶片,在阳光底下,鲜艳地闪耀着。……村子里,从人家场院里,传出了懒洋洋的碌轴和桦枷的响声。姚凤山站着,听了听,心里想:"这都是被逼的呵!……二地租子,出荷粮,……庄稼人真是……刀都搁到脖颈上了,宁肯投井上吊,也不想别的法,……像爹那样,受了一辈子苦,直到现在还什么也舍不得,庄稼人要没有人在头前领着,怎么的也起不来呀!……"他不由得想起自己的过去来。

在早,姚凤山也是和大伙一样,朦朦胧胧,啥也不明白。"九一八"事变以后,他五舅从哈尔滨回来,在他家住了很久,给他讲了很多抗日救国革命的道理,这才把他的脑筋打开了。以后不久,他就入了党,几年以来,自己摸索着做了一些工作,但开展得比较慢。今年夏天,尹志明来了以后,支部才开始注意到群众工作,在尹志明领导下,姚凤山也渐渐学会了一些做秘密工作的办法,他和李翠娥已经订婚很久了,但决定结婚却是最近的事情。李翠娥是青沟子村妇救会的小组长。他和她曾在一起开过会,他们的关系就是从那次开秘密会的时候开始的。后来经他五舅保媒,才订了婚。尹志明到大营村来时,自称是姚凤山的表哥。老姚家在大营村是外来户,很少人知道他们家的底细,人家都以为他们是老姑舅亲。尹志明又是由县公署教育科派下来的,既没有人怀疑,也就没人去追根问底了……

姚凤山向村东北山嘴巴望着,在那屹立着的褐黄色山岩下面,大车道往北拐去,像一条白蛇似的,钻进山沟,突然不见。……大路上悄悄的,没有一点影子,姚凤山不禁有些担心起来……他们能出什么事呢? 会遇到什么盘查的人吗? 他焦灼地想着,把眼光转向村南山路上,这时,他突然发现两个骑马的人从岭岗上一片稀疏的丛林边跑来,顺着沟川向村子奔驰着。前头的人骑着一匹兔红马,远远看去,块头很大;后面的那一个,骑的是一匹菊花青,看上去像一个卫兵,一眨眼的工夫,就涉过了村子南面的小河,来到村前了。姚凤山一看见这两个骑马跑来的人,就断定是从区公署来的,他在心里打了一个转:是不是他们不小心,把消息透露了? 还是……他想立刻回去告诉尹志明,但一转念,又看见只有两个人,前面那个骑兔红马的,看块头就可以断定是区公署署长。"他不会自己出来办案子,要是办案子,也不会只带一个人。……"他这样想着,就比较安定了一点,但他不愿意让他们看见自己,就很快地从粪堆上跳下来,闪在一堵墙后面,悄悄地用眼睛瞭着。果然不错,前头那个人正是葛化东,他一直打马,顺着道,走向石崇贵的大门口。那个腰上挎着匣子的卫兵,紧跟在后面。葛化东下了马,把缰绳交给卫兵,就一直走进院子去了。

姚凤山看他走了进去,就赶紧回身,走进院子,在东里屋找到了尹志明。姚凤山在尹志明耳边,悄悄地说了句话,两个人就一前一后,来到后场院,姚凤山小声告诉尹志明说:

"我刚才在街门口看见葛化东骑马到石崇贵这儿来了,不知道有什么事!"

"他来了! 带几个人?"尹志明有点吃惊地问。"人不多,就带一个卫兵。"姚凤山回答。

"那大概不会有什么事。"尹志明沉吟着说，"我估计老曹一定会很注意。要有什么情况，他会给咱们送信的。你别急，越遇着事就越要沉住气才行。"尹志明半批评半安慰地说。

"我倒不怕别的，就是……天到这般时候，怎么车子还一点影儿都没有呢？我真担心他们在路上出了什么事。"

"不会的，有金耀林同志，什么难关都能过得来。你放心好了。"

姚凤山寻思了一会，说：

"我想打发人去接一接，你看好不好？"

"不用去接，我估计，无论如何，头吃晚饭准能到。你应该去看看厨房，酒菜备办得怎样了，别到时候端不上来，可就耽误大事了。酒你准备了多少斤？"

"酒准够了，一大篓——三十五斤，怎么的也喝不了。我就担心老坏蛋不让他们过来，那可就……"

"这不要紧，要是他不让过来，咱们就把酒菜送过去，让老曹多用点心，招呼他们……"

两个人站在场院里，低低地谈了一会，越谈声音越低，最后几乎是在耳语了。尹志明一边说，一边做着手势，姚凤山不停地点着头，从他的神气里，可以看出他对尹志明的信任和尊敬。末后，到快要结束的时候，尹志明又低低地嘱咐着姚凤山说：

"你别老呆在屋里，还是多在外头照应照应，等一会，金耀林同志来，咱们再一块合计合计，你千万要沉住气，今天你可是主要角色啊……"

姚凤山答应着，带着满脸笑容，走到前院来了。

二、送亲的人们

"送亲的车子来啦，快预备吧！"

花白胡髭的老薛大爷在院门口高声嚷叫说。

"是来了吗？"有谁站在正房的堂屋里用满腔热情的声音问。

"是来了呵！三辆车子，都已经拐过山嘴巴了……"

屋里屋外的人，一听说送亲车来到了，登时就忙乱起来。厨房里刀勺齐响，橙黄色的火焰，一会从炉眼里钻出来，一会跳到勺里……迎亲的人，都从房子里走出来。新郎姚凤山也换上了一件藏青色的夹袄，戴上一顶酱色的毡帽，和尹志明一道，跟在大家后面，走到街道上来。

送亲的车子这时已经走进大营村的东村口了。大车的"咕咚"声和牲口身上串铃的响声，把大营村所有的人都惊动了：男人从场院里快步走到街上来；孩子们跳蹦着，互相吆唤着；姑娘媳妇都忙着放下手里做着的针线活计，像燕飞似的从房子里跑出来；妈妈抱着孩子，两只脚趿拉着破鞋片，赶到街道上来。大家前后交错地排开，站在街沿上，等着看新媳妇。打头那两辆送亲车上，坐得满满的，净是男客；新媳妇坐在最后面那辆车子上，除了新娘子和坐在她身后一位送亲太太，剩下净是男客。新媳妇俏生生坐在车子里，她有一张白净的小圆脸，前额平整，两道又细又弯的眉毛几乎连在一起了。鼻梁生得很直，两只毛茸茸的大眼睛总是不安地闪动着……她穿着一件绿地红花的小棉袄，黑黑的头发垂在脖颈后面，当人们的眼光集中到她身上时，她就红着脸，像很不好意思似的，把眼睛低垂下去了。

人们看着，有的在悄悄地啧着嘴，低声称赞着。但当最后一辆车子走过去的时候，人们立刻就大声地议论开了：

"这新媳妇小模样长得真漂亮啊！"一个年轻小伙子兴高采烈地开着玩笑说。

"是哇，我看在咱大营村真要属头一名了！"一个四十多岁的老女人夸奖说，"想不到穷山沟里有这么好看的姑娘呵！"

"少玉呀，你明儿个也到北山沟去找一个吧！"另外一个三十来岁的女人打趣着第一个开口的年轻小伙子说。

"人家韩少玉，将来要是能娶上这么一个媳妇，就是整天给她跪着都干呵！"一个红脸膛的壮年汉子，逗着乐子说。

他这一句话,立刻把站在街沿上的人都逗笑了。

"哈,哈……"

一个留着黑胡髭的小老头,低声向站在他身边的另一个老头子说:

"喂,老五,你看见没有,怎么萧家岗张河也来送亲了呢? 他和新媳妇娘家有什么亲戚? ……他怎么也来当娘家客呢?"

"是吗?! 我咋没看见呢? 他坐在哪辆车上?"

"他就坐在当中那辆车子上。"

"不准是他吧,你一准是看错了……"

"不,我没有看错,是他!"小老头肯定地说。

"是——他……是呵,他和青沟子老李家是没有什么亲戚呀!他怎么也来当娘家客来了呢?"

留黑胡髭的小老头迷惑地寻思了好一会,半晌,他像猛然省悟了似的说:

"啊哈,我想起来了,他不是娘家客,他也许是来上礼的,顺路捎脚就坐着车来了!"

"对,对,他和姚凤山还沾亲……"

在另外一家院门口,两个中年的汉子在悄悄地议论着:

"怎么回事呀,这送亲的除了送亲太太,怎么连一个姑娘媳妇都没有呢?"

"是呵! 我也有点感觉奇怪呀……不过我听人家说:这个姑娘从小就没妈,她爹半个月以前又让咱村子石霸天给押起来了,听说她这次出门,全是她叔叔给张罗的,也真是不容易呀……"另一个像是知道一点底里根情似的解释着说。

"她爹因为什么事被押的呢?"

"还不是和咱们村子捉去的人一样,只要想押你,还怕没个罪名,反满抗日,私通抗联……这还不是现成的帽子……我在西街听人说是因为地租子缴不上……说起来青沟子这道川,今年也真旱得'邪乎',苞米,连棒都没结,就旱死了。听说连两成年都看不上,人全都没有吃的了,上哪儿有粮出荷、缴地租子呢？可是不缴吧,像在咱村一样,就是这顿折腾,也受不了啊……"

人们议论着,慢慢地散开了。孩子们好奇地跟在车子后面,赶着赶着看新媳妇,他们推推搡搡地拥挤着,跟着送亲车子一直走到西半截街上来。

当送亲的人们看见很多人顺着街道迎过来,就赶忙都跳下车,他们彼此招呼着,一面问好,一面寒暄着。只有新娘子和送亲太太一动不动地坐在最后一辆车子上。新娘子低着头,连看也不向旁边看一眼。她的眼睫毛微微地颤动着,像有多少说不出的忧愁扰乱着她的心……就这样,在人们的喧嚣声里,她坐着的车子赶进到临时"下处"隔壁刘广聚家的院子里去了。

三、石崇贵摆酒

和送亲的车子走进大营村同时,在高大围墙的石家大院的里院正房里,区民团总团长石崇贵和区公署署长葛化东坐在小琴桌两旁,喝茶叙话。石崇贵是一个肥头大耳的矮胖子,猪肚色的脸上,长满了大麻子,下巴上,蓄着一绺花白的胡须。他的年纪虽然快够六十岁了,但耳不聋,眼也不花,甚至连鬓角都没有怎样秃,脸上的皱纹也很少。他在这一带,周围二三十里的地方,几乎每道沟川,每个村子都有他的地。加上他的儿子石文戎在通化省日本警备司令部里任三等翻译官,因此,石崇贵便成为这松岗区里最有势力的财主了。他对于地户的刻毒是全县有名的。庄稼人都管他叫石霸天。他时常在家里公开吊打那些缴不上租子,还不起债的佃户。据说石霸天家里,不知什么地方有个秘密地窖,里头私藏着很多军火。两年以前,日本人因为抗日联军在东边道一带活动得很厉害,就委任石崇贵为地方民团总团长,他自从上任以来,就从日本人手里领了几十支步枪,又向各村要民团,成立了区团部。他的手下一共有二十六名团丁,有一半是马队。他一出门,就有三四个挎盒子的前后护卫着,真是显赫一时,看起来,比区公署署长还威风。署长葛化东不是本地人，两三个月以前，才从通化警备司令部里转来的。乍一到任，对于地面很不熟悉，特别他在警备司令部任职期间，杀人很多。而这个松岗区北边靠着有名的龙岗山脉，越过龙岗山的大林子，就是金川、柳河。抗联杨司令的队伍，就在龙岗山以北一带地方活动。葛化东一到任，就一整宿、一整宿地睡不着觉，为自己的安全担心。今天上午，他接到县公署的电话，通知他说："大日本皇军警备司令官"三毛带领部队，已经把这支抗联队伍包围在柳河县东南一带山地里，一两天内，就可以全部歼灭。另外让他派人转告石总团长，说他儿子又晋了级。葛化东得到通知以后，就像去掉压在心上的一块大石头，被一种说不出来的高兴怂恿着，他就立刻骑上马，带着卫兵到石崇贵家里来了。还没有等石崇贵出迎，葛化东就一步跨进客堂。两个人一见面，葛化东就连连拱手，满面堆笑地说：

"老世伯，你老大喜呀！"

"我有什么喜事呢？"石崇贵把葛化东让到屋子里，一边用手指捋着胡须，一边说。

"老世伯，你老坐下，让小侄慢慢地告诉你。"葛化东有意卖弄地诌笑着说，"早上区里接到电话，说世兄协助皇军剿匪有功，晋级为二等翻译官。这难道不是你老人家一大喜事吗？"

"真的是这样吗？"石崇贵听葛化东一说，脸上立刻现出笑容来，他喜气洋洋地问。

"这还能假吗？县里特地让我转告的，说还要给你府上挂匾来呢，这是一喜。另外还有抗联队伍已经被'大日本皇军'包围住了……"

"这也是真的吗？"

"这也是县里来电话正式通知我的！"

"要是这样，这倒真是一件大喜事。"石崇贵一边说，一边兴奋地从坐着的地方站起来了。

"是啊，老世伯，这两件喜事，在你府上却正好凑在一堆了，这才真是双喜临门哪！哈，哈……"葛化东阿谀奉承地大笑着说。

"大家同喜呵，署长也喜呀！哈，哈……"

在这十分融洽的气氛里，石崇贵一边吩咐家人摆酒，一边和葛化东面对面坐着畅谈起来。他们从全区农民抗缴出荷粮，谈到反满抗日分子和共产党的潜伏活动，以及警察和民团如何加强合作维持地方治安等等……一点钟以前，石崇贵还曾为地方的治安担忧，从他来看，区公署这些人员，连署长在内，要是抗日联军过来，他们都会溜之大吉的；而他呢，守家在业，却不能不在这个地方挺着挨打。现在这样，他倒可以略微松口气了。但当他回想过去半个多月，各村地户听见抗联队伍要过岗的消息，就抗租不缴的事，他就不由得怒从心头起了。他想趁此机会和葛化东商量一下，把那些抗租不缴的地户，都按照私通抗联图谋不轨的分子处理，在最近三五天之内，把他们都捉起来。他希望这件事由区公署出面去办，免得他和地户们结仇。想到这里，他有意把话头拉回来说：

"假如这次大日本皇军要是能把抗联这股子人消灭了，可真给咱这东边道除一大害啊。"

"老世伯，你老说得对呀！抗联这次保险跑不了。我知道日本人这次是下了决心，不然，不要说用东边道的木材、煤、铁去支持大东亚圣战，就是铁道也修不成呀。这次听说三毛司令官调七千多大日本皇军，还有五千多靖安军，一共有一万二千多人，里三层外三层，抗联就是插翅也难飞，他们打得再猛，也架不住皇军的人多，何况他们的枪支弹药又都不济……假如这次把他全部消灭了，那咱这边就该过太平日子了。"说到这里，葛化东用带几分恭维的口气说，"老世伯，不是我说，你们这一带，真是福地呀！"

"这还不是托署长的洪福，……署长是我们这一区的父母官哪！哈！哈……"

"啊，老世伯太言重了，比起你老人家，小侄还年轻得很，区里的公事，还望老世伯多费心才是，小侄虽然已经到职三个月，但，直到今天，还是人地生疏，很多事情不摸底，可是日本人最近对于我们这带地方很注意,有计划要在这个地方钻矿采煤,修铁道,小侄才疏学浅,很多方面,还要倚仗老世伯的指教。"葛化东用眼睛望着石崇贵,一边说着,一边用手指甲轻轻地弹着烟灰。

"哪里,哪里,署长高才,又正是壮年有为的时期。"石崇贵略微表示谦逊地用手理着胡须,一边赞许地回望着葛化东那张圆胖的脸,接下去说,"如不嫌弃,我倒有一个主意,不知可行不可行。"

"老世伯,既有高见,就请指教!"葛化东含笑地要求着说。

"讲是可以讲,不过还要请署长仔细斟酌,可行则行,不可行,也不必勉强。据我所知,前半个月,就在大营村往北这几个村子里,传出来抗联匪部要过岗来的谣言,很多庄稼人都把粮食藏起来,借口说受旱灾,抗粮不缴。我当时因为怕人心慌乱,也没有去动他们,就只抓了几个人。现在这几个人还都在我这里押着。假如这次真能把抗联一下消灭了,咱们不如就趁这个机会,捉他一批人,只要能在这些人嘴里,审问出一点线索来,那就好办了,对于这些分子,要毫不留情,咱们要能在这一次把他们一网打尽了,以后就是开多少处煤矿,修多少条铁道,要多少人下煤洞子都没有问题了。"

"好,好,老世伯高见极是。"葛化东连连点头说,"你老人家熟悉这一带乡情,就请开一张名单给我,小侄明天就可照办,不过署里只有十九名警察,还有别的公事要办,这桩任务,还要请老世伯这边团部里的兄弟帮帮忙,一起出动才好哇!"

"当然可以,当然可以。"石霸天得意地捻着胡须连连答应着说,他的眼睛笑得几乎眯成一条缝了。

酒席在外间厅堂里摆好了,等下人进来回禀过,石霸天便让葛化东入席。他为了向署长表示亲善,就叫人请出他那最年轻的四姨太太荷花出来作陪。

几杯酒下肚子后,葛化东就像迷在雾里一样,不知道怎样才好了。他似乎一见面就被荷花勾引住了。这位姨太太有一张鹅蛋脸,两弯细细的眉毛,一道高高的鼻梁,和一只小巧的嘴。眼睛就像两汪水。白嫩的小手擎着玻璃酒杯,殷勤地劝酒。他们一边喝着,一边谈唠着。眼看外面天色渐渐黑下来。葛化东几次起身告辞,都被石霸天拦住了,一会,从里面传出话来,叫卫兵回去通知区公署,说署长今晚留在总团部了。石霸天今天晚上特别有兴致,他连连举杯回敬葛化东的祝贺。当他们都喝得有几分醉意的时候,一个粗嗓子的声音在屋门外叫着说:

"报告!"

"进来!"石崇贵大声地命令着。

门拉开了,进来一个身材高大、体格魁伟的汉子,这是民团第一中队中队长曹鸿志。他站定了,把右手举到帽檐上,向石崇贵和葛化东敬礼已毕,然后,就像背诵什么命令似的大声说:

"兄弟们刚才听见署长的卫兵说,大少爷提升晋级,日本皇军又在柳河把抗联包围住了,因此,推选我来给总团长贺喜,现在我代表弟兄们敬总团长一杯酒,请总团长接受弟兄们的敬意。"

曹鸿志说着,就从桌面上拿过三个杯子,都斟满了酒。然后又再一次向石崇贵和葛化东敬了礼,等石崇贵和葛化东都把酒喝完了,曹鸿志才又开口说:

"总团长,弟兄们有个要求,弟兄们因为今天是总团长大喜的日子,偏赶上咱们院隔两个大门老姚家也在今天办喜事,因为和咱们是邻居,来请大家过去喝两盅喜酒。咱们是去,还是不去呢?弟兄们让我来向总团长请示一下。"

"弟兄们怎么说的呢?"

石崇贵放下酒杯,用眼睛望着曹鸿志问。

"弟兄们因为大少爷加官晋级,都高兴得了不得,都想趁着今天晚上乐一乐……"

曹鸿志立正站着,他一边往下说,一边瞧着石崇贵那张猪肚子似的脸色,仔细地察看了他眉梢眼角上的表情。当他看到石霸天老头子把脸侧向葛化东,想和他说些什么时,他立刻就把话停住了。

"署长,你给拿拿主意吧!"石崇贵醉眼蒙眬地望着葛化东说。

葛化东手里刚点着一支烟,他使劲地吸了两口,把脸转向石崇贵问:

"办喜事的这家姓什么呢?"

"姓姚,娶媳妇这个人叫姚凤山。"四姨太太荷花插进来说。

"他这家是怎么个来历呢?"

"种地户。"石霸天回答说,"说起来话长了,这个姓姚的七八年前在我家做过活,后来我自己不种地了,老姚海就租我的地种。姚凤山小子脾气最偏,小时候在我家放牛,就叫我绑在树桩子上打过。长大了,越学越坏,也不走正道,整年欠粮不缴,跟他要,他就是没有,可是现在倒有钱娶媳妇了。这些人要不是种我的地,早就都饿死了,可是,他们一听说抗联要过来,就都有点不安分了。你说,这些人不治一治能行吗!"石崇贵愤恨地咬牙切齿地说。

葛化东听完了石崇贵的话,沉吟了一会,才说:

"老世伯,依我看,咱弟兄到人家那边去喝酒,恐怕不太好,一不小心就会闹出笑话来,如今虽说抗联的队伍已经被包围了,可是咱们却还不能大意。万一他们要吃出一股子来……咱们还应该无事防备有事。我说他们实在有这番好意,就让他们送过来吧,大家喝上几盅,乐一乐,但,可要告诉大家,谁也不许喝醉,要是谁醉了,耽误了事,明天就一定严加处罚。"葛化东说到后来,俨然是在发号施令了。末了,他自己感觉出有点过分,这才转向石崇贵,赶紧补充说:"老世伯,你看怎么样?"

石崇贵望了望曹鸿志一眼,然后吩咐说:

"好,就按署长的命令办,你下去可要向兄弟们说个明白!"

曹鸿志连连答应了几个"是"字,然后便机械地举起手来向石崇贵、葛化东敬了礼,敏捷地用两只后脚跟支着身子,向后转,推开堂屋门走了出去。石霸天望着他走出去的背影,斜歪过身子,向葛化东的耳边悄悄地告诉他说:"这也是一个不十分可靠的家伙,有人报告说他和抗联有联络,可是抓不到证据,我还没有弄清楚,因此,也没有惊动他……"

葛化东歪过耳朵，听石崇贵告诉他话，一边用眼睛偷偷地瞟着荷花，他也没有听清楚石崇贵说些什么，但却装做已经听懂了的样子，微微地点动着脑袋。他那贪婪的眼光，越过满桌子鸡鸭鱼肉，向着荷花的脸上飘来。荷花也似乎已经有了几分醉意，灯光下，两颊红艳艳的像初冬时分晚熟的苹果，酒更给她添了几分姿色。她喜盈盈地望着葛化东，两只眼睛像在荷叶上滚动着的露珠一样，瞟来瞟去，她的小巧的嘴，含着媚人的微笑，仿佛想把整个身子都投到葛化东的怀里一样……石崇贵好像也有些觉察了，他不满意地望了望荷花一眼。当葛化东再一次举杯向荷花敬酒时，老头子代替他的姨太太推脱说："她已经醉了！"这样，他就马上吩咐老妈子把荷花扶进内室去了。

四、夜袭

当黑暗的夜幕落下来的时候，天上没有月亮，繁星羞怯得像新嫁娘一样，在天空里闪光。深秋的夜，显得格外凉寒，山谷和野田里，充溢着黑色的寂静。姚凤山家的屋子里，灯火辉煌；大红蜡烛的焰苗蹿着，灯笼闪耀着黄色的光。姚凤山和李翠娥刚刚拜过天地，亲友们都在互相道喜，正热闹的时候，曹鸿志迈着大步，从院门口走进来，笑吟吟地道贺说："凤山兄弟，大喜呵！"

"谢谢你，曹大哥，大家同喜呵！"姚凤山仿佛从曹鸿志的眼睛里，看出什么兆头来似的，快乐地回答着。

大家看见曹鸿志，也都围了上来，只听他说："弟兄们听说你办喜事，都想过来给你道喜，可是我们石总团长说，深更半夜的，到民宅吃酒不便当，因此弟兄们让我代表大家来给你道个喜。"

"那怎么行呢？我的酒席都预备好了，今晚上一定要请兄弟们喝一盅！"姚凤山带着不满意的口气说，"要不能过来，我们就给送过去，一定送过去！"姚凤山很固执地说，"官不打送礼的，我想石总团长也绝不会……曹大哥，我看，你就在这喝几盅再回去吧！"

"那怎么能行呢？"曹鸿志装出为难的样子说，"你的这番好意，我是知道的。那咱们这么办吧,你要送过去,我也不能挡着,我回去再说一声,咱们总团长的大少爷今天晋了级,也许他一乐就答应了。我马上派个兄弟过来通知你。"

"好,好,就这么地吧,我也不留你喝酒了。……我等着你的信。"

姚凤山一边说,一边送曹鸿志走出院子,两个人走到院门口时,曹鸿志突然放慢了脚步,回过头来,低声向姚凤山耳语般地说:

"我已经和那个老家伙说好了,你们就准备送过来吧,你告诉金耀林同志,里边有我,看喝得差不多的时候,你就出来,打个暗号,两边一齐动手……"

"嗯,你弄好,就马上通知我,我回去就准备送酒菜过来。"姚凤山简短地答应着说。

两个人就在离院门口不远的地方分手了。

半点钟以后,姚凤山招呼了七八个来送亲的小伙子帮忙,一趟一趟地,把酒菜向石家大院里端来。石家大院的黑漆大门半开着,四桌酒菜摆在西厢房的饭厅里,所有民团的兄弟们都上座了。新郎姚凤山挨桌子敬酒,大家一边不停喝着,一边开着玩笑:有的大声喊叫着划起拳来;有的嚷着看新媳妇,让新娘子过来敬酒,连笑带嚷,闹成一片。一会儿工夫,就有人醉了,有一个人硬拉住姚凤山的胳膊不放。……曹鸿志含笑地呷着酒,不停地向外面吆喝着,叫拿酒来。他又让姚凤山把在外面值班的岗哨也请进来,大家连吃带喝……杯盘狼藉,看看都有些醉了。这时,院子里突然响起一阵急遽的脚步声,曹鸿志霍地站起身,走向门口,掏出枪来了。大家回头一看,从门口冲进三个高大的汉子,手里拿着匣子枪,对准他们,喊叫着说:

"不要动,举起手来!"

大家被这突如其来的袭击弄得目瞪口呆,一下子酒都吓醒了。有的人连忙放下酒杯,顺从地举起手来;有的人缩回手摸自己挎在后面的枪,但他手已经被派来在地下斟酒端菜的人紧紧按住了。最后进来那两个值班的岗哨，正背着大枪在地上晃来晃去地和人碰杯，一见势头不对，也乖乖地举起了手。

曹鸿志眼睛一示意，立刻，那几个派来斟酒的人就不由分说地把所有人身上的武器都卸下来。这时，他看了看大家，用温和的声音说：

"弟兄，大家不要害怕，这是抗日联军杨司令员派来的人，是到咱们这地方来锄霸安民，抗日救国的。……不会伤害你们，请大家放心！"

"抗日联军。"

"杨司令派来的。"

大家十分诧异地小声说。

"白天不是还说，杨司令被包围在龙岗山里了吗？怎么晚上就到了大营村呢？简直是神兵天降呀！"有的人悄悄地在心里想。有的人好奇地望着那几个拿着枪的抗联战士，他们一色都是庄稼汉的打扮，样子看上去也都像普通庄稼人，可是他们的脸上都显露着一种勇敢而又坚定的表情。大家又望了望曹鸿志，看出来这事是他和抗联的人一起安排的。有他，他们也就好办了。

同一个时间，在院里正房的客堂里，石崇贵和葛化东酒足饭饱之后，正头朝下，躺在炕上抽鸦片，石崇贵突然听见一阵又沉重又迅疾的脚步声直奔上房而来。还没有等他来得及问话，脚步声就已经冲进堂屋里了。他知道事情不好，连鞋都没有顾上穿，就慌忙跳下地，三步并做两步，跨到隔扇下面，刚伸手要去摘枪，只听脑后一声喊叫："举起手来！"石崇贵倒背着脸，顺从地把手举起来。这时，姚凤山走过去，把挂在隔扇上的枪支和子弹袋都摘下来。葛化东低着头，跪在炕上，抖抖索索地吓做一团，举起两只胳膊，当石崇贵慢慢转过身子，认出是姚凤山和尹志明时，他故做镇静冷笑着说：

"我当是什么人，原来是你们二位！你们要干什么？想要造反吗？"他一边说着，一边慢慢地把手放低了。他向旁迈着步子，两只老鼠般的眼睛不停地瞄来瞄去，好像想趁人不注意时，钻进洞子里去。

"站住！举起手来，再动一动，我就开枪打死你！"姚凤山大声命令着说，"你这老汉奸，今天你的坏事做到头了。我们是中国人，不愿意做亡国奴。告诉你吧，杨司令的队伍快要打过龙岗山，先头部队到咱们大营村了。"

"那……那……你们要我怎么样？……"石崇贵嗫嚅着说，又举起手来，一边用他的小眼睛瞄着姚凤山，一边哀求着说："你们……你们也得让我……我……我还没穿鞋子呢。"

姚凤山望望尹志明，尹志明说：

"把他交给我，你先把葛化东带出去！"就在他们说话的时候，冷不防石崇贵蹿到了炕沿边，一下子把摆在炕上的一张铁梨木炕琴桌举起来，劈头朝着姚凤山和尹志明打去，尹志明一侧身，恰恰正打中姚凤山的前额，姚凤山一栽歪，险些倒了下去。石崇贵趁势往后退，想从离炕沿不远的门口，缩进里屋去，然后再想法抗拒或逃走。说时迟，那时快，站在姚凤山旁边的尹志明早把这一切看在眼里，枪声响了，子弹向着石崇贵脚部射过去，老头子应声倒在地上。

这时，一个大高个、黑脸膛的中年汉子跑进屋里来，他朝地下看了一眼，立刻走上前帮着把石崇贵和葛化东倒背着手绑起来，叫人把他们押到西屋里去，然后他又回过头来看姚凤山。姚凤山的前额上破了一大块，血顺着脑门子流下来，眉毛和眼窝都染湿了。他连忙掏出手巾来，一边轻轻地替姚凤山擦着血，一边和尹志明说：

"赶快去找点布来，给他包上！"

姚凤山说：

"我这不碍事儿，金耀林同志！你快去照顾外院吧！老曹他们怎么样了？……押的人都救出来没有？"

"外院已经全部解决了！押的人也都救出来了。"金耀林说，"你赶快包扎好，咱们马上召开一个群众大会，我已经让咱们同志把要路口都封锁了。不能让风声走漏,明天拂晓前,咱们就去打区公署,给他来个措手不及!"

他正说着话,一回头,看见新娘子李翠娥从外面走进来,他十分关切地问她说:

"你爹怎么样?"

"抬过去了!叫他们折腾得不像样,两条腿几乎都不能动弹啦!"翠娥难过地说。当她一眼看见姚凤山的脸时,不由得吓了一跳。姚凤山看出来:她的脸一下子变白了。

这时,尹志明走进来,他在民团队部的医药箱里,找到了一些药布、棉花和绷带。

"你快给他包扎上吧!"金耀林关照着李翠娥。然后,回过脸去,朝着姚凤山含笑地说,"你好好休息一会,我和老尹到西屋审问石霸天去。让她在这里看护你吧!"

说着就和尹志明一道走出屋去了。

当屋子里只剩下两个人的时候,李翠娥马上走近姚凤山面前去,拿起酒精棉花给他擦血。她一边轻轻地擦着伤口,一边疼惜地说:"怎打这么一大块,多危险……差一点就打在太阳穴上啦!这老祸害,死在头上啦,还下这样毒手!……"她直对着姚凤山的脸,柔声地问,"你感觉得怎么样?头发昏不?……你躺下我给你缠吧!"

"不,没啥!你就这么给我缠上吧!"

姚凤山望着翠娥那张白净的小圆脸,轻轻地说。他从来没有这么切近地看过她,现在,他俩正是脸对着脸,灯光下面,他望着她那两道又细又弯的眉毛,一双黑黝黝的大眼睛,直直的鼻梁上几颗稀疏的雀斑,和一张小巧玲珑而又端正的嘴……都长得那么匀称,那么和谐,加上两颊那鲜艳的红晕,就更显得可爱动人了。

"她……已经和我拜过天地……是我的妻子……我的人了啊。"

他望着她的眼睛,快乐地想,完全忘却了伤口处的疼痛。他想起了这一天喜日子:又是婚礼,又是战斗的行动。他一会儿是新郎,一会儿又是战斗员。在这一天当中,他的感情经历着多么特殊而又复杂的变化啊!他又是焦急,又是兴奋,又是担心,又是快乐。多么长的一天,多么不平凡的日子啊!……现在新娘子就站在他的面前,给他缠绷带,一切都顺利地过去了,上级的任务也胜利地完成了。自己虽然负了点伤,但,比起整个战斗行动的胜利,这又算得了什么呢?他又重用眼睛望了望他妻子的脸,突然想起了他那天接受这个任务以后,去找李翠娥去商量结婚时的情形,他不由得微笑了起来。

"你怎的了,……你笑什么呢?你怎的这样高兴呢?"

"你难道不高兴吗?今天是咱们俩的好日子啊!……"

"今天真是太紧张了,我简直都顾不过来了,直到刚才我站在你面前,我的心才算落了底。……"她把绷带缠好以后,轻轻地出了一口气接下去说,"自从那天你走以后,我心里就总是七上八下的,一会儿担心着爹,一会儿又担心咱们这桩喜事,生怕走漏了消息……一会儿我又替你担心!到昨天,我简直是坐不稳,站不安了。要不叫金耀林同志,我真有点挺不住架了,大车走在路上,我还担心你们这边呢!你说我该有多么不行啊……"

姚凤山一边听着她说,一边爱怜地用眼睛看着她收拾药布棉花。等她把一切都整理好放在桌上去时,他就用手轻轻地一把拉过李翠娥的胳膊,让她靠着他坐下,温存地劝慰着她说:

"你不能这样,翠娥!你要坚强起来才行啊!咱们的斗争才开了头,艰苦的日子还在后面,咱们的道路是长的,将来的斗争会更残酷。咱俩是在革命斗争当中认识的;今天又在战斗行动的日子里结了婚。咱们要勇敢一点,只有把日本鬼子赶走,咱们才能过真正幸福的日子哩!"

李翠娥专心注意地听着姚凤山的话。她的黑水晶石般的眼睛突然变得明亮起来,她的嘴唇微张开着,一种燃烧般的激情充满了她的心,她欢喜地看着姚凤山那张红红的脸,感觉得他更加可爱起来。有他和她在一起,她就什么也不怕了⋯⋯

正在这时,金耀林走了进来:

"怎么样? 包好了吗?"

"包好了。"

李翠娥像有点不好意思似的从姚凤山的身边站了起来,简单地回答说。

"还有什么体己话儿没有?"金耀林打趣地笑着说,"要是没有了,来! 咱们一块儿合计合计怎样召开群众大会吧!"

"不,你们俩合计吧,金耀林同志,我还要看看我爹去呢。"

"好,那你去吧!"

李翠娥脸红红的,回过头来,又朝着姚凤山望了一眼,就含笑地走了出去。

当金耀林把工作任务交代清楚以后,姚凤山就回到自己的院子里来。他的爹在大门口迎着他,老头子望望儿子那缠着白布的头,低声问:

"你这是怎么弄的?"

儿子简单地把事情经过告诉了他,老头子沉默了。半晌,才扬起脸来,向着儿子说:

"你们真能把石霸天抓住了! ⋯⋯这可也好! ⋯⋯不知道你们打算把他怎么办呢? 可不能放虎归山啊!"

"放是不能放!"儿子坚决地说,"可是不是马上要他命,就要看咱们大伙的意思了。一会儿就要在咱们院子里开大会,杨司令派人来帮咱们把汉奸恶霸一起抓住了,眼下就看大伙有没有决心干了!"

"已经到了这步田地,干就干吧! 我也豁出来了,人是不能这样子活下去呀⋯⋯是要干呵,不干不成啦,有杨司令这些能人,咱们中国就有指望。孩子,你去干吧,我再不拦你了,看见你和他们在一块,我就是死⋯⋯也甘心了呵!"

老头子说着,举起手来,轻轻地擦了擦眼睛。

五、杨司令派来的人

姚凤山的院子里,挂了好几盏大灯笼,灯火照耀着,照在门框上那龙飞凤舞的红色对联上,照在窗户上那两张大红双喜字上……

经过审问,石崇贵供出他家里秘密地窖的所在,并把藏在枕头底下炕沿缝里的钥匙交出来。地窖的门打开了,从里面抬出了没有用过的枪支和成箱的子弹。金耀林让人把金银首饰都登记起来,又亲自和尹志明一起到后院去,查看了粮食仓库,这才走到姚凤山的院子里来。

这时,杨司令派人来的消息已经在村子里传开了。大营村家家户户都点上了灯,老太太在炕上不住口地叨念着,人们从被窝里爬起来,没等招呼,就都陆陆续续地走到姚凤山家的院子里来了。

在灯光辉煌的院子里,离房门口不远的地方,摆着一张系红色围子的高桌,石崇贵一声不响地,搭拉着秃脑袋,倒背着两只胳膊,和葛化东绑在一块,被两个端枪的人看押着,站在高桌前面,人们看见这情景,都有些惊异,心里也暗暗称快,想不到平常如狼似虎的石霸天也有今天呀!院子角落里,也站有手里端着枪的汉子,黑暗里,面影朦朦胧胧的,看不大真切。但,细心的人都认出了那两个看押着石崇贵和葛化东的小伙子。

"那个好像是送亲里头的人呵!"一个尖细的声音说。

"是呵,我看也有点像,不是说他是新媳妇的二哥吗?"另一个人接着说。

"是他!"另外一个人肯定地说。

"你看!那不是张河?"白天在街道上那个留黑胡髭的小老头低声向他身旁的另一个老头子说。

"哪是他呀?"

"你从我这看,那不是吗?站在角门旁边的那个!"黑胡髭的小老头用手指点着。

"是他！是张河……"

"呵！原来送亲的是他们！"

"是呀！就是他们这伙人，他们装得真像呵，咱们谁也没有看出来！"

"要叫你看出来那不就完了！"

"你别说，我当时心里就有点儿纳闷，为什么除了送亲太太，连一个妇女都没有呢?"小老头卖弄地说。

"是不是杨司令也来啦?"人群里有一个人问。

"那可说不上，等一会就知道啦!"他旁边的人回答他。

人们叽叽喳喳地议论着。当人到得差不多的时候，姚凤山和尹志明，还有一个大家不认识的黑汉子从屋门口走出来。姚凤山头上缠着白布，走到高桌前面，用他平素的大嗓门向大伙喊着说：

"众位乡亲，今天是我姚凤山的好日子，各位叔叔大爷白天来给我帮忙，晚上又来给我道喜。我现在可要给叔叔大爷们道喜了。今天是咱们大营村大喜的日子。今天晚上，我们缴了松岗区民团的枪，捉了石霸天和葛化东，第一是为咱们大家除害，第二是为了打日本。石崇贵他狼心狗肺，想把咱们松岗区变成活地狱，把所有欠他租子欠他债的人都抓起来，不过，我告诉你，石崇贵!"姚凤山激动地用手扶扶脑袋上缠的白布，指着石崇贵说，"你打算错了。凡是不愿当亡国奴的人，都是赞成抗日的，谁想抓也抓不尽，想杀也杀不完。"接着，他又把脸转向大家说："今天晚上这个行动，是抗日联军杨司令事先派人来和咱们合计好的。杨司令是派金耀林队长来领导咱们的，现在就请金队长给大家讲几句话。"

姚凤山一边说，一边把脸转向那个高个的黑汉子。黑汉子微笑着站到桌子前边来，姚凤山带头鼓掌，大家也就跟着哗哗地拍起巴掌来。等会场安静下去以后，金耀林把手举到帽檐上，向大家敬礼，还没有等他开口说话，后面的人群里，就有人小声说：

"呵！他就是那个赶头一辆车的车伙呀!"

"你别胡说八道!"另外一个人用胳膊肘拐了拐他，"你没听姚凤山说是杨司令派来的吗？"

"是呀，我听说了呵，可他们都是装着送亲来的，这个人就是装那个赶车的！"

"你们别说话了，听着吧。"另一个人干涉着说。

金耀林向大家望了望，轻轻地咳嗽了一下，然后，用沙哑的声音，像唠家常嗑似的说：

"众位老乡，我们是杨司令派来的，我们抗日联军是共产党领导的抗日队伍，是东边道老百姓的队伍，我们的战士都是东边道的老百姓的好儿女，都是因为不愿意受鬼子的气，不甘心当亡国奴，才拿起枪来的。老乡们大家想想，这几年，咱们东北老百姓过的是什么日子？吃的是橡子面，穿的是更生布，出荷粮出得咱们连饭都没得吃，抓劳工，一到矿山去，连影都回不来，大家想想，这样过下去，还有什么活路呢？"说到这里，金耀林突然把话停住了，他向人群静静地望了一眼，他的话虽然说得很简单，但那些实在的事情，却沉重地打在人们心坎上，会场沉默了，连一点儿声音都没有。有人在悄悄地擦眼泪，过了一会，突然，一个白发苍苍的老太太哭出声音来。……金耀林又看了看大家，然后就接着说下去了。他用简单明白的话告诉大家，单单难过没有用处，要拿起武器来干，只有把日本鬼子赶走，才能有好日子过。说到这里，他不由得激动地挥着拳头，大声说：

"现在咱们全中国都已经和日本鬼子打起来了，我们抗战有中国共产党和毛主席领导，一定会把日本鬼子打倒。我们现在就要在长白山这一带阻止鬼子修铁道，不让他把煤铁和木材运出去。我们要扩大抗日力量！我们欢迎老乡们参加到我们队伍里来！"最后他庄严地宣布说：

"现在，我们就来公审日本走狗石崇贵和葛化东！"

"好！好哇！"

人们叫着，嚷着，拍着手掌，公审就在尹志明的主持下开始了。下弦月从东山上升起来，灿烂的银光，洒满在院子里。尹志明向大家陈述了石崇贵和葛化东的罪状。最后,那个半身被打得几乎残废了的李龙老头子被人从屋里抬出来,坐在桌子前边的一把椅子上,老头子一边流着泪,一边指着石崇贵骂,他控诉石崇贵如何想从他嘴里拷问出全区抗日分子的名单。"就是这些人,有我,也有我的姑爷!"老头子激愤地说,"今天,可以告诉你了,石崇贵!可是你知道得太晚了!"最后,老头子提出要求枪毙石崇贵和葛化东,大家立刻高声嚷叫着,表示赞成。当尹志明宣布,立即执行时,站在前面的七八个年轻小伙子,一拥而上,有的提着衣领,有的按着脑袋,把石崇贵和葛化东,一路连拖带打,拽出院子,人群簇拥着,跟在后面,有人一边走,一边咬牙切齿地说:

"像他这样的,该用刀子一片一片零割了才解恨!一颗子弹真太便宜了他!"

有人一边用脚踢着,一边骂:

"石霸天,看你今儿个倒是有几个脑袋?!"

人们一路拳打脚踢,一直把他们拖到河沟南一块空地上。

枪声响了,石霸天和葛化东应声倒了下去。人们好像从头顶上搬下了一块大石头,都高兴地跳起来,顿时,就有十来个年轻小伙子,跑到金耀林面前,要求参加抗联部队。

天色还灰蒙蒙的,金耀林就带着队伍出发了。他们在人不知鬼不觉当中,以迅雷不及掩耳的动作,占领了离大营村三十里路的松岗区公署⋯⋯

就在大营村举事的同时,杨司令指导着他的部队,经过一场血战,突破了日本军队的包围⋯⋯第三天晚上,胜利地率领着抗联的大队人马,越过了龙岗山脉的崇山峻岭,进驻到大营村⋯⋯

◇霁　月

新　衣

十月底的天气,还不怎么冷。

一早下了一场雪,大地覆上了一层银白色,天薄薄地涂抹一片暗灰,笼罩着军蓝色的天空。东边的地平线上,隐约地透出些金黄色的光彩。小北风轻轻地吹着,挂在房檐下留着来年做种籽的包米穗,来回摇动,碰得窗户直响。烟囱冒着的炊烟,被风吹得四散。

"锁子,锁子,什么时候啦?还不起来?"他妈用手推着他叫着。

"太阳还没出来,忙啥?"锁子懒洋洋地睁开眼睛,看了看窗户,生气似的回了一句。

"你这个懒邦子还等太阳呢。你得睡他一天,再起来。外头都下雪啦。"

"下雪啦,真的吗?"锁子一听下雪,就乐得了不得,光出溜地爬出被窝,就从窗户上那块小玻璃往外看。

"小心点,冻着啊,十一二啦,光出溜的也不嫌害臊。"他妈用手指他,关心地说。锁子一看可乐了。"啊,真下啦。"说着嘴都合不上,"妈,你上回不是说一下雪就给我穿棉衣裳吗?这回不下雪啦吗?快拿出来我好穿呀。妈,妈!"他在炕上,央求地说着。

"快把衣裳穿上吧!冻着吃服药得多少钱呢!光吃药都吃怕啦!"他妈从炕上拿起他平常穿的那件夹衣,扔在他身上,说着。

"不么。"锁子要赖地说,眼盯着他妈。

"冷吗？这时就穿。"

"怎不冷？"

"冷还光出溜地站着。"

锁子嘴也鼓起，眼泪在眼圈里直转，要掉下来的样子。

锁子自己也觉得穿那件夹衣也不冷，只是想穿新棉衣裳美美。他去年看见苗皇上——他家的地东，是个一千多垧地的大地主——的小儿子百顺，天还不冷他就从头到脚穿戴上了花花绿绿的棉衣裳。自己就眼馋得了不得。好几回，噪噪叫他妈给做，被爹和妈骂一大顿，一到冬天看见别家小孩穿的新棉衣裳和自己的破夹袄与露肉的棉裤一比，眼泪就挤了出来。心里总想着多咱也穿上那新棉衣裳和他们一样地美美呢？今年锁子照例地给老苗家放牛放马。有一天，正放牛呢，忽然看见子苗皇上叫许多老乡和几个穿灰色军衣背大枪的兵拉着，拉进了老孙家那院，锁子心里可是有点儿纳闷。"怎么他那么样的人物，叫人拉着呢?!"他不认识什么好多的官吗？想去看看到底是怎么回事，可是又怕牲口吃了刚出芽的庄稼，回去还得挨苗皇上的棍子和嘴巴，他正犹豫的时候，爷爷，爹和妈在后面走过来说：

"锁子，别放牛啦。走，看清算斗争那坏包苗皇上去！"妈的脸色很紧张地说着。

"牲口呢?"锁子有些不敢走的样子。眼盯着那七匹马和三只牛。"什么牲口不牲口的。一会都得分给咱们啦，快走吧！"爹刚说完，妈就用手来牵他。他放下鞭子就跟着走。走半道上，他爹和妈才对他说明白，原来今天早晨来了工作队的人，告诉大伙现在有什么仇就去报仇，有什么冤就去报冤。大伙把苗皇上找来报仇了。妈和爷爷要去给被强奸而病死的姐姐报仇！

院里，都挤满了人，后来大伙把苗皇上围在当中，站了一个圆圈。有一个后面挂着盒子炮的山东人，站在当中，讲了一大堆话。爷爷从人缝挤了出来，也站在当中，手指着苗皇上，骂了半天。"你他妈，强奸我大孙女，给弄死啦！我找你去，你反倒说我诬赖你，把我弄到警察分所,打了一顿放回来,我回家一气就病了两个多月,你这犊子多狠啊,今天可报了这仇啦。""叭""叭"打了苗皇上两个大嘴巴,又踢了几脚。锁子想:这回仇也报啦,心里痛快得了不得。王三叔李大舅也叮当地骂了半天,把苗皇上鼻子都打出血来了,损头损脑地低着头,也不像早先那么神气了。老王大娘哭哭咧咧上来,说他把她丈夫硬要劳工要死的,上他前面狠命地扭他嘴巴,又用头撞他。大伙又嚷闹起来,只听爹那声最大,枪毙他!接着又哄哄了半天。看那苗皇上吓得脸都白了,鼻涕一把,吐沫一把,总要跪下给大伙叩头。总说:"饶了我这条狗命吧!"又一阵喊,拿枪的几个人,强推着他走出了大院,往西一直走下去,大伙在后跟着。到了屯子西边土岗上,那几个拿枪的让苗皇上在那跪着,大约离有二三十步,那个拿着枪的在他后头瞄准。锁子再不敢往下看了,忙闭上眼睛,紧靠着他妈。"当"的一下枪响,接着又喊起来什么"翻身胜利万岁"。锁子也没敢再看,忙着牵着他妈的手,走回原道。"这回咱们可翻身了!"妈自言自语地说着。夕阳的余晖正烧着地平线上的天边。第二天将他家的东西都给分了。锁子回来二匹白马和一条小花牛,把家从小破马架搬到苗皇上外院的北正房,又分得了四垧半地青苗。

半个月后,锁子他爹上南街买回来好几件棉衣裳,里头有锁子的棉裤,棉袄,帽子等。一买来锁子就嚷着要穿,他妈玩笑着说:"'满洲国'那时你穿上啦吗?十冬腊月还穿夹的呢,今年穿这么早干什么?下雪一定给你穿。"锁子从这就记住了这句,每天盼着下雪。今天一看下雪,他妈不给穿,他就要起赖来,在炕上直打滚。他妈说他不过,才从柜里找出来:"给你!穿脏了可不行啊,穿好了,就去上场院找你爷爷和爹回来吃饭!""嗯哪!"锁子乐得了不得,眼睛并成了一条细缝,嘴都合不上来。把新帽子和新鞋也穿戴上,从上到下一色新的:"妈!看!好看不?"锁子指着自己身上问着。"好看!快去吧!"他妈也笑了。门一开进来些寒气,锁子跑了出去,嘎吱嘎吱的雪声渐渐地远去。于是他妈摆上了饭桌,盛饭盛菜等待他们回来吃饭。饭菜的热气薰得屋里热腾腾的。

选自《东北日报》,1947 年 4 月 27 日

◇ **韶　华**

"北大荒"怎样变成不荒的

蒙蒙细雨下了两三天啦，庄稼在地里"沤"着，也没法收割。李德的生产小组，在他的小马架里讨论了雨后的生产问题，看看外面，雨仍然在不停地下，地上尽是稀泥，想出去走走也不能。大家蹲在小马架里怪没意思的。李德提议道："咱叫二洪大爷拉个呱吧！"这一说没有不赞成的，翻身以后都学会了鼓掌欢迎，巴掌震得小马架咯吱咯吱地响。

二洪大爷一提起拉呱劲就上来啦！东西汉、南北宋、三国、水浒……唠哪一套都行。就是这几年岁数也大啦，给大地主种地，年年吃饭不得一饱，穿衣遮不住羞，也没有这个闲心啦。今年分了地，分了房，分了衣服，眼看粮食快打到囤里，自己吃的穿的也像个人样啦，心里这个高兴非同小可。

现在经李德这么一提就引到他的兴头上，坐在炕沿上一面搔着头皮，一面说："拉就拉个吧，拉什么呀？……武松打虎吧！"

大伙说："太俗气了！"

"拉个孙猴子大闹天宫？"

大伙又嫌太旧。

一连提了好几个，都不能满大伙的意，这倒把他给难住了。

"那拉个什么呀？"

"穷人翻身啦！拉个生产什么的。"吴才有最后这样说。

二洪大爷也有心想拉个新的,但这些事儿没编好的现成故事。摸着脑瓜想了半天才说:"拉个他实事儿,就拉咱'北大荒'怎样开的地,怎样盖的房,怎样变成现在这个'不荒'吧!"

大伙知道"北大荒"变成"不荒",不是容易的,其中有很多故事,只可惜都是新近搬来的户口,没有人知道底细,只有二洪大爷是这里从开荒时就来的老户,所以大家很愿意听听,都说:"好! 你说吧!"

※ ※ ※

咱这一块儿,谁都知道叫做"北大荒",要按今天来看,它哪儿像个"北大荒",一望无边儿的好地,年年长出来一人多深的庄稼。您说:麦子、苞米、大豆、高粱哪一样粮食不出? 平平常常的年景,一垧地哪一年不打它五六石粮食? 凭着这粮食也不知道养活多少万人。大村,小村走不出十里地,就有两三个,村子里一排一排的房子,咱们住到里头避风、避雨、过冬天。说城里吧,现在通了火车,有了电灯,一排一排的洋楼大厦,横三竖四的街道,生意、买卖,您说想买啥没有? ……这哪儿像个"北大荒"?

可是,在四十年前,这儿却是一个"北大荒"。那时候我才二十多岁,老家住在南边农安县,在那边儿年年种地也是混不上吃穿,两个肩膀抬着个脑袋,跑到这儿来当开荒户。到这儿一看,真是叫人头皮发麻。走个百二八十里看不见一个村庄;就有一个也不出五家人家,两三座小马架。这村通那村,荒草一人多高,连个路也摸不着。荒草里边狼、虫、虎、豹、狍、狐、熊、鹿,什么都有。只要你钻到草丛里一看,各种怪物趴着的窝子,屙下来的粪,吃剩下的虫鸟食物一堆一堆的。无论白天黑夜,一个人还敢走路? 碰见这些玩意儿,恐怕连根骨头也剩不下!

太阳只要一落下去,这些东西就该"出世"啦! 你看吧! 三个五个,十个八个,一群一群的,小马架的门上不紧,三儿个人抵不住它,就得把你给吃了。荒草里边到处是"嗥嗥"的叫声。

这二年地开得广了,人来得多了,天气也暖一些啦!早先冬天,吐一口唾沫到地上也得摔八瓣儿。烤火,焦了前心冷了后心,做饭半天也烧不开锅,晴朗的天气,就下小雪花!来这开荒的穷人,叫冻死的老鼻子啦!

我这一个单身汉和同乡的一些开荒户,一块儿到了这"北大荒"。大伙都是南边的种地户,因为年年干,年年赔,吃饭不得饱,穿衣不遮羞,才到这儿来开荒的。听说这里地好,一垧能打十几石粮食,三年不要租子;就是种三年以后租子也不多,才几斗的事儿。我们都想种几年积攒几吊钱,自己买几垧荒地咧!

那时候在这卖荒的就是咱村徐德明他爹,徐桂茂。他凭着给龙江的什么"道台爷"有拉拢,领了四千方荒地,到处招荒户来开。

我们这一帮,一共四户二十一口人,十六个能干活的,其余尽是娘们小孩。一户姓张,叫张二磕巴;一户姓温,叫温明秀;一户姓孙,叫孙傅德;我是单人独户。大家从老家搭伙来到这"北大荒",路上也没马,也没车,挑着些破烂家当,一直走了个把月,路上受那个苦,就别提啦。到了这"北大荒",在街上(就是如今的城里,早先这"北大荒"没有一个屯子,只有现在的城里那时像一个街道,所以咱们到现在还一直说城里是"街上")找着徐德明他爹徐桂茂,领了三方地,四匹马,眼看也开春啦,要开荒就该干啦!出力气是行,肚皮可不让,没有粮食吃,一垄也开不成。这就是"问题"出来啦。借吧,借了徐桂茂二十一石粮食,讲的是月利五分,不借肚子又不让,自然也不能回老家去。于是领了个大轱辘车、犁杖、锄头一些开地家什拉着就到荒地来啦。

到了荒地,这是一片岗地,四外望不见边的人把深的茅草,下面就是黑浸浸的土,抓一把油腥腥的味儿,地是上等好地。周围几十里没有个人家,可是胆虚啦,设或来一帮子狼啦啥的,那就没个活。头一天十几个人先掘了个地窖,搭上几把草,埋埋土就算是"房子"。四匹马在地下楔个土棍拴上就是"马棚"。第二天,在荒草里点上一把火,你看就烧起来啦。狼烟洞地,火苗子一两丈多高,慢慢烧开啦！越烧越远,烧个百二八十里也不怕烧着了房子。

烧过了以后,剩下是没有边的黑灰,套上犁杖,也没有个地边儿,土也不硬,这么一犁,那么一犁,半天的工夫就开了好几亩。黑土上直冒热气,油腥腥的,心里可怪好受的！就这么着从早干到晚,一天煮两顿苞米渣儿吃。赶套的、扶犁的、打土块的,男女老少一齐下手,累得胳膊腿酸,浑身直流汗,可是盼望着地打粮食,一会儿也不舍得歇着,可也不觉得累。马累得也不好好吃草,一天一天的开起来的地就多啦。

有一天晚上,刚刚睡了觉,听着外面的马"忽儿——忽儿——"地又跳又叫,什么东西又在"吃——吃——"地喘气。大家躺在地窖里都有些害怕:有鬼了？或是谁来偷马！连个家什也没有,都不敢出来。我从窖口扒头往外一看,可吓死人啦！六七只夹着尾巴的狼在咬马咧,有两只,嘴还拱着地窖在闻味儿！听人家说狼怕火,我点着了一捆草,大家嗷叫了一阵,温明秀家带来的那一只狗接着也出去汪汪地咬,这才算把狼撵走。吓得人出了一身冷汗,孙传德他老婆腿肚子差一点没转到前面去。第二天看见两匹马腿上都咬出了血。还有一回夜里张二磕巴的九岁小闺女出去拉屎,只听见"娘啊"一声号叫,大家赶紧点火,叫狗,出来时候一看,孩子的喉咙管已经咬断,人已不中用啦。第二天她妈哭了一天,把孩子才埋了。孩子也本来是在家同爹娘饿得受不了才来这儿,想不到一顿饱饭没吃,就这么着死啦！

以后大家就准备些家什,夜间一个人在窖口瞭哨,小心防备着狼。

这样就天天开地,弯腰折背的一天到头也不舍得歇着。我记得到七七四十九天头上就开了五十来垧地。不少啦,多了种不完,恰好也到了下种的节气。

下种了,自然没有种子,还得找徐桂茂淘换,一共借了二十五石,月利五分,一点儿也不能少。咱庄稼人都知道:以后铲地、蹚地,不必细说,自然汗不能少流一滴。

　　您说怎么样？地这玩意可是宝气，下上力气就长粮食，这一年的庄稼可好啦！那谷穗像狼尾巴，那苞米对把粗，高粱红火一样，人垒人也够不着尖，大豆角比饺子也小不了多少，几十坰地，一块这，一块那，庄稼像案板样的平，人站里边简直扬手不见，风一刮像大海里的水，后浪推前浪，可带劲啦。人人喜得合不上嘴儿，力气可没有白下啊！

　　眼看该收割了，天气可冷起来啦。春天来时候总还暖和些，无论是马（麻）袋驴袋吧，凑附了一个整夏遮遮羞算完；冬天没衣服天可不让啊！大家就派温明秀去找徐桂茂，借了五十大尺布，按市价那时候是四十个制钱一大尺，可是他算五十个制钱，共五五两吊五百钱，还是月利五分。回来一量才四十三尺六寸，多吧，少吧，用不着化现钱，大家的衣服连连，补补就算扎古上啦。

　　以后就割地，打场，忙到十月间粮食就打下来啦。可真不坏，一坰地打了六石，一共打了三百来石粮食。你说吧：忙活一年，打了这么多的粮食，一人高那大囤造四五囤。也没有房子，就搁到外边，用洋草苫着，心里那个高兴劲就别提啦。都说：到底北大荒比咱农安那边强，这可有活路啦，等明年把咱那穷邻居、穷亲戚都叫来开荒吧。我因为爹娘早死了，也不能叫他老人家看看穷人还能有过这么多的粮食！

　　可到这时候，徐桂茂也派人来啦！来这里一算：春天借粮二十一石，月利五分，每月该利十石零五斗，共九个月连本带利是九十四石五斗；种子共六个月利，连本七十五石；五十大尺布，一大尺一斗粮，共利十二石五斗，借四匹马一年四十石，大轱辘车五石，犁杖等干活的家八什（生产工具）十二石；买他八双靰鞡是四石粮……一共二百四十四石粮食！账这一算，大家都瞪眼啦！除了他的，除了在街上买些零碎用的，搭了二十来石粮食的饥荒，那还剩些啥呀？往后就不过了吗？不还当然没理。听说前一年来的开荒户，在别的地方开了荒，还不了账，还有龙江衙门里来扣人哩！

　　以后好说歹说，给留下三十五石粮食，当然利钱还是月利五分。

　　这么一来,老娘们哭着吵着要回农安,说是受一年苦,啥也捞不着,还是得搭饥荒……老爷们还想得开一点:"回去,回去! 你为的啥来? 要是在家能过下去……"当然搭了饥荒就更走不了。

　　眼看天气冷起来了,地窖棚哪能过冬? 在种地期间已经早作了准备:一有闲空儿,就托坯;一共有好几千坯啦,恐怕盖个六间七间的房子用不完。着手盖房子吧,就是缺木头。老山里砍下来的木头,顺着嫩江成排往下放;无论那个"站"上,都是堆积如山,只可惜没有钱,你可一块也买不来。去找徐桂茂,徐桂茂说:他在街上也没有好房子住,想往这里搬,他出钱买木头,叫我们盖两座房子,他住一座,我们住一座;房子算是他的,住三年不要房银。穷人就是憋了没有钱这一股"筋",虽然这么苛的条件,也只好去办。以后就拉着那一年五石粮食租来的大轱辘车去拉木头。从站上到这里有三十来里地,只有一个羊肠小道。拉得少了得十几趟,拉得多了又怕把车压坏了。所以有拉的,有背的,不出几天就弄了不少的木头,可也有不少的人肿了肩膀,腿累得走道都痛。记得第八天头上,道上翻了车,把孙傅明的腿给砸坏了,自然,咱种地的人都知道:和掌柜家干什么活儿,是"车前马后,刀链斧伤——自由'天命'",掌柜不管那一套的。以后他躺了一个多月,好了,成了一个瘸子。盖房子时他不能干活儿,咱倒说不出来啥,他老婆有些过意不去,天天搬木头、搬坯、和泥。天已经很冷了,干一阵活,出一身汗,原本她就有个咳嗽病;这么一来,病就重了,也躺了一个多月。第二年两口都成了废人,三个孩子也只会吃饭,不能在这儿种地,也就搬走了。搬哪那儿去也不知道,听说没有过好久,就死了。

　　天已经上冻了,和泥也和不成,一面和一面成冰块,叠墙头也伸不出来手,可是冬天逼着,也不能不干。

　　就这样,一个来月的工夫,房子盖好了。暖炕烧了好几天,烧热了,潮气都熏出去了,徐桂茂的儿子,就是咱斗争那个徐德明小两口就搬来了。从那时候,咱这屯就起名叫"徐家窝堡",一直到如今,才改成"翻身屯"。

说得简单一点吧：就这样，地算开起来了，房子算盖起来了。第二年，又来了不少开荒户。新来的有关里河南、山东、河北的人；也有关外老德惠、开原、昌图那一块的人，也和我们一样，他们都是在那一块穷不起，来这儿找生活的。自然他们来这儿也不比我们强，没吃、没穿，没种地家八什，还得向老徐家出大利钱来借，要想发财，除非是作梦呵。给人家种地的事，咱们都是扛大活的，谁也知道：像两条腿踏在污泥坑里一样，年年干，年年欠人家账，越陷越深，越深就越拔不出来。

有钱的人，算盘比咱打得高，总想法儿使他越富、叫咱越穷，把你的筋抽了，他也不心疼。比方那时候来的开荒户，有些富一些的，自己能买几垧荒开，可是刚刚开好，徐桂茂就派人说：你开错了，你买的不是这一块，结果开出来的地成了他的，你还得另开一块。这叫做"开荒滚段"。就这"开荒滚段"也不知道坑了多少人。他们自己却一天天地吃得又肥又胖了。

再比如"康德三年"有一个在咱村扛大活的刘才，这个人年年下死劲干活，俭吃少用，扛了三年活没有欠老徐家的账，赚了几个钱娶了个老婆，老婆年轻，长得俊俏。这样算惹着了徐德明（这时候他爹就死了），上警察署报了他一个"小偷"抓到县里蹲上笆篱子，一直到蹲死，他媳妇也成了徐德明的小老婆，这是近几年的事，想咱们还记得吧！

以后来的开荒户多，地开出来得多，村子也大了，也多了，铁路也修了起来，城里盖上那大洋楼，修那大马路，电灯也安起来，这"北大荒"也就不成"北大荒"了。一句话：吃的、穿的、喝的、住的、拿的、用的、头顶的、脚踩的，从天上到地下，哪一样不是咱造出来的？为了这些东西，咱们也知道流了多少汗，死了多少人。咱村二十年前的开荒户一个也没有，搬的搬死的死了，就剩下我这个老干柴棒一直没有死！就这样一辈又一辈，抓起一把土，就有穷人一股汗腥气。可是这些东西，一直捞不着咱享受！

就像我吧，从小到大，不吃酒，不抽烟，不嫖娘们，一直从小扛大活到现在,受苦、挨饿,六十多啦,打了一辈子光棍汉,连个老婆也没混上。你能说因为我是二流子才这样的吗?

※ ※ ※

二洪大爷说在这里,自己诙谐地一笑,别人也跟着笑了,李德说:

"现在穷人翻身了,该给二洪大爷说个老婆!"

别人也都笑着说:"对!"

二洪大爷说:"老了,不中用了。"

于是大伙又笑了一阵。二洪大爷这一番话,虽然是述说的过去穷人受苦,不免引起大家一同难受,可是受苦到底是过去事儿,它不会再回来了。大伙也正像身上叫人家割了的刀伤,伤口虽然还没长好,可也不怎么痛了。所以说一阵,笑一阵也就放在心的深处,不再提了。

李德八岁的小姑娘听了半天,看着二洪大爷的嘴转动着两只小眼珠子。及至大伙一笑,她以为故事讲完了,便爬到二洪大爷身上问:

"二洪大爷,那时候为啥人不分地呢?"

二洪大爷摸着她的头一笑说:"傻孩子!那时候共产党还没有来咧!以后好了,俺这一辈子的苦过去了,您这些孩儿们,再也不会受了,享福的是您这后辈的事儿。"

大伙又笑了一阵。看看外面的天,已经晴了,各自回去,准备干一干地皮就去收割庄稼。

一九四七年十月于齐齐哈尔

选自《荣誉》,东北新华书店 1949 年

刘怀义

一、"逢'台'不上上一'场'"

刘怀义有个外号，叫作"逢台不上"。也有人说他是"逢'台'不上上一'场'"。首先是垄台不上，再就是井台不上，说到老娘们干的活：锅台、磨台、碾台那就更不上了，家里吃一担水，也得老婆去提。上一"场"是什么"场"呢？耍钱场。这一"场"每天不上，心里可就痒痒得慌。

今年开春时，大家都要往地里送粪了。生产小组催他去送。他说："别忙，雪化化再说吧！"雪化之后，他又说："刮场西南风把地皮'刺啦刺啦'再说吧！"又过了几天他说："赶趟，过清明送也不晚！"大家的粪都送完，眼看要耽误事了，没有办法，小组大伙只好替他送上。过了清明大家都忙着种麦子，到了谷雨又种大田。可是他今天说没吃粮，明天说没种子，后天又说缺草料，天天找屯主任："解决困难我好生产呀！"一直到离"芒种"五六天了，他的地还没种上。他说："过了'芒种'还能抢种十天呢！"小组长劝他、说他、教育他、批评他，把嘴皮都磨破了，他还是不听。没有办法，大伙不能眼看着让地扔了，只好又替他把地种上。大家批评他懒，说他不会种地。他说："咱是庄稼人出身，种地的事儿，咱明白：也喜早，也喜晚，也喜深，也喜浅，也喜勤谨，也喜懒。"大伙给他扣苞米那天，他硬要"搅"，说"搅"地省事。他个人招大犁，连籽种都没盖严。

没有柴火烧，他也不去打，硬要把分到的一张檩耙劈了烧，老婆不让，他就去掀房檐上的草，老婆又不让，他说："过秋咱们盖新的，这老破房还要它干啥！"一个大春天，今日去东家取一碗米，明天去

264

西家借一碗面,后天又去借点油,又过一天又去要一把盐。全屯五十多户,家家都叫他借到了。大伙都说:"他是一个填不满的坑!"后来借不出来了,吃饭时叫他碰上,他不用你请,自己凑上去,摸一双筷子就吃。不过这是最近的事,一顿半顿,谁也不好意思得罪这个二流子,都还没说出什么。

起先生产小组是按门挨户编的。以后提出"组织小组要自愿"。他第一个退出了小组。但他还说:"别看我是二流子,咱们各干各的照量照量!"说得倒好听,实际上却白天睡大觉,晚上就同他的几个"老朋友"要钱。一春天把老婆分到的裤子,孩子分到的汗衫都输光了。因为这,老婆同他吵了多少回仗,哭着劝了他多少回,可是他总当作耳旁风。

二、输了枣红马

这一天吃过晚饭之后,他躺在炕上翻过来掉过去总是睡不着。昨天晚上输了半夜;下半夜牌"点"刚刚翻上来,偏偏民兵又把他们给堵住了。屯主任王同科批评了他们一顿,又劝了他们半天,他心里直冒火,连一句也没听到耳朵里。后来把他们几个放开,把一副"牌九"没收了。

"不行,非把老本捞过来不行!"他忽然从炕上跳下来,趿拉上鞋就往外走。老婆问他上哪儿去,他说:"你管着我啦?谁也没跟你穿一条裤子!"

他偷偷摸摸地走到李二家里,好像一切都是预约好了一样,全宝村的王新水(大家都叫他王坏水儿)、李二、赵秃子也在那里。三缺一,他来到正好抱住"门"。因为这几天刘怀义老是输给王坏水儿,昨天又输给他两万多,今天一见分外眼红。李二把豆油灯点上,从炕角摸出一副"牌九"。赵秃子把窗口挡上,怕外人看见灯光。今天是王坏水"推",他们三个"押"。王坏水把牌"码"好,赵秃子、李二把票子押在自己"门"上,每人押了两千块。刘怀义拍了一下桌子说:

"五千！"

王坏水说：

"要'现'的，你输了谁去抽你的肋骨吗？"

刘怀义心想：明知道这几天我的手头紧，故意难为我。他妈的一天没钱，看我刘怀义不值一个大"子儿"。心里一冒火就说：

"把我那匹马押上！"

王坏水说："光嘴说，顶屁使唤，现在，谁还敢要你的马，农会……"

刘怀义说："好，好！呆会儿见！"说着就往外走。这时天已大黑，走出去几步就看不见了。

刘怀义回到家里，老婆已经睡觉了。他在马跟前站了很久，这时想想老婆，想想孩子，想想平常屯主任王同科劝他的话，心里也直犹疑。不过今天王坏水儿给这口气实在咽不下去，真是，人在世界上一天没钱，别人就不把你当人看！心一狠把马绳解开牵着就往李二家里走，正好没有碰见人。

到了李二院子里，刘怀义要把马暂押给王坏水，起初王坏水不肯，后来看看有便宜占，一匹肥实实的枣红马才作二十万块钱，也就答应了。觉得把马买了明天牵到街上就能卖三十多万，往外一卖别说农会谁也找不着。

刘怀义有了钱，一张口就下上五千。这时王坏水儿已经有点心虚，赶忙把牌送给他。

到了后半夜的时候，刘怀义的牌"点"已经翻了好几个"过儿"。输了的时候，他想把本钱捞过来再散场；赶到把本钱捞过来了，看看牌"点"怪盛，又想赢几个再散场。半夜过后，牌"点"慢慢又不行了。越输越发火，越发火越往上"押"得多。约莫有四更天的时候，二十万块钱输得剩了四万。这时心火一冒三尺多高，一家伙就押上两万。王坏水儿有了本钱自然也不在乎。王坏水儿把牌送给他，他摸了摸揭开一看，没有王坏水的"点"大，两万块钱叫人家给"煞"走了。刘怀义只剩下两万块钱了，便往桌上一拍："就这一下子了！"

王坏水儿把牌送给他,他心里扑通扑通直跳。半闭着眼睛,用手慢慢地摸。头一张一头两个眼儿,一头四个眼儿,是个"六套",第二张一头两个眼儿,另一头一个眼儿。他往桌上一摔大叫一声:"皇上!"心想这回可没跑了!李二赶忙一摇手:"小声点!"刘怀义把牌揭开往桌上一放,也不知怎么回事,大概是心里一慌摸错了。一张"六套",一张是"二版",正好是个"避十"。结果最后的两万块钱又叫王坏水儿给"煞"走了。

王坏水儿一看刘怀义钱也输光了,马自己也赢过来了,这时不溜还等什么时候?就故意说:

"不好,外边来人了!"一口气把灯吹灭,趁黑钻出屋去。等他们三个走出门去的时候,王坏水已经骑上马窜出去一百步开外了。

赵秃子没输也没赢,就走回家去。李二才赢了几千块钱,跳到炕上就睡了觉。刘怀义像死了爹一样(他爹早死了)低着头往自己家里慢慢走。

三、离婚

第二天一早他老婆许桂兰起来之后,看见丈夫两条腿伸得直挺挺的,在炕那一头躺着,呼噜打得像雷一样。她不知道丈夫是夜间什么时候回来的。许桂兰叹了一口气想:有他直当作没有他,现在也有地了,把马好好经管住,跟人家换工把地种上算了。反正狗改不了吃屎,多咱他还不是这样。她走出屋门,向马槽一看,马不见了。"那匹枣红马哪去了呢?"不用问他倒腾出去了,他早就要倒腾出去,没让他。这几天他没钱了,没有钱,他什么事儿作不出来!

许桂兰回到屋里,拧着丈夫的耳朵大声说:"你起来,你起来!你把马倒腾哪儿去啦?!"

刘怀义半天才慢慢坐起来,他还是迷迷糊糊。坐起来之后,揉了揉眼睛,听说老婆问马,自己明明没理,却发脾气地说:

"什么?什么?马?我知道吗?你问我,我问谁呀!"

老婆知道跟他扯不清,就抱着五岁的小儿子大珠找屯主任王同科去。到那里没说出半个字，便大哭起来。

许桂兰说："我们这一家人家，算是不成一家人家了，从我过门儿，没过过一天好日子……"说着抱起孩子就往回走，一边仍哭着说："他愿意跟谁过，就跟谁过去吧！我们娘儿俩，没工夫跟他生这口闲气！"

王同科想劝她几句，但也没什么说的，许桂兰一发脾气谁也劝不下，况且他两口这股气，也不是一天半天了。

许桂兰回到家里，收拾了几件烂衣服跟一床被窝，抱着大珠就往外走，刘怀义看着不对劲，就拉住她说："上哪儿去？"

许桂兰连看也不看他一眼说：

"愿意上哪儿上哪儿，俺娘两在这儿挡你的道，我们走了，你好痛痛快快地去要钱！你愿意找谁过，找谁过去吧！我没工夫跟你生这口气！"

刘怀义，知道老婆的脾气，十来年的老夫妻了。她一生气就回娘家，住几天不用叫她，就自动回来了。不过这回可不一样，现在妇女跟男人"打八刀"的可不少。……也好，你走了再没有人天天给我打吵子了。跑腿子一个人倒自在。不过，他的孩子，五岁的大珠他舍不得，就说：

"把孩子给我留下，愿意滚哪儿就滚哪儿去，偷男人养汉我也不管！"

老婆吐了他一口唾沫说："呸！你不要脸，你问问，孩子跟你不？"

大珠的脑袋往妈怀里一扎就哭着说："妈！我不跟他，我不跟他！"

大珠五岁了，从懂话起，他既不叫爹抱，也不跟爹说话。张口"他"长"他"短，连个"爹"也不叫。刘怀义在村里，在老婆跟前不说，在五岁的孩子面前，也混得臭气难闻了。

刘怀义这时心里虽然也有些难受，不过心里那股火，按也按不下去。就照着老婆孩子连踢带打说：

"滚,滚,愿意滚哪哪去!有本事一辈子就别进我这个门儿!"

许桂兰本想同他闹一场,但到了这步田地,还闹个啥?气也受够了,打也挨够了。现在他连马也倒腾出去了,诚心不给老婆孩子过了!于是连头也不回,径直向不远的娘家——双榆树屯走去。

这事情不多大工夫,就传遍了全村,谁也不想去劝许桂兰,都说:"叫他受受得啦!以后看他改不改!村里谁也别搭理他!"

四、"我没有了吃你"

老婆跟孩子走的时候,刘怀义正在气头上,当时恨不能一下撵出她们去永远别回来心里才痛快。可是老婆孩子刚一走,气消了消,心里就有些难受,首先是觉得孤单得慌。昨晚熬了一宿没合眼,眼圈弄得血红,嘴里又渴得厉害,捞着瓢喝了两瓢凉水,用破被窝蒙上脑袋倒头便睡。

一直睡到吃午饭的时候,这时心火完全没有了。肚子里饿得咕咕噜噜乱叫。叫老婆去作饭吧?老婆走掉了。又一想:真是,立起来五尺高,躺下五尺长一个堂堂汉子,到哪混不出一碗饭吃?那臭娘们,天天叨叨咕咕的有她没她也一样。"八路国家"谁还不给碗饭吃!想着便走出门去。

上午,屯子里人都下地回来了。谁见了也不搭理他。各家院里的烟囱已经不冒烟了,大概饭已经做熟,他随便向赵福九家走去。福九大娘正在端着一盖帘黏豆包往炕桌上放。这时,他觍着个脸一进门就笑着说:"大娘,你们忙呀!"

福九大娘翻了他几个冷眼说:"不忙怎的,什么都'忙'进去了。你媳妇儿一走,你可心静了,再没有人挂连你了!"话里一股刺刺的味儿,听到耳里很不好受。

刘怀义说:"大娘,提她干啥?那臭娘们儿……"

这时福九大爷也和他的大儿子大哼从地里回来了。身上叫土荡得像个泥人。卸了马,给牲口添上草就吃饭。刘怀义笑嘻嘻地凑上去,半个屁股坐到炕边上,伸手就拿起一双筷子。福九大娘白了几眼也没说啥。可是，大哼伸手把筷子给他夺过来说：

"谁给你预备的现成饭！"

刘怀义说：

"嗳，嗳，大兄弟，你，你脾气这么暴躁啊！大哥我，兄弟你，咱们不是一家人吗！"

大哼说：

"谁跟你二流子一家？"

刘怀义也瞪起眼睛说：

"怎的？你反对天下穷人一家吗？你不团结呀！你！"

大哼说：

"滚出去，滚出去，现在不是早先了，还吓唬谁呀！"说着拉着刘怀义的胳膊就往外扯。

刘怀义说：

"走就走，离了你这个门还能饿死谁怎的！咱们骑驴看唱本，走着瞧！"说着大模大样地走出门来。

他出了门，迎面走过来几个孩子。一个孩子喊了声："一——二"其余的便齐唱起来。起先什么：

"春天送粪种大田……你看那二流子，招天耍大钱……"也没听清唱的什么，及至他听见歌子中有自己的名字，可就一个字一个字地入了耳：

> 有个刘怀义呀，"天九"推得欢，有心上场没钱不算咱……依个呀呼嗨……
>
> 牵匹枣红马呀，作价二十万，上场一宿输个干大干……依个……
>
> 他妻听着信呀，两眼泪不干，将马输了搁啥去生产……
>
> 他发大脾气呀，心中不耐烦，眼珠一瞪小嘴骂得欢……
>
> 他妻生了气，怒火冲上天，一怒之间离婚不回还……

他听到这里,心里立时火长三尺,怒气冲天。骂了几句,回家倒在炕上又睡。

五、爹爹的话

躺了一会,肚子里饿得难受,从炕上爬起来,在屋角一个小罐里有一斤白面。还是前几天政府贷给的麦种,他瞒着老婆磨了面后吃完剩下的。这时心里有了招儿:今天可以对付了,过去今天再说明天。于是就收拾锅做饭,他想作疙疸汤。但活到四十岁的人了,疙疸汤还没作过。添上一碗多水就烧火。不多时,水烧开了,把面往锅里一倒,但灶门里的火已经着到外面去了,面也顾不得搅一搅,赶忙又去烧火,把柴火下死劲往灶门里填,火灭了,等他又生着火的时候,揭开锅一看锅里的一碗面已经成了一个大面疙疸。外皮熟了,里边还是生面哩! 他生气地把锅盖上,又躺在炕上,这一回决心好好睡一睡,睡到明天算了。明天再想办法搞吃的。

这一回,他可无论如何睡不着,肚里饿得难受,心里恼躁得更难受。现在混到这步田地:谁也不理,连一碗饭也不值了,老婆孩子也叫自己给逼跑了。

刘怀义这个人,游游荡荡,已经二十来年了。人家说道个人算定了,没个改。他自己也向来是这样想:人生在世,自在一天算一天。拼命干活的尽是傻蛋。虽然平分土地之后,村中像他这样的人,转变的已经不少了,不过他还是"外甥打灯笼,照旧"。别人劝他的话,搁车装也能装几大车了,可是他都当做耳边风,反而觉得当个二流子挺光荣似的。

今天可就不一样了,他开始觉得当个二流子有些吃不开了。于是躺在炕上翻过来掉过去的,脑袋里比碎麻还乱。想想这,想想那。躺着的时候,觉得坐着好,坐起来,又觉得躺着好,心像跑了缰绳的马,不知如何是好。

傍黑的时候,他猛然从炕上爬起来就往屯主任王同科家里跑。到了那里,王同科正在收拾欀耙。他往旁边一蹲说:

"主任！看看我姓刘的还有治没有？"

王同科抬头一看，见是他，一时摸不着这句话的头脑，便说：

"什么有治没有？"

刘怀义干干脆脆地说：

"我还能学个好人不能！"

王同科明白了，大概他受了这回打击要转变了。本来许桂兰走以后，他就想去劝劝刘怀义。又一想还是搁他一搁好，憋憋他，让他自个醒过腔来就好了。没承想一天没过，他倒找来了。就说：

"怎不能呀！你要下决心转变，可光荣啦！"

刘怀义把衣裳脱下来往旁边一抡，拍了拍胸脯，像跟谁打架似的大声说起来：

"主任！我刘怀义压根儿可不是坏人呀！从爷爷那一辈……"

他就唠起来，越唠越起劲。从爷爷扛大活唠到爹扛大活，从他小时候唠到大，又唠到"八一五"大炮响。唠到生气的地方就跺跺脚，唠到难受的地方就叹口气。起先王同科知道他是个"花舌子"，不高兴听，后来听听他讲的都是真话，就叫他讲下去了。

刘怀义说：

"……那一年的秋天，庄稼还没有割的时候，我爹从县衙门里蹲笆篱子出来。我去接他。那时我十五岁了。走到一个镇子上，我爹领着我进了一个大饭馆子。我真想不到：我爹五十多岁了，一辈子扛大活，看见个钱比碾盘还大，怎么能舍得吃馆子呢！况且打这么一场官司，为往外抽他把三垧地都卖光了。抽他剩几个钱，回去就不过日子了吗？连饭馆的跑堂的也疑心：这么一个老土，怎敢来吃馆子！"

我爹大声叫着堂倌说：

"来两个菜，一壶好烧酒！"

馆子里满屋答应，堂倌又把这句话大声重了一遍。

我当时几乎是哭着对爹说：

"咱们俭省点吧，爹！回家，我，妈，姐姐还没吃的呢！咱们抽你把那三坰地卖了,这不是就剩这么点钱?"我把剩下的四吊钱又掏出来让他看。

我爹也不哼。堂倌端上一壶酒,他就着壶嘴就一下喝干了。过去他连酒尝都不尝。

出了镇子,他晕晕乎乎的,我扶着他,生怕他卡倒。他笑着说:

"孩儿,你真是个傻瓜,人生到世界上,自在一天算一天,你看:从你爷爷那一辈咱就下地出牛力,过年连顿荞面饺子也舍不得吃,冬天穿不上棉,夏天穿不上单……弄到现在,弄得倾家荡产,连你姐姐也没有了。你看:人家那啥活不干的,抢人家,偷人家,刻人家的人,像高纯得那号玩意儿,谁挡啦,还不是一样享福?都说作恶到阴间入地狱,谁也没有见。你这辈子可别跟你爹你爷学了,长大了光棍汉子一条,混哪儿算哪,这世界不喜好人呀!我跟你娘,都是快入土的人了,还能活几天呀!"

我听了以后,心都要炸了。我姐姐本来有婆家,因为借地主高纯得一吊钱,三年没还上,驴打滚的利非要我姐姐当他的小老婆不行,地主的小老婆不是人当的呀!我爹不愿意,他把我爹送到县蹲笆篱子,人家同官家,同胡子都有连手,咱们还能行吗?地化光了,人脱不了还得给。

不久,我爹死了,又过了二年,妈也下世了。剩我光棍汉子一条。报仇的事,把我的心弄横了。我想当兵,又想当胡子,可是什么也没当成。仇也没报了。心里难受,以后便流落到县城里。乱七八糟的什么都干。反正没心思干正事。爹爹的话,记死在心里……

以后,刘怀义从那时又说到"八一五"大炮响。

他同王同科说:

"主任,我这个人是坏透了,我吃喝嫖赌什么都干过。现在只剩下赌和不干活这两条!不过,我这个坏……"

王同科说:

"是呀!你爹的话不假,那时候旧世界不喜好人,把你造坏了,现在呢?世界变了,咱们该翻翻个儿了。你再不改,你说还怨谁?"

以后,王同科连批评带劝,和他讲了好半天。刘怀义吁了口气,把脑袋低下去,也不吱声。

六、什么都回来了

第二天,屯主任王同科派人去叫刘怀义的老婆。许桂兰原本是一时生气才闹这一场。到了娘家一想:好坏他总还是个"丈夫",已经过了半辈的夫妻了。这时她也想起乍"过门"时丈夫对她也不错,娘和娘家的邻居又特别劝她,她就先后悔了八分。看见村子里的人来叫她,并说:"刘怀义要转变成好人,算了吧,老夫老妻半辈子啦,还怄这气干啥!"

许桂兰抱着孩子回家去,在路上,她可叹了不少气,流了不少泪,把孩子的肩膀都掉湿了。心想:"以后他再不转变,日子可怎过呀!"

不多时到了自己的家门口。刘怀义这时正在炕上躺着,听见外面有脚步声,隔着窗户的一块小三角玻璃一看,老婆回来了。他本也想着让老婆快回来,现在既然回来了,他可又想摆摆丈夫架子。老婆进门之后,他迎面朝天直挺挺地躺在炕上白了白眼说:

"谁叫你回来啦,有志气就别进我这个门儿!"

许桂兰从头到脚跟全凉了。刚迈步进了门儿,就碰这么个钉子,原来他并没有转变呀!抱着孩子回头就走。刘怀义见事不好,就跳下炕来拉住她说:

"孩儿他娘,别——别生气,我,我改不行吗?"

许桂兰也不理他,在门口站了一会,松口气回到屋里,把孩子放在炕上,就坐在一旁叹气。

刘怀义说:

"孩儿他娘,做点饭吃吧! 肚里饿得真难受!"

说得怪可怜的。许桂兰仍然不看他一眼,就去收拾锅。揭开锅盖一看,里面煮了一个大面疙疸,起初她不明白是怎么回事,后来一想明白了。弄得哭笑不得。

不一会，老婆把这大面疙疸重作了一番，吃了一顿"稀罕饭"。

到了上午，屯主任王同科，生产小组长李全海背着二斗粮食给他送到家里。王同科说：

"刘怀义，只要你改一改，肯干活儿，大伙都愿意帮助你。这不是，你们小组只两家，就自动借给你二斗粮食！"

李全海说：

"咱们村李二、赵秃子都下决心转变了。现在大伙都瞪眼瞅着你啦。咱们这国家，老当二流子可不行呀！"

王同科又说：

"你那匹枣红马，咱们去全宝村交涉交涉，人家要不给，大伙帮也帮你买一匹！"

许桂兰擦了擦眼泪说：

"人家对咱这么好……"转脸又对王同科说：

"改不改，就看他长不长志气吧！"

正说时，听见外面有马蹄声，大家一看是全宝村村主任贺福成，他牵的一匹马，正是刘怀义的。他把马拴到外面槽上，一进门就笑着说：

"俺村那个王坏水儿，找他几天也没找到，昨天大伙见他牵匹马回去，才知道他'猫'在这儿耍钱。这匹马送还给你们村。要是刘怀义转变，我们把这匹马情愿退还他；他要是不转变，这马交村上处理吧！"

王同科说："刘怀义，你怎么样，改不改吧，现在什么都回来了。"

刘怀义这时浑身十万八千个毛孔都服服在地，心里真比打他几巴掌还难过。就说：

"转变不转变，我嘴说也不算，大伙儿以后看着吧！"想着，又生了气，恨自己这个人太坏，就自己狠狠地揍了自己几个嘴巴子。

五岁的大珠也走到跟前说：

"爹，你改吧，我跟娘以后都亲你！"

孩子五岁了,从懂事没叫过他一声"爹"。这时他拉着孩子的小手,思前想后,一滴热泪掉了下来。许桂兰也在一旁掉了泪。

七、一条尾巴

故事到这里算结束了。但在铲蹚一遍完了的时候,笔者又到他们村子里去了一趟,关于刘怀义,又听到一些新的事情。

那以后,刘怀义就参加劳动了。起初手脚磨出了泡,干一天活,晚上躺到炕上,浑身的骨头节都像断了一样,棒打也不想动一动。第二天又得早早起来下地。铲地的时候,太阳晒得脊梁暴了皮,痛得像水浇的一样,两只眼睛被晒得晚上什么也看不见了,眼前直冒金花。可是,他咬牙熬过来了。每天下地回来,老婆快乐地跟他说笑,孩子拐着小腿给他端水端饭,亲热地叫他"爹爹"。屯里干部及群众不断地鼓励他,帮助他,儿童们又编出了他转变后的新歌子来唱。他从这些,得到了力量和决心。

痛苦的磨炼很快就过去了。蹚铲三遍过后的刘怀义,饭量也增加了,吃得像个红泥鳅那么胖。两只手起了很厚的"茧子"。他把自己的地侍弄得很好。

家庭关系再不像以前了,一家三口,过得一天一天热乎,一天一天对劲,别说吵架,连眼也没瞪过一次。连丈母娘在两月间也来看过他们两次。

他们村于六月十八就挂锄了。挂锄后村里开了个会,刘怀义在会上也讲了话,他挥着像两根红榆木棒样的胳膊说:

"早先我是个臭得连狗都不闻的人,早先那个世界把我踢蹬坏了;现在咱们'八路国家',咱们大伙把我改造好了。咱们以后,都学好人,都能劳动,叫二流子断种!"

大家拍着巴掌。许桂兰在一旁喜得闭也闭不上嘴。

选自《东北日报》,1948 年 9 月 4 日

荣　誉

一、苦闷

一九四八年四月,甸子里枯萎的草抽出新芽的时候,富民村的张老板子赶着胶皮轱辘从区里接回来一位荣誉军人。这个人中等身材,稍胖的脸上显着微黄,左眼瞎了,右腿有点跛。

在区上,区长就告诉张老板子:"刘运诚同志是江苏人,战斗英雄,为咱们老百姓拼过命,流过血;现在到你们村上,人生地疏的,你们应当好好照顾……"还把这个意思写了一封信给富民村村主席任金柱。张老板子把车赶到村公所的院子里,还没顾得卸牲口就跑到大街上说:

"咱们村上又来一个荣誉军人,是个战斗英雄。嚄!那小伙儿,真行! 路上给我唠了不少的嗑,说起前方咱们那大炮筒子,比老牛腰都粗!"

他这么一宣传,有不少的人都跑到村公所,想看看这位战斗英雄。有些姑娘和孩子们都说:

"刘同志,你把前方抓俘虏的故事给咱们讲讲吧!"

村主席任金柱说:

"刘同志走了一天的路,怪累的,以后成咱们村上的人了,想听怕不有的是呢!"

于是大伙儿才陆续回去了。

吃过晚饭,任金柱领着刘运诚走到一个大院套的房子里。这个房子是三间,挺结实,还有明亮的玻璃窗。东头一间是一家雇农老范头住着;当中一间是做饭的。任金柱领刘运诚进西头一间

277

去,说:

"这就是给你的房子,几天以前就接到区上来了通知说是有个荣誉军人来我们村,昨天就把这房子收拾好了。"接着把家具指给他:锅、碗、瓢、勺、缸、盆、碟、罐什么都有。房子后面还有三垧半黑土好地,另外还有一匹黄骝马,过两天就从区上领来。

任金柱把准备的东西一一交代之后,看看这位荣誉军人的表情却闷闷不乐。任金柱细想了一遍,觉得什么东西都预备得齐全了,为什么他还不大乐意的样子呢? 在他们回村公所的路上,任金柱就说:

"刘同志,你是为咱们老百姓流过血的人,有什么意见尽管说,只要咱们能够办得到的,一定尽力办。你们南方人,恐怕到这儿不会种地? 那也不要紧,咱们这儿有互助小组,你就是不干活,有咱们老百姓吃的,就饿不着你!"

这话前半段还没有什么,后半段刘运诚听了很不耐烦,就说:

"我在家是养活人的,参军是要打倒那些专叫人养活的,我不到村上便罢,既然到了村上,不缺胳膊不少腿的,还指望人家养活?"

任金柱说:

"那是……那是呀!"

早先,刘运诚还是一个农民的时候,他也曾经幻想过自己有一块土地,有几间房子,有一头牛。现在他不想这些,他想的是另一件事:自己成了"二等残废",仇没有报,一辈子都完了。

刘运诚参军整整七年,入党也已五年了。在无数次的战斗中,负过四次伤,立过三次大功,得了两枚特等战斗英雄的奖章。他打起仗来勇敢顽强,有一股力量,一股仇恨的力量在支持着他。他过去时常想:反动派一天不彻底消灭,自己的血海深仇便还算没有报完,自己就一天也不能离开战场,只要有一口气在,决不能回到后方来。然而与他想的相反,这一切还没有完全实现,他成了"二等残废"。在一次战斗中他的左眼被子弹穿瞎了,另一颗子弹打进右面的大腿弯里,动了几次手术也没有拿出来。这次受伤剥夺了他重新回到前方的能力。他过不惯后方的生活。然而,现在组织上让他回后方参加生产了。他心里十分苦闷、难受。

他慢腾腾地跟在任金柱后面走着,他们俩谁也没有说话。终于任金柱又想起一个题目来,说:

"咱们村上西部落还有一个荣誉军人,姓王,也是江苏人,在前方当过排长;他还是咱们区上的荣军组长呢!"

这话引起刘运诚很大的注意:姓王,江苏人,排长?……他想,可能是相处三年的老排长。马上就说:

"好,你领我去看看他。"

二、意外的巧遇

当他们到了西部落,任金柱领他走进一个大院的正房的时候,他看见几个老乡正围着一个人谈话。这个人穿着一身青色新棉衣,瘦瘦的脸,细长条儿,两只坚定的眼睛炯炯放光。他坐在一张椅子上,一只右腿被锯掉了,椅子旁边放着双拐。刘运诚凑上去抓住他的双手拼命地摇晃:

"王排长,嗨呀,王排长,王排长!"

刘运诚在王排长的领导下生死相处三年了。他们行军、吃饭、睡觉在一起,打仗在一条战壕里。有一次他负了伤,王排长通过敌人的火力封锁把他背了下来;另一次,王排长同三个敌人拼刺刀,他冲上去解了围。去年那次战斗,王排长比他早一天负伤,以后就没有听到王排长的消息。想不到却在这里遇到了。他高兴得不知道说什么好,他要流出眼泪来了。

王排长也拼命握着他的手,高兴地说:

"刘班长,嗨呀,刘班长,刘班长!"

他们真想不到在这里会面。有多少话要说啊:从他们分别开始,谈到那次战斗,谈到他们连里谁谁立了功,谁谁负了伤,谁谁牺牲了……。王排长说:

"是的,一个英雄牺牲了,会出现更多的英雄!"王排长坚定而沉着地说,"你到后方来就知道了,咱们的血没有白流呀,你看看后方有多少穷人翻了身啊!"

刘运诚低下头来,想起了这些天来的苦闷,说:

"我这几天真难受。觉得反动派没有彻底打倒,自己成了二等残废,不能再上前线。这一辈子算没有出息了。到村上生产,人生地疏,东北这个地方的庄稼活自己又不会侍弄。"

王排长说:

"哪里有群众,哪里就有咱们的家。只要肯向群众学习,生产慢慢会学好的。我乍来时也有点不安心,现在村上可有不少朋友呢!"

两个人沉默了一刻,王排长问刘运诚说:

"你的组织关系带来没有?"

"嗯,嗯……带来了,还没有给任金柱。区上说他是这里的支部书记。不过,我不打算在这里呆下去……"

"明天交给他,安心在这里生产吧。"

"嗯……"

第二天早饭以后,王排长领着刘运诚参观他的家:一匹马,一只老母猪和好几只小猪羔,五六头羊。院子里有一片没编成的席子和几捆席批子。他对刘运诚说:

"我在这算安家了。好天就拐着拐放放羊,阴天下雨就在家编席子。四五个月中,猪羊都下了崽,加上编席子,赚了几百万块钱呢,置了一套新衣服,吃喝富富有余,自己还有两只手一条腿,靠自己吃饭,不能叫人家来养活咱。"

三、在前方战斗在后方生产

刘运诚从王排长家出来,一路上,不住低着头想。起先觉得自惭,懊悔,后来心里慢慢就开朗了。这应该是属于王排长的力量。回到村子里就把党的介绍信交给任金柱。任金柱看了,热情地握了握他的手说：

"咱们村里原有七个党员，你和王排长一来，就有九个了。今天晚上准备开一个会，讨论讨论咱们党员怎样领导生产。现在村子里问题可多了。自从平分土地以后，地主富农不大安心，中农怕冒尖，贫雇农中有些不托底，还有个别的二流子捣蛋……"

刘运诚说：

"把我编进生产小组里去吧。我残废的腿在前方长途行军赶不上趟，在后方生产还不妨事。"

过了两天，文凤山的生产小组往地里送粪，刘运诚出现在粪堆旁边在那里装车。

种地的时候，起初刘运诚只能扶拉子，压磙子，赶套。后来连扶大犁，点种都学会了。

铲头遍地，生产小组五六个人，他掉在末后尾，撵不上趟。后来，在铲三遍地的时候，他紧跟在打头的后面，谁也落不下他。

天不亮，他跟大伙一块下地去，披着星星回来的时候，往往是满脸泥，一身汗。

"立秋忙打靛，处暑动刀镰"。一个下午王排长赶着自己的马车抽空去看刘运诚，正好刘运诚下地同生产小组割庄稼去了。他的马在院子里槽上拴着，不时嘘嘘地叫；猪也在圈里不安地来回跑。王排长给马添了一伙草，给猪拌了食，然后走到他房子里，炕上放着一顶没有编好的草帽。

从东间屋进来一个老太太，笑着说：

"听着刘同志的门响，我当是谁呢，是王同志，到我们屋里坐坐吧！"

这是东间屋老范头的老婆，她站在那里滔滔不绝地说：

"这位运诚兄弟可能干啦，真没白当咱们革命军人呀！铲地时那锄头'沙沙'的，背一麻袋粮食像玩的一样，挑两桶水简直一溜风地跑。"

等到满天星星的时候刘运诚回来了。在黄昏的灯光下，王排长看见刘运诚的左手脖粗了许多。王排长摸了摸，问他是怎么回事。刘运诚说：

"不怎么的，保四平时这里不是受过伤吗，这几天小组发起竞赛，干活猛了点，肿起来啦！"

这事情组长文凤山也知道了，说小组会议要他休息，他坚持不肯。还说："在前方曾经轻伤不下火线，在后方为什么手脖痛一点就不能生产？"

王排长说：

"是的，在前方我们同敌人战斗，捉俘虏，缴获武器。在后方，我们就积极劳动，生产粮食。"

不多时，东间屋那老范太太又来唠扯：

"运诚兄弟真能干呀，咱们庄稼人就喜欢这样的人。你以后成咱村的人了，成个家吧，我给你保媒！"说完自己咯咯笑起来。弄得刘运诚不好意思地红了脸。

四、安家

阴历十月中旬，刘运诚赶着自己的马车，上城里送公粮了。当他想着他在前线打过仗，现在他又是送公粮支援前线的荣誉军人，心里有一种说不出的兴奋和愉快，觉得自己并不是"二等残废"，而仍然是一个战士。

交上公粮，他赶着马车往回走，出了大街扬鞭子赶，后面一个女人的声音叫道：

"刘同志，站一站！"

他回头一看，是东邻二愣家姑娘杨青枝。

杨青枝一面笑着上了车说：

"现在要麻烦你，趁趁车了。昨天我到姑姑家一趟……"

刘运诚把自己的大氅给她铺上，鞭子在空中曲卷几遭，马扬起蹄子，就在大路上跑开了。

杨青枝这姑娘，刘运诚是很熟识的。她是全屯女人中最能劳动的一个。无论是送粪、种地、铲蹚、打场,到处都见到她。他们住得很近,她见了刘运诚有时表示很天真很大方的接近,有时却又红着脸,显出羞怯的样子。她上了车的时候,刘运诚好像有啥话要和她说,然而想了半天并没有什么话。于是便专心一意地赶车不去想了。

马蹄子扬起一股尘土,迅速向前奔跑。

杨青枝先开了口:

"听说刘同志是江苏人,江苏离这里挺远吗?"

"是,挺远。"

杨青枝问:"那,你不想家吗?"

刘运诚说:"想家干什么呢? 哪里有咱们老百姓,哪里就是家。"

"刘同志家里什么人都有吗? 恐怕孩子也好几岁了吧?"

刘运诚笑了笑,不好意思地答:

"嗯,没有婆媳妇,哪里来的孩子!"

杨青枝心里微微一动,也笑了笑说:

"爹妈都在吗?"

刘运诚低下头来,很久,吁了一口气:

"爹妈不在了,在抗战中,国民党闹摩擦,叫遭殃军杀死了!"接着刘运诚叙述了他自己的故事:

他是一个穷人,爷爷、爹爹都给人家当雇工。一辈子腰杆都累弯了,还挡不住受穷。八路军到那里的时候,他自己才二十岁,便参加了八路军。就是那一年国民党闹摩擦,到处惨杀抗日军人家属,他父亲母亲就被杀死了……

刘运诚说完自己的故事,杨青枝打从奉天逃荒说起,也叙述了自己的身世。

也不知什么时候,马越走越慢,最后竟至站下来了,刘运诚暗笑自己不该忘了赶车,急忙在马身上加了几鞭,马跑起来了,继又回头来和杨青枝说话。

从此不久,村中就有流言说:"杨青枝跟刘运诚好了。"上次给刘运诚说笑话的老范太太,真给他们当了媒人。她两头一撮合,刘运诚、杨青枝自然十分满意,就是杨青枝的父母也十分赞同。因为刘运诚能下力,肯吃苦,人品又正道。对姑娘一定好待承。

过了不多时候,两个人就结了婚,成了全村一对好夫妇。

五、无上的荣誉

一九四九年的一月初,在全省劳模大会的会场上,并排坐着两个青年人。一个人只有一只眼睛,另一个人少了一条腿。这就是刘运诚和王排长。他们被选为荣誉军人的生产模范,上省开会来了。

会场是设在一座巨大的楼房里。这里布置着各色各样的标语与漫画,五光十色的奖旗。毛主席的大像,挂在台子的中央。

台上一个农民在报告他的生产成绩和经验。

王排长用胳膊捅了一下刘运诚说:

"呃! 不大一会儿就该着你的典型报告了,准备得怎么样?"

刘运诚心里扑通扑通跳了两下说:

"报告什么呢? 实在没有什么可报告的!"

"有什么说什么! 你早先在战斗英雄的大会上怎么报告啦?"

刘运诚拿出一本小册子来:

"你看报告这些行不行?"

王排长看上面是用歪歪曲曲的字写着:

> 种地三垧五亩,打粮十八石,
>
> 编席子九领,卖洋六十三万元,
>
> 熬碱一千一百斤,换马一匹,白布三丈,
>
> 打洋草……

王排长说:

"行,这样报也行,不过最好不要先讲那些数目字。说一说自己经过的事情,心里的话。"

刘运诚真不知"经过的事情"和"心里的话"怎么说法。

"现在请荣誉军人劳动模范刘运诚同志报告!"台上的主席宣布。台下响起了一阵热烈的掌声。

刘运诚慌慌张张上了台,总有些心跳。他立正向毛主席像行了举手礼,向主席团和全体劳模也行了举手礼。然后说:

"同志们!"然而他发觉自己的本子忘在座位上了。他心里一着急,那些肚里背诵得透熟的数目字,现在没有本子竟一个也记不得了。他往台下的位子看看,本子在那里放着,看看王排长,王排长也在看着他。多少只眼睛在看他,多少只耳朵在听他的说话啊!

主席说:

"刘同志,现在就请报告吧!"

刘运诚只好从他的座位上把眼光收回来顺口讲起来:

"同志们!我在家是一个庄稼人。爹爹爷爷给人家出牛力,受狗气,吃饭不得一饱,穿衣盖不住屁股,年年还不清的债。共产党来了解放了穷人,也解放了我。我参军成了革命军人,又成了共产党员。我打日本,打国民党不怕死,死了是光荣的,死了也比在人家眼下吃饭,受人家那冤气强得多。后来,国民党把我的爹妈杀死了,我的仇比海还深。我想反动派一天不倒,我便一天不能离开前线。我负了好几次伤,也得过'战斗英雄'。前年冬天我残废了,我很苦闷、难受、悲观,觉得自己这一辈子算完了。回后方来村上生产,我起初很不安心。后来王排长教育我,帮助我,村上群众也帮助我。我觉得:革命军人、共产党员,什么时候也不应当悲观,失望。只要有一口气,就应当干一口气的事。在前方当战斗英雄,在后方就能当生产模范……"

刘运诚说到这里停了一下,自己的生产数目字仍然没有想起来,就说:

"完了!"台下一阵热烈地鼓掌。

当天,有报社的人去访问他,给他照相。过了一天,发奖了,同时他在报上看见自己的相片、自己的名字、自己的事情。他想着:这样的大会,这样的会场,这样发奖品,这样登报纸,和前方当战斗英雄一样是光荣的。他把领到的劳动模范奖章和过去的战斗英雄奖章排在一起,放着耀眼的光芒,他感到了无上的荣誉。

选自《东北日报》,1949 年 3 月 27 日

姚素芹

一

姚素芹外号叫"一枝花"，人家都说她是洪生屯的"破鞋"，到现在二十六七岁了，还没有找到男人。这次洪生屯雇贫农的妇女搞阶级站队，全屯八十八个妇女她站了八十八号。她回家整整哭了一天一宿，想了一天一宿，连饭也没吃。第二天一大清早，她哭着找妇女会主任刘桂芝说：她早先做的事是天大的冤屈！要向大伙诉诉苦。刘桂芝答应了她。

二

她老家是热河省朝阳县的人，家里人口不多，只有父亲、母亲、和她三口。她爹在热河老家的时候，原来是种地，后来扛大活。可是越干越穷，越干欠债越多，像两支脚踏在污泥坑里似的，越陷越深，越深就越拔不出来。一家三口趁着一个夜间，收拾了副担子，逃到"北大荒"来。那时姚素芹才十二岁。到了"北大荒"，人生地疏，举目无亲，没吃没喝，想扛活又没人雇。后来东奔西跑，在洪生屯碰见热河省同县的一个老乡。这个人叫贺云，拉了拉关系，由贺云介绍保证，她爹给地主王卜扛活，才算找着个落脚地方。

这时她爹的年纪已经五十八岁了，劳金讲的是带三垧地，半间房，比年轻力壮的人少。春天上工时候借了掌柜两石粮食，当然这得出大利钱。但她妈是会过日子的人，一年省吃俭用，她爹一年也没生病长灾，没歇工。刮风下雨时掌柜摆"牌"场，她爹宁肯出去干活（老王家的规矩是，阴雨天，不看牌就得干活）也不看牌，掌柜也没法抽他的"头"所以一年到头一算帐，他就没欠老王家的账（别的扛活的，每年干到头，多少总是要欠他一些的，因此逼得第二年不能不再给他干）。这一来算是惹着老王生了气。算完账的下午，王卜就把她爹找到家里说："老姚头！你搬家吧，我明年要招新户啦！"老姚头摸不着头脑地想："总是什么事情得罪掌框啦，怎么到过年就撵搬家呢？"于是托他们伙计吴老六说情。吴老六说："人家要钱，你不要钱，人家歇工，你不歇工，今年没欠他帐，他不高兴，你不用求情，年底借他几石粮，说说就过去啦！"老姚头说："现在家里还有几斗粮吃着，再借不得出利钱吗？"吴老六说："看看，要是不出利……老哥，你不是明白人吗！"老姚头领了这个教，回去托人说了个情，借了三石粮（原想借一石，老王不愿意）算是又住了下去。

第二年一过正月十五又要上工了，不料王卜又耍赖皮，说老姚头年纪大，有咳嗽症，还得少半垧地，带两垧半地。老姚头想不干，但"不干就撵出村"，同时这地方干不长，别的地方也就找不着主，只好立了字据，忍气吞声地干下去。

这一年刚开了春，王卜就很亲热地问老姚头说："你不撕几丈布吗？咱家里有，用不着上街去买，也不叫你拿现钱。"老姚头一想也对，去年从热河省随身带来的几件衣裳也都穿破了，就撕了两丈布补缝单衣。街上布的价钱是二毛五分一尺，老王算三毛，有心上街去买，可恨没现钱。

阴天下雨时，老王摆开局，别的伙计都看"牌"只有老姚不会，老王很是生气。有一回天下大雨，老王早摆开了赌场。老王本来雇四个劳金，若是老姚头会看，正好一场，老姚头不会，只好老王陪着干。这一回下大雨，老王拉着老姚头说："来，来，看一'账'！"（四十八把）老姚头说："我不会！"老王马上说："大门的水沟流不出去水啦，去挑一挑！西屋北间漏水啦，去堵一堵！"老姚头顶了个破衣裳正要出去，别的伙计马上拉住说："来，来看一'账'，这么大的雨何苦呢？！"老王也就趁机说："输了算我的，赢了归你！"老姚头也就勉强坐下了。老王当"参谋"在后面指示着,吃这一张,扔那一张。玩了一头晌,居然赢了好几百,下午又看。这么着有几次,老王就把老姚头这个"徒弟"给"培养"出来了。以后每回看牌拉拉扯扯总少不了老姚头。

这一年的秋天,偏偏老姚头给老王铡草的时候,一不小心,把右手小指头给铡下来半拉,以后歇了一个月零五天的工,化了看手的钱老王不但不给出一个,歇的工还按忙工扣工钱(忙工的工钱一天要比劳金均匀的一天多好几倍)。所以到年底一算账,借的粮食、布、看牌输的钱、歇的工钱,连本带利一共是八石多粮,他带的劳金地是两垧半,打了六石多,除了还账,还倒欠老王一石米粮。

就这么着,一年一年地干下去,可是也就一年不如一年了。

三

到第五个年头,老姚的一家冬天没穿上棉衣服。赶到"腊八"人家有钱的老财都准备过年,老姚家里,已经没有了吃的。他找老王去借,老王一看他人也老了(他这时已经六十三四岁)力也尽了,早已不想再雇他,就没借给。老姚头回到家里唉声叹气的没有办法,他们热河省的老乡贺云就说:"你上热河带趟大烟还不过个好年? 过年开春也不用再借老王的粮食啦!"老姚头本是老实人,这个买卖可没干过,况且也没有本钱。贺云就说:"我借给你。"老姚头一想,人饿急了,还能杀人抢人,何况卖大烟! 这几天饿得也挺不住劲了,再加上老贺一怂恿,就决定冒这一趟险。商量的结果,是带十三两,老贺抽五两算是本利,另送老王二两作礼物。(这地方卖大烟的,不给老王送礼,就"犯法"。)于是准备了几个盘缠,贺云又交代了一些话(他原是常带大烟的)就出发了。

过了几天,老姚头回来了。这一趟还算顺利,整整带了十三两。姚素芹和她妈看见这些东西,又是高兴,又是害怕,想不到老实一辈子,如今逼得干这犯法的买卖。

吃过饭后,老姚头切了二两,拿着去见老王。因为他和村公所的人都有联系,只要先把他买住,以后什么事情也就好办了。去到老王家里,可巧他正躺在炕上抽大烟。老姚头心里扑通扑通地跳,从怀里掏出来说:

"快过年了,送这点东西,表示表示我的心意,只要你不嫌弃!"

老王正躺在炕上抽大烟,一时没看清楚是什么东西,接过一看,说:

"打哪弄的这玩艺?"

老姚头把事情的前后告诉了他。老王说:"你的胆子可真不小! 要叫分所知道了……"

老姚头说:"全凭掌柜包涵!"

老王说了声"好吧!"仍然躺下抽,老姚头见老王不再说啥,也就辞了出来。

这一天下午,村警察分所的所长吴贵恰恰因为催"出荷"的事到了洪生屯,因为小户人家既没有好地方住,更没有好的给吃,所以凡是来了警察,特务等人,都是住在王卜那里。酒肉招待不说,大烟有的是,所以老王在这些人面前是说一不二的。吴贵来后,王卜就把刚才老姚头送来的二两大烟熬了几个泡给他吸。吸了两口以后,吴贵说:"这货不错呀! 哪里弄来的?"老王告诉了他。吴贵这人,是烟瘾顶大不过的,一躺下非吸七八十口不能过瘾。老王有些舍不得自己的大烟,便说:"走,到那里过瘾去!"吴贵正想趁机会勒个大脖子,所以就一同走到老姚头家。老姚头一看王卜领着吴贵进了他的房子,以为是来抓他的,吓得浑身打哆嗦,一时不知道怎么办才好。老王笑嘻嘻地说:"老姚头,所长今天来你家过口瘾,以后有啥事托所长的时候多着呢!"

老姚头怔了半天才说:"唉呀,高攀,高攀,家里太埋汰!"说着急忙叫姚素芹把两床破被褥铺起来,让他们躺下,自己去到老贺家借大烟灯。

素芹已经十六岁,除了穿的破一些,论人口、相貌,确实是百不挑一的好姑娘。按年纪来说,已经到了出嫁时候,最后有很多人看上了眼,时常来提媒。不过老姚头两口六十多岁了只生这么个姑娘,舍不得。姚素芹也离不开爹妈,所以还没有找婆家。

吴贵这人,在村分所当所长,真比阎王爷还厉害,说叫谁死,你就活不成,说叫谁穷,你就得倾家荡产。见了漂亮的娘们就走不动。他说:"皇上不过三宫六院,七十二妃……"而他自己搞过的姑娘就有一百多个。吴贵才进屋来,一眼就瞅见姚素芹,他心里痒痒的,两只眼都瞅直了。

老姚头借抽大烟的家什回来,本想叫他姑娘躲出去,只怕吴贵见怪,也不敢,好歹他过完瘾就滚蛋了,先安排住他也少生是非。姚素芹这时的心里头,像十五个吊桶打水——七上八下的没有个着落。

从吃晚饭起,吴贵和王卜就躺下呼呼噜噜地抽,一直抽到天黑,又一直抽到三星晌午,一会要喝茶,一会要买烟卷,一会又叫……老姚头一家三口心里比刀剜还难过,他两个躺在那里,简直比两只狼还可怕。三星往西歪头的时候,老王知道了吴贵的心意,就告辞走了,吴贵却直挺挺地躺下呼噜呼噜地睡。

老姚头轻轻地走到炕边说:

"所长,所长,天不早了!"

吴贵忽地爬起来一坐说:"怎么?不耐烦吗?老爷今天偏偏不走了!"

这一说吓得一家人心里像捣蒜一样。老姚头忙说:"不,不,所长要在这里睡,好叫家里她们,找个地方。"说着姚素芹和她妈抱着一条破被就往外走。

吴贵一跳站在门口挡住去路,一手拉着姚素芹,一手推着老姚两口说:"走,走,不愿在这里给我滚出去,留下你姑娘,愿意滚哪儿去就滚哪儿去!"

老姚头虽然是个一辈子受苦受气的老实人,明知道吴贵这人惹不得,可是他这么欺负人,这口气实在咽不下去。也就挺起腰杆说:"你,你不要污辱俺这清白人家!"

姚素芹和她妈，见她爹与吴贵顶起嘴来，赶忙哭劝着说："爹，爹，他愿意在这里，就叫他在这里吧，还能敢惹人家！"

吴贵当了所长以后，谁见了他都是恭恭敬敬的，今天见这么个臭老头和他顶嘴，一时火长三丈，从旁边捞起个棍棒照着老姚头打去。老姚头虽然六十多岁了，年轻时干活累得吐血，可是到底是出力人，吴贵这大烟鬼只能吓唬人，大风恨不能刮他八个筋斗。老姚头伸手夺过棍棒来，一只手把吴贵拥出门外弄了个趔趄，嘴里一面说："滚出去！"

吴贵这日可巧没带家伙，他是一个"光棍不吃眼前亏的人"，见自己不是敌手，说了声："明天见！"嘴里还一面嘟囔着："你是清白人家，看你能清白得长远！"就走了。

吴贵这一走，姚素芹和她妈拉着老姚头的衣裳角哭着说："你，你惹着他，咱们还想活吗？……"老姚头说："死了干净！死了干净！"说着坐到炕上喘气。姚素芹她妈说："咱们老了，早晚是个死，剩下素芹一个……"老姚头一听不觉伤心掉泪，后悔自己不该惹吴贵。

东邻西舍（也都是给老王家扛大活的），刚刚躺下睡觉，听见老姚头一家齐哭乱叫，赶忙跑来相劝，可是谁也只有陪着哭，想不出个办法。邻居们走后，三口人互相抱着哭到天明。

四

太阳还没有出来，吴贵就带着几个警察来到洪生屯，到了老姚头门口，一脚把门踢个稀碎，拉着老姚头两口，没论分说就来了一个五花大绑，姚素芹拼命地哭喊。穷邻居们，都躲在家里不敢露头。警察在屋里乱七八糟地翻得猪圈一样，除了几两大烟而外，并没有什么好东西可拿。两个警察牵着老姚头两口，嘴里骂着："奶奶个×，叫你卖大烟！"一面揍着向村公所走了。家里只剩下素芹，吴贵和另两个警察。

东邻西舍仍然不敢去看，只听见姚素芹拼命地哭喊，喊得邻居们钻心难受,后来越喊声音越小,一直听不见了。到小上午的时候,吴贵和两个警察才出了村扬长走了。邻居们赶忙跑到姚素芹家去,见她蓬头散发地坐在炕上,眼里含着泪,见了人也不说话。邻居们一面劝她,安慰她,一面去托人找王卜,他在警察分所情面大,想托他管一管。王卜白眼一翻说:

"谁不知道卖大烟是个犯法的买卖,我能管得了?"邻居又派人偷偷上村上打听消息,仍然啥也问不着。晚上东院温七大娘陪着姚素芹坐了一夜,怕她上吊死了;她哭着说:

"我怎么也不能死,我死了爹娘……"

第三天的早晨,分所派人来打听王卜,问老姚头家里还有没有东西。老王摇摇手说:"趁早打断这个念头,一点油水也榨不出来了,不然的话……"往下他没有说下去,意思是说:"要有油水的话,还能等到现在?"派来的人把这话回复了吴贵。吴贵差人狠狠地把老姚头两口揍了一顿棒子,就给放出来说:"滚回家去吧!"

老姚头两口回来以后,三口人相对哭了一天,穷邻居劝不下,只有陪着哭。这个说是"命"那个说是"天",只有年轻人不认那一套,都说吴贵王卜他们逼的。这时已经过了"小年"(腊月二十三日)眼看是"三十"了,到底穷人和穷人心里近,看看老姚头一家没吃没喝,又遭了这么大事情,东家送一升米,西家送两碗面,凑凑付付地就把年过去了。

前面说过吴贵这家伙本是最淫荡不过的,这事过去之后他到处说:"洪生屯有一个好姑娘。"别人问怎么好法?他说:"简直是'一枝花'!"以后不仅村公所、分所"一枝花"的名字很响,连县公署,各机关常来这一带办事情的人,都知道了。这么一来这些家伙们像一群狼一样,围着老姚头的门口,可走不开了。不仅过去往洪生屯办事的警察特务等人不往王卜家住,连县公署来办事的人也不往村上住了。一律跑到老姚头家里住宿。老王卜虽然年纪大了,也是一个酸臭鬼,以后也常跑到老姚头家睡觉。老姚头家简直成了"招待所"。

老姚头自从在分所挨了打，回来就得了瘫症，再加上心里懊糟，一直躺在炕上起不来。姚素芹她娘的眼也快哭瞎了，她自己只恨地不裂一个缝让她钻下去。吴贵王卜这些坏蛋又天天蹲在家里不肯走。真使她"上天无路，入地没门"。

五

阴历二月二的时候，扛活的都上工了，地里的活也该开始送粪。老姚头一家没吃没喝，也没有人雇（就是有人雇也不能动弹了）。吴贵王卜和一帮警察特务这个来那个走，天天闹哄哄的。姚素芹她娘哭着走到东院温七大娘家，姚素芹怕她娘出去跳井，也就跟着去了。温七大娘劝他们搬家，姚素芹说："搬哪里呢？"温七大娘说："搬哪也比在这强。"温七大爷还说："要搬家得找村公所国兵民籍股股长，起迁移证。这个人姓桂，叫桂逊生。只要捅咕点东西，事情没有办不成的。"娘俩回来和老姚头商量了一下，就决定搬家，只可惜起迁移证没有礼物给桂逊生送。看看家里只有四只老母鸡，虽然快下蛋了，事到如今也顾不了那些个，便杀了，退了退毛，老姚头拄着拐杖提着四只老母鸡一歪一歪地向村公所走去。

桂股长的"公馆"，在村公所的西院。村公所不如"公馆"好进，老姚头提着鸡直接到桂逊生的"公馆"里。进了屋，杜逊生在和太太吃饭，老姚头扶着拐杖弯了弯腰说："股长，没有东西孝敬，这几只老母鸡……"

桂逊生这人，本是认东西不认人的，见老姚头提了几只鸡，也没看脸就接了过来，知道有事情要求他，就说："有什么事情，你说吧，利索点！"老姚头把话说了。桂逊生，不知听见没有，只顾吃饭。老姚头站在一边也不敢再问。待桂逊生吃完了饭抹一抹嘴说："跟我来吧！"老姚头也摸不着头脑，少不得跟着他走。

走到村公所办公室的门口，桂逊生说："你站一会吧！"说着进了房子，趴在办公桌上拿起一个本子问了他姓名、住处、想往哪搬，忽然从外面走进屋里一个人，仔细一看是吴贵，吴贵问桂逊生说：

"干什么?"桂逊生说:"写个迁移证。"吴贵说:"给谁?"桂逊生往外一指:"洪生屯的。"吴贵刚才进来时并没有注意门旁边的是什么人,回头一看是老姚头,瞪着眼说:"老家伙上哪里搬家?"老姚头说:"想往下荒搬!"吴贵眼一白瞪说:"把你姑娘留下,愿意滚哪,滚哪,不把你姑娘留下,别想走出洪生屯一步。"老姚头趴到地下叩头说:"所长、股长,饶了我吧,您,行行好!"吴贵向外面喊着:"来人,把这老家伙赶出去!"马上有几个人把老姚头推出门外。

吴贵埋怨桂逊生说:"你怎么不看人随便起迁移证? 这就是'一枝花'她爹!"

桂逊生说:"我本来不认识他嘛!"

吴贵说:"你这人太那个了,那回我邀你一堆到他家玩玩去,你不肯,要是去了还能几乎把个'一枝花'给放跑?"

两个人相对笑了笑。

六

老姚头从村公所回来,别的人都劝他快把姑娘嫁出去得啦,省得这些坏种们心上再想着。老姚头两口一想也对,于是就托邻居给找主。两三天以后,果然找到了,离此十来里地的兴业屯有个很老实的扛大活的。虽然年纪二十八九了,比素芹大十来岁,可也不算太大,况且家口不多,只有一个婆母,是个挺贤惠的老太太。说妥了,也不用过礼,看了个日子就准备过门。

到了过门日子的头两天,兴业屯送来了几件衣服,姚素芹也打扮了一下,光等到时候就上车,爹娘也省着再生气,自己若嫁个好女婿,爹娘自然也饿不着。不料这消息传到了王卜的耳朵里,这个老酸臭鬼,最近常不分昼夜地磨皮蹭痒地蹲到素芹家里舍不得出来,听说素芹要出门,赶忙把这消息告诉了吴贵。吴贵说:"兴业屯谁要娶她?"王卜说:"不清楚,还不知道叫什么名字!"吴贵把桌子一拍说:"我看他胆大包天啦,看他娶成媳妇……"说着便令人到兴业屯去抓要娶姚素芹的人。

姚素芹要出嫁的头一天下晚,兴业屯派人送信来说:"新女婿被分所抓去了!"这消息真像晴天一个响雷。姚素芹一头扎到她妈怀里说:"娘,咱们都死了吧!"她娘也只有抱着她流泪。这时恰恰王卜从外面走进来,见姚素芹和她娘都在哭,在屋里来回走了几步慢腾腾地说:"哼,这个'门'既然'开开'啦,还能'关'得住?我看这行买卖,不比你爹给人家扛活强……"老姚头躺在炕上已经几天下不来了,肚子胀得像个大鼓,听见王卜这么欺人的话,恨不能下炕来一巴掌把他打成肉煎饼,但想坐起来,身子已经不听使唤了。于是吸了几口气,动了动嘴唇,就躺下伸了腿。

七

故事到这里算是结束了。吴贵王卜这一帮人,天天蹲在家里,简直像一群狼。因为这时姚素芹和她妈无吃无烧,所以吴贵他们每天来时,总要带些吃喝,叫姚素芹替他们做一做,他们吃过之后,剩些残余饭菜,自然姚素芹和她妈也觉得这不是"干净饭",但既然要活下去,就不能不吃。究竟姚素芹和她妈妈为什么能吞声吞泪地活到现在,没有在当时跳井或上吊死了,这个在姚素芹诉苦时也没有提到。不过她的邻居告诉笔者:如果当时姚素芹死了,她妈也就活不下去;如果她妈死了,姚素芹也不愿再活,母女之情难舍难丢,谁也不忍先死。据笔者所想,在先前,被封建阶级逼得死不成活不就的人,那是太多了。姚素芹不过是这里面平平常常的一个,笔者把这个故事拿给到几个村子读给群众听时,他们随时都谈到比这更悲惨的故事。可见,在旧社会里,这样事情是多得很的。

一九四八年二月三日于甘南胜利村

选自《荣誉》,东北新华书店1949年

◇激 身

地主无好人，一家更比一家狠

——记战士潘兴乔诉苦

我家七口人，两妹妹两弟弟，爹给人家种地，家里穷得吃不上穿不上。九岁那年，我爹就把我送到姓高的地主家里，当半拉子，混口饭吃。那时我瘦得像皮猴，顶不了啥事，就能扫扫地，扒扒灶灰的。掌柜的嫌我干活不利索，我就经常挨打受骂，打还不敢哭呢！一哭掌柜的就骂："光会吃饭，不会干活，打你还冤屈呀——"他一生气就更打得利害啦。

挨打受骂，受尽折磨，岁数一年年长，差事一年年加，混到十四岁那年，我就给他们放猪放羊，老财主的娘们，拿我爹妈不当人，比猪比羊，羊跟出了圈，娘们就叫开啦："半拉子，你爹跑出去啦，还不快去抱回来。"猪跑出了圈，娘们又叫开啦："半拉子，你妈出来啦。"当着面这样欺负人家爹妈，叫谁也受不了呵！我心里真像被刀割似的，说不出来的难受。

有一回夏天放羊，一时没有注意，丢了一只羊，我左找右找，找不见，吓得我不敢回去啦。可是不回去也不是事儿，回去晚了，还得挨揍，我只好提着胆，硬着头皮，往回走。一路上，两条腿像飘起来似的，怕是连点力气都没有了。好容易迈到大院套，娘们家吊着嗓子骂："你他妈的，出外净贪玩啦，干啥这么晚才回来？你说！"叫我说什么哪，腿肚子底下早在发抖啦。突然一巴掌，照着后脑勺打过来,再不说也不行啦。我硬着舌头说:"羊丢了,找羊找晚啦!……"娘们家一听,竖着眉,瞪着眼,嘴里就"兔羔子,该死的——"臭骂开了,给日本狗当警察的大少爷,正好也在院里,他掏出盒子枪,对着我的脸说:"今天要找不回来,叫你归西见阎王算账去。"我含着泡眼泪,拼着这条命,再去找吧。一路上抬头望天,低头瞅地,有谁可怜我呵! 我叫着"羊呵! 羊呵! 你快出来呀! 这不是要活活逼死我吗!"高粱地,苞米地,山前,山后,东找西寻,到底在老远的一片高粱地里找到了。我抱着小羊羔子,也就是抱着我的命,心里又喜又酸,禁不止流下眼泪。

回到家里,虽然不打我啦,可还是一样受罚不给饭吃。

到十五岁时掌柜的就叫我蹚地啦。瘦得像麻秆似的,哪来的劲呵! 稍为一慢,不是一顿毒打,就是祖宗三代给骂个苦。唉! 穷人家孩子,就不算人呵!

有一天我蹚地,实在蹚不动了,掌柜的说我偷懒,一顿皮鞭,打得我死去活来。当天晚上,越寻思越不是滋味,真干不下去啦,我鼓了把勇气,摸黑一气跑到家。我爹妈一见我脸肿鼻青的,就知道我是挨打跑回来啦。天下的父母谁不痛自己的孩子呀! 我妈难过得在偷抹眼泪,我爹泪水早也在眼眶里滚转着啦。就这样我爹拉着我,爷俩哭了一晚上。一早我爹到老高家去求情说好,终算是辞下了活。六年了,在姓高的地主家,一把泪,一把血汗的,啥也没捞着,只是带回来了一身紫青痕和大疤拉。

几天以后,我爹硬着心肠,又把我送到地主老侯家当半拉子去。我心想换个家终会好些的,哪料想,有钱的到处一样,真是"天下乌鸦一般黑"。老侯家更狠毒,有刑罚堂,三天两头,谁干不好活,就得过堂挨打。开春了,给我半里长的十来垧地,叫我蹚。第二天吃完早饭,就下地了,干到晚饭时候,蹚了半垧地,这时掌柜的提着棒子过来了:"半拉子,干了多少?""半垧。""只干半垧?"姓侯的连第二句话也没说,就劈头劈脸地揍了我一顿。第二天怕挨打,没等鸡叫,摸黑顶着月亮,就下地去啦,一直又是顶着月亮才回来,两天工夫，没敢直起一下腰来，不要命的一口气给蹚完了。虽然两天没受棒子揍，全身可折腾得不像样了。躺在炕上下不来地啦。他家的一头牛病了，都得叫牛倌好好侍弄着，咱穷人病了，是活该，不但不可怜，掌柜的倒反瞪着两眼骂："穷小子，装什么蒜，还不给我滚下来！"我口口声声地哀求着："可怜可怜吧！病了，实在下不来炕啦！""病？！不死就得去，快去！"掌柜的说着就走了。再叫我哀告什么呢？再说，还不是要挨一顿揍，站不起身子，也只好爬着去吧！

这种日子活个什么劲头，一道上，"死"在我脑子里转着，真不如死了痛快。心一横，解下破裤带，拴在道旁一棵树上，就上了吊。破裤带不结实，断了。没有死成，可是晕过去了。醒来时，我只好忍着泪，拾起地上的镰刀，又到地里去了。

赶到地里，掌柜的竖着眼睛问："你干啥去啦，这半天才来？"我忍着泪扯了个谎说："肚子痛蹲了会儿。""谁叫你蹲着去啦！"随上一阵蹄子，把我踢晕过去啦！掌柜的走后，伙伴们才把我叫醒。晚上回去怎么想不是死了好，这样活着有什么意思，第二次又一横心咬着牙，到马棚里找了根绳子，连爬带走的，到了房后山坡下，拴上了绳子，这次我对着绳子说："绳子呵，这次你可不要断了。我吃不饱饭，穿不上衣服，成天挨打受骂，还是死了痛快。"刚套上脖子不久，打东头来了一辆马车，一个善心老头，把我抬了下来，一直拉到村口。这工夫，有认识的就告诉了我家，我妈和弟弟妹妹哭着把我抬回到家。第二次寻死又没死得了，以后我爹只好到老侯家再辞掉这门活。这次连病带气，整整在家病了个把月。

选自《擦干眼泪复仇》，东北书店 1948 年

◇ 谭　亿

一个乡长

一、穷人刚翻身的时候

从来没见过穷人断根的时候。在早头花子队满街窜，如今晚——再看看吧！捧瓢拉棍的哪儿也瞅不见一个，原因很简单，就按龙山屯说吧！谁家还不分个一垧两垧地。

龙山屯，有五六十户居民，多半是贫户，在伪满这屯的穷哥们也是最受欺压的，劳工，出荷，挑兵，捐税……。一片乌烟瘴气，闹得可凶啦！拜完了阎王爷拜不完小鬼，应付不上这些差事的穷人家，被活生生打死的，抓当劳工的，死在矿山窑洞的……，家家摊了个遍。春季催捐抓人，秋季催粮出荷，逼得老百姓上吊的上吊，投井的投井，这些悲惨的事数也数不清。十四年的苦楚老百姓是怎样一天一天熬过来的，真是马尾毛捆豆腐提不起来啦！

自从东北解放，赶走鬼子，八路军建立了民主政府，实行土地改革，老百姓这才像退滩鱼又见水一样，喘过了这口气来。

龙山屯真是个兔子不拉屎的地方，净是小山沟沟道，歪歪扭扭的，离区政府有十多里路，光走也得一个多钟头。常出头露面办事的人是乡长，乡长姓李名叫焕章，他是"八·一五"以后搬进屯的外来户，他给一个财主家种瓜看杏树当佃户。刚搬进屯来——耕田挑水啥活都帮助大伙干，不到半月，很多人都跟他合得来，都愿跟他

300

在一块唠扯。没事凑一伙人蹲在一块，都听他讲故事，三国聊斋一套一套多咱也讲不完。

他未曾说话先满脸赔笑，说起话甜口蜜舌的。今年四十二岁了，身板很壮实，穿着一件蓝棉袄，腰间束一条草绳，脚上穿双靰鞡，有时戴顶毡帽，有时光着头，干瘪的脸儿像个葫芦头，两腮上长着黑丛丛的胡须，人们都管他叫李大胡子，他勿论跟谁唠扯都很亲热，面相带的自来熟。大伙都说他为人老实和气，又朴素又勤俭，是一个好人。

李大胡子没有家眷是独人一条，早前在依兰住过，至于老家是哪儿，不知道，是干啥出身的，也摸不清。据他说：从前他是扛活出身，也是经过风霜吃过苦的人，从他的一双粗笨大手和壮实的身板看来，是很靠得住的。

他给杨景春家看杏种瓜不过才几个月。杨景春在伪满洲是这屯的屯长。他吃人饭不拉人屎，说人话不办人事，赶到收捐出荷他都要剥一层皮。赚了老百姓的油水还不算，还要打骂老百姓，有的时候又装人，说什么打是亲骂是爱，都是为了大伙好。这简直是狗臭屁，谁也不瞎，他有多阔气，冬天穿着羊羔皮袄，夏天穿着协和服。在日本人眼前献出奴颜媚色，在老百姓跟前瞪着死牛眼，晃着膀子摆来摆去，一瞅人死牛眼一斜楞，一骂人尿罐子头一摇撼。这个嘴脸，谁见了谁憋气，屯里人敢怒不敢言，没有一个不恨他的。

自从天下翻了个儿，他就活像是个大尿泡撒了气，躲在炕上守着老婆不敢露面，即是露露面也是囫囵个换了相，见了人又点头又哈腰，他会装孙子啦！日子不久，长发屯就建立了区政府，给穷人做主。再分受过他的作践，谁还看他装孙子这一套。穷哥们整天在一块嘀咕。李大胡子虽是给他种瓜看杏，但跟他的底火更大，几个月来跟他借过三回钱都碰了钉子。这真是个好机会，李大胡子领着一伙人要剥了他的皮。

杨景春听到这个风声，更吓得拉了一裤筒，叫老婆东跑西颠托人说情。惹穷棒子上了火才没治，说情顶个屁，说啥也要剥他的皮。总算杨景春这小子打铁认火色,知道好虎架不住一群狼,便跪在地上向大伙求饶。穷棒子一看他泄了气,劲头来得更大,别人的劲头咱不提,光说李焕章的葫芦头笑脸都变成难看的凶神,逼得杨景春实在没咒,叩头像捣蒜一样,答应把地都分给大伙,只要留住他这条命就行。

由李大胡子出主意,和大伙查点了他的地,又赶来他的一群羊。大伙这才消了这口气。

哄火了不到十天,县里果然派来了工作团,李大胡子见了工作团,堆起满脸笑纹,把杨景春在伪满时候干的事,及分了他的地的经过情形从头至尾说了一遍,工作团同志听了他的报告,又细细调查了一次。说他办得对,办得好,真能给大伙办事。李大胡子却笑眯眯地说道:"唉!同志——如今晚咱穷人的身子翻了个儿,刀柄掌在穷人手,丁点小事政府都由咱穷人说了算,咱替政府办点事是应该的。"他擎起手摸摸胡子又接着说,"我常说——三条腿的蟾找不到,两条腿的人有的是,还显着咱啦!叫咱办点事是瞧起咱,只要咱能干的,叫咱干啥咱干啥。"扯起嗓子说完,随后又堆起满脸笑容。

工作团的同志跟他唠嗑老半天,看他很积极,赞扬他是一个呱呱叫的能手。

工作团回到区上就把李大胡子所办的事向上级说明了。

以后十几个屯子选乡长,就把他选上了,李大胡子就这样当上了乡长。当了乡长以后,联络人暗察事都有一套办法。

有一天他请来一伙本乡本土的人来吃酒,这帮人之中,当然有好的也有坏的。李大胡子打上酒炒上菜,跟大伙团团坐在一起又吃又喝,等到喝得差不多了,他忽然抬起头,堆起笑脸,向大伙说:"在家靠父母,出外靠朋友。咱们能在一块儿这样要好不容易。酒逢知己千杯少,话到投机不厌多。"说到这里他举起酒杯要和大伙干一杯,大伙一齐举起杯,一仰脖儿就呷下去了。李大胡子的嗓头"沙"的一声,擦了一下胡须上沾着的酒星,舌头抿了抿嘴唇,又接着说:

"咱们都是自家人,跟亲哥们一样。今天我跟兄弟们说句知心话吧!这话闷在肚里很久啦!在其位的,我知道的就有三棵枪。好在今天也没别人,大伙都拿出来吧。如今晚有政府队伍保护咱,藏枪也没用。并且政府知道了又是个麻烦事,不如早些交出来,你们说——是不是?"李大胡子好像跟他们搭着江湖暗腔似的,说完便钳一口菜送到嘴里嚼,显出八分醉意的样子。

众人一见这情形都发了毛,瞪着眼睛,你瞅我,我瞅你,面面相觑,都不说一句话。李大胡子翻了翻眼皮,霎地把笑脸一收说道:"说起来这件事,我的责任很大,大伙要是一定不肯帮我的忙,我只好指着名到政府报告。你们大伙想想——不然,叫我怎么办。就是这么着,我才再三想过,咱们人不亲土还亲,今天才请大伙来商量,缴出枪给我,我保大家没事,不然——等政府搜出来就不好办了。"葫芦头脸上又笑了。

"韩长海你说是不是?"正在没人吱声,他又追一句。

"是!是!我拿出来,可是别人……"

在其位有枪的人一听,心里都凉了半截,接着赵三也承认了,王大有也承认了。

他们吃完了饭,李大胡子立马追蹿跟他们把枪取了回来。

李大胡子真有一套,假装喝醉就起出三支枪。他的怪道道巧办法多着哪!整天带着乡长印子跑东屯颠西屯,也不定宿在哪屯,反正到哪屯,哪屯就是乡公所。

这天他从朝阳屯到区政府,一路上越想越好笑,暗自思量着——这下子可能肥几天。

朝阳屯有个老头子名叫顾良,东北解放后他拣了两垧满拓地种,被李大胡子查出了,说他种的是汉奸地,罚他三万元,限十天缴齐,十天缴不齐就下来抓人,并说这是政府里叫这么办。可真把顾老头逼得左右为难,便向他央求:

"原先我不知道这是啥地,只当是白荒地,这么着——我情愿把地缴政府不种了。求李乡长向政府给说说情,叫我拿钱我是拿不出来的!"

"活人不能叫尿憋死,你不会卖东西吗? 对我苦的啥穷,我没工夫跟你噜苏,交不出就抓人。"李大胡子把胳膊一甩,头也不转就走了。

他刚到了长发屯区政府,辽远就看见大人小孩满街窜,一进区政府的门,很多人密密层层塞满了院子。孟区长站着向大家讲话,还有好多干部同志站在一旁。马队长见了他便跑过来拉着他的手说:"李乡长你可是来啦! 正想打发人找你去——"

院心有几个基干队同志背着枪,中间绑着一个人,李大胡子一瞅见那人,心里就咯噔一下,好像钉了个钉子。

李大胡子见过了孟区长,孟区长便把捉着胡子的事跟他谈了半天,这时众人都在逼胡子坦白,但是胡子只低下头一声不响。

李大胡子跟孟区长不知说了些啥,只见他抢步上前狠狠打了胡子两个耳光,随后又冷笑了笑,照胡子的胳膊咬了两口,好个有种的胡子,连哼也没哼,低着头仍是一声不响。

"土匪胡子来祸害咱,咱们一定要重重处治他。"李大胡子用粗沙的嗓音喊了一声。

"打死狗胡子!"众人吵嚷的声更尖了,有很多小伙子擦拳摩掌要动手打。孟区长见大家的情绪很强烈,胡子又很狡猾,一时怕得不出详细的口供,便向大家提议,把胡子押起来,先实行调查。大家都同意,这才平静下来。

两个民兵把胡子拖向牢狱去了,看胡子的人一窝蜂似的,拖拖拉拉跟在后面,活像一条尾巴。

孟区长召集干部们又谈了一些调查胡子及消灭的办法,直到太阳落西,烧成火红的色彩才散会。

二、为民除害途中遇险

这两天马队长为调查胡子窝忙得真够呛,他是区政府基干队乡大队的总队长,住在四合屯,离区政府五六里路。他今年才二十七岁,这小伙子瞪着一双大眼睛精神十足,为人忠实认真,办事好追根究底。他跟李大胡子李乡长是最要好的朋友,平素也最听他的话。

他正在区政府擦着自己的枪,忽然有个基干队员走进来:

"报告队长——外面有个老乡要闯进来见,说有要紧的事。"

马队长一听报告急忙迎出去,见那老乡面如土色,急得连话都说不清楚,结结巴巴说了半天,才知道他是刘山屯来的,家里去了胡子要吃要喝要钱,闹得翻天覆地。

马队长一听,急忙把手枪插在腰里,叫着个基干队员背上大枪,随着老乡就走,也来不及时间办别的了,只伏在站岗的小于耳边,叫他去报告区长召集大伙预备一下。

刘山屯离区上有十五里路,三个人在路上拼命地跑,不一会跑到了,领路老乡指点了一下就躲开了,马队长二人谨慎地向前走,见这家门口挂着红彩绸,才知道是娶媳妇,胡子趁机来闹,家里人招待给胡子做饭的时候,才得机会报告。

基干队员留在门口,马队长一个人轻轻走进来,听屋里鸦雀无声,拾起院中的一支鞭子,又把毡帽耳朵放下来,装做赶车老板,缩头缩脑进了屋子。屋子里只剩个老太太,他装着跟老太太支吾着搭腔。胡子正在大吃大喝,瞅见有人进来,才要把筷放下,可那知马队长猛古丁从怀里拉出手枪,给胡子个冷不防:

"不要动!"劈头来了个下马威,逼住胡子不让胡子动弹,胡子无奈便举起手。这时基干队员也闯进来,上前把胡子的枪搜出来,随后掏出绳子把胡子捆上了。马队长一使眼色,基干队员便喊道:

"快走——"

"我只吃了几盘菜,还没吃饭,肚里饿得空落落,叫我怎么走呢!"胡子苦笑着又像央求似的。

马队长略迟疑了一下就答应了,反正区上就来人,再来胡子也没有大不了的。胡子延长时候,想等其余的三个胡子,哪知他们知道区上得到信,又不知来了多少人,早就吓得溜之大吉了。

老太太把面条下给胡子吃了，马队长掏出钱给老太太作为胡子吃饭的损失费，但老太太死也不要，并叫马队长是恩人，向他道谢。

解着胡子走在路上，太阳就快要落了。胡子和马队长很恳切地唠扯着，告诉了他的名字叫纪振山，到区上要坦白改过，并说过去是受了骗当了胡子，马队长也跟他谈了一些坦白自新政府能宽大的话，三个人走着走着——大约走了有一半路啦！

基干队员被屎憋得眼圈发了红，就撤在后边拉屎。又走了一会，胡子站在小岔道上不知哪条道是到区上的。马队长提着手枪刚向前走了两步，只觉脑后嗖的一声飞过一块大石头，急急回头一看——绑胡子的绳不知啥时候脱开了。这时胡子一见石头没打中，瞪起狼眼恶狠狠照着马队长扑过来夺枪，说时迟那时飞快一般，马队长才要举起手枪，却早被胡子抱住了，手枪霎啦掉在地上，于是俩人就滚在地上打了起来。胡子的个头大劲儿足，马队长小伙壮劲儿猛。棋逢对手，在地上滚着都要摸起地上那棵枪，滚来滚去滚成一团了。

胡子拼命往上挺，一拳打在马队长的天灵盖上，只觉得脑袋嗡的一声，两眼直冒火星。马队长一面挣扎，一面大叫，正在这紧张的时候，忽听背后"砰"的一声枪响。

"不许动！"哗啦枪栓又响了一下，"动一动就地打死你！"基干队员喘吁吁地喊着。

马队长翻身站起，胡子也呆呆爬起来。

"走！"马队长从地上拾起手枪逼住胡子，胡子只得转过脸向前走。忽然基干队员道："马队长，还没绑他呢！先别走！"话刚说完，只见马队长的手枪一甩，砰——砰——两声，胡子扑通一声摔在地上，顿时鲜血直流。

马队长打死了胡子，扭过脸对基干队员说："这样凶恶的胡子还留他干啥！"基干队员点了点头，显出惭愧的样子，怨自己不该走在后面磨磨蹭蹭，险些出了岔子。

马队长中途打死了胡子，回去报告没凭据，恐怕别人不相信，就把胡子的耳朵割下了一个,以便回去交差。

天色漆黑了,他们才赶到区上,区上静静悄悄啥也没准备,问谁也不知道,又听说小于跟李乡长吃饭去了,马队长心中非常生气,找到孟区长,从头至尾谈了一遍,便把差交了。

三、胡子潜逃狱守被疑

李大胡子好几天没到区上来,今天掌灯时分来了,一进宿舍门,就满脸笑盈盈——精神很乐。

"李乡长,有啥喜事这样乐?"小陈凑过来。

"听说马队长打死个胡子! 我怎能不乐!"

"噢! 可不是吗,割了个耳朵回来交的差。"大伙笑起来。

"咦! 马队长呢?"

"他这两天更忙,今天一天也没来。"小陈又说。

李大胡子跟六七个地方工作同志坐在一块堆,东唠唠西唠唠——不知不觉就唠到讲故事,大伙都拍掌欢迎。

这个宿舍很大,有的坐在贴山大炕沿上,有的坐在板凳上,也有的卧在行李上,李大胡子却站在地上,拉开话匣,比手画脚,吱吱呀呀像压碾一样,开头就没完啦! 讲到精彩起劲的地方,大伙都瞪着溜圆的大眼睛,嗓头不知不觉也随着:"哦! 哟! ……"于是李大胡子便停顿一下。有的不耐烦,急急催促着问:"关公虚晃一刀,老黄忠从马上掉下来,往下又怎样啦?"他咽一口吐沫又接着讲下去,讲得大伙的脸上,一阵一阵现出不同的表情,一会儿笑,一会儿恨,一会儿龇牙,一会儿皱眉……

讲到深夜了,墙上的挂表过了十一点。大伙都困得难受,有三四个同志斜卧在行李上呼呼地睡了。

李大胡子越讲越起劲,又讲了半点多钟,大伙困得抬不起头来,这才停住不讲了,都放行李睡觉。

"唠得太晚,不到前面睡了,就睡在这儿吧——"李大胡子说着打了个哈欠,便趴在刘锁子的行李旁边。刘锁子是个看守监狱的人。区政府的监狱和这个宿舍是相连在一起的,所以刘锁子也睡在这个宿舍里。

满屋子里,鼻鼾声呼呼响起来。都睡得像死猪一般。院子里刮起一阵小风吹得窗纸沙——沙——作响。

李大胡子蹑手蹑脚爬了起来,悄悄掀起刘锁子的衣兜把钥匙偷出来。穿过了宿舍的右门,走到监狱的小门旁边,门上有砚台大的小窗窟窿,往里一瞅——黑咕咚的。伸手轻轻敲了两下。胡子在里面霍地睁开眼。

"于坤——于坤——"李大胡子的声音简直听不清。

"哦!……"胡子跳起来,脚镣哗啦响了一下。

"慢——点!"李大胡子惊慌地嘱咐了一声,便轻轻开了狱门。于坤一头闯出来低声说道:"大哥——我能走出去吗?"

"能——能——"

两条黑影贴着走廊抹出去了。出了大门,靠在一个墙角,李大胡子的胡须触在于坤的耳朵上说:"东头放着哨,从西头小沟崖下走,小心点。纪振山到底死了。为你的事大伙愁坏了,合计了两三天才想出这么个办法。他们在尼姑庵等着接你,快走吧!"

于坤一溜烟窜进漆黑的夜里——不见了。李大胡子仰起脖儿看看天上没有月亮,几点星光闪闪烁烁不太清楚。他紧忙绕到监狱的房后,把小后窗的玻璃轻轻打碎,又把监狱里的草垫子靠墙竖起,随后照旧锁上了门,回到宿舍,把钥匙又塞进刘锁子的衣兜里。眨着眼皮暗笑了笑,便安安静静地躺下睡了。

早晨的太阳升起多老高,他们正在蜜睡,忽然一阵吵吵哄哄的声音惊醒了大伙。只见刘锁子站在地上大喊大叫:

"胡子跑了!不好了——胡子不见了……"大伙都大吃一惊急忙爬起来,李大胡子跳起多高——朝着刘锁子大发一阵脾气,骂他办事不负责任,发完脾气,就匆匆奔向办公室去了。

不一会孟区长、马队长都赶来,李大胡子显出很气恼的样子,把刘锁子办事不认真,马马虎虎跑掉胡子的事向大家说了一遍。

大家都到监狱里考察线索。马队长咬着下嘴唇琢磨胡子怎样跑的道理，又研究了半天小后窗，马队长踏上了草垫子，小后窗只能伸出脑袋，怎的也钻不出一个人，何况胡子还戴着脚镣。大家正在怀疑，李大胡子向刘锁子哼了两声。大家都看看小后窗，再看看刘锁子的脸，刘锁子的脸红了，并低下了头。

最后大家研究了老半天，就一面先押起刘锁子，一面派人到处抓胡子，按下不提。

却说胡子于坤被李焕章放出来没命地跑，直奔龙山屯附近的尼姑庵而来，赶跑到山前天色快发白了，他一拐一蹦地一边跑一边东张西望——见山顶上跑下三匹大马，马上骑着人。顿时跑到眼前，果然是来接他的胡子。胡子们把他拖到马鞍上，便飞也似的向龙山屯的刘省三家里奔来。

刘省三自从和他们约好了以后，早就有了预备。一听门响就跑了出来。

"谁？"

"大哥，我们回来了！"

门闩哗啦地开了，四个胡子连人带马一齐扑了进去，门闩又哗啦一声关上了。

进得屋里，众胡子先把于坤的手铐脚镣打开，一个个都龇牙瞪眼地笑。

人心隔肚皮，鬼神也难知，可哪知李焕章整天假装积极，暗地里和地主刘省三通胡子，交了成帮的胡子磕头拜把子，祸害老百姓。自从李焕章报告他们纪振山被半道打死割了耳朵，他们便约好了日期放于坤逃狱。

天到下半晌，刘省三和老婆手忙脚乱，把鸡鸭鱼肉的酒席都预备齐全了，却还不见李焕章到来。他们都等得不耐烦。刘省三刚要出门去看看，突然自卫队小队长张环跑进来，一见刘省三便说："李乡长回来了！"话没说完，李大胡子就一步跨进门，刘省三一见，问他怎这样晚的时候才来，李大胡子说："哪能太显鼻子显眼啦！怕他们看出破绽，又怕走漏消息。在区上假装跟他们研究于坤逃狱的事!"二人说说笑笑正往屋里走。里面的胡子一听大哥回来了,便一齐跑出来迎接。张环也站在一边笑,李大胡子瞅着张环的笑脸自己也笑了笑,从腰儿里掏出了一把钱票子塞进张环的衣兜,随后把嘴一噘,张环便撒腿又到外面放哨去了。

张环才十九岁,是龙山屯的自卫队长,他当队长是李大胡子硬拉拢的。张环家里啥人也没有,只剩个聋子妈妈,家里也是穷得常断烟火,妈妈帮人家洗洗缝缝,他雇给人家看牛混碗饭吃。如今分了些日本鬼撇下的开拓地,李大胡子又给他很多好处,年轻人没主意,受胡子的贿赂,上了胡子的当,就被胡子利用,替胡子打更放哨探消息等都干。这且不提。

却说胡子们一面大吃大喝,一面大讲大唠……

"我被押了这些天,你们把子弹办得怎样了?"

"别提啦!东跑西跑总算弄齐啦!"

"区上的势力越扩越大,民兵也越来越多,简直不得活动了,就是焕章都不敢轻易往这儿跑!再要不……"刘省三说着又端上一盘菜,说到这儿又闭住口。李大胡子听着叹了口气,点了点头,啥也没说。把手一摆,大伙的头都凑过来,李大胡子如此这般地咕噜了一阵,众胡子都连连点头。

"大家都记住日子,听我的信,不见我的暗号千万别动手!"李大胡子又重复了一句。

胡子们吃得酒醉饭饱,刘省三的老婆又一盘一盘收拾下去,随后又端出大烟盘子。

胡子们正在轮着吱——吱抽大烟的时候,忽听街门响,胡子们吓了一跳,都掏出枪站起来。刘省三的老婆正在外屋洗碗,忙溜出去,不一会就走回来,摆一摆手说:"不要紧,是东屋的王老婆子来交房租。"胡子们一听,又说笑连天地放肆起来。

天将黄昏的时候,胡子们才收拾收拾要起身,把收来的粮和钱都打点妥当捆在马上,临走的时候李大胡子又嘱咐他们别忘了日子听信,接着便吩咐自卫队到四下放哨,掩护着胡子很快地转移到江北去了。

四、马队长疑心笑面虎

自从胡子逃狱以后,马队长整天愁眉不展,这几天他到处考察,逼问刘锁子和每个干部,到底也得不着个线索。

这天他又跟刘锁子谈,从胡子没跑以前到胡子跑了以后,一点一点地逼问、研究。刘锁子忽然就把李乡长头天讲故事的经过一五一十说了一遍,马队长心中马上就起了怀疑,想了又想——又想起捉胡子那天晚上回来,李乡长把小于叫去吃饭的事,一件一件的现象在他脑子里直转,他恍若醒悟似的点了点头,冷笑一声就走了。

马队长一个人蹓蹓跶跶直扑龙山屯奔来,龙山屯左面就是一座土山,山上有个尼姑庵。马队长绕过土山,刚进了村头,便碰着俩人,一个老头子和一个老太太,不知唧唧咕咕在说些啥,看样子缩头缩脑好像怕人。他们正说着,一看见有人来,陡然显着惊慌的样子不说下去了。这时马队长已走到他们的面前,便笑嘻嘻地问道:

"二位老人家,在说啥呀?"

"啥也没说!"老头儿吓得直翻拉眼。

"我听见说啥啰!怕我干啥?咱都是本乡本土的人!"

两个人惊嘘嘘地瞪着眼,你瞅我我瞅你。马队长一见这种情形,紧接着追问:"老大爷,你怎的说胡子,啥胡子啦?"老头儿才要开口,老太太瞅他一眼,他又不说了。马队长心里可是有了七八成啦!随又追问:"好!你们不说,想必是勾通胡子,我就是区上的马队长,我去报告区上,不说也能调查出来。"两个老人一听,吓得魂不附体,急忙辩道:"我们哪来勾通胡子啦!我们说,我们说……"两个老人接着你一言我一语就说开啦!他们说如今晚虽是分了地,可是被胡子祸害得还是不能过。胡子来作践——要啥得给啥!胡子来了得给胡子做饭,喂马。胡子要走得给胡子凑款纳粮。唉!一天一天净是为了胡子忙,分的地也没法经营啦!哑巴吃黄连有苦说不出!

马队长听到这里,心中气得像似开了锅,却压着气笑嘻嘻地插嘴问:"那为啥你们不到区上报告呢?"

"谁敢报告啦!区上……"老太太刚说到这儿又闭住口。还是老头子的胆大,不在乎地接着说:"谁敢报告啦!区上的李乡长跟胡子是磕头的把兄弟。我们拿脑袋瓜耍把戏吗?可就说我吧!我种了两垧荒地,李乡长硬说是汉奸地,非罚我三万元不可,硬逼我把牛卖了。唉!又不敢得罪,又不敢说,只好忍气吞声,谁还不是半遮半盖推聋装瞎!"顾老头说着气得直打哆嗦。

马队长越听越上火。老太太再三嘱咐他,不要说是他们告诉的,怕李乡长知道了找上门,那就没命啦!马队长给他们解释了一番。大家有事不报,是自己害了自己,只有大伙齐心,别说这样小毛毛胡子,就是天大的胡子队也是"瓮里捉鳖",没有个跑。于是两个老人嘀嘀咕咕说起没完啦!

原来这两个老人是亲家,你道为啥他了解得这样详细呢!老太太就是住在龙山屯刘省三东屋的王老婆子。那天她到刘省三家缴房租,走在临街的窗外,听屋里说笑连天,她就停步站住,啥事都听见了,后来没声了,只听里面在吱吱地抽大烟,才叩门进去,恰巧刘省三老婆跑出来把钱接去,她就退出来了。

这时候王老太太一五一十说得一干二净,说完了就喘吁吁地咳嗽起来。马队长又安慰了他们一番,才踏上了归路。

一路上心中七上八下地暗想——"这个老贼成天假装积极,谁也看不出,今天才露了原形,真是画龙画虎难画骨,知人知面不知心……"

五、揭穿明暗召开坦白会

马队长回到区政府不敢声张,怕李大胡子知道了逃跑,就悄悄找到孟区长,从头至尾把今天的经过说了一遍,孟区长大惊,他也说近来看李焕章有些两样。于是马队长要马上把李大胡子抓起来,给他个措手不及，但孟区长摇摇头说："先不要抓他，手头又没有什么证据，怕不好办。"顿了一下又说道，"这样吧！今儿晚上先开坦白大会，让每个人都检讨自己，倘若他真能坦白自新，也好，政府一向是宽大的，假如再不坦白，我们还可以实行调查，有了证据，那可就不客气了。"马队长一听这个办法很同意，于是便传下了开会的通知。

晚上——掌灯时分，干部纷纷都来到区上，马队长把李大胡子让在里面，孟区长坐在他的一旁，马队长就在靠门坐下了，另外一些干部也都四面坐下。

不一会，会开了，先是农会干部坦白，又是区政府的干部也检讨了，大意都是要改正错误加紧工作，一个接一个，终于挨到了李大胡子的头上，他摸着胡子不慌不忙的，满脸笑眯眯，一点也没有害怕的表现，一点也没有觉悟的样子，说起话照旧是一板一眼的，也许因为常开这样的会，他把这会跟往日的会一样看待吧。他慢腾腾不以为然地说道："我近来勿论做啥事都有些松懈，这些毛病，谁见着都要给我提出意见，大伙堆你劝我我劝你，事情才能办好，就说上回吧！监狱逃跑了胡子，这就是刘锁子的天大的责任，这件事别说咱们不答应，就是老百姓谁也不答应哪！那谁知是怎回事——，不管怎样吧！大家伙要认真办事，才是为老百姓出了力，也能对起自己……"他照旧和从前差不多的一套，像是应付差事，又像是对底下干部说的。

马队长突然站起来特别声明：

"咱们有好事坏事都说说，谁也别装在肚里，人要拿良心坦白——"这尖锐的声明，在表面像是对大伙说的，其实是暗对李大胡子警告，想点破他，使他坦白自新。接着孟区长也检讨了自己……

一些干部听了马队长的声明，都低着头沉思自己的过错，极力寻索着找缺点。李大胡子笑眯眯地坐在那里，若无其事似的。

一些干部也都纷纷发言坦白得差不多了。马队长心中可真有点急,有点躁。

"这里我还知道有人办的事没有坦白,我看——咱们都是自己人,还是早些坦白了吧!"马队长说着脸色有点难看。这时很多人都你瞅我我瞅你,彼此都惊嘘嘘地怀疑着。陡然李大胡子像是要活动的样子。马队长看这情形真是死逼梁山没办法,终于硬着头皮指着李大胡子说:"李乡长,你先别动!"

"得了老马!你这是干啥?"还是笑嘻嘻地。

"干啥!你办的事你还不知道吗?"

"老马!你这话从哪说起?"

"你不要跟我装糊涂!"马队长说着掏出了手枪。

"呕!老马你不能用血口喷人哪!你有啥证据?"

"我早就调查好了,你说!你和胡子抽过大烟没有,你给胡子收过钱粮没有?监狱的胡子是谁放跑的?"

李大胡子一听这话,心中立时凉了半截,霎地站起来就要掏枪,却被孟区长一把抱住,把枪夺下来。在座的同志们都惊慌得脸上变了颜色,大家都莫名其妙,紧接着——马队长就叫队员们把他绑起来,但是谁也不肯上前,因为平日李大胡子买弄得大家实在不错,三天两头请大伙吃饭喝酒。这时又摸不着头绪,谁都不好意思去捆他,马队长一看这情形也就明白了,这也难怪他们,连自己都受了李大胡子的骗。于是就亲自上前去绑,李大胡子一见来绑他,便馁了气说道:"你用不着捆我,反正我是这屯的,跑了和尚也跑不了寺!"马队长狠狠瞪了他两眼,也不理他,就七手八脚地把他绑了起来,又吩咐队员们把他拉到外面院子里。

灯光下李大胡子的脸发青了,哆嗦了,并低下了头。自己心想:"这回我算送命了。妈拉巴子,他们怎知道的,该着就没治,唉!怨自己……"李大胡子心中越想越懊丧,恨自己为啥不把信先送去,叫他们早下山动手,怨自己耽误了事。正在迷迷昏昏地乱想着,忽然又听有人吩咐把他押起来。

队员把李大胡子拉走以后,马队长告诉大家,关于李乡长的事明天再宣布。有的人已明白了一些,有的人还很纳闷。

大家散了会,马队长和孟区长,还有几个干部留在屋里谈话。

六、老百姓枪毙害人精

第二天,区政府的门旁贴着一张布告,李大胡子怎样勾通胡子,怎样给胡子凑款纳粮通通写得详详细细。

赶到吃晌午饭的时候,马队长就从龙山屯调查回来,把屯长和自卫队长张环也抓来,当下审问他们。屯长是个有其名无其实的傻子,他当屯长也是李大胡子的把戏。见区上把他抓了来,吓得跪在地上叩头,啥也不懂。又审问张环,张环就把李大胡子通匪的事照实说了一遍,至于胡子窝住在哪儿他也不知道,只知胡子是江北来的,每逢来了就住在刘省三家里。李大胡子叫他干啥,他不敢不干。

大伙觉得不安的一点,就是刘省三没抓到,当基干队到刘省三家抓人的时候,一进门就听刘省三的老婆在屋里哇哇嗬嗬地哭,原来刘省三听着风就跑了。在刘省三家搜出两支枪,半麻袋子弹,还搜出一封密信,马队长把信递给了孟区长,信是这样写的:

……你们都准备好了没有,再住三天就是腊八,下午在老地方集会,半夜十一点半看我的火光暗号。分三路往里攻,还照第二回讨论的那个办法,切记切记!

李焕章×月×日

孟区长看了这信,立刻派人到县里报告,一面又派马队长把所有的民兵全部武装起来到各屯警备,搜查。

有好多干部到监狱里探问李大胡子,问他胡子到底有多少,藏在啥地方,但他啥也不说,只说:"我对不起你们大伙,如今我也知道不能得好了,我啥也不说啦!"说完就闭上眼睛再也不吱声。

又住了好几天,县里忽然来了个消息,说江北的胡子都一网打尽,军队正解着胡子们走在途中,并告诉当地的事可由当地马上办理或解决,大家得着这个消息都喜得发狂。

第二天的上午,在区政府的门前,开斗争大会了。把李大胡子拉到台上,台子的两旁写着拳头大的字:"有仇的报仇,有冤的申冤。"四乡九屯的男男女女都赶来了。首先由龙山屯的屯长和张环坦白自新了,又讲了一遍李大胡子勾通胡子以及威逼利诱骗人上当的事,更是个杀人不见血的笑面虎……

又一个妇人狠狠地说:"耍花舌子谁也没有比的,上几月工作团把财主家的青苗分给咱们,他当着工作团的面说得倒好,有福同享,有罪同遭。等工作团一走,他就派人吹胡子瞪眼给要回去了,谁敢放个屁!"说话之间,看狱的刘锁子钻出来,手指着李大胡子的鼻尖骂:"李大胡子——你他妈的真混蛋,明明是你放跑了胡子,你还装洋蒜,你想借刀杀人,你这个老狗的心也太黑了……"话没说完又跳出一帮小伙子:"你勾搭胡子,还造谣说:八路军站不住脚,等中央来了都能升大官发大财。可不是,江北的老哥们也都抓到县啦!我看能发财,到阎王老爷那里发财去吧!我今天再看看你到底能站住脚不能。你这个挂羊头卖狗肉的老贼,狼吃了不算,狗吃了你撺出屎来,我们藏的枪,你骗去,只当你交给政府,哪知你都交给胡子啦!"

"李大胡子,你逼我好苦哇!说我种的地是汉奸地,罚我三万元,逼我把牛卖了给你钱,还说这是政府的主张,可哪知交的钱你和胡子合伙分啦!到如今你还有啥话可讲,我们吐口吐沫也把你淹死啦!"顾老头气得脸色铁青,一边说一边淌眼泪,照着李大胡子"啪……啪……"连三续四打了几个嘴巴,孟区长摆一摆手,叫不要先打他,又是一片喊声:

"李大胡子出身不明!"

"他在依兰,就是个胡子。"

全场里的人闹哄哄,吵成一片,大伙的心像开了锅,刘锁子还不出气,从人缝里又跳出来骂:

"你吊死鬼养汉死不要脸,你放走胡子能挡过大伙的眼吗?没有不透风的墙,鸡蛋没窟窿还能钻出小鸡来……"

李大胡子的罪状越来越多了,一件一件算没完啦!

一片掌声中孟区长上台讲话了,说这会开得也差不多了,诉的罪状也够了,问大伙的意见,对李焕章要怎样办?

"枪毙!枪毙!……"人山人海突然轰的一声,像打雷似的喊起一致的口号。

"叫李大胡子跪下!"又是一阵大吵大嚷。

李大胡子的脸上早没人色,灰沉沉的,屁也不放。两个民兵把他架下来,他满身稀软地跪在地上连腰都直不起来啦!

这时马队长叫他站起来,到会场前面的空地里去枪毙,众人都同意,于是解开了绳子叫他往前走。有的女人小孩都堵着耳蒙上眼不敢看,会场的人闪出一条道,李大胡子还是一声不响歪歪斜斜向前走,许多枪口都对准他,跟在他的后面,正走中间,砰的一声将他打倒,他接着爬起来又在雪地上一颠一颠跑了几步。

砰!砰!又是两枪,狗吃屎似的一头撞在地上,来了个嘴啃土,可是一动不动了,接着就流出一堆鲜红的血,沾染了他身旁皎洁的雪地。

马队长跑到死尸的旁边,叹了口气,自言自语地说道:"老李呀!老李!你这是自作自受。"

接着又是一阵震天动地的口号:

"打倒反动派!"

"消灭土匪,肃清胡子!"

…………

选自《东北文艺》,1947 年第 2 卷第 1 期

◇ 颜一烟

保江山

出了杨万喜的屋,老刘可高兴啦!心思着:"就是得先把脑瓜筋给打开了——道里一讲通了,作啥工作都好办!"想着刚才杨万喜报名参军那股热诚劲儿,老刘点了点头:"穷哥们,翻身翻出来的,煮夹生饭煮出来的,这脑瓜筋就好开呀!"

一抬眼皮,无漫无岸邪绿贼亮的一片,苞米长得像"粗杆"似的,谷子长得都披肩深了,今年的大田,那样也能照往年多打个一石两石的。

"人翻身,地也翻身啦!"又瞅了瞅夹在大田当间儿的小麦地——地都搅了,黑油油直溜溜的垄沟,这明年种苞米黄豆是正楂儿啊!有的地还没拉完,一堆挨一堆,码着八个瓜子的麦码子。

"哪年见过这样的庄稼?——这能叫抢了去?!"

想着想着就到了老赵家啦。

两间里屋,北炕是个半截炕,赵禄屋里的在北炕头上的灶火坑"半拉"烧火,老赵太太坐在南炕炕头上捏豆馅。

"包豆包啊?老赵大娘?"老刘招呼了一句。

"嗯哪!给打场的人吃啊!"

"大兄弟打场去啦?"

"嗯哪!"

318

"是给个人打吗?"

"哪儿啊!个人的还没拉回来哩!今儿这是给东头老张家打,他们家老二不是去扩兵了吗?"

"对哪,这两天各换工组都是给军人家属打麦子哪!"

赵大嫂端过一盆发好了的黄黏米面。

包着豆包,唠着嗑儿。

"是说家家都得去扩兵吗?"老赵太太把话问出来了。

"谁说的?"

"你大兄弟回来说的嘛!说挨家挨户都得摊上哩!"

这个事儿老刘就明白有八成啦。

那天农民会动员了参军之后,赵禄就来报参军,说:"老太太跟屋里的都乐意,二兄弟侍弄地照顾家,啥啥都没问题。"老刘可没坐窝儿就答应了他,跟他说:"你先回去,照常侍弄地,等我调查实了,就给你报;要是谁还有一丁点儿不乐意都不行!"

可不是怎的,今儿来一听老太太这个口风,知道赵禄那个话不实,里头大小还有点问题。老刘就先不提参军的事,一边包着豆包一边跟老太太闲唠嗑儿,从伪满的抓劳工要出荷……一直说到给姜剥皮扛大活……这一来,老太太的话可就多啦,七百年的谷子八百年的糠,老赵太太早先肚子里头的那些个苦水,又都叫老刘给勾出来了。

一片苞米叶子一个豆包,一个挨一个地码在屉子上,又包第二屉。

"那么咱打场也造过这老些豆包?"老刘往新屉子上搁了一个豆包,又找着了话题。

"打场?!——过年都吃不上啊!"说着,瞅了赵大嫂一眼,"这不,为了豆包,还挨过一顿好揍哩!"

老赵太太就唠起那年过年的事儿来啦:

"有钱儿人头十五就把米掏了,咱家里小疙疸们馋得雀叫唤,哭着喊着要豆包吃——叫大地主熊得连锅都揭不开,还哪儿摸豆包去呀！他娘就叽叽：'干了一年，连点米都掏不起，孩子连个豆包都吃不上，这叫过啥年？过损年吧！不过啦！'他爹正懊糟着，一听这话，一肚子火就都冲着媳妇来啦：'不过就不过！掏不起米，不吃豆包还不行?!'——唉！大三十的，把他媳妇好顿揍啊！"提起在早受大地主的那些个蹩把，老赵大娘的眼圈儿都红啦。

"哎，那些年他也是懊糟得够呛啊！"赵大嫂拿了几块湿沾布溜上了笼屉缝儿，一边拾掇着盆碗唔的，一边叹了口气说。

"哎！那些年的罪真是遭老啦！——没承想我还能等上这一天啊！"

"老赵大娘，你说咱能让那遭罪的日子再回来不能？"

"那哪儿能啊！还没遭够呀?!"

"怎就不能了呢？"

"不是把大地主斗争分劈了，咱穷人翻身了吗？"赵大嫂连忙回答。

"对哪，翻身啦，咱分了果实，过了好日子，穷人坐了江山，再不遭那个罪啦——咱可要保住这江山不要呢？"

"那怎不要啊！"婆媳两一块回答。

"怎就能保住了呢？"……"蒋介石就是代表大地主的，他拿着美国的枪炮来抢咱穷人的江山，要叫咱再遭早先的那些个罪，咱能叫他抢去吗？"……"要不叫他抢去，不拿枪杆子能行不能行？"……"那这枪杆子要谁拿呢？"……"让大地主拿行不行？——大地主能拿起枪杆子替咱穷人保江山吗？"……"谁能拿着枪杆子保咱穷人的江山呢？"老刘就这么一骨节一骨节地往深里求，赶问到这块儿的时候，婆媳俩结结实实地一齐说：

"那就要咱穷人自个儿啊！"

"对哪，就要咱穷人自个儿啊！——瞧张家老二拿起枪杆子走了，又保江山，又光荣……"

"农民会跟大伙又照顾这，又照顾那，打场都先紧着人家哩！"没容老刘说下去，老赵太太就抢先说了。

320

"就是这个话呀！今儿个杨万喜报参军,我问他屋里的乐意不乐意,她说:'如今当兵是为自个儿,怎不乐意呀！——叫他去,家里地里的活儿我个人来！——咱可不是扯后腿的那号人呀!'瞧人这真够上个模范妇女啊！"

"哎！这阵儿我这脑筋也叫你给说透亮啦！"老赵太太朝老刘跟前凑了凑,接着说:"实不相瞒,你大兄弟前儿个就跟我说哪,他说上边要扩兵,家家都得去人,他也要去——我可也没心思出这些个道道儿,说干啥话,那阵儿真是有点不乐意哩！"

"这阵儿呢?"老刘紧顶了一句。

"这阵儿?——哈哈,那真是老杨屋里的话:如今当兵是为自个儿,怎不乐意呀！"

"老赵大嫂呢?"

"咱可也不是扯后腿的那号人呀！"说着就过去看锅去了。

豆包熟啦,打场的人也回来啦。

赵禄刚一进门,老刘就迎着喊:

"不行！赵禄！你不能参加！"

一听这话,赵禄可炸啦:

"我也是个一百多斤的,怎不能参加?!"

"不行！不够条件！你家里人不乐意啊！"

"那是她们脑瓜筋落后！她们不乐意我也得去！不打垮了大小老蒋就不能过好日子！——不够条件?为啥不够条件?我也是斗争过来的,也是个劳苦青的好庄稼人,我有权利当兵打老蒋保江山！你们要不叫我去,我跟你们官司打到毛主席那儿去！"

瞧见赵禄真急眼了,老刘跟他家里人都笑啦。

"你为啥瞎编造,说扩兵是挨家摊呢?"老刘责问他。

"那……不这么说怕她们不叫我去么！"

"穷哥儿们,都是翻身过来的,谁都明白参军这个印象,都自动乐意参加,保果实,保江山:没有摊的,没有派的,没有强迫的,没有雇的——这你知道不知道?"

"这怎的不知道呢？我那是糊弄我们老太太哪！——得啦，等会儿我个人再好好检讨检讨！——你给我报了吧！"

"办啥事，都得先讲道理，先把脑瓜筋给打开了，不能硬来，也不能瞎编造，知道不知道？"

"知道啦！知道啦！你快给我报吧！赵禄急得一刻也等不得啦！"

"急啥哩！"瞅着赵大嫂端过来的黄澄澄的黏豆包，老刘逗着他说："快吃豆包吧！这往后再不用为这事大三十的打老婆了！"

"刘主任真是！"赵大嫂埋怨了老刘一句！拿了个豆包给他，"尝尝我们这个干粮吧！"

"不啦！不啦！你们这儿妥啦，我还要上老王家问问去哩！他们家老疙疸也报参军啦！"

出了老赵家的门，邪绿贼亮的一片，直晃他的眼睛，老刘点了点头：

"咱们的战士都是斗争出来的，蒋介石你敢来！"

一九四七年八月二十二日于北兴王家乡

选自《保江山》，东北书店 1948 年

出心给

一

区上来了公事，说今年的公粮自动报。

这可把李凤山给难为住啦！

今年的雨水多，麦子没上成就瘦调啦，有的还起了"丹"，去了伤耗，一垧地打两石到头啦。留下明年的籽种，还了今年借的，就剩不多遇儿。都交了吧？——大田还没下来，春起分的粮早吃完了，打铲地起，直到这么前儿，钉蹦儿净吃的是烀山豆子；少交点，多留几斗换点儿谷子苞米个人家吃吧？——本心又过意不去！还怎对得起政府呢？！

左为难，右为难，三个下晚都没睡好觉。

第四天，吃了后晌饭，李凤山就上乡政府去了，心思着："扫听扫听别人都是怎报的，人家报多少，咱就报多少。"

碰巧乡长正在算公粮账，说赶廿五上区里开大会，就要把这个数目报了去。

"乡长！他们都报了多少啊？"李凤山一进门就问，冷丁地倒把乡长给问怔住了：

"啥呀？"

"公粮呗！他们报小麦，一垧地都报多少啊？"

"多少不等，有三斗的，有三斗半的，有……"

"张万春呢？"张万春是他这组的，家景跟他差不究竟，人口比他还多。

"四斗。"乡长翻了翻账,回答他。

"给我写上四斗半吧!"

"有一丁点儿勉强都不行啊!"乡长住了笔,看着他说,因为他知道李凤山的家景。

"勉强还中? 这么咱给咱自个儿的政府交公粮,咱都是出心给!"

"这话是不假呀! 而不过,区上同志说:还要照顾各人的家景哩! 这阵儿新粮食还没下来,你们家……"

"得啦! 得啦! 别说啦! 就给我写上四斗半吧,没错!"不容乡长说下去,李凤山抢着这么说。

"明年的籽种留下了吗?"

"留下啦!"

"春起借的籽种还了吗?"

"早还啦!"

"家里的吃粮……"

"看你这碎嘴子,成了老太太啦——如今这政府还能叫我饿着吗?!"

叫他这一说,乡长就笑着给他写了,可是李字还没写出一横,外头张万春叫着就跳进来啦:

"乡长! 乡长! 给我改四斗半!"

"咦,怎又改章程啦?"李凤山紧着问。

"我扫听了扫听,王景林都报了四斗我还不得四斗半——他比我还穷哩!"

"你要四斗半,我就四斗七!"

"那我就报五斗!"

"我五斗二!"

两个争着往上加,谁比谁少了也不答应,一般多都不成,非得比他多点儿才干! 乡长像拉架似的劝住他们说:

"你们两家的家景我都知道! 全是扛大活的刚翻身,这么咱在

324

这青黄不接的时候,都是干蹦儿净吃烀山豆子,照我说就别这么争着往上报啦!"

"咦! 你没瞅见我的小麦都拉进场了吗? ——祖祖辈辈都是把麦子往人家场里拉;打利索了,给人家朝仓里装——这事儿你知道不知道?"

"咱打哪儿来的地? 打哪儿来的麦子? 咱是怎翻的身? ——这吃水能忘打井的人吗?"

打外头不断地又进来几个人,这两人越说越有劲了:

"伪满逼'出荷'逼死人! 个人拿了还得替大地主拿,要一石不敢给九斗五,干了一年,地了场光,可炕上孩子大人饿得雀叫唤,勒折了裤腰带也得给拿呀!"

"谁不说! 一年到头,起早贪黑,累得筋折骨断,打下点粮食,交'出荷',给什么人吃啊?"李凤山说着说着这么问了一句,后进来的人,就七嘴八舌地搭了腔:

"给日本鬼子吃!"

"给汉奸特务警察吃!"

"给他们吃了,更有劲儿,更欺压咱穷人!"

"这么咱的粮是给谁吃呢?"瞅大伙儿这股热乎劲儿,李凤山又这么钉问了一句。

"给咱的子弟兵吃!"

"给咱自个儿的政府吃!"

"吃了给咱打老蒋! 给咱穷人办事!"

大伙儿这么热呼啦地一闹,李凤山就像是更有理啦,冲着乡长说:

"乡长! 你为啥不叫我多报? 这又不是逼的,又不是摊的咱们的军队好,政府好,是咱个人出心给呀!"

"嗯哪! 出心给!"紧跟着,有些人也觉乎着先头报少了,就又抢着跟乡长说:

"乡长! 再给我加五升!"

"再给我加一斗！"

"给我加一斗二！"

呼啦地都拥到乡长的桌子跟前了，急得乡长直擦汗，一声跟一声地说：

"就一会儿，就一会儿，写不过来啦！"

"先给我写！我是出心给！"

"我也是出心给！先给我写！"

里头正闹哄着，外头一个妇道又吵着挤进来了。大伙儿一瞅，是军属老冯太太。

"乡长！这回小麦公粮，给我报七斗！"

大伙儿都怔住了。乡长就跟她解释：

"老冯太太，照量着点儿啊！你就种了两垧小麦，留下明年的，还了今年的，你就不剩啥了！报这么些不行啊！"

"怎不行？！我今年吃上白面啦，多交点儿，叫我儿子在前方也多吃点儿白面啊！"

"乡长！给我报七斗半！"为难了三四天，这阵儿，李凤山把他的公粮数定规了。

二

廿五这天，区里召集组牌长以上的干部开会。李凤山是组长，就跟本乡干部一块去了。

金指导员报告公粮的事，先说：翻了身的穷哥们，看见前方战士打老蒋有功，论功行赏，各个人都是出心给。北兴区十八个乡今年自动报公粮，光小麦照往年的数就超过了五百多石。之后就说：

"可是有的乡没粮食吃，像程家乡跟兴旺乡烀土豆子是饭，土豆子酱是菜——咱们收公粮不是不管老百姓死活啊！兴旺乡报告了，程家乡没有报告，他们的乡长应该受批评，这样的事为什么不报告呢？现在我们调查出来了，明天就给送九十石谷子去！"

李凤山听了这话，可乐啦！乡长正坐在他左旁边，用胳臂肘拱了拱他，悄声儿说：

"瞧，我那话说得准成吧？——我就说如今的政府不能叫咱饿死么，没办法的时候，指定要给咱想办法！"

乡长可净顾了心思他受批评的事儿啦，李凤山跟他一说话，他就像是跟指导员解说似的，朝李凤山说：

"哎！我是心思着：家家都有山豆子吃，新苞米又下来了，这不就还是好的了吗？伪满那么咱，剥树皮、捋树叶子也吃了那些年了啊！那阵儿谁管过你呀！——再一宗，我心思：吃不多些日子，大田就都下来了，因此就没报告呀！"

"可你就没多心思心思，这么咱的政府是啥政府呀！这么——咱的政府啊，别说瞧咱吃山豆子，就是瞧咱吃谷子高粱也还嫌乎不好哩！总想变着法儿叫咱老百姓家家都吃上白面，他心里才乐呀！"李凤山跟乡长这么解说。

右边二组组长王景林叫他们听开会，他们就没唠下去。一听，指导员正说：

"……人人都是出心给，可是有人就犯愁：报多少呢？多了拿不起，少了又觉着对不起政府！有人就挨家问，看人家拿多少我拿多少……"

李凤山一怔，这话简直说到他骨头缝里去啦！忍不住又捅了王景林一肘子，跟他嘀咕说：

"可我心里头的事儿，人家怎都给知道得透透的了啊？！"

"可不怎的！如今的政府就跟咱穷人一个心啰！"王景林这么说了句，又叫他听会，会上指导员说：

"……大伙都挺热心地报，最少一垧地都是报三斗四斗，兴旺乡最穷，家家吃烀土豆子，可是好些人都是八斗九斗地报！这说明翻身的穷哥们对政府的热情，非常好！可是政府不要这么些……"

李凤山又说话了："怎的？报多了还不要？"

跟李凤山一样，听着这话新鲜的，可不少，好些人都吵吵起来：

"叫自动报，就够新鲜啦！报多了还不要，更没听说过啊！"

"谁不说：那么咱打着骂着逼着要'出荷'，屋里院里给你抠搜得溜干净的！还有个嫌乎多不要？！"

"说我们报多了不要，那可倒是要多少呢？"

"一垧地小麦要九升！"指导员代表政府利利亮亮地这么问答。

这老百姓可是翻过来不答应政府了：

"那不行！九升太少了！"

"这是给前方战士吃了，狠劲打老蒋，给咱们保江山啊！"

"咱北兴去了五个连，都是咱们的子弟，咱乐意多给他们送点白面吃啊！"

"咱政府叫咱们吃上了白面，咱也乐意叫政府也多吃点白面啊。"

"政府是出心给咱穷人办事的！咱是出心给政府交公粮！"

"嗯哪！出心给！不要不行！"

区上的同志们给解释了老半天，说明：如今的政府不但帮助穷人翻身，还要帮助穷人安家立业；竭力要减轻老百姓的负担，叫人人都过上好日子……大伙儿慢慢地才不说啥了。

…………

散会之后，干部们一对一句地谈论着：

"一垧地才要九升，怎么着也交上啦！"

"谁不说！回去跟大伙儿一说，今儿下晚就能交齐数！"

"还要交好的呀！"

"那还用说！给自己个儿人吃，还能不交好的？！"

"要是净些个草籽，蒸出馒头来黏不搭的，前方吃了，该骂家里人不给送好的啦！"

"…………"

一边往回走，李凤山越心思先前那么为难、那么争、那么吵，都白费劲了！就跟本乡的干部叨咕：

"没承想，咱们白争着抢着报了！"

"谁不说！哪知道报多了还不要哇？！"王景福也这么心思。

最后一个干部说:"可也没白费力,咱这番心意总算跟政府表达了!"

一九四七年八月三十一日于北兴王家乡

<div align="right">选自《保江山》,东北书店 1948 年</div>

到底垮没垮

堵死门儿,渴死人儿;
霸占聋子小媳妇儿!
拉拢穷人来卖地儿,
勾搭连环两姨妹儿!

这是在北兴区普遍流行的一个民谣,三五句就把欺压穷人的恶霸地主给活画出来了。

杨钧学,老百姓叫他"杨大回子"(形容他的刻毒),有五百多垧地,车马浮产无计其数。他儿子的二老婆,就是霸占的赵聋子的媳妇。

杨钧武,是杨钧学的兄弟,老百姓叫他"杨老兔子",三百多垧地,雇打活的侍弄一百多垧,二百多垧吃租子。他有三个老婆,第三个就是勾搭连环的两姨妹。

转圈儿十来个屯子,就数他俩坏! 他们住的屯子,就叫"杨钧学屯"(现在老乡给改成"团结屯"了)。

全屯就是一眼井,在老杨家院套里,可是他们把门堵住,连水都不叫穷人喝。其他霸地哪,扣劳金钱哪,不给扛活的吃饭哪,伪满时勾结特务警察欺压穷人哪……那些个罪恶,就更都不用提啦!

去年闹清算的时候,他们跑了。老百姓就把他们的地处理了,给他们一家留了二十几垧,浮物啥的都没有动;赶他们回来了,也没有斗争。

今年五月他们听说工作队要来煮夹生饭,又都跑了。老乡们就在工作队帮助之下,铲了他们的浮物,一共铲出:衣服一百五十多

330

件,布一百多丈,金镏子九个,金钳子四副,镯子八副……以及胶皮车(四辆)牛马牲畜等等。

杨钧学是先抓回来的,斗争了之后,群众意见是:罚他五百万元,限期五天。他本家两个姓杨的给打了保,就放了。两天工夫,他就交来二百万元,说是保人给他垫的,他个人啥也没有了。

七月底抓回来杨钧武,还起回来他一支枪,二百粒子子。

九个屯的老乡都来了,诉苦、出气。斗争之后,又斗出来二百多尺布,两床毯子。他奇哭乱喊、嗌啦怪叫地说:

"再啥也没有了! 到这时候,有我还不说呀?! 是东西值钱还是我的命值钱啊!"

群众说这是"刘备摔孩子";可是也有人说:"兴许是真没有了吧?"

工作队看出来:群众中有的脑筋还没有完全打开,就决定先在干部中继续酝酿。

九个屯的干部和工作队(各乡干部和区上的同志组织的)就讨论开了。讨论的目标是:

"老杨家到底垮没垮?"

老刘刚一提出这个问题,太平庄的钱××同志接过来就说:

"要我说杨钧学算是垮了! 这阵儿往出拿的,都是保人的! 沾点儿边儿的,一个姓的,都叫他给'刮吃'出来了!"立刻就有人同意:

"可不! 这回算是完得透透的啦!"

"我看就是威风打垮了:'犁杖挂房檐上也吃他几年'的气势打下去了,钱财方面没有垮。"这是××屯老张的意见。

"要我说钱财方面也垮了,这回罚款都是保人给他拿的,他个人不是啥也没有了吗?"说他垮了的老钱,就这么反驳他。

开头乍一谈的时候,好几个人都觉着"老杨家是垮得透透的了";有几个人觉着"气势垮了,钱财没有垮"。这时候,老刘就说:

"我先给个理,我是个穷人,我跟人借钱,没指望还,能借来不能?"大伙儿就说:"不能啊!"可是,老钱还有他的"理由"。

"他保人都是他当家子,是不能不保! 这明是手往磨眼里塞啊! 要钱就得破产拿呀!"

"他要没底子,别人能给他拿了?"太平庄的老阎,稳稳当当地问了他一句。这一句问得挺准成,××屯的老王立刻接着说:

"谁不说! 把个人的钱财给他拿得溜干二净的,可图的是啥呢?"没等别人说话,老阎跟着又紧盯了一句:

"咱们要摘个三百万二百万的,有人摘给咱们没有?!"

"一万也没处整去啊!"这件事儿,大伙儿可全都明白。

"他要没指望还,就不能把款给他垫上!"

"要不我就说:'他气势垮了,钱财没垮'啦!"老张可给他的意见找着理由了。开头说"垮得透透的了"的人,听了这阵子讨论,也"投降"过来了。这阵儿,同意老张的意见的人,占多数了。

"那咱就讨论讨论:老杨家的'气势'垮没垮吧!"老刘把讨论的目标,又给往前挪了一步。

"气势可真是垮得透透的啦!"刚"投降"过来的老钱,又坚持着他这一半"垮了"的意见。

"可不? 这么咱,咱穷哥儿们坐天下,他还敢起屁了?"这么说的,有好几个。老刘一瞅这势头,赶忙就提了一句:

"咱眼睛可别迷糊了! 他还能找着人,能说是垮了吗?"

"嗯哪! 叫我说势力也没有垮,他还能找着人——有人就有势!"老阎肯定地这么说。老王也接上了:

"我也是这么说,他还能活动,还能剜着门子,还有人帮他,要是咱们——还是那话:别说五百万,五十上哪儿整去?"

"我看没垮,亲戚多,还能给他往出拿!"

"那两个保人,都没啥钱,二百万能说拿就拿了? ……指定就是杨钧学的,顶个保人的名!"这一招儿可叫给抖搂出来了。

"他能买动人保他,就还能买动人收拾咱们!"大伙儿的眼睛亮了,都看出来老杨家啥也没垮。可是,老钱还是认定他的死扣子:

"他亲戚帮他,那是他亲戚没垮,他本人还是垮了!"

"亲戚还帮他,亲戚是啥呢?"老刘问他。

"是须子呀!"他挺利亮地回答。

"须子没垮,他咋就能说是垮了呢?"

"咱常拿树打比方,树倒了,可是根和须子都没挖出来,那这树能算是真倒吗?"

又一个同志问他。

"过一二年还不又长出来啦?"

"须子还给他当须子,他就是没垮!"大伙儿这阵儿都反对老钱的意见了,老刘又提醒说:

"咱眼睛别蒙一层蓝蒙啊! 他下头还有腿子,腿子还有腿子,一窝窝找一窝窝,鲇鱼找鲇鱼——咱们知道挂钩,人家就不知道挂钩?"瞅了瞅老钱,接着说:"老哥! 我说你眼睛看得近,目标看得近——眼睛就看到浮皮,没看深啊!"

老钱不吱声了。

大伙儿把目标转到了杨钧武身上。谈到杨钧武,谁都没有二句话,异口同声地说:"没垮!"

"他还是比咱强——咱十家也顶不上他一家! ——垮个球!"

"要我说垮了!"老刘故意这么说。老阎就跳起来了:

"我说没垮! ——不用说别的,头一宗:他那枪跟子子就没扣净! 你知道他跟哪个胡子有连首? 你知道他把枪跟子子都藏到哪疙疸去了? 你知他跟国民党有关系没有?"

"他这么坏这么大的一个恶霸地主,能就一棵枪?"

"他还有枪,还有子子! 那就是给咱穷人留的,不给他扣净了还行?"

"杨钧武有枪,杨钧学就能没有枪啦?"谁又这么说一句。

"枪都没扣净,他们就算垮了?"一个跟着一个地反问老刘,老刘还是装着相,看了看他们说:

"那么,他钱财方面是垮了吧? 都斗了两茬儿了,我瞧是没啥油了！"

"没油？"大伙儿还是不同意，"妈那巴子的，谷糠还有油哩！这么大的地主能没油？咱没再挤就是啦！"

"挤！"大伙儿喊了一声。

"他那东西老了鼻子啦，这儿'搁'点，那儿'搁'点儿！属摇钱树的，打点儿掉点儿，他就能没油啦？"

"他家的东西都拿了出来，就算垮了吧？"老刘问。

"家里的完了，还有地下的哩！"

"地下的都挖净了呢？"

"还有外头的哩！"

"外头的都完了呢？"

"还有枪哩！"

老刘笑了。

杨钧武没垮，还有枪，还有东西，大伙儿都看得清清楚楚的。可是，杨钧学装穷，跟别人借，说是保人替他拿的罚款，有的干部（像老钱）可就叫他给弄迷瞪了。张指导员就把这个道理跟大伙儿开说了一阵子，这时候，一开头就说杨钧学没垮的人，就朝着说垮了的人说：

"这你们说是不是上了牢笼计了？"

没等那几个人说啥，老刘站起来就说：

"同志们！咱的脑瓜筋可是都得要打开呀！你们心思心思：咱们都是干部，咱要是不搞好思想，可怎样启发群众呢？——要我瞧，咱们的思想是没等群众满足，自个儿就满足了！这就叫自满自流！看见起出那些东西，就满足了，这不行啊！"

"对那些坏蛋，就要彻底打垮；要不然，翻过手来，就是掉脑袋的事啊！"说着看了看老钱。

"就是真垮了，也不能承认他垮了，还要防他喘气！——就是死人他还可能喘口气！——小鸡子死的时候，脖子挨了一刀，它还扑棱扑棱翅膀哩！——要承认他垮了，就是掉脑袋的思想啊！"

这阵儿大伙儿的脑瓜筋都打开了,一个看着一个地说:

"眼睛可别闹模糊啊!一模糊,脑袋瓜就没有啦!"

立时提出:"更警惕起来!"决定把杨钧学再抓起来(杨钧武根本没有放)启发群众继续深入挖坏根、挖臭根、挖政治根。又明确地讨论了:什么是坏根?什么是臭根?怎样挖?——就各回本屯了。

临走的时候,老钱摸摸他的脑袋说:

"这脑瓜筋可开啦!——哎!我才刚承认他垮了,这脑袋瓜就是直欠缝儿啊!"

一九四七年八月十三日于北兴姜家岗

选自《西满日报》,1947 年 8 月 26 日

吉日良辰

　　工作队到了靠山乡,要煮恶霸地主张志山的夹生饭,积极分子跟基本群众就合计着:这几天先不作他,专等七月十六——他个人择的这个"吉日良辰"。

　　张志山,外号"老牌长",伪满当过几年牌长,扣配给、派出荷、摊劳工……苛苦穷人比谁都邪乎,借土地的剥削那就更不用说啦!去年清算之后,他就说过:"这不过是九牛身上动了一根毛!"啥啥他都没垮。这回择好旧历七月十六给他的二孙子娶二房媳妇。他二孙子,人称"二学生",才十五岁就娶二房媳妇啦,老百姓一个个恨得牙都痒痒,都说非等这天,大大地出一口气不结!

　　积极分子就找工作队去参考,工作队是来帮助穷人翻身的,自然也不能反对。大伙儿就谁也不吱声,暗暗地准备材料,酝酿斗争。

　　十四这天,就"响棚"。老张家杀猪宰羊,请"唠忙"的,全是地主富农,八碟子八碗四大海,杀鸡抹鸭子,造了个一六十三开。

　　穷哥们就红眼啦:"这小子金钱势力一丁点儿也没垮!"

　　"妈巴子的! 他杀猪治酒地造! 咱还吃山豆子哩!"

　　"非打倒他的封建,挖他的坏根不结!"

　　大伙儿恨得这天就要去找他,有几个积极分子给拦住说:

　　"忙不了! 等正日子,更解气!"

　　十五"亮轿"——"望乡台吹喇叭":张志山这个"不知死的鬼"还跑到乡政府请干部们去吃"上马席",大伙儿憋住了这一口气,谁也没搭理他。

那把子地主富农们，就大吃二喝，吹打弹拉地造了一天。

张志山打"万年历"上择了个"吉时"：半夜子时。一对开道锣在头前儿，前三后四地打着，两个喇叭匠拿双喇叭吹着"将军令"，红灯笼上贴着斗方"福"字，拿红毡的给遮着井，大车上扎着花红柳绿的彩轿，送亲车到了。

七月十五的月亮，虽不能说"月到中秋分外光"，可在这大月亮地儿底下，也能瞅得出：张志山今儿个可是"人逢喜事精神爽"啦！袍子马褂小帽盔，穿戴得齐齐索索的，抿着个小胡子，笑呵呵地站在天地桌前头，等着烧喜纸。

"唠忙"的卸车的卸车，拉马的拉马，新媳妇要下轿了，就在这个当口，积极分子领着基本群众，呜嗷儿一声，就把张志山给抓起来了。

正掌柜的蹲了风眼儿了，老张家咋也不咋，说是怕错了"吉时"，照旧按部就班地拜天地、坐福、梳头，吃子孙饺子……群众更火啦："把掌柜的都抓走了还不在乎！""不信他们那个威风势力就打不垮！"大伙儿就合计着：赶坐正席的时候再去。

十六是正日子，傍晌午前儿，老亲少友，随礼"唠忙"的都来齐了，外头喇叭吹打着，里头放晌席啦。

八个碟子撤下去，第四个碗上来的时候，新姑爷来"拜席"，倒毡的给铺上了红毡子，新姑爷朝上一跪，一个头还没磕下去，外头拿大枪的，拿扎枪的，呼啦都进来了。

到屋就造冒烟儿啦。

"咱穷哥儿们连一个媳妇都娶不起，你十五就娶他妈的二房！"

"你他妈排场还这么大！——咱今儿个就要打你这个排场！"

"咱光说翻身翻身，翻了个六糟儿，有钱有势的还是你们！咱这回就要彻底翻身！"

"彻底翻身！"可房子都喊起来啦。

有人就去抱上礼的钱匣子，嘴里一个劲儿地说：

"就他妈这一匣子，就够咱买几匹马哪！"

大伙儿吵着要扒他们的衣裳：

"咱们一个个都穿得破衣喽嗖，你他妈还绸哪缎哪袍哪褂哪的！——扒！"

妇女们就从炕上往下摔新媳妇，新媳妇吓得直哭；娘家客干瞪着眼不敢吱声儿；外头喇叭也不吹了，群众就喊：

"喇叭伺候着扒呀！"

"吹呀！——吹着喇叭穿上的，还叫他们吹着喇叭扒下来呀！"

外头喇叭就吹起来了，群众一听，是"梁山泊五更"，就又喊：

"不要这路憋屈的！吹咱穷人翻身的曲儿！"

"给咱穷哥儿们吹翻身曲儿！——完了给你钱啊！"

喇叭就吹起"三大纪律八项注意"歌来了。

老爷们扒新姑爷的，老娘们扒新媳妇的，扒了一件又一件，就给他们剩下了一件贴身小布衫，把新媳妇戴的首饰唔的，也都将下来了。

一进屋里，嗬！锦褥缎被，皮箱大柜，掸瓶穿衣镜，座钟挂表……可他妈神啦！

"没收敌伪财产要归公……"随着喇叭的调子，大伙儿一边唱着，一边把外头的东西给朝箱子柜子里装，装满了就贴封条。

娘家客想溜走。

"谁敢走？！"一声吓儿给唬住了，一伙子人就围上了他们：

"你们有闺女为啥不给小人家，要给大地主？！"

"'穷轧（读如嘎）穷，富轧富，榜青的轧个种地户'——你们也是小人家，为啥要搭个大地主？！"

"就是够奔财势来的！——说！是不是？"

"是！是……！"娘家的老娘们羞得抬不起头来，连声应承着。

"咱穷人就这么没骨气？图希几个钱，就把闺女给大地主当小老婆？！"

大伙儿七嘴八舌这么一说，娘家客越心思越后悔，低着个头，不住嘴地哀告：

"放我们回去吧！往后有闺女再不给大地主啦！"

转圈儿都蹓上了岗，出去一个，检验一个——男的检验男的，女的检验女的——怕他们把地主的浮物给倒腾出去。

娘家客走了之后，群众又套上了老张家的喜车，把箱箱柜柜都拉走了，牛马也都牵去了，一边朝乡政府赶，一边说：

"可别错过这'吉日良辰'，今儿下晚黑间就开大会斗争他！"

一九四七年九月四日于北兴王家乡

<div style="text-align:center">选自《保江山》，东北书店 1948 年</div>

人民安下了天罗地网

从克山县到北兴区，有一百二十里旱路，我们搭上县里解犯人的胶皮大板车出发了。

开头，车上只有一个犯人，由赵队副和乡上两个干部押着。到古北区，又解上来一个——后来知道：先头那个叫车士信，是北姜家乡的大粮户，"八一五"后，在北姜当国民党的"书记"；后解上来的那个，叫马青山，是个胡子。

在车上，他们装着啥也不在乎的样子，高高兴兴，有说有笑的：我们唠嗑儿，他们也搭茬儿，还给我们扯了好些东北娶媳妇的热闹光景；还说什么："现在东北农村还是'买卖婚姻'，一个姑娘二三十万"……那个姓车的犯人，还说他在伪满时节，是哈尔滨工大的学生。

太阳傍下山的时候，离北兴有二十五里地的样子了。大伙儿都挺高兴地说着："不等天黑就到啦！"

就这么个工夫，坐在车后尾儿的车士信，抢了赵队副的大枪就跳下去了；马青山也要跑，叫赵队副一把按住了。

我正脸朝车后头坐着，瞧见车士信跳下车转过身就朝车上扳枪栓，枪口正冲着我，这时候，我脑子里刷地一闪：

"上回下乡，大化同志牺牲了！这回我难道也要没完成任务就死在敌人手里吗？"

他打了两枪就跑了——因为他的胳臂上半拉还捆着，抬不高，又不能瞄准，算是没有伤着人！

这地方叫赵咬舌子北大岗，当地人都叫它"西大荒"，尽是荒，转圈儿好几里地都是草甸子,又是大沟,通山里;离太平庄有十来里地。

有几个人追下去了,有人去给区上送信,还有几个留下看着姓马的犯人,这时候,几个留下的就叽咕了:

"过了太平庄就没法儿抓了!"

"这青纱帐都起来了,他要'猫'进去,就没法儿找。"

"甭说青纱帐了! 这青草都没踩了,他要朝甸子上一躺,就没治呀!"

"…………"

虽说地理情况客观条件是这样,可是,谁都有一定能抓住他的信心! 这个信心的根据,就是,"人民的力量无比大"!

"再怎着,也是就能'猫'个一阵儿,除非他老躺在草里不出来,出来就没个跑!"

"老躺在草里,也照样能把他掏唤出来!"

"就是么! 这么咱的老百姓可不像早先了!"

"嗯哪! 这么咱咱们都组织得严严实实的,没个路条,他跑得了?"车老板接过来这样说。

话还没说完,就有五六个老乡拿着镰刀奔过来了:

"听这疙疸打枪,我们过来瞅瞅出啥事儿啦?"我们告诉他们跑了一个犯人,他们立刻很有信心地说:

"不怕,跑到天边去也把他抓回来!"

"咱有好几十人在那疙疸割麦子哩,就这不远遐儿,召唤他们去!"

问清楚犯人跑的方向,就跑回去了,一边嘴里还骂着:

"这些个地主王八犊子,他们就是不死心呀!"

没一根烟的工夫,就听见南半拉有人喊起来了,紧接着,一个传一个,远处,近处,转圈儿……不一会儿,噢嗷都喊起来了:

"快过来呀! 在这疙疸啦——苞米地里啦!"

原来,听说跑了犯人,三四十老乡,撂下麦子,拿着镰刀就把这块甸子给围起来了。有几个老乡在苞米地里发现了他，可是看他拿着枪，不敢朝头前去，就一个传一个地喊起来了。我们带着枪去追犯人的同志们，一边朝苞米地里跑，一边叫老乡们放心：

"枪里头就压了两颗子子，他都打了，没有了。"

一会儿，搁北半拉又有一帮子人跑过来了。

"哪儿的？"

"太平庄的！"

离这疙疸十来里地的太平庄的自卫队扛着大枪赶来了，跟着，乡长，主任都来了。可是他们刚到我们车跟前儿，搁东半拉好几十人呼啦地拥过来了。站在车上，瞅得清清楚楚的：头前捆着的，就是那个恶霸地主、国特、坏蛋车士信。

"你小子真他妈坏呀！在车上还胡扯六拉巴地想迷糊我们哩！"

"怪不得你们在车上一个劲儿叫我们睡觉哩！"

"在店里打尖的时候，你们俩躺在块堆儿，就是合计坏事儿啊！"

一块儿来的这几个人，回想起在路上的情形，知道他们这是早有阴谋诡计，感到我们对他们太缺乏警惕了！

"这往后可得了一个经验教训：对这些坏蛋，不能疏忽一点儿！"

"这么个捆法也不行，要把他们两手捆在一块儿，紧紧地拴在车上！"

"要不是枪里就压了两个子子，这不都踢蹬了？"立刻有人愤恨地接着说。

"这样的坏种，就他妈的不能对他们宽大！"一个乡干部这样说，老乡们也齐呼啦地喊起来了：

"对哪，就得连根挖！"

"谁不说！坏根不挖净多咱也是个祸害！"

"尽憋着坏道儿整咱们！——多咱也不用想他能跟咱一

个心!"

"他大地主还能跟咱穷人一个心啦?"

"⋯⋯⋯⋯"

大伙儿正说着、骂着、议论着的时候,搁北半拉又来了一伙子人,傍近前儿一瞅,是北兴区区长来了,这边就喊:

"逮着了! 区长回去吧!"

区长赶过来,先向队副责备了一句:

"怎么会叫他把枪抢去了哩!"跟着又转过来跟大伙儿说:

"我带来了一排人,心思着把这块甸子都围严实了,看他往哪儿跑⋯⋯"

区长的话还没说完,东南边又来了一大帮子老乡,有拿着大铡刀的,有拿镰刀的,还有拿着铁锹木棒子的,这边大伙一齐喊:

"都回去吧! 逮着了!"立刻又都朝着那两个坏蛋,狠劲地说:

"坏蛋! 你们睁开眼睛瞅瞅! 咱们军队老百姓早给你们布下了天罗地网,你们就是长了翅膀,也休想飞出咱的手心去!"

一九四七年八月七日于北兴

选自《保江山》,东北书店 1948 年

◇潘　澄

徐德广
——少年英雄故事

这是去年三月里的事。

沙沟才解放,我们这个连奉了命令到崔望镇去,保护和帮助开展那一带的工作。

部队急急忙忙地行了两天军,在第二天半夜里,到了崔望,真见鬼,半路上还淋着一身大雨,个个像落汤鸡一样,又疲劳又寒冷。一到庄上,除了放哨的以外,个个都睡觉了。

徐德广也是放哨的一个,他担任着警戒通兴化的一条大河,虽然疲劳,但是他还是尽力振作起精神来。

徐德广他才十六岁,手里拿的一支三八式枪倒和他人一样高,我看到他年纪小,几次想调他到连部当通信员,他总是小嘴一鼓,翘得高高地说:"我不来,我又不落后,人家怎样,我也怎样,打仗我也不怕死:这个全连都知道的。"的确在我连配合打泾口,打车桥时他总是跑在头几名,所以把全连最好的一支三八枪也给了他了;因此,好几次都没有调成功。

天有点发亮了,东面大河里突然有"啪啪啪——"的声音,自远而近,徐德广急忙擦擦眼睛,向前望着,河的湾处,十几只钢板划子已看得很清楚了!

带班的没有来,回去报告已来不及,他连忙拉起三八枪,叭……

叭……一连打了三枪。作为报警。

汽艇在离岸一百米远的河里停住了，开始向岸上打着机枪。

子弹在徐德广的头顶上"嗖嗖"地掠过去，徐德广一面注意利用地形，一面跳跳蹿蹿地在各个不同的地方还击。

敌人摸不准我们有多少人，大约打了十来分钟，汽艇又开起来，向旁边插过来，准备登陆了。

情形是很危险的，但徐德广没有逃走。因为他晓得，部队太疲劳了，一下子还来不及撤退呢，他摸了子弹只有十颗了。

敌人果然上岸了，从他后面想插过来，慢慢地向前爬着，徐德广机警打了三枪，一个敌人趴下不动了，其余的暂时又伏了下来。

几分钟又过去了，他想部队差不多可以撤走了，于是他开始往街上撤退，而敌人也重新开始攻击了，才跑了没几步，一颗子弹打中了他的腿，一阵麻木，他往地上一坐。

正在这时候，他的班长和另外一个战士姚新明来抢救他了，叫他赶快走，说任务已完成，但是徐德广已带了花，班长就把徐德广往背上一背，姚新明向敌人开着枪掩护退走。

背了人走起来可慢了。徐德广急得在叫班长，说："我总是不行了，你们快走吧！不然敌人切断了后路，大家都要完了。"班长哪里肯听呢？不听。可是真给徐德广说着啦，敌人把后路切断了，没办法，三个人就躺在一条河边抵抗起来，姚新明牺牲了，班长也带了花，徐德广忍住痛，在打最后三颗子弹。

"啪啪"一个敌人打倒了，"啪啪啪"又是一个敌人打倒了，"叭"一声响，徐德广的胸口也吃中了一颗子弹。

好像是昏迷过去了，马上又清醒过来，用足力量把三八枪往河里一丢，断断续续还说："为革命，牺牲是最光荣的！"

敌人冲上来了，班长也牺牲了，当敌人看到只有三个人时，惊骇得半天说不出话来。

不久我们的部队从外线包围冲上来，敌人溃败了，当旁边的老百姓含着眼泪把这事情告诉我们的时候，大家都低下头，说不出话来。

三支枪又都捞了起来,老百姓又替这三位烈士做了个坟在崔望附近。

当尸体放进棺材里去时,一个老太太哭了起来,喃喃地说:"他是为了保卫我家死的呀!"

选自《小英雄》,东北书店 1948 年

◇薛　华

杀死麻子班长

平小鬼今年才十七岁,有着长长披在头上的头发,和圆溜溜的大眼睛;是三支队最小的一个兵。

但你别看轻这个年小的兵,他却是一个呱呱叫的新四军!

一天晚上,跑辛苦了的部队找到了自己的宿营地,不多久,打鼾声便从草铺上扬起了。

麻子班长冲进平小鬼三个人困的草屋里,在黑洞洞的屋里喊:

"有情况!"

惊醒了三个年青的兵,连忙从铺上爬起来,捆扎好被包,拿起枪慌张地冲出了房子,只听见麻子班长在黑暗中喊:

"出发,向南面跑!"

四个人带了五支枪,在寒冷的夜晚,脚下发出踏碎了的霜的沙沙的叫声。平小鬼一路走一路地怀疑着,四下里静得连一声狗叫也没有,他生气地咕噜着:

"有什么屁情况!"

但因为这是班长带领的,又不得不走。

终于跑了两里路,班长吞吞吐吐地说了:

"情况是没有的……! 我……不高兴干新四军了。"接着说:"干新四军是如何如何的苦,当'和平军',不仅有钱用,有牌摸,好腐化,好……"最后更干脆地说:

"现在,我们上皇军据点里去,我原先也当过'和平军'。他们的营长,连长都是熟人,包你没事。"

麻子班长瞟瞟三个年青的兵,三个兵都不说一句话,平小鬼想:"糟了!!"

"这里,"麻子班长说,"歇一歇!"他指指那间草房子。门开了,三个年青的兵被迫进房子里,班长自己守住门口,提起了步枪,枪里压上了子弹。

平小鬼看看那间肮脏的房子,只有一个小窗洞,密密层层的茅草,如果不是横梁扶住的话,老早压下来了。

"出不去……就是出去了,枪弹也赶得上你。"他心里想。他又看看低着头的另外两个战士,用手拉他的膀子说:

"你高兴当'和平军'吗?"

"老子不高兴! 谁高兴作汉奸!"

"当'和二爹'①,我知道:挨打挨骂,日子才难过啦!"平小鬼流下了眼泪:"我是新四军,应该有立场!'和二爹'我是不干的!"

大家决意不干"和平军",在冰冷的枪上,三个人慢慢地睡了起来。

黎明的时候,自己的部队在南边路上通过,小鬼跳起来,在窗洞口挥起他的帽子,向着那长长的部队。

部队始终没有看见他的帽子,他们从树丛中向远方走了。平小鬼的帽子,一声不响地掉在土墙的脚下。

心虚的班长逼着他们穿上便衣,从远地方转移。

三个人一个也不肯换便衣。

经过短时间的犹疑,他们终于出发了。

一个战士看见那麻子班长,吐了口唾沫,咕噜说:"老子不高兴。"

麻子班长在翻沟时抓了他,怒吼道:"你到底高兴不高兴?"

----

① "和二爹"是指伪和平军。

"不高兴！"那战士也大声怒吼着。

"呼"的一声枪响，麻子班长把他打死了，那个战士，倒在河沟的岸上。

平小鬼拉上子弹，从沟岸上爬下，瞄准那沟里的麻子班长。

"咯"的一下，那颗子弹是瞎火①。

麻班长又压上了子弹，但平小鬼赶上了他……第二颗子弹叫响了。

打坏了脑袋的班长，像木偶一样倒下去。

三天后，没有帽子的平小鬼，重新回到自己的部队。他带来了五支枪，胸前和袖子都是血花的斑迹，原来麻子班长过去当过和平军，他是投降过来作内奸的。

选自《小英雄》，东北书店 1948 年

---

① "瞎火"是打不响的子弹。

◇魏　伯

民政助理老杜

一

　　区政府离柴家村只八里路。通信员贾小全打天蒙蒙亮出发，两条小腿三步兼作两步，东方刚才抹一点红，他就进了柴家村，把区上的信交给了农会主席老杜。老杜叫杜庆林，一家三口正蹴在炕上吃饭。他一碗稀饭才吃了半碗，忙下炕让贾小全坐上去：同志，来，随便用点干粮喝碗粥。老杜老婆头发似梳未梳，连眼眉上达松的都是，脖子扣也没扣，鼻孔里两筒鼻涕还直出出进进，却也扭动小脚，张罗碗筷实心实意地给客人盛饭。老杜儿子一边吃饭一边在逗着小鸡玩，也下来把贾小全连推带拥往炕上拉。贾小全倒一心老主意，笑着一挣就往回跑。老杜追出门外说道："你看你这同志！"贾小全又回过脸说：区长叫你接信就到呢。急急就走远了。老杜这才到农会找文书念信。是县上陈部长写来的，叫他马上到区上去一趟。他回来也顾不得吃那半碗剩饭了，掏出一条报纸撮上一撮烟，卷好吸着从炕角里拉出破棉袄就往外走。他老婆正在收拾饭家具，一看情势早已约莫到八九分，就叨咕起来：开会开会，地种不上，吃不上，你开去！老杜一打共产党来领导，翻身就当干部，开会是常事，挨老婆说也是常事，并不往心里搁它，不过老婆的话倒提醒他

350

一件事来。三间房,他和刘二爷各分住间半,这时他就跑到对屋叫刘二爷:老二,今天谷子我不种了,你先种豆吧。吩咐已罢才往门外走。老婆正端着半红瓷盆稀饭往门外猪食槽里倒,门口相逢,滚油泼的一样又一阵火起,狠狠咒了一句:除了吃不着家,啥事不干,还不如猪!老杜自小端人家的饭碗长大的,磨就的好脾气,现下又四十来岁胡楂楂都一连片了,老婆的话只当作没有听见。

老杜离区政府窗口还有十多步远,已可听见李区长要吐痰又吐不出来的又粗又噎的声音。他打窗口一过,陈部长就笑着迎了上来,问他吃饭了没有,李区长这边就递纸递烟给他抽烟。陈部长和李区长像是正在研究眼下群众的生产顾虑问题,老杜进来后就唠起柴家村的情况。最后陈部长才笑着向老杜提出:

你出来到区上工作怎样?

我到区上?那不行吧?老杜从来没想到会有这事,脑筋轰的一声像炸了一样,急急又接着说:我一不会唠,二不会写,心眼比木头还笨,记性又⋯⋯没等他说完李区长从铺上坐了起来说道:只要有决心就行。李区长拿眼睛打量他,老杜以为自己怕离开家这心思被她看破了,额上手心上禁不住汗渍渍地直出汗,觉着不和她讲真心话有点亏心。可是李区长却说:我头十几年参加时懂得个啥?当时就认准跟党走⋯⋯咯声又把他的话打断了。陈部长接住说:

你的人品,历史,工作我们都清楚,你家庭就你屋里的和你儿子,儿子大了,老婆能干活,你没什么困难吧?地呢大伙代耕。再说,区上离你家也不远,七八里路一提腿就到啦。你看怎么样?陈部长的眼睛非常柔和,李区长的眼神倒有一些恳求的意思。在这两人跟前他一时讲不出别的话来,只吞吐地说:我不行吧?陈部长说:不行慢慢学习。就这样定了局,两天后杜庆林到区里作了民政助理。

二

老杜到区里先和李区长在一起工作。李区长说:你情况比我熟,我革命道理知道得比较多一点,咱们配合着工作吧。老杜变得比在村里有点发愣,听了区长这话他只微微一笑。开大会区长在上面讲,他眯在人群里待着。一次区长讲怎样团结中农,临了问他底下老百姓有什么反应,他却说:大家都愿意开荒。开小组会区长和他分开下组,回来总是笼统地说:都发言,开得不大离。区长追问:大家都唠扯些什么?他眨眨眼松松地说:我记性不好,都忘记啦。

区长发觉老杜到区上后带说不说,带作不作,不如在村里积极,很为这事纳闷。她想可能是因为跟他在一起,反增加了他的依赖心的缘故,在张家村工作了三天以后,她和老杜商量,要他到二站去发动开荒。老杜听了这话,就好比连阴半月的天一下出了太阳,他的脸在区上第一次闪出了笑容,一连说道:行行行,庄稼人别的不明白,发动开荒还行。李区长看这情形也很高兴,以为自己想对了头。她又交代了几句,老杜就披着破棉袄迈开大步出发,他高大的身体原有些驼背,手脚有点固板,这时却腰杆挺起,两臂摆动,就像年轻了二十岁,另换了一个人。原来老杜人在区上心在家里,天天想的尽是孩子老婆,庄稼地土,大青马和壳囊猪,虽说到区里不过四五天,在他看来就像是过了四五年似的。现在叫他去的二站,正走过柴家村还有八里路,他正可顺便回家看看。离柴家村还有五里,老杜心里一想,不知自己的苞米出齐了没有,就拐进了西沟。只见阴坡地苞米刚刚露尖,阳坡地苞米已经有四个叶的。他走到自己地里,阳坡地倒是阳坡地,苞米出得却是东一棵西一棵,棵棵相离两三丈远。垄不成垄,片不成片。他蹲下去用手指头刨,刨出来的苞米粒子一捏一包浆。又刨了两棵也还是一样。呀!粉籽了!一下就湿渍渍冒了一头汗。怎么光自己的苞米粉了籽,懊糟事怎么全出在自己身上?说着两眼一轮,地西头王嘉那块也不见其好多少,但他还是觉着自己格外倒运:人家在家有的是工夫,再大不了不过多搭二斗苞米种,多赔补几个工。自己呢吃了官家的饭身子就不由自主。

他像和谁生了气一样往家里走。进了村也无心思和人家打招呼,都哼哼哈哈过去了。推开自己屋门,只见鸡娃子炕上也是,锅边也是,瓷盆上碌上也是,唧唧啾啾,到处啄的是饭,拉的是屎。锅盖甩在水缸上,锅也没洗,碗也没刷。却归总看不见一个人影。这臭娘们又不知上哪里串门去了。猪唧唧叫着摆进屋来。他忙把剩下的渣子往猪食槽里倒,这才发觉猪食槽比洗过的还干净,猪饿得都啃光了。老杜不由得心头火起,连骂带嘟噜道:死娘们!凑巧老杜屋里的原在西邻家串门,正唠妇女主任昨夜晚和她掌柜干仗,听说老杜回来,提着小脚就往回扭,老杜骂这一句可巧就被她听了,就用右手食指搠着老杜,扭着脖颈厉害道:你骂谁?走遍全村,看哪一家老爹们像你!家也扔了,地也扔了,烧火柴无人劈,吃饭水无人挑,你是想苦死我老娘们呀?话没说完,两只眼睛唧巴唧巴便哗哗往下流泪水。她连哭带号一头攘在炕上,直惹得左邻右舍全来观看,老杜觉得十分无趣,跺着脚骂了一声:他妈的!就上二站去了。

　　赶到二站已是掌灯时分。这村主席于森林,二十来岁,见人一团火,和老杜原是相识,就拉拉扯扯往炕上让,还真心诚意地说:你升到区上了,一天见的都比咱一年多,不比我没一点革命印象,你来好好帮助咱们开开脑筋!一吃过饭就打道铁,八十来户片刻工夫已到得齐齐索索。老于简单说了两句,全场就呱唧起来欢迎老杜讲话。这一下才提醒了他,他正在想在柴家村不知哪家还有苞米籽种……。好在两年工作已练得总能唠扯两句,就上去说话:我是柴家村的,叫杜庆林,大概有不少认识我的,我吃劳金扛大活出身,庄稼事咱不外行,可是讲究工作,叫咱到区上,就是拿鸭子上架!底下一阵哄笑。他一时再无什么可说,走出一步预备下台,却忽然想起区长交代的任务,忙接着说:今年上级号召咱们开荒,是为的叫咱们劳动发财,咱们合计合计,看能担当多少任务。倒还是于森林讲了一排子话,才分开小组讨论。于森林问老杜下哪一组,老杜寻思半天,有点不好意思,却终于说出了口:于主席,咱们不是外人,实不相瞒,我苞米籽粉了,今夜得回去找点赶明日补种上。会你招呼着开吧。小组有啥反映我明早来咱们再唠唠。于森林还要求他留下说：苞米种我给你找。他说：那哪能！我还有别的事。执意要走。于森林把他送到园子外面，本来已分手了，于森林却又说：杜助理，慢一步！凑上来又小声问：今年开荒到底纳粮不纳粮？老杜说：区长说啦不纳。于森林问：你看呢？老杜慢吞吞地说：我现在还估不透。

老杜回到家里，屋的外门没开，大概二茆还在外面；自己家住的西间里门却上得紧紧的。立在门口就听见里面嘿喽喽的粗大的鼾声，还不时用嘴倒气。拍了半天门，鼾声才停止住：是谁呀？老杜不耐烦地说：你快开开吧！他老婆像是这时方醒过来：你回来干啥！但还是把门开开了。他点着灯，卷了一支烟抽了一阵。老婆躺在被窝里并没睡去，却闷着不吱声。白天的气还未消去。只小春在炕头攒着身子，呼吸均匀，睡得格外香甜。老杜在屋里来回踱步，脚一下碰着灶火下放着的鸡笼，小鸡唧唧咕咕嚷成一片，这倒惹动他老婆连咒带骂地说：你叫你叫！将来一个个都要被踏成肉饼！老杜还摸不清是怎么回事，对门二茆屋里就开腔啦：踏死你一个我们认成赔你一个，我们孩子也不是故意的。老杜这才明白，连忙说：这算什么，话说到哪里去啦。老二哪里去啦？二茆屋里说：开小组会去啦。也怪我孩子看得不紧，鸡娃那么大被踏死，搁谁也心痛。我今天使劲把丫蛋揍了一顿。老杜把话岔开问他们苞米出得怎样。回答说只出对半，向李大叔借了斗苞米籽今天刚补种完。老杜说：我也得去淘摸一点苞米种去！把灯吹熄就走出来了。

他一动心想先去看一看自己的大青马。这也是分柴家的大辕马，原批给吴友发了，老杜又拿一头毛驴一匹果实马调换的，和二茆插犋，自上区后便托外号柴打头的柴永林代喂，讲好条件是把老杜二垧一亩地代种代蹚上，草料归柴永林出。

牲口棚里没有灯。但他一进院，马棚里一匹马就嘿嘿乱叫，这正是他的大青马。他迎上去用手托着大青马的下巴，任马用它又软又暖的嘴唇在他手心里揉来揉去，他喜欢得手直打颤，一股暖流灌进了他的心。这时他忽然看到柴永林的黑马嘴一直在草里攒来攒去，谷草嚼在嘴里格卜格卜吃个不停，在大青马这边却是草毛无有一根，缰绳又缚得特别短。识人识面不识心，原来柴老板也是勾勾心！他摸到草筛子到草棚去装草，这就惊动了柴永林：

那谁？

是我。

杜主席！多咱回来的？

我给牲口添货草。

柴永林披着棉袄走出来，一边揉眼一边说：你这个大青马算换对啦，口快，好吃头！

老杜和柴永林蹾在槽前一面听牲口均匀地吃草，一面唠扯。话转到粉籽上时，柴永林说：我的一棵没少出。我去年庄稼割得晚，成色上得足，又挂在梁上没让上冻，还有二斗你拿去种吧。找下人了没有？没有人我去给你点种。老杜这时又怪自己刚才错怪人：柴老板还是实心眼呀。

老杜清楚自己屋里的是二杆子体性，就顺着脾气慢条斯理劝，对小春特别交代的多：这孩子，打小缺奶，体格弱，他上学，吃饭要应时，不要叫他吃冷一顿热一顿的，他长大了咱们上岁数也有点靠头。她在这上还扭不过来劲：反正我后娘是有名啦，他也没把我当娘待。

三

县上决定调老杜到省里受训，同去的还有二站的于森林。于森林乐得直蹦高，说：这可是开脑筋的好机会，在家啥也不懂，就走不正革命路线。老杜却向区长要求：不能换别人吗？我岁数这么大，瞎十字不识，能学个啥！于森林接过来说：不能学多还不能学少？我看杜助理顾虑性还是在家上吧？这一点破，老杜倒有点心虚，到二站工作十多天真有一多半时间在家，生怕于森林讲了出来，忙急着说：那才胡扯！区长说：那就好。于森林和老杜便往回走，要到家安顿一下好明天下午到县上集合。在往回走的路上，于森林说东道西，满心高兴；老杜倒眉头紧锁，无精打采，像要害大病一般。他心里只七上八下打小算盘，老婆，孩子，猪，马，庄稼这几样东西怎么也恋不在一起。心思在村上干了，又拔到区上，现在又要到牡丹江，工作不知哪天才能到头！论人品，陈部长，李区长，见面不笑不说话，真没什么说的；革命道理不托底，说一百圈离不开为老百姓的好处，这都没有大问题。就是谁当干部就够呛。一来得罪下人将来又能会被斗，二来最要紧的是顾不了家，眼看人家越生产光景越好，自己家里还是缝缝补补穿不上，他更多一层，一不在家，孩子老婆都弄不在一起，想到这里他心事话不由得说出了口：革命是好，就是干革命不好！于森林说：你讲的啥？他一惊才加上说：我看革命这事大家得轮着干干。于森林说：这我也拥护，可是老百姓不赞成有啥办法！再说工作办坏了还是大家吃亏。

跟于森林分手以后，老杜先到西沟，只见他补种的苞米密密麻麻俱已出齐，见苗收一半，他已放宽了心。后又转到北坡去看种的二亩谷子，苗倒出得不稀不稠。谷地东头吴永发正在铲苞米，他苞米种得早，又是阳坡，五六个叶的已不少，长得绿里带黑，十分苗壮，老杜不由得夸了一声：好苞米！吴永发忙笑着和他打招呼：来抽袋烟吧！是老杜走后，吴永发就被选当了主席，如今正好把家里的事托付给他，就从地头走了过去。既抽着烟老杜就把要到省受训的事讲了出来。吴永发看看四下无人小声说道：是不是要往前方拔？风言风语说咱们在党的迟早有那么一天。老杜说：这我可没有听说。吴永发说：我去冬出担架到前方，倒没什么怕的，只是家里再优待得好也不比自己在家。老杜说：我这次到省离家远了，心里也直担心家里的事。吴永发说：那敢请你放心，地保证给你铲好，别人要是三铲，保证把你的落不下。老杜说：还有你那半调子老嫂子，常跟小春对付不来，你没事还得过去照量照量。老吴也满口应承。末后又说到村里的事，老杜劝吴永发好好领导。吴永发很有把握地说：任凭我不吃不睡也不能给咱村丢人。小组都按自愿成立起来了,眼看一两天就得一齐开铲。

老杜到家劈了一阵桦子,整修了一下猪食槽,又到柴永林院里去看看马,牵到草甸子里走了两转,回来拿扫帚扫了一阵,顺了顺毛,又吩咐柴永林两件事,一是最近要给牲口挂掌,二是将来到地里注意捉一条长虫:这东西最去火,拿回来火焙了,研成末,打二斤黄酒熬了,牲口就不得比食病。

他始终没和老婆说明他要到省里受训。第二天正午过后他叫小春在学校里请了假,父子两人慢慢走出村子。直到离村二三里了,老杜不时回头往村里望,还想辨别自己房子的方向。小春已十五岁了,老杜却把他当五六岁的孩子看,有时摸一下他的头,再不就拉一阵他的手,他叫他唱"没有共产党就没有中国"。一进街里他就给他买油炸果子吃。随后又买了支红蓝铅笔。又买了个本子。最后却又给他买了斤榛子才送他回去。一再吩咐他好好念书,不要和他母亲治气。把孩子送了半里路远。站在那里,又看小春走过山角。他还没动,不住用袖口按揩眼角。直到背后一辆花轱辘车奔来把他惊醒,他才往政府走去,两条腿就像患了瘫痪,一点不听使。

四

吃罢晚饭,党校两个小组去铲学校种的土豆。今年头遍刚上铲四五天就落雨,落半天晴半天,地皮还没晒干,说等明天铲吧,第二天就又是瓢泼大雨。草长得冒,刺菜都把庄稼盖住了。最初还指望过三五天能看晴,及至后来雨实在不住点,大家才发了毛,住雨不下地。学校这块土豆,眼看草也把苗快吃干净。党校学生都是庄稼底子,一人把住一垄,锄到草除,十几张锄头往前排。他们学习心盛,光中农问题讨论了一礼拜,省委李部长今天才作了总结。他们现在还唠扯团结中农的事。一个说:我过去印象就认为共产党主张拉平,今天看来这印象有缺点。一个说:凭良心说,中农干活可是不善,就说垛苞米秸吧,中农垛得分外齐整。另一个插上说:那一点不含糊。中农别的没毛病,就是有点不坚决。在边上那一个说:

那咱们领导吗,教育吗,不是讲了吗,咱们前方军队里还有四分之一中农成分哩。

他们十来个人就数杜庆林岁数大,也就数他话少。来学习已多半个月了,学一个打人杀人问题,一个中农问题。都是作过的实事,他讨论会上也发言,经过争论,李部长又一总结,心里开了两扇大窗户,对共产党的认识比以前亮堂多了。就是一下课了难熬,不由得就想到孩子老婆庄稼地土上了。他现在铲着学校的土豆,就想起自己园子外那半亩土豆来。抢铲得先紧大田,要是自己老婆得力,还望她能去侍弄侍弄,可是她就外路。如今土豆不知荒成什么样哩,今年吃菜就要作难。反过来想:老婆是小脚,劈柴挑水下地就没大脚丫子方便,过去又没下惯地,确实有为难处,他倒有点可怜起老婆来。

他们正要往回铲,还没扎下锄,地头那边有人在吆喝,仔细一看,后面还跟个小嘎。杜庆林老远就看见那是自己的儿子小春。他对挨着他数的第三个人说:组长,这是我少的,我先回去一步。还没等组长答应,他已背着锄头顺垄沟去了。

引他儿子来的是同县的老贾。他一边接过老杜的锄头一边说:你真是有福,儿子都能一人上牡丹江了。就参加进那两个小组里去。

老杜没想到小春会来看他,也没想到小春能独自一个人坐火车来牡丹江。一面问他:你一个来的?谁给你买的票?一面就细细端详他,像是有几年不见了。他摸摸小春的头:笑呀,该剃头了,又看看小春的脚,呀!鞋破成那样子你妈怎么还不给你换!这布衫,白的快成黑的了,也不洗……

小春突然说:爸爸,我也要参加!

你说啥,要参加?老杜还没把话听清楚,小春就哇的一声哭了起来。老杜一下没了主意,停下来弯着腰仔细问情由:你哭什么哩,你这孩子……不要哭,到底是怎回事嘛?孩子像是很憋屈,老杜越用手摸他,他越卜卜楞楞,大号大叫喊:爸爸呀,爸爸呀! 直哭得老杜自己眼睛也水汪汪的流起泪来,心如刀绞一样难受。他背着小春走。隔了一会,小春方说出来牡丹江情由,原来他和同学们给军属拔草回去,母亲不给他饭吃还骂他,他还了嘴,母亲就打了他,他现在指给父亲看:你摸摸,这脑后起的包还没下去。说什么我也不回去啦,我也要参加!

老杜和儿子在街上蹓跶了很久,他儿子直顾吃糖,他却在想心思。他也问过自己地铲得怎样,小春说:别家军属都铲了,就剩咱的,有人说在后方参加不优待。还是吴主席紧催,柴永林小组在前天下午住雨以后才去给铲苞米,四人都到齐了,就等王立发,王立发在家铲一天苞米没到,大家在地头上等了一下午又回来了。

不没有铲吗?

柴大叔说后天铲。

老杜寻思那可就完了。

自从这次受训,共产党的道理比以前认得真了,确实是一条好路,要能成了功,比传说的神仙享的福也差不究竟。可是现在怎么办呢?孩子老婆捏不在一起,家不成家;庄稼草没人铲,地不成地。共产主义还远,吃穿现在就不能断……必得要回去一趟,可是怎么说呢?

从太平路过来很多马车,哈尔滨来的晚车已到了。他才和小春转回学校。睡觉的哨子已经吹过。大家正忙着开铺。他打发小春先睡。他卷着烟坐在铺里靠着墙抽着。

一排通铺上陆陆续续起了鼾声。老杜紧锁着的眉头却忽然地像扇一样闪开。没下铺拿脚去找鞋,就在这时表现出有点迟疑,但马上就原谅了自己:这是死逼无奈呀! 就下铺开开屋门,向元科长那里走去。

元科长还在那里看报纸。元科长先问他为什么还没睡觉,他就趁着说:科长,今天晚饭后我儿子来了,屋里生了病很重。元科长忙问什么病,他说:还弄不清楚,只是发烧,不能吃。元科长说:怕是重感冒吧。他说:谁知道! 我想回去看一下。元科长说:啊。手拿着报纸沉思了一刻:那要耽误学习啦,家里不能托人……老杜说:家里除了老娘们就是小孩,再没人。学习是耽……可是没法整呀,不怕,我回去一两天就来,火车还方便。

元科长准了他的假。第二天一早老杜和小春就搭火车回到家里去了。

屋门反扣着。他一开门,一条老黄狗就从后面窗子里窜出去了,狗把锅里的猪食偷吃个干净。是谁把这窗户卸掉的?他从窗框里看一下屋后山,连日下雨,墙已向外侧歪了。卸下窗子就会使房子很快出危险。从缸后拿出窗子往上安的时候,又发现左上角打了一块玻璃。唉呀,这都是谁弄的?

刘二茆家全不在。老杜老婆却又不知到哪串门去了。他只马上找了两把锄头和小春一块铲地去。

老杜回来后正好是两个响晴天。他夜里软说硬说,老婆也愿意下地拔苗拔草了。第二天便领着全家天不亮就下地走,黑天了才动身回来。村里人说:杜主席一脖子几在地里爬垄沟不出来了。就这样还干不过来,学校里的大学生也来拔,柴永林的小组又来优待了一天。

老杜回来的第四天,李区长来柴家村检查铲头遍地的情形,才知道老杜在家里。夜晚她和老杜唠了很久。老杜觉着自己有点对不起李区长。李区长说:这倒是我们工作作得不好,不能使你安心学习。明天晚上我想召集老吴他们开一个支部会,要把代耕问题好好解决一下。至于你屋里的,我有机会找她谈谈,再叫妇女会帮助帮助她。你还是明天一早回学校吧,机会很难得,我们送你去学习,对你有很大希望呢。

五

学校决定提前结束,好叫各县选来的干部回县领导抢铲。老杜回来这几天学校净上的党课:党史,党的纪律,入党条件,自报公议,比在村里听的要详细多了。支部工作比以前更忙了,接受人报名,谈话,组织公议,……学校到处都在谈论入党的事,衡量自己够哪几个条件,找党员介绍,纷纷请求。

老杜却思想打不通,有时想想"要服从调动"这一条:将来调到南满,或是关里可够呛。要到那一天孩子老婆,牲口地土都得舍开,自己没出过门,不知山高水低,要有了三长四短……他羡慕那些跑腿的,皂王贴在腿肚上,人走家搬,无牵无挂,假若自己是个跑腿的干革命一定坚决。他还羡慕村里的好老八袋,过去斗封建他们也在后面,却一样分房分地;今天穷人打江山,他们还在后面,牺牲的是别人,享福的是他们,生产发财还得奖,假若是自己在家,他保证自己能把地侍弄好,还能劝人家生产好,还情愿比别人多出公粮,出担架也不怕,因为那是有天数的,当干部却是个无底洞,他又想起"为革命利益牺牲个人利益"这一条,他自己实在勉强,这就是他和党站不在一起的根子。

他到支部组织干部老牟那里,却碰见于森林正在请求入党,他还没到于森林就说:正好,他来了。马上就笑着请老杜说:我报名加入党,你愿意替我介绍不?

替你介绍?老杜拿眼睛打量了于森林。于森林却着急起来,口吃吃地说道:

你嫌我不够条件吗?长年劳苦,历史清白,作风正派,工作积极,这几条哪一条我站不上?就是有时着急了,有点命令性。

组织委员接过来说:那可以改正。你联系群众这一条怎样?

于森林说:这一条管去调查,工作一年多了,说不定有得罪人的地方……

老杜说:我在他村工作过,他说的一点不含糊。

组织委员说道:那你愿意当个介绍人吗?可是,于同志,你为什么要入党呢?

于森林说:看共产党引这条路好呗。

组织委员说道:看这条路好的多得很,不一定都要求入党。

于森林有点生气,大声地说:我就要求!我一来坚决,二不怕牺牲,教我上那上那,叫我干啥干啥!

组织委员微微一笑没再问下去,把于森林的名字落了笔。

于森林走后组织委员打听老杜:老于过去受过苦吗?老杜说:那可没少受,他爹是"康德六年"在老黑山摊劳工死的,他母亲走了道,他在他叔叔家,七岁放猪,十三岁就顶半拉子下地……

组织委员点了点头,又问老杜学习怎么样,脑瓜筋开了吗?

老杜说道:脑瓜筋倒开了,就是家里困难。

组织委员说道:这是个大问题,将来得研究解决。可是在我们自己得这么想!要都只顾虑家,不干革命,老蒋打过来就谁也保不住家。目前牺牲一点为大伙也为自己,将来革命成功,党员不会比别人穷。你们县优待工作怎么样,老百姓许多只顾自己……又有人来请求入党,打断了组织委员的话。

党校结束,五林县十五个干部搭早车回到县里。陈部长一见就说:回来得正好!现在在各区正在检查头遍铲地,许多地方报捷了,但咱们得亲自检查一下,咱们得对老百姓负责,不能叫他荒一垄地。政委吗?他下乡去了,我也就出发。你们各回各区。

大家受了一回训回来,就好比新出厂的火车,精力饱满,十分带劲,有的连饭没吃,就坐瓦罐车回区上了。老杜也像受了感染,笑着同于森林走回区上。

李区长精黑精瘦,对他们却十分热诚,一面给他们倒水,一面吩咐通信员做饭。这回一定学习了很多吧,以后咱们区上工作不犯愁啦,为后你们唠唠,叫咱也开开脑筋。你们的庄稼我也打问啦,老于的已侍弄完头遍,老杜的已开工铲二遍。自从上次开过支部的会,老吴他们对代耕抓得可紧啦,你老婆像是也有了转弯。这排话说得老杜心宽了不少。

李区长决定于森林暂回二站工作。老杜和她一块到柴家村一面检查铲地,一面整理支部。在到柴家村的路上,李区长详细地探问老杜学习情形,知道他对家的顾虑性还很重,政治上还很不开展。她就拿她知道的别人参加革命的故事,和她的身世给他谈。临了她说:革命不是不要家,是不能光顾家,咱们党员得把革命往头前放放,把家放在后梢。至于说调动,党员当然得听调动;可是拿你来说,到前方上关里起的作用不跟你在本区本村大,那就不一定会调你。

老杜说:我道理如今也都明白一些,就是作着为难。两人说着已走到老杜的谷子地里,他抬着头说:你看,多少垄眼草。他用脚往垄沟一趟,马上又发现了盖锄。他叹口气说道:人呀,不存勾勾心的少得很!他们就在那里拔了一会草,进柴家村时已快正午。老杜说:就到我家吃饭吧。他们离他家老远,就看见他们门口妇女孩子堆成堆。还听见有人号呀叫的。老杜一见马上心里发楚,就迈开大步劈开人群进到屋里。屋前老娘们一看见老杜,就嚷着说:杜主席回来了!所以老杜进门就只看见他老婆一个血脸,哭得像杀猪时猪叫的一样:唉呀,我可不活啦……劝架的人正把她往炕上架。等李区长进屋后,二茆老婆也忽然钻出来一把抓住她,也是一张血脸,也是可着嗓门叫:区长呀,你给作主呀,不能过了呀!

区长从背包里掏出牙粉,给二茆老婆往伤口上捺,仔细一看,不过是划了一道。叫人替她包扎。她忙着又去西屋给老杜屋里捺,也是只截破了皮,这她才放下心来。她连说带劝赶走了看热闹的妇女小孩。然后再问她们为什么情由打的架。

老杜屋里走出来先说:区长,你看!她一手指着中间屋角里一只小鸡,是一只可爱的小黄鸡,区长还不知道怎么回事的时候,鸡跳了起来,是个跛子。

二茆屋里说:那怪不了我们,我们丫蛋关门时屋里啥也没有。

老杜屋里说:那我能自己把我的鸡压成这样子?

二茆屋里说:那我们可不敢说,反正要是我们压的,指着日头,日头落我们落……

老杜屋里说:你这是咒谁的?区长,你看她这嘴比刀尖子还尖!

二茆屋里说:你呢,你呢?

李区长把双方话都拦住了,问道:你们就是因为这事打架还划破了脸吗？

老杜屋里说：你看那窗子！窗子是两家伙分的，不叫开他偏开，打坏了玻璃也不安，小猫小鸡都在那里钻来钻去，后来又把缺玻璃那一边安得靠西，惹得火也点不着，雨直往里浇……

二茆屋里说：我们说打坏不安啦？说话不要昧良心！同区长说，我们也不能卖孩子买玻璃吧？

老杜屋里说：你说谁昧良心……

………

李区长把两边批评了一顿。二茆屋里下午和二茆下地铲苞米去了。老杜老婆就一下倒在炕上。老杜只好暂且留在家里，下地，喂猪，担水，做饭……

真是祸不单行！老杜老婆还没起炕，他的大青马又倒下了。马吃不下草，豆饼煮得糊糊烂倒在槽里，它鼻子闻一闻就倒下了。请街上兽医扎了两针，灌了两服药化了五万七，却不见轻。他趁早趁晚牵着马往外蹓，走不多远就卧倒了，马直用鼻孔喘气，眼里冒泪……

老杜老婆天天叨咕着搬家。她终于搬到了李文喜的房子里。也把大青马从柴永林家牵回来了。他天天上山去找长虫，他想灌一条长虫马上就好了，可是找什么缺什么，长虫就不见影子。

过了七天马就死了。老杜却又得下病，四肢无力，不想吃东西，李区长来看他一次，劝他到县里医院里扎古扎古，他说：不用，过两天就好了。

县上办发照训练班。老杜调到训练班里当中队长。组织上希望他在这工作中能获得锻炼恢复过来。但他在这里课听不进去，讨论会也听不下去，他说：我一听人讲话就发蒙，光惦念家里会出事。

县上研究了老杜的问题。认为老杜人品历史作风都好就是提拔时没注意到他岁数大了，政治不易开展，想调他作经济工作，由陈部长和他谈一次。结果是他对经济工作也不感兴趣，陈部长再三考虑以后说道：你也可以回去……

回去？一听说要他回去，老杜才来了精神：要让我回去，我好好干几年，把家也安下来，儿子也长大了，那时我不参加，就让我儿子参加，反正总来一个，我总忘不了陈部长李区长你们对我的恩情。再有，我一定把我村领导好，道理咱总算多懂了一点，一定能起个带头作用。

老杜就这样又回到村里，作村里的支部书记。他并没撒谎，在评地当中老杜领导起整修支部确实起了核心作用，使全村对革命印象进了一步，地评得又快又确实。

选自《文学战线》，1948 年第 1 卷第 4 期

存　目

敬　告

　　《1945—1949 年东北解放区文学大系》为展现东北解放区文学的整体风貌而编辑出版。丛书选取此间最具代表性的作品，以纪录这段波澜壮阔的历史时期内东北解放区所发生的翻天覆地的变化。由于丛书所收录的作品众多，时代不一，加之编辑出版时间有限，至今尚有部分收录作品未能与原作者或继承人取得联系。为保护作者著作权益，我社真诚敬告：凡拥有丛书所选录作品著作权的，请与我们联系，我们将按照国家规定及时付酬。

　　感谢社会各界对我们的理解与支持。

黑龙江大学出版社